MICHAEL MORITZ

Lost Place Vienna

KRIMINALROMAN

emons:

MIX
Papier aus verantwortungsvollen Quellen
FSC® C083411
FSC
www.fsc.org

Umschlagmotiv: Heribert Stragholz
Umschlaggestaltung: Tobias Doetsch
Druck und Bindung: CPI – Clausen & Bosse, Leck
Printed in Germany 2011
ISBN 978-3-89705-902-3
Kriminalroman
Originalausgabe

Für Julia

»Es ist ein auffallendes Paradoxon in allen Kindesmythen, dass einerseits das ›Kind‹ übermächtigen Feinden ohnmächtig ausgeliefert und von beständiger Auslöschungsgefahr bedroht ist, andererseits aber über Kräfte verfügt, welche menschliches Maß weit übersteigen.«

C. G. Jung

PROLOG

Jetzt musste sie einen kühlen Kopf bewahren. Aber wie sollte sie das schaffen, so nahe am Ziel? Das konnte niemand von ihr verlangen. Auch sie selbst nicht.

Wie hypnotisiert starrte sie auf das GPS und verglich die Koordinaten, die sie dem letzten Rätsel ihrer Schatzsuche entlockt hatte, mit ihrer momentanen Position. Es war kein Geocaching wie all die anderen, die sie zuvor angegangen war, um sich eine Region oder eine Stadt spielerisch zu erobern. Diesmal war daraus eine Jagd geworden, eine Hatz nach sich selbst.

Jedes Rätsel, das sie zu lösen hatte, schien etwas mit ihr, und nur mit ihr allein, zu tun zu haben. Was eine Therapie nicht vermocht hatte, schien diese Schnitzeljagd nach dem eigenen Ich nun einzulösen. Mit jeder neuen Koordinate, die sie weiterführte, öffnete sich in ihr ein längst vernagelt geglaubtes Fenster.

Es musste hier sein. Die Koordinaten stimmten mit der Karte überein. Gloria blickte sich um. Etwas huschte über ihre Trekkingstiefel. Sie sah hinab und erschrak nicht. Sie kannte Ratten besser als Menschen. Tausende von ihnen hatte sie schon beobachtet. Manche über Jahre, andere nur über Stunden hinweg, je nachdem, wie der Versuch aufgebaut gewesen war. Diese beiden Tiere waren dem Labor entkommen. Aber war die freie Welt besser als ein Labor? Wer konnte schon sagen, ob nicht jede Handlung, die man scheinbar aus freien Schritten vollführte, eine provozierte Tat war, die von irrsinnigen Wissenschaftlern und machtgierigen Politikern zu Markt- und Herrschaftszwecken analysiert wurde?

Gloria lachte bei dem Gedanken. Auch sie stand unter Beobachtung. Das wusste sie. Und es gefiel ihr. Sie wollte den Job. Sie hatte ihn sich verdient. Sie war so dicht an ihrem Ziel, an sich selbst. Diesen Triumph wollte sie mit der Welt teilen. Aber es war niemand da außer den Ratten. Ausgerechnet. Doch es war konsequent, dass diese Nager sie zum letzten Sturm geleiteten. Sie bogen am Ende des Kanals um die Ecke und verschwanden im Dunkel.

Gloria hatte vorgesorgt. Sie hatte geahnt, dass es in die düstere Kanalisation Wiens gehen würde. Deswegen hatte sie neben ihrer Stirnlampe auch noch einen starken Punktstrahler eingepackt. Kurz vor dem Ziel wollte sie nichts dem Zufall überlassen.

Sie folgte dem Weg, den ihr die Ratten vorgaben, und zog den Kopf ein, damit sie mit ihrem Helm nicht gegen die tief gezogenen Stahlträger stieß, die die Decke stützten. Zweimal rutschte ihr der unsichere Boden unter den Füßen weg, kullerten Steine in die Kloaken; einmal zog es ihren Stiefel in den sumpfigen Strom. Aber es machte ihr nichts aus. Selbst der beißende Gestank störte sie nicht. Sie spürte nur, wie ihr Herz raste, als sie auf den Schrein mit den Kerzen zulief.

Je näher sie kam, desto langsamer wurde sie. Das Kerzenlicht prophezeite eine düstere Messe. Leise Klänge eines Requiems drangen durch das Gewölbe. Die Ratten huschten zwischen den Kerzen hindurch. Warum fürchteten sie das Feuer nicht?

»Sie haben ebenso wenig Angst vor dem Feuer wie du, Gloria.« Die Stimme drang hinter dem Schrein hervor. »Sie sind intelligent. Wieso sollten sie das Feuer fürchten? Man muss mit seinen Ängsten nur umgehen können, dann verschwinden sie von alleine, Gloria, das weißt du doch.«

Gloria schluckte. Angst stieg in ihr hoch. Die Angst vor dem Feuer, die Angst, sich zu viel zugemutet zu haben, die Angst davor, tatsächlich dem eigenen Selbst zu begegnen.

Sie wollte sprechen, bekam aber keinen Ton heraus. Sie beobachtete die Ahnungslosen, so wie sie sie über Jahre hinweg tagein, tagaus beobachtet hatte. Die beiden Ratten schnupperten auf der Erde und in der Luft herum, dann nahmen sie Witterung auf und rasten auf zwei Kleckse Faschiertes zu.

Gloria erkannte, dass sie in die Falle liefen. Aber sie konnte sie nicht mehr warnen. Die Heimtücke schnappte zu, die Stahlbügel brachen ihnen das Genick, ihr Blut spritzte gegen das weißgelbe Wachs.

Hinter dem Schrein trat eine Gestalt hervor, eine braunlederne Maske vor dem Gesicht. Die Maske lächelte nicht, noch drohte sie. Sie war neutral. Alles, was Gloria nun sah, war nur ihre

Projektion auf das neutrale Gesicht, das vor ihr lächelte und drohte, lobte und schimpfte, pries und verdammte. Und sie wusste, dass auch sie in der Falle saß. Die Gestalt sprach kein Wort, dann aber sauste ein Schwert, in dessen Stahl sich die hundert Kerzen spiegelten, durch die Luft. Gleich würde es ihr das Genick durchtrennen, gleich würde auch ihr Blut das weißgelbe Wachs besprenkeln.

EINS

Der durchdringend schrille Ton nagte an Valentinas Trommelfell. Mit einem Ruck zog sie das Kabel aus dem Verstärker. Sofort verstummte die Rückkopplung. Josef lachte heiser und zeigte dabei seine vom Nikotin gefärbten Zähne. Er schob sich eine selbst gedrehte Zigarette zwischen die Lippen und nickte Valentina aufmunternd zu.

»Die hat Rasse, was? Auf so einer hat SRV gespielt.«

SRV stand für Stevie Ray Vaughn, einen der großen Helden des temperamentvollen Texas Blues, der nicht nur deswegen zum Mythos geworden war, weil er verdammt schnell und schmutzig die hitzigsten Riffs klopfen konnte, sondern weil das Schicksal seinem Leben schon früh ein Ende gemacht hatte. Aber im Gegensatz zu Hendrix und den anderen Legenden war Vaughn nicht an einer Überdosis gestorben, sondern mit dem Helikopter abgestürzt. Einen Tag zuvor, so erzählte es sich die Fangemeinde, war ein Scheinwerfer direkt neben ihm auf die Bühne gekracht. Allerdings hatte er nicht ihn erwischt, sondern seiner Strat den Hals gebrochen. Die Mystiker unter den Fans sahen darin ein Zeichen, auf das er hätte hören sollen. Andere glaubten, er habe ohne seine Gitarre ohnehin nicht weiterleben wollen.

»Wie viel?«, fragte sie.

Josef ließ sich Zeit mit der Antwort, zog erst den Rauch der Zigarette tief in die Lunge, ehe er ihn durch Rachen und Nasenlöcher wieder entließ.

»Für dich ein Tausender. Ist eine runde Zahl.«

Valentina blies die Wangen auf. Ein Tausender war happig bei ihrem mageren Beamtengehalt.

»Du kannst es in Raten zahlen, wenn du willst.«

»Siebenhundertfünfzig in zwei Raten, sonst steht das Teil noch zwei weitere Jahre hier.«

Josef lachte und spie eine Faser Tabak aus. »Erstens gibt es andere Interessenten, und zweitens ist ein Tausender schon ein Freundschaftspreis.«

Josef war zäh. Und er hatte sofort gesehen, dass sie sich in die hellblaue Strat verknallt hatte. Das Blau erinnerte sie an das Meer zwischen Sizilien und Marokko. In Palermo war sie geboren, am Meer hatten die Großeltern ein Häuschen besessen. Sie war sechs Jahre alt gewesen, als sie sich vom Meer hatte verabschieden müssen. Jetzt war sie schon neunundzwanzig und seither nie mehr dort gewesen. Nach dem Meer sehnte sie sich, nach ihrer Kindheit nicht. Erinnerungen gaukelten gerne Postkartenidylle vor, aber selbst die blaue Strat würde sie nicht zu Verklärungen hinreißen. Das Meer würde sie dennoch riechen, wenn sie auf ihr spielte. Und was war schon ein Tausender für eine Ewigkeit am Meer?

»Für achthundert nehme ich sie«, sagte sie.

Josef grinste und drückte die Kippe in einem von Stummeln überfüllten Aschenbecher aus. »Neunhundert, und sie trägt deinen Namen.« Er streckte ihr seine gelben Finger entgegen. Valentina schlug ein.

»Rucksacktasche ist inbegriffen?«

»Klar. Brauchst du noch einen guten Verstärker oder ein Pedal?«

»Danke, mein Fender tut's noch.«

»Zwei Raten?«, fragte Josef, der den Handel zum Abschluss bringen wollte.

Valentina atmete schwer durch und nickte. Dann blätterte sie vierhundert Euro in bar hin. Josef verstaute die Strat in der Rucksacktasche und überreichte ihr das Instrument so feierlich, als handle es sich um das Schwert von König Artus.

»Viel Vergnügen«, sagte er und griff sich eine weitere Selbstgedrehte aus dem Vorrat, den er sich anlegte, wenn keine Kundschaft da war.

»Danke«, sagte Valentina, noch unsicher, ob sie sich diesen Schatz auch wirklich hätte leisten dürfen. Rasch verließ sie Josefs Laden, den er »Flash« nannte.

Sie schulterte die Gitarre und löste das Schloss ihres Fahrrads. Dann stieg sie auf und radelte los. Sie würde schnell fahren, damit sie die Strat gleich ausprobieren konnte.

Ihr Handy brummte. Sie stieg vom Rad und zerrte es aus der

Tasche ihrer Army-Hose. Das Display verriet ihr, dass es Kollege Zirner war. Valentina nahm den Anruf entgegen.

»Ja? ... Was? ... Scheiße! Ich komme sofort. Wo genau? ... Gut. In einer halben Stunde bin ich da.«

***

Es war ein schöner Kopf, geschminkt für die Ewigkeit. Die Sorgfalt, mit der der Mörder an seine Arbeit gegangen war, verdrängte für einen Moment das Entsetzen, das in Zirner beim ersten Anblick des vom Körper getrennten Frauenschädels aufgestiegen war.

»Aller guten Dinge sind drei«, sagte der Spurensicherer, als er hinter seinem Rücken vorbeihuschte. Zirner lachte nicht. Zynismus war ihm fremd. Er machte seinen Job noch immer mit dem Herzen, obwohl der Stress ihm bereits zwei Infarkte verpasst hatte. Mit achtundfünfzig konnte er noch nicht in den Ruhestand; die sechzig wollte er wenigstens noch vollmachen, dann würde ihm die monatliche Pension reichen. Außerdem war Valentina noch zu jung, um sich allein im Wiener Polizeiapparat durchzuschlagen. Überall lauerten Vipern, die nur darauf warteten, dass Valentina Fleischhacker strauchelte. Und dann würden sie zuschnappen, die Neider und verängstigten Karrieristen, die ihren Aufstieg mehr der brillanten Netzwerkarbeit denn den kriminalistischen Leistungen zu verdanken hatten. Valentina dagegen war nur durch ihre herausragende Leistung so rasch zur Inspektorin der Sondereinheit Gewaltverbrechen emporgestiegen. Sie hatte es nicht nötig gehabt, Beziehungen oder ihre weiblichen Reize spielen zu lassen, auch wenn viele ihrer männlichen Kollegen hinter vorgehaltener Hand das als Argument für Valentinas Blitzkarriere anbrachten.

Zirner sah sich den Frauenkopf genauer an. Er ähnelte den anderen beiden Köpfen. Als wären es Schwestern. Mindestens aber der gleiche Typ. Es konnte aber auch an der Schminke liegen. Vielleicht war es auch nur der südländische Einschlag. Zirner war es manchmal peinlich, aber er konnte viele Migrantengesichter nicht voneinander unterscheiden. Vor allem in den Gemeindebauten wimmelte es von Jugendlichen, die für ihn alle gleich aussahen. Sie trugen die gleiche Kleidung, schminkten sich identisch, sogar die Tätowierungen und die Piercings, mit denen sie sich individuell gestalten wollten, brachten nur Uniform hervor. Ob das mit gelungener Integration gemeint war?

»Kann ich ihn mitnehmen?«, fragte der Spurensicherer ungeduldig und blickte auf seine Uhr. »Zu Mittag wär i gern bei den Schinkenfleckerl.« Er leckte sich über seine wulstigen Lippen, während er gleichzeitig mit der linken Hand seine hungrige Wampe tätschelte.

»Nein. Wir warten, bis Frau Fleischhacker den Kopf gesehen hat. Es ist ihr Fall«, antwortete Zirner bestimmt und hoffte, damit das Thema erledigt zu haben.

»Was sieht sie, was wir nicht sehen? Das meiste wird heute sowieso bei uns in der Biologie erledigt. Der Psychokram wird doch völlig überschätzt«, sagte der Spurensicherer.

Seine Angeberei war genau der falsche Weg, um Zirner umzustimmen. Er hasste die Hybris der Forensiker, die Reduktion eines Mordfalls auf DNA- und C15-Analysen. Er war angetreten, um die Psyche des Menschen zu ergründen, und nicht, um sich von eiweißhaltigen Molekularketten schikanieren zu lassen. Diese Reagenzglasaffen spielten sich auf, als wäre die Schöpfung des ersten Menschen ein Kinderspiel gewesen; und er war sich sicher, dass sie es auch sein würden, die garantiert den letzten Menschen erschufen. Aber solange er noch im Dienst war, kämpfte er darum, dass Täter, auch wenn manche davon Bestien waren, nicht nur DNA, sondern auch eine Seele hatten.

»Wir warten«, wiederholte Zirner ruhig und lächelte den Spurensicherer dabei kalt an. Der nuschelte einen Fluch in sich hinein und trottete vor die Tür. Draußen würde er seinem Unmut bei den Kollegen Luft machen, das war gewiss. Zirner wusste aber auch, dass der Groll des Spurensicherer sich nicht gegen ihn richten würde, sondern gegen Valentina, weil man auf die Gnädigste zu warten hatte.

***

Sie wusste, dass die Kollegen die Nase rümpften, weil sie auf den Dienstwagen verzichtete und alle Strecken innerhalb der Stadt mit ihrem Mountainbike zurücklegte. Oftmals war sie damit sogar schneller als die Polizeiautos mit Sirene, und das fuchste die Lästerer.

Valentina liebte ihr altes Brodie, das vor Jahren auf der Wache als gestohlen gemeldet worden war. Da hatte sie noch Dienst in Favoriten geschoben. Sie selbst hatte es anschließend bei zwei kleinen Dieben gefunden, als die es eben mit kackbrauner Farbe unkenntlich machten. Der ursprüngliche Besitzer hatte das Rad daraufhin nicht mehr haben wollen, hatte er sich dieses edle Teil doch in einem schneidigen Metallicblau gekauft. So war es auf der Wache zurückgeblieben. Seither fuhr es Valentina. Anfangs hatte sie daran gedacht, die beschissene Farbe runterzukratzen und den Rahmen sandstrahlen und neu lackieren zu lassen. Aber dann hatte sie sich doch dagegen entschieden. So würde es ihr niemand stehlen. Und je länger sie es fuhr, desto mehr gewöhnte sie sich nicht nur an das Kackbraun, sie freute sich sogar daran. Sie fand, dass das Rad zu ihr passte. Alle lachten darüber, unterschätzten es, aber der Drahtesel war ein verkappter Ferrari. So wie sie selbst auch. Valentina wusste, wie gut sie aussah, aber sie trug Trekking- und Armeeklamotten, die ihre Kurven verbargen, scherte sich einen feuchten Dreck, ob ihre Frisur saß, und verweigerte sich vehement Pumps, tief ausgeschnittenen Kleidern, kurzen Röcken und Schminke. Ihre Eitelkeit lag in einem Mega-Understatement, und das ließ sie nicht nur bei den männlichen Kollegen arrogant wirken.

Kurz vor dem Schottentor musste sie scharf bremsen. Valentina fluchte über die ferngesteuerte Touristengruppe, riss den Lenker herum und fuhr ein Stück auf der Ringstraße entlang, ehe sie wieder den Radweg nahm.

Sie überlegte kurz, welche Route sie einschlagen sollte, und entschied sich dann, am Augarten vorbei die Floridsdorfer Brücke anzusteuern und sich dem starken Autoverkehr der Brünner Straße zu stellen.

Sie umkurvte die Straßenbahnlinie vor der Brücke und schaltete hinunter, um beim Anstieg den Fluss nicht zu verlieren. Eine

Melodie kam ihr in den Sinn, sie begann sie zu summen und setzte Wörter darauf:

»Von der Floridsdorfer Brücke,
da klafft mir eine Lücke,
hab ich ihn nun erstochen,
oder hab ich nur erbrochen
all den Fusel, den ich soff,
der mir aus dem Maule troff,
war es nur aus Rache,
längst abgemachte Sache?«

Valentina lachte über den Text, er gefiel ihr. Sie würde mit ihm und der Melodie experimentieren, bis sie bei Zirner wäre. Am Abend würde sie ihn dann niederschreiben. Es könnte der Refrain einer neuen Ballade sein. Er klang etwas nach Moritat, aber wenn man harte Slash-Akkorde darunterlegen würde, hätte es Charme.

***

Zirner blickte ungeduldig auf seine Armbanduhr. Valentina hatte gesagt, in einer halben Stunde sei sie hier. Die war längst vorbei.

Ihm erzählte der Tatort nicht viel. Oder sollte er besser »Fundort« sagen? Denn hier war der Schädel nicht abgetrennt, die Frau nicht ermordet worden, so viel konnte man auf den ersten Blick schon erkennen. Es gab keine Anzeichen von Blut oder Spuren eines Kampfes. Auch die restlichen Teile des Körpers waren nirgendwo zu finden. Das Zimmer hier glich eher einem kargen Ausstellungsraum. Die anderen beiden Köpfe waren in ähnlich verlassenen, kahlen Räumen ausgestellt worden.

Valentina war bereits eine Viertelstunde über der Zeit, das war er von ihr nicht gewohnt. Zirner nahm sein Handy und wählte ihre Nummer an. Es klingelte direkt hinter ihm. »Hells Bells« von AC/DC hämmerte in sein Ohr. Er drehte sich um.

»Entschuldige die Verspätung«, sagte Valentina kurz und reichte ihm die Hand zum Gruß.

»Neues Gewehr?«, fragte Zirner und deutete mit dem Kinn in Richtung Gitarrenrucksack, den Valentina noch immer auf dem Rücken trug.

»Schnellfeuerwaffe. Damit hänge ich sogar Malmsteen ab«, antwortete sie.

»Wäre schön, wenn wir damit auch schneller als unser Täter wären. Willst du deine Bazooka erst abstellen?«

Valentina sah sich um und schüttelte dann den Kopf. »Nein, am Ende verwische ich noch eine Spur damit.«

»Du hast doch nur Angst, dass sie dir jemand klaut.«

»Richtig. Wem kann ich hier schon trauen?«

»Mir.«

»Ich behalte sie trotzdem auf.«

»Dann komm mit, ich zeig dir etwas, das dir sehr bekannt vorkommen wird.«

Valentina folgte Zirner in den hinteren Raum des Gebäudes, wo sich noch immer der abgesägte Frauenschädel befand.

»Die Spurensicherung ist schon durch. Sie warten nur darauf, dass sie den Kopf mitnehmen können.«

Valentina erkannte im Unterton Zirners, dass die Kollegen bereits ungeduldig darauf warteten, in die Mittagspause zu verschwinden.

»Ich beeil mich«, erwiderte sie leicht genervt über die Beamtenmentalität ihrer Kollegen. Zirner war eine Ausnahme, obwohl auch er sich seiner Pension entgegensehnte. Aber auf ihn konnte sie zählen. Er war so etwas wie ein guter Onkel für sie in dem Laden. Ohne ihn hätte sie keine drei Wochen überlebt. Er war ihr einige Male in schwierigen Situationen zur Seite gestanden und hatte manches Fettnäpfchen, in das sie arglos hatte springen wollen, geschickt aus dem Weg geräumt. Zwar war er der Dienstälteste, ordnete sich aber ihrer Leitung unter, im Gegensatz zum Rest der Truppe. Vielleicht erinnerte sie ihn an seine Tochter, die mit ihrer Mutter nach Australien ausgewandert war, vielleicht war es aber auch nur die Rockmusik, die sie beide verband. Valentina liebte die Hardrock-Klassiker, und für Zirner war es die Musik seiner Jugend.

Vor Valentina, sauber drapiert auf einem Gipsimitat, das eine antike römische Säule darstellen sollte, starrte kalt lächelnd ein hübsch zurechtgemachter Frauenkopf herab. Es war bereits der dritte Schädel innerhalb von anderthalb Wochen. Den ersten hatten sie in der Küche einer Pizzeria, die sich »La Comtessa« nannte, keinen Kilometer vom jetzigen Fundort entfernt, gefunden. Sie hatten die gesamte Restaurantbelegschaft auseinandergenommen. Fehlanzeige. Alle hatten sie astreine Alibis.

Der zweite Frauenkopf war auf dem Tresen einer verlassenen Spelunke mit dem verwegenen Namen »Bounty« gelegen; das war vier Tage später gewesen. Und jetzt lagen wieder vier Tage dazwischen und prompt der dritte Schädel auf dem Tablett.

»›Quattro Stagioni‹«, sagte Valentina.

»Was?«

»›Vier Jahreszeiten‹. Kennst du nicht? Von Vivaldi? Ist auch eine Pizza.«

»Ja, ich weiß. Aber warum sagst du das? Hast du Hunger? Frag mal den Spurensicherer draußen. Der erzählt dir was von Schnitzel.«

»Drei Schädel, immer im Abstand von vier Tagen. Vier Jahreszeiten. Wenn wir einen vierten Schädel wollen, müssen wir nur warten, bis die nächsten vier Tage um sind. Das ist doch schon mal was.«

»Makabre Spekulation?«

Valentina zuckte mit den Schultern. »Mehr habe ich noch nicht. Aber ich spüre, dass es sich verdichtet.«

»Solche metaphysischen Fakten liebt der Staatsanwalt.«

»Ich mache noch ein paar Fotos, dann kann der Tatort gesäubert werden.« Valentina zog eine Digitalkamera aus ihrer Outdoorjacke, um sich den Frauenkopf und die Räumlichkeiten als Bilddateien zu sichern. Zwar war das der Job der Spurensicherer, aber bei all den Knüppeln, die ihr in diesem Fall bereits zwischen die Beine geworfen worden waren, wollte sie auf ihr eigenes Material Zugriff haben.

Während sie die Fotos schoss, merkte sie, wie sich mit dem dritten Frauenkopf eine innere Logik zusammenfügte. Wie in einer zu ergänzenden Zahlenreihe, die man in Eignungstests fortzusetzen hatte.

Die ersten beiden Fundorte waren Gaststätten gewesen, beide lagen auf der Brünner Straße. Dies war aber keine Gaststätte. Was war es dann?

Valentina sah sich um. Der Raum war leer. Irgendwann mal ausgebrannt. Trockener Löschschaum haftete an Boden und Wänden. Bis auf die Gipssäule und den Schädel war nichts da, abgesehen von einem Scheißhaufen in der Ecke des Obdachlosen, der den Schädel gefunden hatte. Darum hatten sich ihre Freunde aus der Forensik zu kümmern, dachte Valentina, und sie ertappte sich bei einem leichten Lächeln. Es gefror jedoch gleich wieder, als sie daran dachte, dass auch der Frauenschädel lächelte.

Warum? Die Frau musste Höllenängste und furchtbare Schmerzen gehabt haben. Aber vermutlich war ihr der Kopf erst abgetrennt worden, als sie schon tot war. Dann hätte sie keine Schmerzen gehabt. Warum aber dieses Lächeln? War es ihr post mortem aufgesetzt worden? Auch bei den beiden anderen Frauen war der Anflug eines Lächelns zu sehen gewesen, aber bei dieser hier war es am deutlichsten. Waren sie vorher mit Drogen vollgepumpt worden? Die Forensik hatte im Blut nichts gefunden. Hatten sie sich etwa auf ihren Tod gefreut? Daran mochte Valentina gar nicht denken. Sie liebte das Leben. Und auch die schönen Frauen, von denen sie bislang nur die Schädel kannte, strahlten im Tod noch Lebensfreude aus.

Dass sie aber auch noch immer keine Namen hatten! Vermisste denn niemand diese Frauen? Es musste doch Anzeigen geben von Verwandten oder Freunden, denen eine Tochter, Schwester, Frau, Freundin oder sogar Mutter abhandengekommen war. Alle drei Frauen waren um die dreißig Jahre alt und sahen gut aus. So jemand hatte doch ein Netzwerk.

»Ihr könnt abräumen«, sagte Valentina zu dem Spurensicherer und verließ den Raum.

Sie überquerte die Brünner Straße, um das Haus aus der Distanz zu betrachten. Es musste seit Jahrzehnten unbewohnt sein. Der Putz war zum größten Teil abgeblättert, teilweise konnte man das Schönbrunner Gelb noch erahnen, mit dem es einmal gestrichen worden war. Nur ein Schriftzug, der sich über der

Eingangstür des Hauses befand, stach noch deutlich in aggressivem Rostbraun hervor: »Romane«.

War es mal eine Buchhandlung gewesen? Oder nur eine kleine Trafik, die Schundheftchen verkaufte? Valentina machte einige Fotos von der Häuserfront, dann zoomte sie den Schriftzug heran und fotografierte auch ihn.

Alle drei Häuser, in denen die Frauenköpfe gefunden worden waren, hatten an der Fassade auffällige Malereien. An der Front der Pizzeria »Comtessa« prangten drei Musketiere, die ihre Degenklingen zur verschworenen Einheit kreuzten, an der »Bounty« segelte ein Dreimaster durch schäumende Gischt, und hier stand einsam und verloren das Wort »Romane«.

Der Täter hatte sich diese Orte nicht zufällig ausgesucht. Wer sich die Mühe machte, die Gesichter seiner Opfer so sorgfältig zu schminken, der wusste genau, warum und wo er seine Beute zur Schau stellte. Jedenfalls musste es etwas mit Floridsdorf zu tun haben. Alle drei Fundorte lagen im zweiundzwanzigsten Bezirk: Brünner Straße, Prager Straße und die Pizzeria auf der Donauinsel. Also könnte der nächste Kopf ebenfalls in diesem Bezirk ausgestellt werden, und zwar in einem Haus, das in der Reihe Sinn ergab.

Valentina biss sich auf die Unterlippe und schüttelte den Kopf. Sie konnte nicht bis zu einem vermuteten nächsten Mord hindurch all die Häuser, die ins Profil passten, observieren lassen, so viel Personal hatte sie nicht. Zudem war es nur Spekulation. Aber sie konnte nach einem weiteren Haus mit Fassadenmalerei Ausschau halten.

Valentina überquerte wieder die Straße und ging auf ihr Fahrrad zu, neben dem Zirner bereits auf sie wartete.

»Und?«, fragte er.

»Es gärt«, antwortete sie.

»Auch auf der Dienststelle. Und weiter oben.«

»Kann ich mir denken.«

»Viel Zeit hast du nicht mehr. Drei ist eine magische Zahl. Darauf springen nicht nur die Medien an.«

»Versuche immer die Wahrheit zu erkennen, ehe du dich festlegst, und denke daran, dass eine einzige Informationsquelle nie ausreicht, um sich ein Urteil über etwas zu bilden. Du brauchst mindestens drei.«

»Wer hat das gesagt? Konfuzius? Jesus? Der Papst?«

»Fast«, sagte Valentina abwesend. »Es war Bernardo Provenzano, in einem Brief an Gino Ilardo.«

Sie kannte die Geschichten des skurrilen Paten, den die italienischen Kollegen erst kürzlich in einer Schäferhütte geschnappt hatten, auswendig. Über Jahre hinweg hatte er mit handgeschriebenen Zetteln die Organisation dirigiert. Sie hatte Provenzano studiert, ihn und die Mafia. Sie war getrieben davon. Es gab nichts, was sie nicht darüber wusste, keine Legende, die sie nicht kannte. Und deren gab es viele. Jede Organisation war nur so stark, wie es ihre Legenden waren. Nur deswegen existierte die katholische Kirche schon seit zweitausend Jahren. Und spielte nicht auch sie mit der Zahl Drei? Aber auf die Drei folgte die Vier. Es konnte hier auch einen vierten Mord geben. Den galt es zu verhindern. Und dafür musste der Mörder so schnell wie möglich gefasst werden.

***

Valentina fuhr gemächlich auf der Prager Straße und verlor sich im Anblick der vorüberziehenden Gebäude. Wenn sie schon hier war, konnte sie sich auch die anderen Fundorte nochmals ansehen, wenigstens von außen.

Vor dem »Bounty« stieg sie ab. Valentina gefiel die Fassadenmalerei. Sie wusste, dass es keine Kunst war, aber sie mochte verkitschte Bilder, die Dynamik in sich trugen. Sie liebte auch die mystischen Gemälde, die das visuelle Gegenstück zu den harten Riffs in der Heavy-Metal-Szene gaben.

Beim Anblick des Viermasters, der seinen Bug vor einer mächtigen Welle gen Himmel riss, begann Valentina das Rauschen des Meeres in ihren Ohren zu hören. Sie wusste, dass »Bounty« ein Snack mit Kokosfüllung war, aber sie stand nicht auf Süßigkeiten. Es gab auch einen Film, vermutlich sogar mehrere davon, die ein Schiff namens »Bounty« im Titel hatten. Valentina würde sich eine DVD besorgen.

Sie stieg auf ihr Rad, fuhr die Prager Straße wieder in Richtung Floridsdorf-Zentrum hinunter und wechselte dann in Richtung Donauinsel. An der Fassade der Pizzeria »Comtessa« prangte das Riesengemälde der drei Musketiere. Auch über die drei Musketiere gab es mehrere Filme, und auch hiervon würde sie sich die DVDs besorgen.

Was aber war mit dem heutigen Fundort? »Romane« deutete nicht auf einen Film hin. Wäre es vielleicht besser, die Romane zu lesen, anstatt sich die Filme anzusehen? Oder das Buch zum Film? Was gab es zuerst? Der Film im Kopf, der zur Geschichte wurde? Dann das Skript, aus dem man einen Film machte? Oder das literarische Nacherzählen des bereits gedrehten Films? Henne und Ei. Leben und Tod. Ein Kreislauf. Die vier Jahreszeiten. Der Wintermord. Welcher Film? Welcher Roman würde es sein, den der Täter als Ausstellungsort seines nächsten Kopfes wählen würde? Würde er auch auf der Brünner Straße sein?

Valentina versuchte, sich über die drei Fundorte einen geografischen Überblick zu verschaffen. Sie brauchte dafür keinen Stadtplan. Da sie ständig mit dem Fahrrad unterwegs war, hatte sie sich den Plan der Stadt längst in den Kopf kopiert. Bislang ergaben die Punkte ein Dreieck. Ob aus der Winkelstellung der nächste Punkt zu ermitteln war? Ein Quadrat wäre es nicht, so viel war klar. Das wäre dann doch zu einfach. Aber einen vierten Punkt würde es geben. Mindestens. Warum sollte der Killer jetzt auch einfach aufhören?

Valentina wollte nicht an ein nächstes Opfer denken. Sie war mit den dreien bereits überfordert. Und doch könnte gerade das nächste Opfer zum Täter führen. Dafür musste sie aber den Ort finden, wo der Täter zuschlagen würde. Aber er schlug ja nie dort zu, wo er die Köpfe ausstellte. Trotzdem würde sie den Bezirk abfahren und mögliche Häuser mit literarischer Fassadenmalerei überprüfen.

Valentina stieg auf und radelte durch Floridsdorf. Ein Hauch von Wehmut flog sie an. Hier war sie auf die Volksschule gegangen. An der Ecke, an der nun ein Geschäft für gebrauchte Mobiltelefone war, hatte ihr Stiefvater einst ein Musikgeschäft betrieben, im Hinterzimmer des Ladens hatte ihre Mutter auf einer alten Singer Änderungen für die Nachbarschaft vorgenommen.

Der Rhythmus des Nähmaschinenmotors mit dem Klavierspiel ihres Stiefvaters vermischte sich in Valentinas Ohr und brachte versunkene Bilder ins Bewusstsein.

Valentina hatte ihren Stiefvater gemocht. Ein echter Vater hätte nicht besser sein können. Dank ihm hatte sie das Gitarrenspiel erlernt, erst klassische Gitarre, dann Jazz. Erst viele Jahre später, er war bereits drei Jahre tot, und Valentina war gerade sechzehn geworden, hatte sie sich getraut, Heavy Metal zu spielen. Zum einen entsprach diese Musik mehr ihrem Temperament, zum anderen verarbeitete sie so auch ihre Trauer um den einzigen Menschen, der sie verstanden hatte. Mit ihrer Mutter kam sie überhaupt nicht mehr klar. Da schien jedes Wort alles andere zu treffen, nur nicht das Ohr des Gegenübers.

Valentina empfand sich als Österreicherin, war hier aufgewachsen und wehrte sich mit Händen und Füßen gegen alles Italienische. Sie hieß Fleischhacker, wie ihr Stiefvater, und darauf war sie stolz. Ihre Mutter hatte die deutsche Sprache nie richtig gelernt, sich ständig hinter ihrer Nähmaschine versteckt und von Sizilien geträumt. Von der Mandelblüte, den Orangen und dem unendlich blauen Meer. Und von der Fröhlichkeit der Menschen, die stets ein Lachen auf den Lippen hatten und nicht wegen jeder Wolkenverschiebung am Himmel grantelten.

Es war ein Postkartenbild gewesen, das sich Valentinas Mutter während ihrer Arbeit an zu engen Hosen und zerschlissenen Röcken ausgemalt hatte. Valentina hatte Sizilien anders in Erinnerung. Sie waren nicht umsonst von dort geflohen, und die Bilder der Flucht verfolgten sie noch immer.

Die Ampel schaltete auf Grün, Valentina wischte die Erinnerung weg und fuhr wieder auf die Floridsdorfer Brücke zu. Wenn sie drüben wäre, würde sie auch ihre Jugenderinnerung zurücklassen. Jenseits der Donau lag ein anderes Wien. Ihr eigenes Postkarten-Wien. So wie sich ihre Mutter Sizilien malte, so komponierte sich Valentina ihr Wien. Nur dass sie wusste, dass es lediglich eine Operette war, die nach drei Minuten der Realität zu weichen hatte, während Valentina ihrer Mutter unterstellte, die Realität nicht mehr zu sehen.

Das schlechte Gewissen begann an ihr zu nagen. Vielleicht

sollte sie ihre Mutter mal wieder anrufen? Aber sie wusste jetzt schon, wie das Gespräch verlaufen würde. »*Come stai? Tutto bene? Quando vieni? Ti aspetto, amore. Tutti ti aspettano …*«

Sofort würde ihre Mutter familiären Druck auf sie ausüben. Und wenn Valentina eines besonders am Herzen lag, dann die Familie auf größtmögliche Distanz zu halten. Sie wusste um die Diktatur der Familie, um die Heuchelei der Ehre und um die archaischen Gesetze. Sie hatte sich bewusst auf die andere Seite geschlagen. Mit ihrer Familie, dem Clan und der Cosa Nostra wollte sie nichts zu tun haben.

Ja, sie war ein Familienmitglied, aber sie hieß Fleischhacker, lebte seit ihrem sechsten Lebensjahr in Wien und bekämpfte das Verbrechen bis aufs Blut.

Sie trat stärker in die Pedale. Sie musste ihre Oberschenkel spüren. Der Schmerz in der Muskulatur und das Keuchen ihrer Lungen würden die Gedanken an ihre Familie verdrängen.

Er war aus dem Nichts gekommen. Valentina hatte ihn nicht gesehen. Ihrem Brodie, der Strat und ihr selbst war nichts passiert, aber der Typ, der sich vor ihr auf dem Radweg krümmte, schien sich verletzt zu haben. Was tauchte der auch plötzlich hinter der Linde auf? So ein Idiot.

»Sind Sie in Ordnung?«, fragte Valentina.

»Ja, ja. Entschuldigung, ich habe nicht aufgepasst. Meine Schuld. Sind Sie okay?« Der Mann rappelte sich auf und klopfte seinen hellgrauen Anzug ab. Am Knie war die Hose zerrissen, Blut sickerte durch den Schlitz und färbte das Grau mit einem arteriellen Rot.

»Sie haben sich verletzt.«

»Ein Kratzer, mehr nicht. Und den Anzug habe ich dreimal. War ein Sonderangebot im Outlet.«

Das gefiel Valentina. Sie hatte befürchtet, sich lange mit einer Debatte um Schuld und Versicherungskosten herumschlagen zu müssen.

Der Mann sah sie stumm an, winkte sie vorbei wie ein Verkehrspolizist und lächelte gequält, während er humpelnd die Bahn frei machte, um Valentina passieren zu lassen.

»Ist es wirklich nichts Schlimmes?« Die Zurückhaltung des Mannes erweckte mehr Sympathie für ihn, als sie zeitlich zur Verfügung hatte.

»Machen Sie sich um mich keine Sorgen. Ich muss einfach wacher durch die Welt gehen. Das war schon immer mein Problem: zu viele Tagträume.« Er bückte sich nach etwas, das im Gras neben der Linde lag, hob es auf und putzte es mit einem Taschentuch ab.

»Ist Ihr Handy etwa kaputt?«, fragte Valentina.

»Das ist kein Handy. Es ist ein GPS.«

»Ein GPS? Vielleicht sollten Sie es mit einer einfachen Stadtkarte versuchen. So ein Dschungel ist Wien nun auch wieder nicht.«

»Da wäre Freud aber anderer Meinung.«

»Glauben Sie etwa, Sie können die Abgründe der Menschen per GPS ergründen?«

»So ähnlich. Warum nicht? Interessieren Sie sich für Psychologie?«

Valentina zuckte mit den Schultern. Sie hatte keine Lust, dem Fremden zu verraten, dass es ihr Job war, menschliche Abgründe nachzuvollziehen, um Tätern auf die Spur zu kommen, ehe sie zum wiederholten Mal zuschlugen. Noch weniger wollte sie daran erinnert werden, dass ihr das momentan nicht so rasch gelingen wollte, wie sie es von sich selbst verlangte.

»Aber Sie mögen sicherlich Piratenfilme«, sagte der Fremde.

Valentina blickte ihn verdutzt an.

»So wie Sie gekleidet sind und sich durch die Stadt bewegen, schließe ich auf Abenteuerlust. Die Gitarre auf Ihrem Rücken lässt auf ein musisches Gemüt schließen. Piratenfilme sind musikalische Filme. Sie sind das Musical unter den Abenteuerfilmen. Das liegt an den Degengefechten. Der Rhythmus der Klingen schwingt immer mit. Entschuldigen Sie, ich sagte ja, ich hätte zu viel Phantasie.«

Der Typ gefiel ihr. Er scherte sich tatsächlich nicht um das Loch in der Hose, obwohl er auf den ersten Blick den Eindruck eines Stutzers machte. Aber für sie waren Anzugträger sowieso immer gleich Höflinge und Speichellecker. Das lag an dem Krieg, den sie innerhalb ihrer Abteilung mit der Hierarchie des Apparats zu führen hatte. Dort kleideten sich alle ihre Gegner in Anzüge. Der Weg der Übertragung war kurz, Valentina schämte sich jetzt dafür.

»Darf ich Sie auf einen Kaffee einladen?«, fragte der Mann.

Valentina war gerade auf dem Weg in die Satyr-Filmbuchhandlung, um sich die DVDs von »Bounty« und »Die drei Musketiere« zu besorgen, aber sie brachte es nicht fertig, die Einladung abzulehnen.

»Aber nur auf einen Espresso. Ich habe noch zu tun.«

»Natürlich. Sonst hätten Sie kaum so ein Tempo draufgehabt.« Sie deutete über seine Schulter.

»Gehen wir gleich dort ins ›Testa Rossa‹, die machen den besten Espresso.«

»Gerne.«

Valentina schob das Fahrrad, der Mann humpelte neben ihr her. Er schien sich Mühe zu geben, die Schmerzen, die ihm sein geschundenes Knie bereitete, zu verbergen. Sie sagten nichts, ehe sie an dem kleinen Bistro am Schottenring angekommen waren.

»Ist das ein echter Italiener hier?«, fragte der Mann misstrauisch.

»Wieso?«

»Ich war im Sommer in Köln. Die Eisdielen dort nennen sich Gelateria, aber die Besitzer sind durchweg Türken.«

Valentina lachte und rief dem Mann hinter der Theke zu: »Ciao, Eduardo. Zwei Espressi, bitte.«

»Per me un macchiato, grazie«, sagte der Mann.

Valentina drehte sich verdutzt nach ihm um.

»Sie sprechen Italienisch?«

»Sì, un pochino.«

»Aber fast akzentfrei. Sind Sie Italiener?«

»No, ma ho fatto alcuni anni in Italia. Un'altra storia«, sagte der Fremde, der Valentina plötzlich näher gekommen war, als ihr lieb war.

Sie betrachtete ihn genauer. Sein Gesicht war rund und braun gebrannt. Die grauen Stoppeln harmonierten mit der Farbe seines Anzuges. Seine hellbraunen Augen versprachen Witz und

Wärme. Er mochte Ende vierzig sein, aber er war nicht so einfach zu schätzen, weil sein Körper drahtig und sportlich wirkte.

»*Grazie*«, sagte er zu Eduardo, der die beiden Espressi auf die Theke stellte.

»Entschuldigung, ich habe mich noch gar nicht vorgestellt: Martin Adler.« Er streckte Valentina die gebräunte Hand entgegen.

Valentina griff sie und hoffte, über den Händedruck mehr von ihrem Gegenüber zu erfahren. Er war angenehm, fast schien es ihr, als würde sie sich selbst die Hand geben.

»Valentina Fleischhacker.«

»Ein spannender Name, klingt wie erfunden.«

»Wie meinen Sie das?« Valentina mochte es nicht, wenn man über ihren Namen witzelte.

»Entschuldigen Sie bitte. Über Namen macht man keine Scherze. Ich meinte das als Kompliment. Valentina, vom lateinischen ›valens‹, bedeutet ›gesund‹ und ›stark‹. Und wenn man gesund und stark zum Fleischhacker muss, hat das durchaus eine poetische, fast erfundene Spannung, finden Sie nicht? Gesund und stark in den Tod? Das ist Philosophie. Religion. Ihr Name hat das Zeug zum Heldentum.«

»Sie haben wirklich sehr viel Phantasie.«

Valentina kippte ihren Espresso und setzte zum Gehen an. Ihr Blick fiel auf das GPS-Gerät, das Adler auf der Bar abgelegt hatte.

»Wofür brauchen Sie das eigentlich?«

»Ich wusste doch, dass Sie Piratenfilme mögen. Das hier ist mein Kompass. Er führt mich direkt zum Schatz. Noch nie etwas von Geocaching gehört?«

Valentina zog fragend die Brauen hoch.

»Geocaching ist die spannendere Variante des Sonntagnachmittagsspaziergangs. Man erkundet dabei eine Gegend oder eine Region, indem man dort auf Schatzsuche geht«, erklärte Adler.

»Also so etwas wie eine Schnitzeljagd?«

»Exakt. Nur dass Sie die Koordinaten Ihres Schatzes über Internet erhalten, in das GPS eingeben und dann losziehen.«

»Verstehe. Und, sind Sie bereits in der Nähe Ihres Schatzes?«

»Ich glaube, ich habe ihn gefunden.« Adler lächelte charmant und sah Valentina unverschämt lange in die Augen. Sie errötete leicht, dann warf sie ein paar Münzen auf die Theke.

»Ich glaube, Sie überprüfen besser noch mal Ihre Koordinaten. Stimmt so. Viel Glück.«

Als sie durch die Tür trat, spürte sie den Blick Adlers in ihrem Rücken. Den Nächsten, den sie anfuhr, würde sie liegen lassen. Als ob die Handys nicht reichten, auf die die Fußgänger ständig glotzten, jetzt brauchten sie auch noch ein GPS, um sich Ausflüge schmackhaft zu machen.

In der Innenstadt musste sie aufpassen. Hier wimmelte es nicht nur von Touristen, sondern auch von Kollegen, die peinlichst darauf achteten, dass man die Verkehrsregeln einhielt. Wenn man es eilig hatte, war das aber unmöglich. Selbst wenn man den Stadtplan im Kopf hatte, das Einbahnstraßenlabyrinth stellte eine Herausforderung für sich dar. Trotzdem schaffte es Valentina ohne weitere verkehrstechnische Zwischenfälle zur Filmbuchhandlung.

»Welchen Musketierfilm willst du?«, fragte Nocker, der ungekrönte King der Filmgeschichte. Valentina hatte gehofft, dass Sandy im Laden sei. Dann ging es schneller. Nocker verkaufte nicht bloß Filme, er sah es als seine Mission an, dem Kunden sein unerschöpfliches Wissen über Film zu vermitteln, ob man wollte oder nicht. Und dabei war die Geschichte des Films doch kaum älter als hundert Jahre. Nicht auszudenken, wenn Nocker ein Literaturfreak gewesen wäre.

»Den besten«, antwortete Valentina.

Nocker kraulte sich an seinem mit leichtem Grau durchwachsenen Bart und lächelte wie ein weiser Shaolin-Meister, der seinem Schüler gleich beibrachte, wie lange man gegen ein Stück Holz hauen musste, ehe man den Schmerz nicht mehr spürte.

»Der beste wurde noch nicht gedreht. Alle hinken dem Dumas hinterher. Man muss das französische Original lesen, um die Essenz herauszufiltern. Aber wer liest in Hollywood schon Französisch?«

»Und abgesehen davon? Welchen empfiehlst du mir?«

»Wofür brauchst du ihn? Unterhaltung oder Erkenntnis?«

»Gibt es da eine Erkenntnis?«

»Es ist ein klassischer Parzival-Mythos. Es geht ums Erwachsenwerden. Da sollte es eine Erkenntnis geben«, sagte Nocker und kam hinter dem Tresen vor. Er ging an Valentina vorbei und stieg die Stufen ins Souterrain hinab, in dem sich seine Schätze befanden.

Valentina folgte ihm. Er trug gerne Schwarz. Auch jetzt. Schlanker machte es ihn nicht. Aber das war ihm wohl auch egal. Das Schwarz stand für die Art Film, die er liebte: *noir*.

»Den mit Douglas Fairbanks kannst du vergessen. Netter Stummfilm, aber sonst eher langweilig. Wenn du was geraucht hast, ganz lustig. Da ist der mit Gene Kelly schon eine andere Sache. Vor allem, was die Fechtszenen angeht. Fast ohne Schnitte, viel in der Totalen. Und trotzdem nicht fad. Die haben durch den Rhythmus der Choreografie den Schnitt im Kopf des Zuschauers suggeriert. Einfach genial.«

Valentina nickte, wusste aber nicht, was Nocker damit meinte.

»Fred Astaire hat einmal gesagt: ›Entweder die Kamera bewegt sich oder ich.‹ Heute unvorstellbar.«

Er drückte ihr den Film mit Gene Kelly in die Hand und sah sie bedeutungsvoll an: »Von 1948, Regie: George Sidney.«

Valentina nickte.

»Sagt dir nichts? Sidney?« Nocker schüttelte enttäuscht den Kopf und atmete schwer durch. »Sidney hat ›Scaramouche‹ gedreht und – jetzt kommt's – ›Viva Las Vegas‹ mit Elvis und Ann-Margret. Wusstest du, dass sie ein Paar waren?« Er ging voran, während er weiterplapperte. Valentina überlegte, was sie mit so einem anstellen würde, wenn sie ihn zu verhören hätte.

»Der nächste Knaller ist die Version aus den Siebzigern. Von Richard Lester. Mit Michael York als d'Artagnan und Faye Dunaway als Lady de Winter. Gefällt mir persönlich am besten. Siebziger eben. Da waren die Amis am europäischsten, wenn du verstehst. Das Studiosystem brach zusammen, Vietnam warf neue Fragen auf. Typen wie Scorsese und Cimino begannen Filme zu machen. Apropos Dunaway. Ich könnte dir den Director's Cut von ›Chinatown‹ mitgeben. Der beste Film für einen Cop. Da lernt man am besten, dass nichts ist, wie es scheint. Polanski. Darüber geht gar nichts. Kennst du die Kurzfilme von ihm? Als er noch in Lodz war? Kennst du bestimmt nicht. Aber ›Chinatown‹ gebe ich dir.«

»Ja. Leg ihn dazu.«

Valentina wusste, dass es wenig Sinn hatte, Nocker zu widersprechen. Ein Wort, und er würde von Dunaway zu Steve McQueen kommen, und dann war alles vorbei. Die Assoziationskette, die sich in Nockers Hirn abspulen würde, gliche der Wucht einer Sintflut. Sie würde unweigerlich in Nockers beschworenen Bilderwogen ersaufen.

»Die Produktionen der neueren Zeit sind recht belanglos. Vielleicht den allerneusten? Mit Christoph Waltz als Richelieu?«

Valentina nickte. Drei Versionen würden wohl reichen.

»Und ›Bounty‹?«

»Da gibt es fünf Kinofilme, die den Stoff behandeln. Die letzte mit Mel Gibson kannst du vergessen. Ich empfehle die von 1935 mit Clark Gable und Charles Laughton. Oder die von 1962 mit Brando.«

»Gib mir die beiden.«

Nocker brauchte zwei Griffe, schon hatte er die DVDs in Händen.

»Interesse an Profiler-Thrillern?«, fragte er und zwinkerte keck. »Hätte da ein paar Leckereien, die mit deinem Fall zu tun haben könnten.«

»Nocker, die Realität ist kein Blockbuster. Das Leben spielt eine andere Dramaturgie. Wenn es immer der unverdächtige Nachbar oder der beste Freund ist, mit dem niemand rechnet, wäre es doch leicht.«

»War nur ein Vorschlag. Wenn du mit denen hier durch bist und die nächste Leiche im Schaufenster liegt, kannst du dich gerne an meinen Tipp erinnern.«

Valentina sah auf den Stapel in ihren Händen. »Danke. Das reicht mir erst mal. Wird eine lange Nacht.«

»Aber unterhaltsam.«

Nocker stieg die Stufen zur Kasse hoch. »Zahlst du bar?«

»Mit Karte.«

Valentina wurde fast übel, als sie die Summe ihres Einkaufs sah. »Das zahlt mir mein Arbeitgeber niemals zurück.«

»Du solltest freiberuflich arbeiten. Dann kannst du es absetzen. So wie Gittes in ›Chinatown‹.« Er grinste und tippte mit dem Finger auf die oberste DVD des Stapels, ehe er alles in einem Papiersackerl verstaute und Valentina überreichte.

»Viel Vergnügen – und Erkenntnis.«

Er war wieder zum lächelnden Shaolin-Meister geworden. Valentina sah zu, dass sie aus dem Laden verschwand, ehe Nocker noch mit weiteren unverzichtbaren Schätzen der Erkenntnis aufwartete.

Sie war gut in Form, vor dem unteren Eingang des Belvedere überholte sie zwei Touristen, die sich auf Mieträdern der Stadt mühten, und einen Fahrradkurier, der Waden wie gebratene Hähnchen hatte und es ruhiger anging.

Ihr Handy klingelte. Noch ein paar Takte Klingelton, dann würde die Mobilbox anspringen. Sie bremste und hob das Rad auf den Gehsteig. Dann nahm sie den Anruf entgegen.

»Hallo, Zirner. Was gibt's? ... Verstehe. Nein, damit war zu rechnen. Keine Sorge, damit komm ich schon klar. Bis später.« Sie steckte das Handy ein und wich einer Gruppe italienischer Touristen aus, die aus dem Belvedere auf den Gehsteig strömten und in ihrer Landessprache plapperten. Valentina dachte wieder an ihre Mutter. Vielleicht würde sie doch bald mal wieder mit ihr telefonieren müssen. Aber dann vom anderen Telefon aus. Das musste getrennt werden. Alles musste getrennt werden, nichts durfte sich mischen. Die Familie hatte mit ihrem Beruf nichts zu tun, überhaupt nichts. Wer anfing zu mischen, befand sich bereits im Netz der Gefälligkeiten und der Korruption. Deswegen hielt sie sich ihre privaten Kontakte auf einem anderen Telefon. Und das klingelte fast nie.

Ein kleines Mädchen hatte sich von der Hand seiner Mutter gerissen und rannte einem Ball hinterher. Valentina stoppte ihn mit dem Vorderrad und kickte ihn mit den Speichen zu dem Mädchen zurück. Zum Glück schob sie das Rad noch immer. Einen weiteren Unfall hätte sie heute nur schwer verkraftet.

Sie musste an ihre Begegnung mit Adler denken. Sie würde nach ihm recherchieren. Er war zwar dreist, aber nicht uncharmant.

»Hells Bells« erklang wieder aus der aufgesetzten Hosentasche. Valentina hielt an, da sie bereits vor ihrer Wohnung angekommen war, und nestelte das Handy hervor.

»*Mamma*, woher hast du diese Nummer?«

***

Zirner lief unruhig in seinem Büro auf und ab. Immer wieder starrte er auf den Kaktus, der sich einsam auf dem falschen Marmor des Fensterbrettes in die Höhe reckte und sich mit einigen seiner Stacheln in der Gardine verfangen hatte. Zwei Blüten kündigten sich an. In den letzten Jahren waren sie stets abgefallen, ehe sie ihre Pracht entfalten konnten. Auch in diesem Jahr gab Zirner ihnen keine Chance.

Dafür gab er Valentina eine Chance. Sie könnte es packen. Für ihn war der Zug abgefahren, er war für die aktive Seite wertlos geworden. Er hatte jahrelang gute Arbeit geliefert. Jetzt war er ausgebrannt. Er hatte gehört, dass sie jemanden für einen Top-Job suchten. Eine Frau. Zirner kannte nur eine Frau, die das brachte, was gefordert wurde: Valentina. Aber sie war ein Dickkopf. Und sie hatte ihre Prinzipien. Scheiß auf die Prinzipien, am Ende dankt es dir keiner, dachte Zirner und schenkte sich einen ein. Einen Grappa zur Beruhigung, warum auch nicht.

Dann setzte er sich hinter den Schreibtisch und öffnete die Kladde. Was er las, gefiel ihm noch immer nicht. Zu viele Informationen wiesen zur Mafia. So konnte er die Daten unmöglich an Valentina weiterreichen. Sie waren schon eine Sondereinheit. Aber wenn herauskäme, dass es sich um drei tote Frauen handelte, die für die Camorra gearbeitet hatten, würde es noch eine Sondereinheit geben, und der Fall würde ihnen entzogen werden. Und dann wäre sein Plan beendet, noch ehe er begonnen hatte. Er musste Valentina im Rennen halten. Sie war seine Pension. Wenn sie einschlug, war er ein gemachter Mann. Er trank und goss sich noch ein Glas ein. Dann begann er die Akte zu bearbeiten.

***

Das Gespräch war kurz gewesen. Gespickt mit Floskeln. Nett und nervig zugleich. Ja, sie hatte sich auch ein wenig gefreut, die Stimme ihrer Mutter zu hören. Egal, worüber sie geredet hatten. Am liebsten hörte sie noch immer, wenn ihre Mutter über das Essen sprach. Was sie für wen gekocht hatte und wer alles gekommen war und wem es besonders gut geschmeckt hatte. Da war die Welt heil, es gab keine Konfliktzonen. Dass Zio Marco ein kleiner Geldeintreiber der Mafia war, wog da nicht so schwer, wichtiger war, dass ihm die Saltimbocca besonders gut geschmeckt hatte. Valentina konnte alles andere ausblenden. Für einen Moment. Weil sie dem glückseligen Klang in der Stimme ihrer Mutter lauschte.

Jetzt hatte sie das Gespräch aber beendet und verfluchte Zio Marco. Weil er ein schmieriger Ganove war. Und nicht nur das. Vor allem ahnte Valentina, über welche Wege ihre Mutter an die Telefonnummer gekommen war. Aber sie durfte sich davon nicht ablenken lassen. Sie hatte sich zu konzentrieren. Großes stand bevor.

Es wäre nicht die erste Pressekonferenz, die sie zu halten hatte, aber drei geköpfte Frauen waren nicht alltäglich. Sie vertraute Zirner, aber für diese Pressekonferenz benötigte sie einen gewiefteren Mentor.

Bernhard Fleischhacker hatte der Gesellschaft Jesu angehört, war zwanzig Jahre lang Jesuit gewesen und dann aus dem Orden ausgetreten, um Valentinas Mutter zu heiraten. Manchmal glaubte Valentina, Don Bernardo, wie er sich selbstironisch genannt hatte, sei nicht wegen ihrer Mutter, sondern allein zu ihrer Erziehung zu ihnen gestoßen. Er war ein sonderbarer Mensch gewesen. Ein unfassbares Chamäleon. Mit Leichtigkeit hatte er das Musikgeschäft geführt. Er unterrichtete beinahe alle Instrumente und erteilte Nachhilfeunterricht in Mathematik in der jeweiligen Muttersprache seiner Schüler. Geld verlangte er kaum. Er glaubte noch immer an den Gottessohn, dem er sich bereits als junger Mann verschrieben hatte, wusste die Bibel aber pragmatisch zu handhaben. Und er war es gewesen, der Valentina in den Exerzitien des Ignatius von Loyola unterwiesen und sie mit den Sentenzen des Balthasar Gracián vertraut gemacht hatte.

Sie wanderte ihr Bücherregal ab, das die gesamten sechs Meter ihres Flurs einnahm und mit Büchern und Folianten bis unter die Decke des Altbaus bestückt war. An seinem Stammplatz stand das kleine Büchlein, die Fibel, aus der sie täglich zu rezitieren und zu reflektieren hatte.

Sie setzte sich mit dem Büchlein in einen alten Sessel, den sie mit einem hellblauen Überwurf bedeckt hatte, damit man das zerschlissene Leder nicht sah, und blätterte. Die Fibel war voll mit Anmerkungen Don Bernardos und ihren eigenen Gedanken. Sie liebte die kraftvolle Übersetzung Schopenhauers und lachte bei dem Gedanken, ob dieser Denker wohl auch Metal gerockt hätte, wenn es zu seiner Zeit Marshall-Verstärker gegeben hätte.

Sie las laut, damit die Worte den Raum griffen und von außen wieder mit neuer Frische ans Ohr drangen. So konnten sie vom Hirn aufgenommen werden, als wäre es nie zuvor gedacht worden.

»Sich anzupassen verstehen. Nicht allen soll man auf gleiche Weise seinen Verstand zeigen und nie mehr Kraft verwenden als gerade nötig. Nichts werde verschleudert, weder vom Wissen noch vom Leisten. Der gescheite Falkonier lässt nicht mehr Vögel steigen, als die Jagd erfordert. Man lege nicht immer alles zur Schau aus, sonst wird es morgen keiner mehr bewundern. Immer habe man etwas Neues, damit zu glänzen; denn wer jeden Tag mehr aufdeckt, unterhält die Erwartung, und nie werden Grenzen seiner großen Fähigkeiten aufgefunden.«

Valentina ließ es in sich nachklingen und las erneut. Gedanke für Gedanke, Satz für Satz. Sie achtete nicht auf die Notizen und Anmerkungen am Rand, sondern spitzte einen Bleistift, mit dem sie neue Gedanken auf den dicht beschriebenen, noch freien Platz kritzelte, den ihr der Setzer für solche Zwecke zugestand.

Dann legte sie Stift und Buch beiseite, kippte den Hebel des Verstärkers an, setzte sich den Kopfhörer auf, griff die neue hellblaue Strat, mischte die Gedanken Graciáns mit den Powerchords von AC/DC und lächelte dankbar bei dem Gedanken an Don Bernardo.

ZWEI

Auf dem Bildschirm hob eine attraktive junge Frau mit schwarzen Locken und dunklen mandelförmigen Augen ein Foto in die Höhe. Sie schwieg dabei, ließ nur das Foto in ihrer Hand wirken. Das Foto zeigte den Kopf einer Frau, der so geschminkt war, als würde die Schöne gleich über den roten Teppich einer Filmpremiere stolzieren. Hübsch wie eine Wachsfigur, aber leblos.

Die Frau, die das Foto in die Höhe hielt, war ebenso geschmackvoll geschminkt, aber sie wirkte bei Weitem lebendiger. Valentina Fleischhackers Augen reflektierten die Scheinwerfer des Studios und schimmerten im Glanz absoluter Wachheit. Sie legte das Foto stumm auf das Pult vor sich und streckte dafür ein anderes in die Kamera. Diesmal hielt sie es so, dass ihr eigener Kopf hinter dem Foto verschwand. Auch auf diesem Bild war ein geschminkter, lebloser Frauenkopf zu sehen. Kommentarlos legte Valentina Fleischhacker das Foto auf das andere, atmete kurz durch und begann dann zu sprechen.

»Drei Frauenköpfe, drei Tote. Und wir kennen ihre Namen nicht. Sie können uns helfen, wenn Sie diese Frauen gekannt haben. Melden Sie sich bitte bei uns. Danke schön.«

Der Beitrag war zu Ende, der Nachrichtensender brachte Kurznachrichten aus aller Welt.

Nicola klappte den Laptop zu. »Schrecklich, findet ihr nicht?«, fragte sie in den Raum.

»Eher spannend, ein richtiger Thriller«, sagte ein Kommilitone.

»Was haben Sie gesehen? Was war die Botschaft?«, übernahm Adler die Führung. »Leider habe ich den Anfang verpasst, aber Sie können es sicher für mich zusammenfassen. Nicola?«

»Na ja, die Inspektorin hat Stellung zu den drei grässlichen Frauenmorden bezogen, die in Wien innerhalb der letzten vierzehn Tage verübt wurden«, sagte Nicola.

»Wie hat sie Stellung genommen? Was will die Polizei mit der Stellungnahme bezwecken?«

»Sie will die Bürger beruhigen.«

»Sie will dem Täter zeigen, dass sie an ihm dran sind.«

»Die Polizei tappt im Dunkeln und hat bislang noch nicht einmal die Namen der Opfer herausgefunden. Und jetzt erhofft sie sich von den Bürgern Hilfe«, sagte Nicola.

»Ist das nicht merkwürdig?«, fragte Adler. »Wir leben in einer Zeit, in der wir über Rechner Milliarden von Daten gesammelt haben. Es gibt kaum ein Gesicht, das nicht bei Facebook registriert ist, und die Polizei hat die drei toten Frauen noch nicht identifiziert?«

»Vielleicht sind die Computer bei der Polizei abgestürzt.«

»Oder die arbeiten dort noch mit Matrizen. Könnte mir auch vorstellen, dass die keine E-Mails verschicken, sondern ihre Nachrichten noch mit einem Meißel in Stein hauen.«

Großes Gelächter, dem sich auch Adler nicht entziehen konnte.

»Es könnte natürlich ein administratives Problem vorliegen, aber die Wahrscheinlichkeit ist gering. Lassen Sie uns ernsthaft, aber auch mit Vertrauen auf die Intuition Fakten zusammentragen. War außer der Inspektorin noch jemand auf dem Bildschirm zu sehen?«

»Nein. Oder ich habe ihn verdrängt. Die sieht einfach so gut aus, da verblassen die anderen neben ihr«, sagte Toby.

»Ich habe auch niemanden gesehen, und ich war nicht so geblendet wie meine männlichen Kollegen.«

»Von der Bildsprache heißt das, sie ist allein. Sie hat keinerlei Unterstützung«, sagte Adler.

»Kann man das so direkt folgern?«

»Es wäre eine Möglichkeit. Schaut euch Politiker-Interviews an. Bei Wahlsiegern drängen sich die Väter des Erfolges mit aufs Bild, bei Schlappen stehen die Verlierer allein. Die bildliche Einsamkeit ist auch gleichzeitig eine gesellschaftliche Isolation. Ich weiß, die These ist gewagt. Hat jemand eine andere?«

»Könnte es nicht auch sein, dass die Pressekonferenz nur scheinbar für uns, tatsächlich aber für den Täter inszeniert wurde?«, fragte Nicola.

»Interessante These. Weiter.«

»Die Inspektorin hat sich rausgeputzt wie die Moderatorin einer Unterhaltungssendung. Der knallige Lippenstift war sehr untypisch für eine Polizeibeamtin. Auch die Frauen auf den Fotos trugen dieses knallige Rot auf den Lippen und den violetten Lidschatten.«

»Sehr gut beobachtet. Was will die Inspektorin mit der Botschaft bezwecken?«

»Vielleicht will sie ihn provozieren.«

»Inwiefern?«

»Na ja, sie zeigt damit an, dass sie sein Muster durchschaut hat und ihn beim nächsten Mal packen wird.«

»Sie solidarisiert sich mit den Frauen.«

»Bietet sie sich ihm vielleicht sogar an, die Nächste zu sein?«, fragte Adler.

»Eine Falle? Darauf fällt der nicht rein. Der Kerl ist viel zu gerissen. Das wäre zu billig.«

»Es sei denn, die Inspektorin würde auch anderweitig in das Opferprofil des Täters passen«, sagte Adler.

»Und deswegen die Pressekonferenz. Vielleicht ist eine Zigarre manchmal auch nur eine Zigarre, Herr Freud«, frotzelte Tom.

Die Gruppe lachte, Adler wiegte unentschlossen den Kopf.

»Nein, das glaube ich in diesem Fall nicht. Ich bin der Ansicht, dass die Inspektorin mit allen Wassern gewaschen ist und nichts so scheinen lässt, wie es wirklich ist, es sei denn, es dient dazu, ihr anvisiertes Ziel zu erreichen.«

»Sie scheint wohl auch auf Sie Eindruck gemacht zu haben. Fällt Sie etwa in Ihr Profil?«, fragte Tom neckisch.

Die Gruppe lachte laut, Adler zuckte mit den Schultern. »Wer weiß.« Dann deutete er auf den Laptop. »Welchen Schatz haben wir heute zu jagen?«

»N48° 08.342', E016° 15.644'«, las Toby von seinem GPS ab.

»Also dann. Ich bin gespannt auf Ihr Ergebnis.«

»Kommen Sie heute denn nicht mit?«, fragte Nicola mit leichter Enttäuschung in der Stimme.

»Nein, leider. Ich habe noch etwas anderes zu tun. Und ich glaube nicht, dass Sie mit mir tauschen wollen.«

***

Zirner war beeindruckt von Valentinas Schachzug, wusste aber gleichzeitig, dass der Druck dadurch noch lange nicht aus dem Spiel genommen war. Im Gegenteil. Jetzt fing es erst richtig an. Valentina hatte sich der Öffentlichkeit gestellt. Es gab nun ein Gesicht, das sich verantwortlich zeigte. Wenn der Fall sich verschleppte, es gar ein weiteres Opfer gäbe, würden sie die Medien ebenso schlachten wie der Täter die bisherigen drei Leichen. Für Zirner lief es nach Plan. Jetzt musste sie zeigen, was sie konnte. Sie war im Rennen.

Mit unnahbarem Pokerface kam sie aus dem Studio des ORF und stieg zu Zirner ins Auto.

»Gehen wir auf einen Kaffee?«, fragte sie. »Außerdem habe ich Hunger.«

»Nichts gefrühstückt? Ich dachte, ohne Haferflocken gehst du nicht aus dem Haus.«

»Wenn ich mich schminken muss, vergeht mir der Appetit.«

Zirner sah sie von der Seite an. »Mir kommt er.«

»Vorsicht. Keine sexuelle Belästigung am Arbeitsplatz«, sagte Valentina. Dann klappte sie die Sonnenblende herunter, wischte sich den Lippenstift weg und säuberte ihr Gesicht mit mehreren Abschminktüchern.

»Irgendwo in der Nähe? Vielleicht ins ›Anzengruber‹? ›Amacord‹?«, fragte Zirner.

»Nein, nicht an den Naschmarkt. So wie ich aussehe, will ich niemanden treffen, der mich kennt.«

»Nach dem Auftritt gerade werden dich alle kennen.«

Valentina lachte. »War nicht schlecht, was?«

»Es war Selbstmord.«

»Kann schon sein. Aber ich wette meine neue Strat, dass wir binnen vierundzwanzig Stunden den Namen der letzten Toten haben. Vielleicht kommen dadurch auch noch weitere Hinweise und Informationen über die beiden ersten Leichen zusammen. Wir haben einfach noch zu wenig Teile für das Puzzle.«

»Ich glaube nicht, dass man dir viel Zeit zum Puzzeln geben wird. Man will gleich das ganze Bild haben.«

»Ich weiß. Aber der Auftritt war nicht nur Harakiri. Öffentlichkeit kann auch schützen.«

»Solange man die Medien auf seiner Seite hat.«

»Erst einmal werden sie die attraktive Kommissarin verkaufen wollen. Solange sie damit Geld verdienen können, habe ich sie auf meiner Seite. Erst wenn die Kuh gemolken ist, werden sie meinen Gegnern helfen, mich zu schlachten.«

»Du pokerst eiskalt.«

»Von wegen. Ich mach mir in die Hosen.«

Zirner schüttelte den Kopf und fuhr über die Ringstraße in Richtung Donaukanal.

»Also wohin? In die Josefstadt? Die ›Helene‹ hat noch keinen Mittagstisch. Dafür ist es zu früh.«

»Lass uns nach Floridsdorf. Ich würde gerne in die Pizzeria ›Comtessa‹.«

»Immer im Dienst?«

»Meinst du etwa, ich würde mit dir privat essen gehen?«

»Bei dir weiß man nie«, sagte Zirner trocken und nahm die Brücke über den Donaukanal.

Valentina zog ein silbernes Zigarettenetui aus ihrer Handtasche und klappte es auf. »Darf ich rauchen?«, fragte sie.

»Du könntest mir eine anbieten.«

»Ich dachte, du hättest es aufgegeben.«

»Ich habe aufgegeben, es aufzugeben. So wie ich auch bei dir schon aufgegeben habe, dich zu einer funktionierenden Polizistin auszubilden.«

»Funktioniere ich nicht prächtig? Man muss nur die richtigen Knöpfe drücken, schon tue ich, was andere wollen, wie jeder Mensch.«

»Glaubst du wirklich, wir sind alle manipulierbar?«, fragte Zirner und nahm für einen Moment den Blick von der Fahrbahn.

»Absolut. Du musst nur wissen, wie der Mensch tickt, dann kannst du ihn fernsteuern. Die Kunst liegt darin, dass er glaubt, er tue es aus freiem Willen.«

»Schrecklich.«

»Spannend. Die menschliche Psyche ist das spannendste Rätsel. Es zu knacken ist die aufregendste aller Schatzsuchen.«

»Hast du dich selbst schon geknackt?«

»Bin ich wahnsinnig? Ich habe viel zu große Angst, dass ich

dann in eine Truhe mit lochgestanzten Metallringen starre, weit entfernt von den ersehnten Golddukaten.«

»Vielleicht sind aber gerade lochgestanzte Metallringe das wahre Zahlungsmittel und Golddukaten wertlos. Es kommt auf die Definition der Werte an.«

Zirner reichte Valentina den glühenden Zigarettenanzünder und lächelte dabei heimtückisch. Sie drückte die Zigarette gegen den Zünder und blickte Zirner in die wässrig grauen Augen.

»Warst du bei den Jesuiten?«, fragte sie.

»Und wenn schon. Ein Jesuit, der sich als Jesuit bezeichnet, ist keiner.«

Er steckte sich seine Zigarette an und sog daran. »Ebenso wie ein lochgestanzter Metallring in Wirklichkeit ein Golddukaten sein kann. Je nach Kontext. Alles hat seinen Wert, wenn wir ihn auszuspielen wissen. Das weißt du doch am besten, nach deiner heutigen Vorstellung.«

Valentina gähnte.

»Langweile ich dich?«

»Überhaupt nicht. Entschuldige. Aber ich habe kaum geschlafen.«

»Vor Aufregung?«

»Klar. Aber ich habe die Zeit genutzt und mir zwei Versionen von den ›Drei Musketieren‹ angeguckt.«

»Fahren wir deswegen zur Pizzeria?«

»Nein. Weil ich Hunger habe und die womöglich die beste Margherita von ganz Wien zaubern.«

»Von außen verbirgt der Laden das aber geschickt.«

»Männer. Guckt nicht immer auf das Äußerliche. Innere Werte zählen.«

»Und trotzdem scheint es unserem Täter die äußerliche Inszenierung angetan zu haben.«

»Deswegen tippe ich auch auf einen Mann.«

»Hattest du etwa einen Augenblick lang eine Frau im Sinn?«

»Nicht wirklich.«

»Könnte aber sein. Sperma wurde bei keinem Opfer gefunden. Männliche DNA ebenso wenig.«

»Die Schminke und die archaische Ausstellung der Köpfe.

Das spricht für einen Hetero. Und dann diese männlichen Abenteuerfilme. Es ist ganz sicher ein Mann.«

»Aber du bist doch auch eine Frau? Und benimmst dich derart übertrieben wie ein Mann, dass die Kollegen schon ihre Witze machen.«

»So? Machen sie das? Du auch?«

»Mir geht es nicht um Witze. Ich möchte damit bloß sagen, dass es auch Frauen gibt, die sich wie Hetero-Männer aufführen.«

»Da vorne rechts«, sagte Valentina und sah aus dem Fenster. Sie hatte es satt, sich für ihr burschikoses Wesen rechtfertigen zu müssen. Bei Polizistinnen war es wie bei Fußballerinnen. Ständig standen sie unter Verdacht, Lesben zu sein. Und wenn schon. Manchmal wäre es ihr lieber, sie wäre eine. Dann könnten ihr diese Gockel gestohlen bleiben. Aber wirklich anders wäre dann auch nichts. Eine Beziehung hatte nun mal nicht nur etwas mit Sex zu tun. Und sie war ohne Beziehung. Dafür hatte sie einen Beruf, für den sie bereit war, alles zu geben. Was wollte sie mehr?

»Und?«, fragte Zirner. »Konnte dir der Film irgendetwas anderes erzählen, außer dass es sich bei unserem Täter um einen Mann handelt?«

»Die Zahl Drei und das Thema der Freundschaft finde ich interessant. Vielleicht haben unsere drei toten Frauen mehr gemeinsam, als nur ein schönes Gesicht gehabt zu haben. Darüber wissen wir noch zu wenig. Es muss Verbindungen zwischen ihnen geben. Vielleicht finden die Kollegen bald Namen, dann lässt sich bestimmt ein Netz spinnen.«

»Die Kollegen haben versprochen, dass sie bis zum frühen Nachmittag mehr wissen.«

»Hoffentlich. Weil ich mir sicher bin, dass es eine vierte Leiche geben wird.«

»Warum? Nur wegen dem Vier-Tage-Rhythmus schließt du auf ein viertes Opfer?«

»D'Artagnan. Er ist der vierte Musketier. Er ist der, der Musketier werden will und es am Ende seiner Prüfung geschafft hat. Ein Aspirant.«

»Wir suchen also zunächst den Club, dem die bisherigen Opfer angehörten, und dann eine Aspirantin, die dazugehören will?«

»Guck mich nicht so an. Es ist eine Theorie. Irgendwo müssen wir ja anfangen.«

Zirners Handy klingelte. Er nahm den Anruf entgegen. »Ja? ... Gut. Wir sind unterwegs.«

Valentina sah ihn fragend an. Zirner sagte jedoch nichts, steckte nur sein Handy wieder ein und setzte an der nächsten Ampel einen U-Turn.

»Bauer?«, fragte Valentina.

»Was hast du erwartet?«

***

Bauer kratzte sich am spärlichen Haarkranz, der seinen blank polierten Schädel umkränzte, und sah aus dem Fenster. Beim Eintreten von Valentina und Zirner drehte er sich nur kurz zu ihnen, lächelte dabei freudlos und sah wortlos wieder zum Fenster hinaus. Ob er nach den richtigen Worten suchte oder nur so tat, damit Valentina und Zirner die Wichtigkeit des Moments bewusst wurde, war nicht klar. Valentina ging es jedenfalls entschieden zu lang.

»Wir sollten hierherkommen«, sagte sie und wartete darauf, dass Bauer sich zu ihnen drehte. Er starrte auf eine fette Schmeißfliege, die unentwegt gegen die Fensterscheibe knallte und sich stets aufs Neue wunderte, wieso der Weg zum Licht so schmerzhaft sein sollte. Endlich schoss sein Daumen gegen das Fensterglas, Chitin knackte, Eiweiß kroch aus dem schwarzen Körper der Fliege. Bauer nahm die Fliege an einem Flügel zwischen Daumen und Zeigefinger und warf sie in den Papierkorb neben seinem Schreibtisch. Dann wischte er sich die Finger mit einem Papiertaschentuch sauber, das er anschließend zerknüllte und ebenfalls im Papierkorb versenkte. Erst jetzt sah er zu Valentina und Zirner auf.

»Sehr beeindruckend, Ihr Auftritt heute Morgen. War so aber nicht abgesprochen«, sagte er.

»Sollte er abgesprochen sein?«, fragte Valentina und wusste wohl, dass sie ihre Strategie vorher hätte darlegen müssen, ehe sie sich so inszeniert vor den Journalisten präsentierte.

»Sie sind Polizistin, keine Moderatorin frivoler Verkaufssender. Außerdem stehen wir ziemlich dämlich da, wenn wir eingestehen, dass wir nach zwei Wochen noch immer nicht wissen, wie die erste Tote heißt.«

»Ich wollte mit der Strategie eine Reaktion beim Täter hervorrufen.«

»Strategie? Das nennen sie Strategie? Was darf ich dann als Nächstes erwarten? Einen Striptease?«

Valentina sah auf den Boden und schwieg.

»Was haben Sie sonst noch? Geht Ihre Strategie noch weiter? Was haben Sie bisher über die Opfer herausgefunden? Bestehen Verbindungen? Gemeinsamkeiten? Familiäre Beziehungen?«

»Wie sollen wir das wissen, wenn wir noch nicht einmal wissen, wer die Frauen sind? Wir haben nur Köpfe. Keine Dokumente. Und es hat sich noch niemand gemeldet, der die Frauen vermisst«, sagte Zirner.

»Hotels?«

»Wissen Sie, wie viele Hotels und Absteigen es in Wien gibt?«, fragte Valentina genervt.

»Ich weiß, wie viele Frauen es in Wien gibt, die Angst davor haben, das nächste Opfer zu sein. Und auch der Polizeipräsident hat eine hübsche Tochter«, sagte Bauer, der sich mittlerweile hinter seinen Schreibtisch gestellt hatte.

»Heute Abend wissen wir mehr. Die Gerichtsmediziner haben versprochen, die Ergebnisse der ersten beiden Frauen auf DNA miteinander abzugleichen. Vielleicht gibt es tatsächlich einen verwandtschaftlichen Bezug«, sagte Zirner.

»Was ist mit den Botschaften? Wenn es sich um Ausländerinnen handelt, finden wir vielleicht dort einen Hinweis?«

»Sind wir dran«, sagte Zirner.

»Fleischhacker. Warum sagen Sie nichts? Ist das Teil Ihrer Strategie: erst unkonventionell handeln, dann schweigen? Glauben Sie mir, Sie verschrecken damit viel mehr Ihre Kollegen als den Täter.«

»Ich glaube, die Toten waren Frauen, die beruflich in Führungspositionen standen. Frauen, die Verantwortung in irgendeiner Form übernommen haben. Starke Frauen. Musketiere.«

»Wie bitte?«, fragte Bauer und zog die Brauen so hoch er es vermochte.

»Frauen, die in Wien waren, weil sie hier ein Geschäft abgewickelt haben. Was für eine Messe haben wir gerade?«

»Was weiß ich. Recherchieren ist Ihr Job. Meiner ist es, Ihren Unsinn unseren gemeinsamen Vorgesetzten zu verkaufen. Wie ich das aber mit weiblichen Musketieren anstellen soll, ist mir schleierhaft.«

»Sie kriegen morgen Abend einen Bericht mit all den bisherigen Ermittlungen und Vermutungen.«

»Ermittlungen hört sich gut an. Vermutungen will ich nicht hören. Sondern Fakten. Und noch besser: den Täter.«

»Auf dem Silbertablett.«

»Auf dem Silbertablett.«

Sie schwiegen alle drei. Das Brummen einer Schmeißfliege drang hinter der Gardine hervor. Dann der dumpfe Ton, der das Anfliegen gegen Fensterglas hervorrief. Bauer drehte sich zum Fenster und sagte beiläufig. »Da Sie anscheinend mit dem Fall überfordert sind, wird Parizek Sie unterstützen.« Er ging auf das Fenster zu, schob die Gardine weiter auf und stierte lüstern auf das orientierungslose Insekt. »Ich erwarte Ihren Bericht also Morgen Abend.«

***

Valentina stapfte wütend durch den Korridor. Zirner versuchte mit ihr Schritt zu halten.

»Ausgerechnet Parizek. Ich habe überhaupt nichts gegen Verstärkung. Aber warum muss es gerade Parizek sein?«

Sie fingerte sich eine Zigarette aus ihrem Etui und steckte sie sich in den Mund. Dann schnippte sie ihr Zippo auf und wollte sich die Zigarette anzünden. Zirner nahm sie ihr aus dem Mund.

»Nicht in öffentlichen Gebäuden«, sagte er.

Valentina griff sich die Zigarette wieder und marschierte aus dem Polizeigebäude. Zirner folgte ihr.

Sie qualmte bereits, als er am Auto ankam.

»Willst du noch auf die Donauinsel?«, fragte er.

»Der Appetit ist mir vergangen. Aber hin muss ich trotzdem. Vorher muss ich aber noch ein paar andere Hausaufgaben erledigen, damit Bauer bis morgen Abend einen Bericht hat, der die Zecke Parizek erübrigt.«

»Was hast du vor?«

»Viel telefonieren und herauskriegen, wie unsere Toten heißen und woher sie kommen.«

»Glaubst du wirklich an die Sache mit den weiblichen Musketieren?«, fragte Zirner zaghaft. Valentina blitzte ihn an. »War nicht so gemeint«, sagte er, wissend um Valentinas Temperament.

»Ich gehe zu Fuß. Brauche einen kühlen Kopf. Mach du doch bitte bei den Leichenfledderern ein wenig Druck. Dich mögen Sie mehr.«

»Wer nicht?«, sagte Zirner trocken und rang Valentina damit ein schwaches Lächeln ab.

»Treffen wir uns heute Abend in der ›Comtessa‹?«, fragte sie.

Zirner nickte und stieg in den Wagen.

Valentina blies Rauch in die Luft und zückte dann ihr Handy.

»Hier ist Valentina. Burak, können wir uns treffen? Am besten bei dir. Ich brauche dein Werkzeug. Um zwei? Das schaffe ich … und nimm dir für heute nichts anderes vor.«

Sie warf die Zigarette auf den Boden, trat sie mit der Fußspitze aus und blickte hoch in den ersten Stock des Plattenbaus. Dort stand Bauer hinter dem Fenster. Valentina wusste nicht zu sagen, ob er sie beobachtete oder einer weiteren Schmeißfliege den Garaus machte.

***

Valentina stieg von ihrem Rad und schob es in die Wohnanlage: Sahulkastraße, zehnter Bezirk, der berüchtigte Karl-Wrba-Hof. Zwischen 1972 und 1982 hatte man hier einen verschachtelten Wohnkomplex von über tausend Wohnungen auf fünfunddreißig Stiegen gemauert. Man schmeichelte der Anlage hier mit dem

Namen »Senfbauten«. Den verdiente sie sich durch die gelblich beigen Eternitfassaden, mit denen der Komplex verschalt war. Ein Lego-artiger Wurf aus zahlreichen Flachbauten, die dem Fremden verschlungen und unübersichtlich schienen. Deswegen hatten auch einige Bürger und Politiker Kameras in dunkelsten Winkeln der Anlage gefordert, um mehr Sicherheit zu gewähren.

Für Valentina war es ein Gemeindebau wie jeder andere auch. Wo wenig Platz war, wurde die Luft eben enger und das Gemüt heißer.

Es ging steil hinab. Die Siedlung lag am Wienerberg. Burak wohnte rechts neben den neuen Ballkäfigen. Es war der luftigste Ort, und wenn die Sonne schien, knallte sie erbarmungslos. Schatten suchte man hier vergebens. Aber schattig war es ohnehin. Auf die Sonne wettete heute keiner, zu dicht mauerte das helle Grau der Wolken.

»*Oynar! Top ver!*«, schrie einer der Fußballer im Käfig. Es war Burak. Er bekam den Ball auf den Fuß und versenkte ihn im Tor. Man klatschte sich ab.

»Burak!«, rief Valentina. Die Jungs sahen zu ihr herüber. Es wurden Witze auf Türkisch gemacht. Gelächter. Burak gab ebenfalls einen Spruch zurück und kam aus dem Ballkäfig.

»Kannst du noch zwei Tore warten?«, fragte er.

»Klar.«

Burak ging wieder in den Käfig und kickte weiter. Valentina setzte sich auf den Betonsockel, der um den Käfigplatz gezogen war, und steckte sich eine Zigarette an. Sie ließ ihren Blick im Rund schweifen. Verflucht viele Menschen, die hier hausten. Ob in einer der tausend Wohnungen der Mörder wohnte? Ob er jetzt vielleicht zufällig aus dem Fenster sah und auf sie starrte? Ob er sie von der Pressekonferenz wiedererkannte? Hatte er sie überhaupt gesehen? Wenn ja, wie würde er darauf reagieren?

Valentina versuchte, sich in die Frauen hineinzudenken. Machte ihre Musketier-Theorie Sinn? Oder sprang sie nur darauf an, weil sie sich selbst als Musketier empfand? Oder als Musketier-Aspirantin?

»Fertig«, sagte Burak und wischte sich den Schweiß mit einem Handtuch von Galatasaray ab.

»Gewonnen?«, fragte Valentina.

»Klar. Was denkst du? Ich gewinne immer.«

»Ich auch.«

»Dann sollten wir mal gegeneinander spielen.«

»Haben wir doch schon mal. Und da hast du verloren.«

»Das war nicht Fußball.«

»Gewinnen hängt nicht vom Spiel ab, sondern vom Kopf.«

»Große Sprüche.«

»Verstehst du was anderes?«

Hinter Burak verließen die Jungs den Käfig. Sie wechselten noch ein paar Schmähs auf Türkisch, lachten und schlichen sich. Kleinere Jungs belegten nun den Platz.

»Zigarette?«, fragte Valentina und streckte Burak das Etui entgegen.

»Ich bräuchte eine Dusche, sonst erkälte ich mich.«

»Ich schrubbe dir aber nicht den Rücken.«

»Schade.« Er lächelte. Es war ein charmanter Versuch, aber Valentina lag nicht daran, die Sache mit Burak aufzuwärmen. Er war ein Ganove, und sie war Polizistin. Es war eine jener einsamen Nächte gewesen, in denen die Verlorenen der Stadt aufeinanderprallten, sich liebten und wieder auseinanderdrifteten. Unverbindlich, mit einem Schatten an Erinnerung. Valentina hatte damals am Rande mitbekommen, dass Burak ein Hacker war und sich damit sein Geld verdiente. Er beschaffte Informationen, an die man nicht so einfach rankam, und verkaufte sie für teures Geld. Mit dem Geld versorgte er seine Eltern und wohl ein halbes Dorf in Anatolien. Familie eben. Valentina hätte ihn damals eigentlich hochgehen lassen müssen. Aber sie hatte an ihre eigene Familie gedacht. Sizilien, Corleone, die Mafia. Verdammt. Es war überall das Gleiche. Gemeinsamkeiten verbanden, ließen Korruptionen zu, wo sie nicht sein durften. Aber Burak war ihr etwas schuldig. Auch das war ein altes Prinzip. Wie sollte man sauber bleiben, wenn man Hilfe brauchte?

Sie rauchte zu Ende und folgte Burak. Er wohnte ebenerdig.

In seinem kleinen Terrassengarten, den hier fast jeder hatte, reiften noch einige späte Tomaten. Auch zwei Auberginen hofften auf die letzten warmen Tage. Wenn der erste Frost käme, wären sie erledigt.

»Hast du Hunger?«, fragte Burak, als er die Tür aufschloss.

»Ziemlich.«

»Ich hab noch eine türkische Pizza von gestern. Steht im Kühlschrank. Die Mikro ist gleich daneben. Zwei Minuten auf neunhundert. Das reicht.«

Er verschwand im Bad. Valentina ging an den Kühlschrank und nahm die türkische Pizza heraus. Noch ehe die zwei Minuten um waren, stand Burak bereits geduscht in einem Morgenmantel vor ihr.

»Willst du auch ein Stück Pizza?«

»Später.« Er nahm sich Wasser aus dem Kühlschrank und trank es aus der Flasche. Die Mikro piepste. Valentina stellte die aufgewärmte Pizza auf den kleinen Tisch. Sie dampfte. »Eine Minute hätte es auch getan«, sagte sie.

»Sie muss heiß sein, sonst schmeckt sie nicht.« Burak grinste zweideutig. Valentina verdrehte die Augen.

»Meine Mutter sagte immer: ›Geduld, Burak, Geduld ist das Wichtigste im Leben.‹ Man muss warten können.«

»Ich kann nicht warten. Mir rennt die Zeit davon.«

»Ich weiß.«

Valentina pustete und biss ein Stück ab. Es war ihr egal, ob sie sich den Gaumen verbrannte.

»Du bist mir etwas schuldig«, sagte sie kauend.

»Was? Ich habe dich nicht verstanden. Mit vollem Mund sollte man nicht sprechen.«

»Hat das auch deine Mutter gesagt?«

»Nein, mein Onkel zu einer Hure, als sie ihm einen geblasen hat.«

»Ich blas dir den Marsch, wenn du keinen anderen Ton anschlägst«, sagte Valentina, nachdem sie geschluckt hatte.

»Schon gut. Ist mir rausgerutscht.«

»Kannst es wiedergutmachen.«

»Was brauchst du?«

»Informationen.«
»Über wen?«
»Drei tote Frauen.«
»Kommt ihr da nicht selber dran?«
»Anscheinend nicht. Jedenfalls lahmen meine Kollegen. Aus was für Gründen auch immer.«
»Mögen sie dich nicht?«
»Nicht alle.«
»Also sie verschleppen.«
»Möglich. Kann auch sein, dass sie tatsächlich keine Daten finden. Aber ich brauche welche. Ich muss wissen, wer die Frauen sind.«
»Hast du Fotos?«
Valentina zog einen USB-Stick aus der Jacke und reichte ihn Burak. »Fotos, Beschreibungen, DNA-Informationen. Und Vermutungen.«
Burak nahm den Stick entgegen und berührte dabei zart Valentinas Handrücken. Sie zog ihre Hand zurück.
»Dann wollen wir mal sehen, was wir finden.« Burak nahm sich nun auch ein Stück Pizza. »Jetzt kann man sie gefahrlos essen.« Er grinste und verließ die Küche in Richtung Arbeitsraum, in dem sich seine Rechner befanden.

***

Sie waren diesmal nur zu dritt: Nicola, Toby und Tom. Es war der erste Nacht-Cache, den Adler ihnen gegeben hatte, und Nicola konnte sich einer Gänsehaut nicht erwehren. Obendrein handelte es sich um einen sogenannten »Lost Place«, einen verlassenen Ort, der bestimmt schon bei Tag spukhaft war. Im Schein der Straßenlaternen, Leuchtreklamen und Scheinwerfer vorbeifahrender Autos starrten die eingeschlagenen Fensterscheiben des verlassenen Gemeindebaus sie aus tiefen Augenhöhlen an. Dunkle Häusergestalten, die sich drängten, tuschelten und darüber verhandelten, wer wen fressen durfte. Zum Glück war sie nicht allein. Toby und Tom waren kräftige Jungs. Sie würde sich in deren Mitte halten.

Toby leuchtete mit einer Taschenlampe auf die Front des Gebäudes: »WO NHAUS ANLA E ER GEMEINDE WIEN ERBAUT 1 5 – 29«.

Er schwenkte die Taschenlampe weiter, und der Lichtkegel landete auf einem dunkelblauen Schild: »450 Breitenfurter Straße«.

Hier musste es sein. Die Koordinaten stimmten einigermaßen überein, und es war klar gewesen, dass Adler irgendwann auch abgründigere Jagden austüfteln würde, um sie über das Reich des städtischen Unbewussten auf ihre eigenen Ängste zu stoßen.

Es war ein großartiges Projekt, und Nicola hatte sich sehr dafür eingesetzt, dass Adler als Gastprofessor zu ihnen kam. Sie hatte in Bologna ein Semester Psychologie studiert und dort den experimentierfreudigen Adler kennengelernt. Sie selbst hatte damals nicht an dem Pilotseminar teilgenommen, aber das Schwärmen der anderen hatte sie davon überzeugt, dass das Projekt unbedingt auch nach Wien übernommen werden musste. Drei Monate hatte sie ihren Vater beinahe täglich bearbeitet, seine Beziehungen zum Dekanat spielen zu lassen. Wozu traf man sich sonst über Jahrzehnte in der schlagenden Verbindung? In Wien funktionierte das Spiel eben so. Für Nicola war das nichts Verkehrtes. Mit offiziellen Anträgen und Anfragen kam man hier nicht weiter. Ans Ziel kam man hier en passant, bei einer Melange oder einem Besuch in der Oper. Solange es für den guten Zweck war, war dagegen auch nichts einzuwenden. Und Adler war mehr als ein guter Zweck. Er war eine Bereicherung und brachte frischen Wind in die angestaubten Hörsäle.

Adler verknüpfte mehrere Ansätze und webte einen Faden so geschickt in den nächsten, dass man glaubte, spielerisch Historie, Praxis und Wissenschaft der Psychologie zu erfahren. Er ging vom Unbewussten einer Stadt aus, das die Einwohner in ihren Handlungen beeinflusste und wiederum von den Einwohnern genährt wurde. Ein ständiger Kreislauf, der aber durch Projektionen und Gegenprojektionen je nach zeitgeistiger Dynamik ausgehöhlt oder aufgeladen werden konnte. Es war ein systemischer Ansatz, in dem alles jedes bedingte. Ein Ziel des Projekts war es, Gesetzmäßigkeiten dieses Wechselspiels zu ergründen, um Adlers These zu untermauern. Inwieweit färbten die menschlichen Ängste auf Plätze ab und wurden dort gespeichert? Und wie beeinflusste der bereits emotional aufgeladene Ort die Psyche des Einzelnen? Die zweite These, eher ein Nebenprodukt, bestand in Adlers Annahme, dass man über die Art und Weise sowie über den Ort, an der eine Person einen Cache versteckte, auf das Profil des Schatzlegers schließen konnte.

Viele gestandene Psychologen, darunter auch Nicolas Vater, hielten das Projekt für unwissenschaftlichen Humbug. Aber hatte ihr Vater sie nicht auf die Waldorfschule geschickt? War nicht Steiner selbst einer der größten Grenzgänger esoterischen Unfugs gewesen?

»Tom? Toby? Wo seid ihr?«, rief sie halblaut. Sie traute sich nicht, lauter nach ihnen zu rufen, aus Angst, einen verirrten Sandler aus den verlassenen Häusern zu locken.

Nicola lauschte ins Dunkel, strich mit ihrer Taschenlampe über unlesbare Graffitis, die an eine Häuserwand gesprüht waren. Als ein klirrendes Geräusch aus dem Haus nebenan zu ihr drang, schrak sie hoch. Sie ordnete den Krach zerberstendem Fensterglas zu und leuchtete mit der Taschenlampe in die Richtung, aus der der Lärm gekommen war.

Eine menschliche Gestalt hing in den Splittern eines Fensterrahmens und fluchte. Es war Toby. Blut lief ihm von der Stirn. Jetzt erklangen hohle Laufschritte aus dem leeren Haus, eine Tür knarrte und schlug gegen eine Wand, dann rannte jemand heraus und flüchtete durch die Büsche.

Nicola leuchtete mit der Taschenlampe hinterher. Es war ein untersetzter, schwerfälliger Schemen, der mit dem Dunkel verschmolz. Es hätte Stefan sein können. Aber vielleicht war es tatsächlich nur ein Sandler, der hier sein Lager aufgeschlagen hatte und sich von den Eindringlingen bedroht gefühlt hatte.

»Toby, alles klar?«, fragte Nicola besorgt und leuchtete sich den Weg zu ihrem Kommilitonen, der sich gerade eine Glasscherbe aus dem Unterarm zog.

»Ich hab ihn«, ertönte es hinter Nicola. Es war Tom, der aus der anderen Richtung kam. »Der Cache lag eingeklemmt unter dem Sitz der Wippe auf dem verlassenen Kinderspielplatz.«

»Lass uns verschwinden. Ich halt es hier nicht mehr aus«, sagte Nicola gepresst.

»Mir reicht's auch.« Toby schwang sich aus dem Fenster und landete knirschend im grasdurchwachsenen Kies.

»Was ist denn mit dir passiert?« Tom hatte Toby erst jetzt bemerkt.

»Ein Kerl hat mich plötzlich von hinten angerempelt und mich gegen das Fenster geschleudert.«

»Hast du sein Gesicht gesehen?«

»Nein, es ging alles zu schnell.«

»Meinst du, es könnte Stefan gewesen sein?«, fragte Nicola. »Der Ort hier könnte zu ihm passen.«

»Du glaubst, er ist der Schatzleger? Es ist nicht erlaubt, sich nach dem Legen des Schatzes noch mal am Ort aufzuhalten«, sagte Toby.

»Nicola mag ihn nicht. Deshalb projiziert sie die Unheimlichkeit des Ortes auf ihn.«

»Wäre aber auch möglich, oder? Es ist ein Lost Place. Guck dir doch Stefan an. Ein dicker, verpickelter Chipsfresser, der nur vor dem Computer oder der Xbox hockt. Ausgehöhlt, ein menschlicher Lost Place.«

»Vorsicht vor Klischees.«

»Klischees basieren auf Erfahrungswerten. Nur weil es Klischees gibt, müssen diese nicht verkehrt sein.«

»Klingt nach Professor Adler«, sagte Tom und leuchtete Nicola mit der Taschenlampe direkt ins Gesicht.

»Nimm die Funzel runter, das blendet.«

»Wollte nur sehen, ob du rot wirst.«

***

»Quattro Stagioni«, entschied sich Zirner und reichte die Speisekarte der Kellnerin, die eben ein großes Bier und einen kleinen gespritzten Apfelsaft auf den Tisch mit dem rot-weiß karierten Tischtuch stellte. Professionell lächelnd wartete sie auf Valentinas Bestellung.

»Für mich nichts, danke.«

Die Kellnerin nickte, dann entfernte sie sich vom Tisch und gab Zirners Bestellung an die Küche weiter.

»Liegt dir Bauer noch immer im Magen?«

»Ich habe schon gegessen. Türkische Pizza.«

Zirner kniff die Augen zusammen und fixierte Valentina. »Burak? Du solltest die Finger von ihm lassen. Das habe ich dir schon mal gesagt. Wenn jemand erfährt, dass du dich mit den Ganoven einlässt, steckst du mittendrin im Wiener Sumpf. Deine weiße Weste kannst du dann vergessen.«

»Ich lasse mich nicht ein mit ihm.«

»Hör auf. So läuft das nicht. Wenn Burak etwas für dich tut, ist er entweder dir einen Gefallen schuldig gewesen oder du bist es jetzt ihm. Also?«

»Kleine Nettigkeit unter Mirgantenkindern, mehr nicht.«

»Meinetwegen. Und was kam dabei heraus?«

»Er ist dran und meldet sich spätestens morgen früh. Und was ist bei dir? Was von den Medizinern?«

»Deine Vermutung in Richtung Verwandtschaft könnte stimmen«, sagte Zirner so beiläufig, als würde er einen Aperitif mit Olive bestellen.

»Was? Und das sagst du erst jetzt? Was heißt das? Wie verwandt? Genetisch?«

»Nein. Es ist vielmehr eine merkwürdige Parallele.«

»Was für eine Parallele?«

»Alle Frauen hatten Ohrlöcher, aber keine trug Ohrringe. Entweder sie hatten sie selbst abgelegt, oder der Täter hat sie ihnen entfernt, um persönliche Merkmale zu tilgen. Ich tippe auf Letzteres.«

»Und?«

»Bei der Untersuchung der Ohrlöcher wurde hinter dem rechten Ohr aller drei Opfer eine kleine Gemeinsamkeit festgestellt.«

Valentina fasste sich instinktiv an ihr eigenes Ohrläppchen. Auch sie hatte Ohrlöcher. In Italien trugen die Mädchen bereits Ohrringe, bevor sie laufen konnten. Valentina hatte lange keine mehr angezogen. Nur heute Morgen, bei der Pressekonferenz, hatte sie welche getragen. Die Ohren schmerzten jetzt noch davon, sie waren es nicht gewohnt.

»Erst dachten sie, es seien Muttermale. Aber dann erkannten sie, dass es sich um kleine Tätowierungen handelt. Es sind drei Punkte, die sich im Winkel eines gleichschenkligen Dreiecks befinden«, sagte Zirner.

Valentina sagte nichts. Sie spürte, wie ihr flau wurde.

Auch sie hatte drei Punkte hinter dem rechten Ohr.

Man hatte sie ihr direkt nach dem Mord an Nonno Elio gestochen. Als kleines Mädchen hatte sie ihre Mutter mehrmals gefragt, was sie zu bedeuten hatten. Ihre Mutter hatte sie stets damit vertröstet, dass sie es schon erfahren werde, wenn der richtige Zeitpunkt gekommen sei. Und sie hatte jedes Mal dabei entrückt gelächelt und Tränen in den Augen gehabt. Wie eine Irre, die sich aufs Schafott freute.

Irgendwann hatte Valentina es aufgegeben, nach der Bedeutung der drei Punkte zu fragen. Als sie zwölf war, hatte sie es einmal gewagt, Don Bernardo darauf anzusprechen. Der hatte etwas von Dreifaltigkeit gesagt und eine theologische Abhandlung daraus gemacht. Ein klares Ablenkungsmanöver, das Valentina mehr als deutlich machen sollte, dass es nicht an der Zeit war, danach zu fragen. Aber jetzt war der Zeitpunkt gekommen, das war eindeutig. Jetzt musste Valentina wissen, was es mit den drei Punkten auf sich hatte. Aber wen konnte sie einweihen? Wem durfte sie verraten, dass auch sie diese Tätowierung hinter ihrem rechten Ohr besaß? Wenn überhaupt einem, dann Zirner. Aber sie traute sich nicht.

»Seltsamer Schuppen, findest du nicht?«, fragte Zirner, nachdem er, Valentina stumm zuprostend, den ersten Schluck seines Biers getrunken hatte.

»Wieso? Eine ganz normale Pizzeria.« Valentina war froh, dass das Thema vorerst von den Tattoos abgekommen war.

»Ich finde sie untypisch, überhaupt nicht italienisch«, befand Zirner.

»Wir sind hier auch nicht in Napoli, sondern in Wien. Der Migrant soll sich doch integrieren.«

»Höre ich da etwa alte Verletzungen heraus?«

Valentina zuckte mit den Schultern. »Ich bin hier aufgewachsen, Brünner Straße 188, im Gemeindebau. Wusstest du das nicht?«

»Ehrlich gesagt habe ich nur deine offiziellen Stationen ab der Matura durchleuchtet. Alles andere geht mich nichts an. Datenschutz und Achtung der Persönlichkeitsrechte.«

»Ich glaube dir kein Wort, du Heuchler. Du weißt mehr von mir, als du zugeben darfst. Du hast mich doch nicht nur auf den Posten gesetzt, weil ich in Linz ein paar Erfolge zu verzeichnen hatte. Ein Profiler, der von seiner designierten Nachfolgerin kein Profil erstellt? Willst du mich verarschen?«

»Gehört zur Profilerstellung die Vergangenheit eines Menschen unbedingt dazu?«

»So haben wir es gelernt.«

»Verrät nicht das momentane Handeln viel mehr über eine Person als die Vergangenheit? Ich finde, dass wir zu oft in der Vergangenheit kramen und darüber die Gegenwart vergessen. Ein leidiges Thema der Geschichtswissenschaft. Lies drei verschiedene Geschichtsbücher aus verschiedenen Epochen und Ländern, und du wirst drei verschiedene Landkarten Europas entdecken. Welche führt dich zum wahren Rom?«

»Ich weiß. Und trotzdem können vergangene Quellen von Bedeutung sein.«

»Spekulation. Nimm nur die vier Evangelisten. Hat es sie wirklich gegeben? Oder hat sich ein phantasiebegabter Autor die vier Unterautoren ausgedacht, die uns das Evangelium in ihrem Stil nähergebracht haben?«

»Quattro Stagioni«, sagte die Kellnerin und stellte Zirner die Pizza vor die Nase.

»Direkt aus dem Kühlfach«, sagte Valentina. »Matthäus, Markus, Lukas, Johannes.« Sie deutete nacheinander auf die vier unterschiedlich belegten Pizzaecken.

Zirner lächelte schal und machte sich an der Ecke mit den Champignons zu schaffen.

»Vier Jahreszeiten, vier Evangelisten, drei Morde. Es wird noch einen vierten geben, da bin ich mir sicher«, sagte Valentina und zupfte sich am rechten Ohrläppchen. »Die Zeitabstände zwischen den ersten drei Morden lassen eine solche Spekulation zu. Es ist eine Zahlenkette. Ich glaube, dass er den Rhythmus einhalten und in vier Tagen wieder zuschlagen wird. Er braucht eine gewisse Ästhetik und ein Gleichgewicht. Die Opfer sind immer geschminkt und wie in einer Galerie ausgestellt. Nie finden wir sie im Freien, immer in geschlossenen, vierwändigen Räumen. Alles strebt auf die Zahl Vier zu. Die Quadratur des Kreises.«

»Warum nicht drei? Die Dreifaltigkeit ist auch eine in sich geschlossene Einheit. Anfang, Mitte, Ende. Die Dramaturgie des Dramas seit Aristoteles. Außerdem, denk an die Tätowierung. Es sind drei Punkte.«

»Dann ist die Geschichte bereits aus und erzählt?«

»Vielleicht ist sie das auch? Jedenfalls für uns, wenn wir Bauer nicht mehr Greifbares und weniger Phantastisches bieten.«

»Überall taucht die Vier an den Fundorten auf, wenn man genau hinsieht«, beharrte Valentina.

»Wo denn?«

»Sieh her. Das Karo der Tischdecke ist viereckig, hier haben wir den ersten Kopf auf einem viereckigen Tablett serviert bekommen. Der Täter hätte auch ein rundes wählen können.«

»Vielleicht war kein rundes zur Hand?«

»Jeder Teller ist rund. Wenn ihm nach Kreis wäre, hätte er einen Teller gewählt. Er gibt sich solche Mühe im Detail, dass er den Frauen sogar die Wimpern tuscht, da wird nichts dem Zufall überlassen.«

Zirner brummte und kaute an der Artischockenecke seiner Pizza.

»Und die ›Bounty‹ war nicht nur eine Kneipe, sondern gleichzeitig ein Spielsalon. Auf einem der Fenster sind noch immer die vier Farben des Kartenspiels aufgeklebt: Pik, Herz, Kreuz, Karo. Und die Symbolik der Spielkarten brauche ich dir wohl nicht zu erläutern.«

»Dann wären wir jetzt wohl bei Kreuz angelangt. Zumindest ist der Fall ein Kreuz«, sagte Zirner bitter.

»Das Kreuz steht für die Vier. Das Karo, das noch fehlt, ist ebenfalls mit vier Ecken besetzt.«

»Und was ist mit Herz und Pik?«

»Das menschliche Herz hat zwei Vorhöfe und zwei Kammern. Das macht vier Räume. Und Pik dehnt sich in alle vier Himmelsrichtungen aus.«

»Vielleicht hast du recht. Aber denk daran: Wenn man selbst schwanger ist, sieht man nur noch Schwangere. Der eigene Fokus versperrt einem oft die Sicht.«

»Ich weiß, aber irgendwo muss ich doch anfangen. Kann ich das Stück mit den Oliven haben?«

»Erinnern sie dich an deine Heimat?«

»Bestimmt kommen sie aus Griechenland. Außerdem ist meine Heimat hier«, sagte Valentina und stibitzte sich die Ecke mit den Oliven.

Bevor sie das Pizzastück in den Mund schieben konnte, klingelte ihr Handy.

»Burak?«, fragte Zirner.

Valentina nahm den Anruf entgegen, ohne ihm zu antworten.

»Hallo?« Sie horchte ins Telefon, dann schüttelte sie den Kopf, stand vom Tisch auf und entfernte sich ein Stück, um in Ruhe telefonieren zu können. »Woher haben Sie meine Nummer? … Danke, das ist nett. Aber ich habe keine Zeit … Wie wollen Sie mir dabei helfen? Sind Sie Polizist? … Verstehe. Der Fall ist sehr prekär, da stören Amateurdetektive mehr, als dass sie helfen … Aber wenn Sie etwas gesehen haben, können Sie gerne morgen früh aufs Revier kommen … Hallo?«

Die Stimme am anderen Ende der Leitung antwortete nicht mehr. Valentina sah aufs Display, der Anrufer hatte die Nummer unterdrückt. Sie ging zu Zirner zurück.

»Ein Typ, der uns beim Ermitteln helfen will. Ich soll mich mit ihm treffen.«

»Hat er einen Namen genannt?«

»Nein. Er habe nur einen Verdacht.«

»Vergiss es. Der Kerl hat dich im Fernsehen gesehen und ist scharf auf dich. Stand dir aber auch wirklich gut. Mit dem Look traue ich dir sogar noch bei uns eine Karriere zu.«

»Es reicht. Ich habe es verstanden.«

»Gönn einem alten Mann seinen Spaß. Zahlen, bitte.«

»Kommst du noch mit?«, fragte Valentina.

»Wohin?«

»Zum letzten Fundort.«

»Es ist dunkel.«

»Es war auch dunkel, als der Mörder den Kopf dorthin gebracht hat.«

»Ist das sicher?«

»Als er den ersten Kopf hier hereingelegt hat, war es mit Sicherheit dunkel. Und da er ein Ritual verfolgt, wird er auch das zweite und dritte Opfer bei Nacht ausgestellt haben.«

»Du hast wahrscheinlich recht. Aber ich bin verdammt müde, und morgen will Bauer einiges hören und sehen. Da muss ich wach sein.«

»Verstehe. Dann setz mich einfach dort ab.«

»Wirklich? Der Ort ist nicht gerade einladend.«

»Das ganze Leben ist keine Einladung.«

»Ich sage jetzt nichts mehr dazu. Du hast ohnehin immer das letzte Wort. Hast du vielleicht auch einen Fünfer? Mein Beutel war nämlich nicht vorbereitet auf ein Abendessen.«

»Dein Beutel ist nie vorbereitet auf ein Abendessen.« Valentina kramte in ihrem Portemonnaie und reichte Zirner einen Geldschein.

»Wie du schon sagtest. Das Leben ist keine Einladung.«

***

Das Licht einer Tankstelle und zweier Straßenlaternen beleuchtete die Brünner Straße nur spärlich. Aber es fuhren noch genügend Autos, deren Scheinwerfer in unregelmäßigen Abständen einzelne Flecken der gegenüberliegenden Häuserfront erhellten.

Valentina stand zurückgezogen im Eingang eines Uhrengeschäfts und sog die Atmosphäre des nächtlichen Orts ein. »Warum Romane?«, fragte sie sich halblaut. Es gab keine Woche, in der sie nicht einen verschlang. Dabei war für sie die literarische Qualität der Autoren sekundär. Ihr ging es um die Fälle, die Spielerei zwischen Phantasie und Fakten. Manche Geschichten waren so weit von der Realität entfernt, dass sie sich darüber kugelte vor Lachen, aber sie ärgerte sich nie. Die Geschichten waren von Menschen erdacht, selbst wenn sie noch so unlogisch waren. Manche Morde hatten eben keine Logik, jedenfalls keine sichtbare. Zwar wusste sie, dass das menschliche Hirn sich immer logische Verknüpfungen erstellte, um für sich einen strukturierten Kosmos zu erhalten, aber gerade der offensichtlich unlogische Sprung und die oft im Nachhinein gebeugte Story eines schlechten Krimis waren es, die für Valentinas Arbeit von Wert waren.

»Romane«, wiederholte sie und spielte mit dem Wort. »Romane, romantisch, romanisch …«

»Die Meuterei auf der Bounty« und »Die drei Musketiere« waren Romane, die Herkunft der Lokalbesitzer war der romanische Sprachraum. Waren die Frauen auch südlicher Herkunft? Ihr Aussehen ließ darauf schließen. Valentina musste unbedingt ihre Identität erfahren. Vielleicht waren sie keine Zufallsopfer eines Serienmörders, sondern gezielt ausgesucht worden; vielleicht sollte es nur für die Öffentlichkeit nach Serientäter stinken, tatsächlich steckte eine andere Absicht dahinter. Die Tätowierung. Es war ihr klar, dass der Täter wusste, dass sie die Tattoos finden würden. Er wollte, dass sie im Bilde war. Aber worum ging es ihm? Wusste er von den drei Punkten hinter ihrem Ohr? Es durfte nicht sein.

Sie hielt inne. Warum rückten die Mediziner erst heute mit der Tätowierung heraus? Sie mussten sie doch schon bei dem ersten Opfer gefunden haben. Valentina hatte von Anfang an Zirner mit den Medizinern arbeiten lassen. Er hatte den besseren Draht zu ihnen. Hatte er die Information zurückgehalten? Hatte er bis jetzt damit gewartet? Wenn ja, warum? Wusste Zirner um ihre Tätowierung? Was wurde gespielt? Sie brauchte Informationen. Jetzt. Sofort. Plötzlich bekam sie Angst um Burak. Wenn Zirner falsch spielte, wäre Burak in Gefahr. Sie wählte ihn an.

***

»Noch drei Spritzer«, rief Toby.

»Für mich nicht. Mir reicht's«, sagte Nicola entschieden und zündete sich eine Zigarette an.

»Zwei«, korrigierte Toby. Der Kellner trottete ab.

Tom drehte die Playmobil-Figur, die sie als Schatz gefunden hatten, zwischen den Fingern.

»Warum ein Cowboy?«, fragte er.

»Weil der Schatzleger ein Mann ist. Er identifiziert sich mit der Machowelt der Cowboys«, sagte Nicola.

»Warum steckt keine Kanone in seinem Gürtel?«

»Kastrationsangst?«, fragte Toby und lachte.

»Wenn der Colt schon weg ist, würde das ja bedeuten, dass er bereits kastriert ist. Oder sich zumindest so fühlt«, sagte Nicola.

»Vielleicht ist es auch eine Frau, die dem Mann die Macht des Schwanzes nicht zugesteht?«, sagte Tom ernsthaft.

»Eine Pazifistin.«

»Ich weiß nicht. Glaubt ihr wirklich, dass wir von diesem Playmobil-Sheriff auf den Menschen dahinter kommen? Das ist doch alles nur Spekulation.«

»Die gesamte Psychologie ist Spekulation. Das macht es ja so spannend. Gäbe es die goldenen zehn Psychoregeln für den Hausgebrauch, wozu dann ein Studium?«

»Ich glaube an die Psychologie«, sagte Nicola.

»Betest du auch zu ihr?« Tom lachte und hielt Toby prostend den bis an den Rand gefüllten weißen Spritzer entgegen. Der nahm ebenfalls sein Glas und stieß lachend an. Dann schluckten sie gemeinsam und waren sich einig.

Nicola nervte dieses Gockelgehabe. Sie hatte es bereits geahnt, als sie von Adler verdonnert worden war, zusammen mit den beiden Testosteronbolzen auf Schatzsuche zu gehen. Noch nicht einmal sicher hatte sie sich gefühlt, dort im Dunkel des Lost Place. Keiner der beiden hatte sich um sie gekümmert. Ihr Machotrieb war nur auf Beutezug ausgerichtet, ohne jeden Beschützerinstinkt. Da sie aber nun mal mit ihnen zusammen ein Team bildete und das Rätsel lösen wollte – nicht zuletzt um Adler zu imponieren –, verdrängte sie ihre Abneigung gegen die beiden Wirtshausstudenten und nahm den Faden wieder auf.

»Du hast recht, Tom, es ist ein Sheriff, kein Cowboy. Ein Sheriff steht für Recht und Ordnung. Wenn ihm die Waffe fehlt, so bedeutet das Ohnmacht. Er kann nicht für sein Gesetz einstehen, es mangelt ihm an Überzeugungskraft.«

Tom und Toby horchten auf. Es klang interessant, wenn auch spekulativ; aber es barg in sich eine Logik.

»Könnte auf Stefan passen«, nickte Tom.

»Wieso gerade auf ihn?«, fragte Toby.

»Stefan hatte vor einer Woche eine Schatzsuche in Baden vorgeschlagen. Seine Argumente waren nicht einmal so übel. Wir hätten eine Woche lang auf Exkursion gehen, uns dabei näher kennenlernen und gleichzeitig intensiver an der Thematik arbeiten können. Aber der Vorschlag wurde abgelehnt. Für einen wie Stefan, der sich sowieso selten rauswagt, war das bestimmt ein harter Dämpfer. Kann mir vorstellen, dass das für ihn war, wie wenn er nackt vor einer Braut steht und die ihn dann auslacht, weil sein Schwanz zu klein ist. Und das ist er ja auch wirklich.« Tom lachte und suchte bei Toby Verbrüderung. Nicolas strenger Blick zwang Toby aber, Toms Kalauer zu überhören.

»Und zu Anfang war die Mehrheit sogar dafür«, sagte er. »Aber plötzlich waren alle dagegen, warum? Was waren die Gegenargumente?«

Nicola zuckte mit den Achseln. »Ich weiß es nicht mehr. Ich erinnere mich nur, dass Adler etwas dazu sagte. Aber es war nicht direkt gegen Stefans Vorschlag gerichtet. Nur danach wollten alle lieber weiter in Wien das Projekt umsetzen.«

»Also ist Stefan unser Schatzleger?«, fragte Toby und seufzte. »Glaubt ihr wirklich, dass man über den Ort und die Art des Schatzes auf den Menschen schließen kann? Könnte es nicht jeder sein, der hier den Cowboy versteckt hat?«

»Ich würde mich niemals alleine hierhertrauen. Und einen Cowboy ohne Colt würde ich auch nicht als Schatz verstecken«, sagte Nicola.

»Wo würdest du einen Schatz verstecken?«

»Weiß nicht. Fällt mir jetzt nichts ein.«

»Komm, mach schon. Spontan. Ohne Überlegung, direkt aus dem Unterbewusstsein.«

»Im Schrank«, sagte Nicola und errötete. Die Jungs lachten.

»Aber einen echten, nackten Cowboy mit fetter Kanone, was?« Tom riss die Hand nach oben, Toby klatschte ihn ab.

»Blödmänner.«

»Entschuldige«, sagte Toby »Kommt nicht wieder vor. Jetzt mal ernsthaft. Gibt es noch jemanden aus unserem Kurs, der in Frage käme? Was ist mit Holger?«

»Der führt uns eher in einen verlassenen Bunker. So wie der auf der Xbox Soldaten umnietet.«

»Und Sandra?«

»Der würde ich zwar zutrauen, dass sie sich so einen Ort aussucht, aber die würde nichts ins Kistchen tun. So geizig, wie die ist.«

»Also Stefan?«

»Er ist unsere erste Wahl. Aber um sicher zu sein, müssen wir noch mal an den Lost Place zurück und nach anderen Hinweisen suchen, die unsere Vermutung bestätigen«, sagte Tom.

»Oder entkräften«, fügte Nicola hinzu, um der Objektivität der Wissenschaft Zucker zu geben.

***

Eigentlich wäre der fette Sound einer Les Paul mit Humbucker-Pick-ups geeigneter gewesen, um »Dr. Feelgood« zu rocken. Immerhin besaß Valentina ein Distorsionpedal. Viel schlimmer war es aber, dass sie den Verstärker nicht auf volle Lautstärke drehen konnte, sondern einen Kopfhörer aufhatte; ansonsten wäre die gesamte Fasangasse aufrecht im Bett gestanden, samt der Kollegen aus der Polizeistation vom Eck unten. Aber sie liebte Mötley Crüe, und Mick Mars war einer ihrer frühen Helden gewesen. Er spielte nicht Gitarre, er schoss mit ihr. Und Valentina ballerte ebenfalls mit ihrer Strat den Rhythmus von den sechs Saiten.

»He's the one they call Doctor Feelgood. He's the one that makes you feel all right«, sang Valentina, und es hörte sich bestimmt schrecklich an, wenn man die Musik dazu nicht hörte.

Der Text des Liedes ließ sie innehalten. »Dr. Feelgood«, wiederholte sie, und es klang so zynisch wie der Metal-Song selbst. Valentina dachte an den Frauenmörder. Keiner der Köpfe hatte so etwas wie Angst gezeigt. Die Frauen schienen sogar selig zu sein, den Tod zu empfangen. War es die Schminke, die diesen Ausdruck suggerierte, oder fühlten sich die Frauen im Anblick ihres Todes tatsächlich wohl? Eine perverse Vorstellung. Aber wieso nicht? Vielleicht wollten diese Frauen sterben. Wer wollte das nicht hin und wieder?

Valentina schüttelte energisch den Kopf. Sie wollte den Nihilismus, zu dem sie zuweilen neigte, abschütteln. Deshalb schlug sie wieder hart in die Saiten und spielte »Mama Told Me Not to Come« von Three Dog Night.

Das Lied ließ Valentina an das letzte Telefonat mit ihrer Mutter denken. Fast hatte sie ein schlechtes Gewissen, dass sie nicht freundlicher zu ihr gewesen war; um sich für ihre Undankbarkeit zu entschuldigen, stand sie kurz davor, ihre Akustikgitarre hervorzuholen und darauf eine Tarantella zu zupfen. Aber es wäre Blödsinn und würde niemandem dienen. Morgen jährte sich der Todestag ihres Großvaters zum dreiundzwanzigsten Mal. Valentina würde dieses Datum nie in ihrem Leben vergessen. Es war der Tag gewesen, an dem sich alles änderte.

Sechs Schüsse hatte Valentina gezählt. Tatsächlich waren es mehr, denn sie waren aus einem Maschinengewehr abgefeuert worden und ließen Valentinas Nonno Elio Sanzillo rhythmisch zucken. Es war ein stakkatoartiger Todestanz gewesen, fern jeglicher lebensbejahende Tarantella, bei der Valentinas Mamma so gerne die Anführerin spielte.

Neben Nonno Elio hatte die Kugelsalve auch einen fettleibigen Mann im weißen Unterhemd erwischt. Valentina erinnerte sich auf ewig. Sie hatte sich erst vor dem fetten Mann geekelt, der sie herzlich an seinen Wanst gedrückt hatte und sie *»gioiello«* genannt hatte. Sein Unterhemd war so von Schweiß durchtränkt gewesen, dass man es hätte auswringen können. Aber nachdem ihn die Kugeln des Maschinengewehrs durchlöchert hatten, schwitzte er nur noch Blut. Wie die Landkarte einer fernen Welt hatte es seine hellroten Flecken über das gerippte Unterhemd gemalt. Der Mann selbst hatte mit offenem Mund zur Decke gestarrt und nie wieder *»gioiello«* gesagt. Seitdem fürchtete sich Valentina, wenn sie jemand so zärtlich ansprach. Immer lauerte im Hintergrund die Angst vor der lauten, tötenden Musik der Feuerwaffen.

Sie selbst war von Elio unter den Schreibtisch gestoßen worden. Er hatte wohl geahnt, dass so etwas geschehen würde, als er bemerkte, wie die Klinke der Tür sich nach unten bewegte.

Instinktiv blickte Valentina zur Wohnungstür. Hier gab es keine Klinke. Hier musste sich erst ein Schlüssel zweimal im Schloss drehen. Valentina ging zur Tür und versperrte sie zusätzlich mit dem Riegel, den sie hatte anbringen lassen. Sie wollte von keiner Tür der Welt überrascht werden.

Dann schlich sie ins Bad, trank kaltes Wasser aus dem Hahn und rieb sich die Augen. Sie drehte den Kopf, griff hinter das rechte Ohr und klappte es nach vorne. So konnte sie nichts sehen. Sie musste die Türen des Spiegelschrankes öffnen und sie in einem bestimmten Winkel justieren.

Die drei tätowierten Punkte in dunklem Blau erschienen. Chiffren, deren Bedeutung sie nicht kannte. Eine Blindenschrift, die sich nicht ertasten ließ. Die toten Frauen sollten auch damit gezeichnet worden sein. Jedenfalls hatte Zirner das behauptet. Und warum sollte er lügen? Er konnte nicht ahnen, dass sie ebenfalls mit diesen drei Punkten gezeichnet war. Oder doch?

Die Leichenhalle war zu. Jetzt würde sie sich nicht mehr selbst davon überzeugen können, ob die toten Frauen die Tätowierung trugen. Und wenn dem so war, was hatte es zu bedeuten?

Valentinas Mutter wüsste es. Und sie selbst ahnte es. Aber sie fürchtete sich vor der Bestätigung ihrer Ahnung. Sie wollte Ruhe. Sie gehörte nicht mehr dazu. Sie hatte das Recht auf eine eigene, selbst gewählte Existenz. Was konnte sie dafür, dass sie das Blut ihres Großvaters in sich trug?

Sie klappte die Spiegel wieder zur flachen Wand und ging aus dem Badezimmer. Dann griff sie nach dem Telefon und tippte die Vorwahl Italiens. Weiter kam sie nicht. Sie hatte Angst vor der Wahrheit. So wollte sie sie nicht erfahren. Sie musste es auf ihrem Weg tun. Sie wählte erneut Burak an. Warum meldete er sich nicht? Arbeitete er überhaupt an der Sache? Wenn ihm jemand dazwischengekommen war, der besser zahlte? Zirner wusste, dass sie Burak angesetzt hatte. Wenn Zirner bereits ein angefaulter Apfel war, hätte er Burak einschüchtern können.

Valentina fand keine Ruhe. Sie konnte jetzt nicht einfach schlafen gehen. Und warten würde sie ebenfalls nicht. Sie zog die Jacke an, verließ die Wohnung und stieg auf ihr Brodie. Von hier bis zum Karl-Wrba-Hof war es keine Viertelstunde.

Bei Nacht wirkte der Karl-Wrba-Hof sogar auf Valentina einschüchternd. Hasenfüße konnten hier schon das Fürchten lernen. Nicht alle Laternen funktionierten. Einige Lampen flackerten, kleine Hunde wuchsen sich als Schatten zu riesigen Monstern an den Betonwänden aus.

Bei Burak schien bläuliches Licht aus dem Fenster, ansonsten war es in seiner Wohnung dunkel. Valentina stieg vom Rad und lehnte es an den Zaun, der den kleinen Gemüsegarten umgab. Dann ging sie über den Waschbeton zur Haustür und klingelte. Nichts rührte sich. Valentina ließ nicht locker und drückte die Klingel mehrere Male hintereinander. Endlich raschelte etwas in der Wohnung. Die Tür wurde geöffnet, und Burak, ein Handtuch um die Hüfte gewickelt, stand verschlafen vor ihr. Er kratzte sein blauschwarzes Brusthaar. Valentina huschte ungefragt an ihm vorbei und knipste das Licht in der Wohnung an.

Eine dralle Blondine blinzelte ihr geblendet von Buraks Sofa entgegen. Sie raffte ein paar Kleidungsstücke zusammen und presste sie sich an ihren nackten Körper. »Ich will keinen Stress. Bin schon weg«, sagte sie und schlüpfte in ihre Klamotten.

»Hey, kein Problem. Du kannst hierbleiben, das ist geschäftlich«, sagte Burak. »Geh rüber ins Bett und wart dort auf mich. Ich komme gleich.«

»Sicher?« Die Blondine sah unsicher zwischen Burak und Valentina hin und her. Zuletzt landete ihr Blick auf Valentina. Ihr Urteil war wohl ausschlaggebend.

»Kann länger dauern«, sagte sie. »Je nachdem, wie weit unser Freund ist.«

»Du bist nicht eifersüchtig?«, fragte das Mädchen vorsichtig. Die Hellste schien sie nicht zu sein. Vielleicht hatte sie sich aber auch irgendetwas eingeworfen, was sie so dümmlich wirken ließ.

»Du hörst doch, kein Problem. Also geh rüber und mach's dir

gemütlich. Die Show geht gleich weiter«, sagte Burak und lächelte wie ein Haifisch vor dem Zähneputzen. Die Dralle kicherte und torkelte aus dem Vorraum.

Burak wollte noch einen Spruch reißen, aber Valentina kam ihm zuvor.

»Was hast du für mich?«

»Nichts. Sonst hätte ich mich schon längst bei dir gemeldet. Ich sagte doch, es kann länger dauern.«

»Und warum puderst du die Blonde, wenn du noch nichts gefunden hast?«

»Ich hab auch ein Privatleben.«

»So kenne ich dich nicht, Burak. Ich dachte, du bist ein Jäger. Einer, der Ehre hat.« Sie sah ihn lauernd an. »Du willst mir doch nicht etwa ernsthaft weismachen, dass du noch nichts gefunden hast? Ein Kerl wie du, ein Profi. Ein Champ. Wenn das die Runde macht, bist du deinen Ruf los.«

Burak atmete schwer durch. Die Geschütze schlugen mächtig ein. Aber er nahm die Treffer hin.

»Was steckt dahinter? War Zirner bei dir? Ich hatte mich nämlich verplappert.«

Burak schüttelte den Kopf. Er ging an den Kühlschrank und griff sich ein Ottakringer. »Willst du auch eins?«

»Wenn du mir sagst, was hier abgelaufen ist.«

Burak warf Valentina eine Dose zu. Sie fing sie auf. Burak öffnete sein Bier und sagte: »Zirner war nicht hier. Ein anderer. So ein glatter Typ, Marke Karriere auf der Schnellspur, weißt eh.«

»Parizek?«

»Ja, so hieß er. Ein Vollkoffer. Kommt hier rein, mit zwei Gorillas als Kavallerie, und nimmt mir die Laptops weg. Ich könnte sie übermorgen wieder abholen. Wie ich ihn frag, warum und wieso, hat er mir einfach einen Zettel gezeigt und gesagt, das sei eine Anordnung.«

»Hast du ihn nicht gefragt, ob er einen Durchsuchungsbeschluss hat?«

»Weißt du, was ich hier gerade rumliegen habe? Frage mich bitte nicht. Ich handle nicht mit dem Zeug. Aber ein Freund hat mich gebeten, ob ich es für zwei Tage hier verstecken könnte.

Und ich will nicht, dass irgendein Bulle es hier findet. Hast du verstanden? Da mache ich keinen auf großen Max.«

Valentina verstand. Scheiß Milieu. Überall das Gleiche. Eine Hand wusch die andere, und immer blieb was hängen.

»Kannst du nur von deinen Rechnern aus arbeiten? Oder geht das auch von meinem?«

»Ich brauche einen besonderen Zugang. Eigentlich geht das von jedem Rechner aus. Aber ich brauche die notwendige Software dazu. Und die ist im Laptop.«

»Kumpels?«

»Will ich da nicht mit reinziehen.«

Valentina riss die Lasche nun ebenfalls von ihrem Bier und trank. »So eine Scheiße.« Sie kippten beide schweigend ihre Dosen. Aus dem Nebenraum dröhnte ein derbes Schnarchen. Die Blondine träumte laut.

Burak öffnete nochmals den Kühlschrank und holte eine Plastikdose heraus, in der man Jausen frisch hielt. Er warf sie Valentina rüber. Sie fing sie auf und musste dabei achtgeben, dass sie das Bier nicht fallen ließ. »Wieder türkische Pizza? Die letzte liegt mir noch im Magen«, sagte sie.

»Mach auf.«

Valentina öffnete den Deckel und verzog das Gesicht. Hackfleisch auf Pizzateig grinste sie an. »Ich sagte doch –«

»Schau, was drunter ist«, unterbrach Burak.

Valentina hob die Pizza an, etwas in Alufolie Gewickeltes war zu sehen. Hoffentlich kein Shit. Was sollte sie damit? Sie rauchte nichts.

»Nimm es raus und mach es auf.«

Valentina tat es. Ein USB-Stick kam zum Vorschein.

»Das ist doch meiner«, sagte sie.

»Aber mit anderen Sachen drauf als heute Mittag.« Burak hob bedeutungsvoll die schwarzen kräftigen Augenbrauen. »Ich war schneller als der Stutzer von deinem Trachtenverein. Ich hoffe, mein Ruf ist gerettet.«

Valentina sah auf den Stick, dann zu Burak. »Du Wahnsinniger. Warum sagst du das nicht gleich und machst so eine Oper?«

»Weil ich warten musste, bis die Lady eingeschlafen ist. Besser, sie kriegt nichts mit. Du weißt, wie Weiber sind. Die reden blöd daher, und schon packt dich jemand bei den Eiern.« Er trank die Dose leer. »Außerdem habe ich es genossen, dich zappeln zu sehen.« Er grinste dreckig und warf die leere Dose in den Mülleimer. »Ich geh jetzt rüber. Vielleicht ist noch was zu machen. Viel Glück. Und lass dich in nächster Zeit nicht mehr bei mir blicken. Ist mir zu heiß. Von beiden Seiten.«

***

Burak hatte gute Arbeit geleistet. In welchen Datenbanken auch immer er gewildert haben mochte, das Ergebnis ließ sich sehen. Valentina glaubte nun gerne, dass einige Leute Interesse haben konnten, die Ermittlungen zu verschleppen. Aber vielleicht war über den rechtmäßigen Weg der Polizei tatsächlich nicht mehr herauszufinden gewesen. Die Biografien der drei toten Frauen lasen sich jedenfalls für sich schon wie Krimis. Valentina wusste nicht, ob sie hoffen sollte, dass Burak mehr hinzugedichtet hatte, als tatsächlich war. Aber warum sollte er das tun?

Die andere Frage war, ob Buraks Quellen sicher waren. Zu abenteuerlich waren die Vitae der Ermordeten. Und wenn sie tatsächlich alle drei mit der italienischen Mafia zu tun gehabt hatten, war Valentina den Fall bald los. Ihr würde man so einen Happen nicht überlassen. Dazu brauchte es eine Sonderkommission mit erfahrenen Haudegen. Vielleicht würde man sie mit einbeziehen, aber selbstständig ermitteln würde sie bestimmt nicht dürfen. Höchstens Kaffee kochen für die Männer und beim Zuschauen lernen. Nein, sie würde ihre Informationen vorerst für sich behalten. Vor allem ging sie damit auch der Frage aus dem Weg, woher sie sie hatte. Selbst wenn Parizek bereits bei Burak gefilzt hatte. Er würde nicht wissen, dass sie es bereits wusste. Aber wer wusste noch davon? Waren die Kollegen tatsächlich einen Schritt hintendran? Oder bildete man bereits eine Sonderkommission und benutzte Valentina, um von der eigentlichen Tiefe des Falles abzulenken? Musste sie als Bauernopfer herhalten? Und wenn es am Ende doch nur ein Psychopath war, der auf demselben Weg wie Burak an die Daten der Frauen gekommen war? Wenn ihn das Profil solcher Frauen aufgeilte? Alles war möglich.

Valentina zog den USB-Stick aus dem Laptop und klappte ihn zu.

Morgen würde sie Bauer einen Bericht vorlegen müssen. Sie wusste noch nicht, was sie ihm erzählen würde. Vielleicht würde sie die Namen der Frauen nennen, die Verbindung zur Mafia würde sie aber verschweigen.

***

Es war alles gesagt. Die Leute vom Innenministerium verließen den Raum. Zirner blickte auf den Boden, als ob dort der Sinn des Lebens zu finden wäre, Bauer klammerte sich an eine Kladde, und Valentina versuchte, ihre Gedanken zu ordnen.

Der Fall war im Fach der Inneren Sicherheit gelandet. Bei der ersten Leiche hätte es sich um einen dummen Zufall handeln können, bei der zweiten war man sich bereits sicher. Die Kollegen waren mindestens so schnell wie Burak gewesen. Nur waren die Informationen eben nicht so schnell zu Valentina geflossen. Man hatte sie zurückgehalten. Sie war nur eine Inspektorin, die sich in der Sonderheit gegen Gewaltverbrechen zu bewähren hatte, obendrein eine Frau. Der Fall ging weit über ihre Kompetenzen hinaus. Und dass nun noch eine dritte Leiche samt vorwitziger Pressekonferenz der ermittelnden Inspektorin hinzugekommen war, amüsierte die Verantwortlichen in den grauen Anzügen überhaupt nicht.

»Ich hoffe, Sie werden verstehen, dass Sie von dem Fall abgezogen werden«, brach Bauer das Schweigen und sah Valentina eindringlich an.

»Ich war nie an dem Fall dran!«, explodierte Valentina, und sie wusste in dem Moment, da sie ihren Emotionen nachgab, dass es ein Fehler war. Aber es war zu spät. Sie kochte vor Wut, das sizilianische Temperament war nicht mehr zu bremsen. »Eine Riesensauerei ist das! Da lässt man mich blind herumstochern, kommt mir mit den billigsten Ausreden, als wäre ich zu blöd, um geradeaus zu laufen, gibt mir nicht die geringste Chance, den

Fall zu lösen, lässt mich eiskalt in eine Pressekonferenz rennen, und nun entzieht man mir den Fall! Geht's noch?«

»Dass Sie aus der Pressekonferenz eine Show gemacht haben, unterliegt einzig und allein Ihrer Verantwortung«, erwiderte Bauer scharf. »Wir waren von einer sachlichen Darstellung des momentanen Ermittlungsstands ausgegangen und nicht davon, dass Sie sich in Schale werfen, als seien Sie die Enkelin von Sophia Loren. Auch war nicht geplant, dass Sie die Fotos der Ermordeten in die Kamera halten. Sie haben gehandelt, Sie haben auch die Konsequenzen zu tragen!«

»Ich hätte gerne gehandelt, war aber aufgrund Ihrer feigen Zurückhaltung handlungsunfähig. Deswegen bin ich in die Offensive gegangen«, erklärte Valentina, noch immer hitzig. »Sag doch auch etwas!«

Aber Zirner suchte noch immer die Zukunft aus den grauen Sprenkeln des Linoleums zu deuten. Er blickte zu Valentina, und seine Augen verrieten, dass er schweigen würde. Er wusste wohl, wann sich ein Ritt gegen Windmühlen nicht lohnte.

»Geh endlich in Pension!«, schrie Valentina ihn an, und es tat ihr im selben Augenblick leid.

»Brauchen Sie Urlaub?«, fragte Bauer scheinheilig. Er glaubte wohl, so die Hitze aus dem Gefecht nehmen zu können.

»Ich hatte die ganze Zeit Urlaub. Konnte ja nicht ermitteln ohne Fakten.« Valentina dachte nicht daran, das Feuer kleiner zu köcheln. Wo sie schon mal dabei war, konnte sie auch aufs Ganze gehen. Sie streckte die Hand nach der Kladde aus, an der sich Bauer festhielt.

»Tut mir leid, Sie sind aus dem Fall draußen. Wir alle sind aus dem Fall draußen, haben Sie das nicht verstanden? Und wenn Sie mein Urlaubsangebot nicht annehmen, sind Sie ganz draußen. Dann können Sie sich Ihr Geld mit Ihrer lauten Musik verdienen.«

Das saß. Valentina stand kurz davor, ihren Dienstausweis zu zücken und ihn Bauer vor die Füße zu schleudern. Dann hätte Zirner wenigstens etwas, worauf er schauen konnte. Aber etwas ließ sie innehalten. Bauers Polemik über ihre Musik schien ihr zu vorbereitet. Er hatte sie provozieren wollen und wartete nur darauf, dass sie aufgab. Sie atmete tief in den Bauch und schloss für einen Moment die Augen. Vor sich sah sie Don Bernardo. Er erinnerte in seiner Gelassenheit an die Heiligenbilder des Don Bosco. Diese Gelassenheit übertrug sich auf Valentina, und sie lächelte leicht.

»Sie haben vermutlich recht. Ein kleiner Urlaub tut mir bestimmt ganz gut. Vielleicht nehme ich in der Zeit sogar ein paar Songs auf, die ich Ihren Kindern dann zu Weihnachten schenke, damit bei Ihnen zu Hause auch mal der Vorhang wackelt.«

Auf die letzte Sequenz hätte sie verzichten können, das wusste sie. Aber ganz ohne Gegenwehr wollte sie den diplomatischen Pfad auch nicht einschlagen. Bauer wäre sonst skeptisch geworden.

»Ich habe keine Kinder«, erwiderte Bauer trocken.

Valentina schwieg. Dann warf sie noch einen Blick zu Zirner. Er sah aus, als suche er nach Worten, aber vermutlich schien es nur so. Deswegen lohnte es sich für Valentina nicht zu warten, bis er denn eines gefunden hätte. Sie verließ den kalten Raum grußlos.

***

Ihre Oberschenkel brannten. Valentina hetzte auf der kleinsten Übersetzung über den Schottenring. Schon zehn Runden hatte sie um den ersten Bezirk gedreht. Immer wieder musste sie bremsen und Touristen, Studenten oder Fiaker umrunden. Es machte ihr nichts aus. Sie brauchte jetzt diesen Parcours. Kraft, Schnelligkeit und Reaktion trainierte sie mit dieser Methode und ließ gleichzeitig Dampf dabei ab. Das schweißgetränkte T-Shirt klebte bereits auf ihrer Haut.

Jetzt nahte die größte Herausforderung ihrer Rundfahrt: die Fußgänger, die aus den Haltestationen der U-Bahn und der Bim über den Radweg strömten. Wenn Valentina nun bremsen musste, würde sie die Grünphase der Ampel nicht schaffen. Das grüne Licht begann bereits zu blinken. Valentina sah die drei Studenten gerade noch rechtzeitig und zog eine satte Bremsspur.

Die zwei jungen Männer blickten sie an wie Ochsen auf der Weide, die man nach Milch fragte, während die junge Frau in dem kurzen Rock vor Schreck laut aufschrie.

Valentina sagte kein Wort. Sie wollte wieder in die Pedale steigen und schaltete in einen kleineren Gang, um rascher anfahren zu können. Aber die Ampel war bereits auf Rot umgesprungen.

»Sie leben gefährlich«, ertönte hinter ihr eine Stimme.

Valentina drehte sich um. Vor ihr stand Adler. Er lächelte charmant. Wäre Valentina in anderer Stimmung gewesen, hätte sie sich gut vorstellen können, den Kerl abzuschleppen. Vielleicht wäre das sogar besser gewesen, als im Kreis um den ersten Bezirk zu hetzen.

»Darf ich vorstellen: Nicola Simon, Tom Reif und Toby Hörbiger. Studenten von mir.«

»Das habe ich gemerkt. So blind, wie die über den Radweg stolpern«, sagte Valentina trocken.

»Und das ist Valentina Fleischhacker, Ermittlerin der Wiener Kriminalpolizei.«

»Woher –?«, wollte Valentina fragen, da konnte sie es sich schon selbst beantworten. »Haben Sie so viel Zeit, während des Studiums Fernsehen zu schauen? Ich dachte, die neue Studienordnung sei so zeitraubend.«

»Ihr Fall berührt unser Thema. Entwicklungspsychologie, Persönlichkeitsstrukturen«, antwortete Adler. »Da lernen wir immer gerne anschaulich von Profis.«

Valentina zog eine Braue hoch, sie konnte nicht heraushören, wie viel Ironie in Adlers Satz mitschwang. Vielleicht hörte sie aber auch nur auf dem »Appell-Ohr«, weil sie sich selbst so elend und verarscht fühlte.

»Wäre es nicht interessant, wenn jemand von der Polizei bei uns mal einen Vortrag halten würde?«, schaltete sich Nicola ins Gespräch.

Valentina taxierte das adrett gestylte Püppchen. Sie mochte Anfang zwanzig sein und schien zu wissen, dass sie sexy war. Im Gegensatz zu Valentina spielte sie ihre Reize aus. Das helle Blond ihrer langen Haare strahlte mit dem Blau ihrer Augen um die Wette; sie trug eine eng anliegende rote Sportjacke, unter der ein kurzer schwarzer Rock hervorsah. Die langen Beine steckten in schwarzen Strumpfhosen, schwarze Stiefel mit energischem Absatz rundeten den Stil ab.

Die beiden jungen Männer wirkten wie Staffage. Randfiguren in bewusst abgerissenem Outfit.

»Das wäre klasse«, stimmte Tom zu und schob seine Brille zurecht.

Toby, der offenbar den niedrigsten Status der Dreiergruppe besaß, wackelte nur stumm mit dem runden Kopf und gab so ebenfalls seine Stimme ab.

»Warum nicht?«, sagte Adler begeistert. »Sie werden im Moment vermutlich keine Zeit haben. Aber wenn Ihr Fall abgeschlossen ist, würden wir gerne mehr über Ihre Methoden lernen.«

»Wäre es nicht spannender, den Fall als Projektarbeit während der Ermittlungen zu betreuen?« Tom hatte anscheinend Feuer gefangen.

»Aber wir sind doch noch gar nicht mit dem Geocaching-Projekt fertig«, sagte Nicola.

»Wir könnten die beiden Projekte kombinieren. Der Fall hat durchaus etwas mit unserem Geocaching-Thema gemein.«

»Stimmt«, sagte Tom. »Die Frauenköpfe wurden an verschiedenen Stellen eines Bezirks abgelegt. Sie sind die Schätze, und wenn unsere Theorie richtig ist, können wir von der Art der Schatzlegung auf das Profil des Täters schließen.«

»Boah, ist das makaber. Abgeschnittene Frauenköpfe als Schätze zu sehen.« Nicola schüttelte sich.

»Was meinen Sie? Wäre so etwas machbar?«, fragte Adler.

»Es handelt sich hier um drei perverse Morde. Das ist weder eine Schnitzeljagd noch ein Studienprojekt. Hier wird nicht gespielt, das ist todernst«, sagte Valentina und hoffte, mit der nächsten Grünphase endlich weiterfahren zu können. Die Hobby-Detektive gingen ihr allmählich auf den Geist.

»Wir nehmen unser Studium auch sehr ernst, glauben Sie mir. Sie können es sich ja überlegen.« Adler wandte sich zu den drei Studenten. »Ich glaube, heute müssen wir etwas in die Kasse zahlen. Die anderen warten sicher schon.«

Valentina nickte Adler und den Studenten zu, dann sah sie die Ampel endlich auf Grün springen und setzte ihre Runde fort.

***

Er hatte Dienstschluss und fast die ganze Flasche Grappa gekippt. Wenn es ging, vermied er es, im Dienst zu saufen. Aber es ging nicht. Nicht heute. Er hatte versagt. Er hatte die Informationen über die Frauen zurückhalten und nur frisiert an Valentina weitergeben wollen. Aber Bauer und die Wichtigtuer der oberen Etagen waren sofort in Aufruhr geraten, als sie die Verbindungen der drei Toten zur Mafia entdeckten. Bestimmt war es Parizek gewesen, das Arschloch. Vermutlich hatte er Burak unter Druck gesetzt, und der hatte geplappert. Warum war er nicht selbst zu Burak gefahren? Dann wäre er noch einen Schritt vorne. Man durfte Valentina die Informationen nur schluckweise verabreichen. So wie er den Grappa trank. Schluck für Schluck. Mit dem Dampfhammer ging bei ihr gar nichts. Da bockte sie sofort.

Zirner goss nach und trank. So dicht war er lange nicht mehr gewesen. Zuletzt hatte er sich so besoffen, als seine Frau mit der gemeinsamen Tochter nach Australien abgehauen war. Ausgerechnet Australien. Wenn man ein Loch in die Erde buddelte und nicht aufhörte zu graben, dann kam man in Australien wieder raus. Natürlich konnte man auch fliegen. Aber Zirner stieg in kein Flugzeug, er brauchte Boden unter den Füßen – und den hatte man ihm gerade brutal weggezogen. Er schämte sich vor Valentina. Aber wie hätte er kämpfen sollen? Der Fall war ihnen entzogen worden, sie standen da wie Erstklässler. Und er wusste nicht mehr, wie er Valentina auf die Fährte bringen sollte. Sie war die Richtige, da war er sich sicher. Sie war sein Lotterielos. Sie hatte die drei Punkte hinter dem Ohr. Er hatte sie gesehen. Und er wusste, was sie zu bedeuten hatten. Sie war Millionen wert. Man musste sie nur wecken.

Zirner schenkte sich nach. Er trank eigentlich nie Schnaps. Aber jetzt setzte er alles daran, die Flasche Grappa, die er von irgendjemandem auf der letzten Weihnachtsfeier geschenkt bekommen hatte, allein zu leeren. Er besah sich das gefüllte Schnapsglas und kippte es, um sich gleich wieder nachzuschenken.

Er starrte auf die Kladde, die vor ihm lag, und öffnete den grauen Karton. Bauer konnte ihn am Arsch lecken. Vor Valentina fürchteten sie sich, Zirner hielten sie für einen Frührentner. Aber da hatten sie sich getäuscht.

Sein Finger glitt über die Zeilen des von ihm frisierten Berichts, während er überlegte, wie er Valentina doch noch an den Haken bekäme.

Es klopfte an der Tür. Zirner blickte auf und bat herein. Die Tür öffnete sich, und ein junger Mann in Jeans und Motorradjacke erschien, in der Hand den Karton einer Bestellpizza.

»Einmal Quattro Stagioni?«, fragte der südländische Bote mit deutlichem Akzent.

»Habe ich die bestellt? Ich erinnere mich nicht. Aber das kann am Schnaps liegen«, murmelte Zirner.

»Wo kann ich sie hinstellen?«

»Nur her damit, ich esse sie gleich. Kann nicht schaden, ein wenig Grundlage im Bauch zu haben. Hoffentlich kotze ich sie nicht sofort wieder aus. Bei der letzten Weihnachtsfeier habe ich auch den Fehler gemacht, erst zu saufen und dann zu essen. Das Tischtuch hätten Sie sehen sollen. Ist mir jetzt noch peinlich. Ach, scheiß drauf. Am besten, ich stopfe die Pizza in mich rein und kotze sie dann Bauer über den Anzug, was halten Sie davon?«

Zirner lachte, stand auf und wankte zum Kleiderhaken, an dem sein Trenchcoat hing.

»Warum haben diese Mäntel nur immer so viele Taschen? Immer muss ich erst in fünf falsche Taschen greifen, ehe ich finde, was ich suche. Es ist ein Fall für sich. Wie im Leben. Warum können Kommissare den Mörder nie gleich finden, sondern müssen sich immer erst fünfmal verlaufen? Nur damit es für den Zuschauer spannend wird? Ich sage Ihnen eins, es ist nicht spannend, es ist nur anstrengend, wenigstens für uns Polizisten. Ah, hier ist es, Fall gelöst. Wie viel kriegen Sie –?«

Ein dünner Stahldraht legte sich um seinen Kehlkopf und zog sich unerbittlich zu. Zirner röchelte, fuchtelte unkoordiniert mit den Armen, wusste aber, dass es bereits zu spät war. Er hatte verloren. Oder gewonnen?

Er lächelte bei dem letzten Gedanken. Wenn sein Plan aufgehen sollte, musste er sterben.

***

Die Dusche tat gut. Valentina seifte sich ein zweites Mal kräftig den Kopf ein. Sie liebte es, ihre schwarzen Locken zu kneten. Sie konnte sich nicht erinnern, wann ihr zuletzt ein Mann so wild durch die Haare gefahren war, und seufzte. Jetzt könnte sie einen Kerl gebrauchen, der sie daran riss, während sie auf ihm saß. Sie dachte für einen Moment an Burak.

Dann kurierte sie ihre aufsteigende Lust, indem sie die Dusche kalt stellte. Rasch hechelte der Körper nach Atem, sie schrie wie ein Cowgirl beim Rodeo und stellte das Wasser ab.

Es klingelte an der Tür. Valentina schlüpfte in ihren Bademantel und lief barfuß durch die Wohnung. Durch die Gegensprechanlage war ein knarziges »Eilbote« zu hören.

Valentinas Lust flackerte noch immer in ihrem Körper, das kalte Wasser hatte nur wenig abgekühlt. Sie stellte sich kurz vor, wie sie den Eilboten zu sich hineinzog und ihn sich kurzerhand nahm, und musste lachen.

Vor ihr stand ein keuchender Mann in rotem Overall und mit dreißig Kilo zu viel auf den Rippen. Was die kalte Dusche nicht geschafft hatte, erreichte dieser Fleischkloß mühelos: Valentinas Feuer war im Nu erloschen. Der schnaufende Kurier hielt ihr ein Päckchen in DIN-A4-Größe entgegen und röchelte: »Hier unterschreiben bitte.« Dann reichte er ihr einen Kugelschreiber, der vom Handschweiß des Hermes so nass war, dass er Valentina beinahe aus den Fingern glitt.

Der Bote schnappte sich seinen Kugelschreiber wieder, nuschelte ein kaum verständliches »Wiederschaun« und keuchte das Treppenhaus hinunter.

Valentina schloss die Tür und widmete sich neugierig dem Päckchen. Sie vermutete, dass es das Musikbuch war, das sie bestellt hatte. Zwar war sie ganz gut geschult durch den Unterricht

Don Bernardos, aber »How to Write Songs« konnte ihr sicherlich noch den ein oder anderen Tipp zum Rock-Hit geben. In Vorfreude darauf riss sie den Umschlag schon auf dem Weg zur Küche auf. Die ersten Beats fielen ihr ein, und sie dachte daran, ihren Zwangsurlaub zu genießen. Sie würde sich einfach der Musik verschreiben, sollten diese Arschlöcher doch ihren Spionage-Thriller ohne sie abhandeln.

Aber in dem Päckchen befand sich nicht das bestellte Buch, sondern eine Kladde aus grauem Karton, wie sie Valentina aus dem Büro kannte. Sie setzte sich an den Küchentisch und schlug die Kladde auf. Von einem Polaroidfoto glotzte sie ein erdrosselter Zirner an.

Valentina erstarrte. Sie mochte nicht glauben, was sie auf dem Foto sah. Hastig griff sie ihr Handy und wählte Zirners Nummer. Am anderen Ende meldete sich eine Stimme. Sie gehörte nicht Zirner, sondern Parizek. Valentina legte wieder auf. Sie wusste, dass es nicht lange dauern würde, bis es bei ihr klingelte. Schnell überlegte sie sich eine Strategie. Viel Zeit blieb ihr nicht.

Ihr Telefon läutete, sie nahm ab.

»Servus, Zirner, ich habe gerade versucht, dich anzurufen, hab mich aber wohl verwählt. Hast du noch Lust auf ein Getränk? Du warst doch schon mal in Griechenland. Jetzt, wo ich Urlaub habe, würde ich gerne mal für ein paar Wochen verreisen.«

»Servus, Inspektor Fleischhacker, hier Inspektor Parizek am Apparat. Der Zirner kann keine Tipps mehr geben. Den hat jemand in seinem Büro erdrosselt. Aber wenn Sie von mir einen Tipp wollen, verreisen Sie in nächster Zeit besser nicht und kommen morgen früh aufs Revier. Wir haben ein paar Fragen an Sie zu stellen«, erwiderte Parizek kalt.

»Was? Erdrosselt?« Hier musste Valentina nicht spielen. Die Fassungslosigkeit war echt. Am anderen Ende knackte es, Parizek verschwand grußlos.

Valentina und er waren Erzfeinde. Es würde ihm Freude bereiten, sie zu vernehmen. Er würde es sich auch nicht nehmen lassen, sie in den engeren Kreis der Verdächtigen mit einzubeziehen. Allein um sie leiden zu sehen. Für ihn wäre es objektive kriminalistische Arbeit, Valentina wusste aber, dass es sich dabei nur um sadistische Genugtuung handelte.

Parizek war kein schlechter Polizist, aber er kompensierte seine Minderwertigkeitskomplexe mit Machoallüren, wo er nur konnte. Die Uhr am Gelenk konnte nicht protzig genug sein, seine Frau hatte Titten aus Silikon, und irgendwie war es ihm sogar gelungen, in Hietzing eine Jahrhundertwendevilla zu ergattern. Wie er das alles mit seinem mageren Gehalt bezahlte, war Valentina ein Rätsel, aber das schien niemanden zu kümmern. Das sei Privatsache, hatte Zirner einmal gesagt, als Valentina Parizek unter schwerem Korruptionsverdacht hatte, und wenn, dann ein Fall der Dienstaufsicht und nicht der Kollegen derselben Einheit. Valentina hatte sich damals heftig mit Zirner gestritten. Sie verabscheute diese Art von Ehrenkodex, weil er verlogen war und nur kaschierte, wo es faulte.

Jetzt hätte sie gerne wieder mit Zirner gestritten. Aber Zirner war tot, sie war ganz allein – wieder einmal. Warum mussten ihre Mentoren immer sterben? Warum hatte sie stets alles allein auszufechten?

Sie starrte auf die Kladde, schob Zirners Foto zur Seite und begann, sich die Unterlagen anzusehen. Ihr fiel die Kinnlade hinunter, als sie erkannte, worum es sich handelte: Dossiers über die drei ermordeten Frauen.

Sie überflog die Zeilen und packte einzelne Happen gleichzeitig, wie sie es beim Speedreading gelernt hatte. Die Daten stimmten mit denen überein, die sie von Burak bekommen hatte. Nur dass hier nicht erwähnt wurde, dass alle drei Frauen mit der sizilianischen Mafia in Verbindung gestanden waren.

Gloria Burkhardt, das letzte Opfer, kam ursprünglich aus Deutschland und hatte in Wien am medizinischen Institut Tierversuche überwacht. Industriespionage lag hier für die Kollegen nah. In Buraks Dossier aber war obendrein zu lesen gewesen, dass Burkhardt in Palermo Medizin studiert hatte und in einen Prozess verwickelt gewesen war, in dem es um die Herstellung synthetischer Drogen ging. Sie war in Italien freigesprochen worden und dann für zwei Jahre in Marokko untergetaucht, ehe sie die Stelle in Wien antrat.

Nadja Tschechow war Offizierin der russischen Armee und seit einem Jahr in der russischen Botschaft für diplomatische Dienste tätig gewesen. Auch hier konnte man sich rasch zusammenreimen, dass der geschützte Raum der Botschaft für operative Zwecke genutzt worden war. Aber auch hier wusste Buraks Datenbank mehr. Tschechow war fünf Jahre mit Enzo Bugati verheiratet gewesen, der als ernst zu nehmender Zögling Provenzanos gegolten hatte. Bugati hatte sich aber zu weit aus dem Fenster gelehnt, und jemand hatte ihn dann auch aus dem zehnten Stock geworfen. Tschechow war über Oligarchenverbindungen nach Moskau geflohen, um in Staatsdienste zu treten.

Die Tirolerin Eva Knittel war Extremkletterin, die einen Outdoorladen in der Josefstadt betrieben hatte. Hier hatten die Kollegen keine direkte Linie zur Spionage gefunden. Dafür wusste aber auch Buraks Papier in diesem Fall mehr. Knittel hatte für die nördliche Sektion der Mafia operiert. Von Tirol aus über Bozen bis hin ins Veneto. Sie war für den Kauf von Industriemüll zuständig gewesen, der in ehemaligen Erzbergwerken der Alpen oder in Gletscherspalten endgelagert werden sollte. Ein Riesenunterfangen und ein Millionengeschäft.

Warum stand in dieser Kladde nichts von dem Mafiabezug? Hatte Zirner ihn ausradiert? Warum? War ihr der Fall nicht gerade deswegen entzogen worden, weil Bezug zur Mafia bestand? Hatte Zirner die Informationen verheimlichen wollen, die dann doch durchgesickert waren? Hatte er deswegen sterben müssen?

Valentina konnte ihn nicht mehr fragen. An seinem Apparat nahm nur noch Parizek ab.

Und Parizek war es gewesen, der bei Burak aufgekreuzt war, um dessen Rechner zu kassieren. Vielleicht steckte Parizek hinter dem Mord an Zirner? Und wenn er da mit drinhing, wer außer ihm noch? Bauer? Oder noch höhere Tiere?

Sie würde ihren Urlaub nutzen, um auf sich allein gestellt in dieser Sache zu ermitteln. Es ging jetzt nicht mehr nur um die drei Frauen, sondern auch um Zirner.

Valentina begann zu schluchzen. Gerne hätte sie jetzt eine männliche Brust gehabt, an der sie sich ausweinen konnte. Aber die war fern, immer fern gewesen. Sie hatte sich nie bei einem

Mann, mit dem sie ins Bett ging, ausgeweint. Das hätte eine Kapitulation ihres Kampfes um Gleichberechtigung bedeutet. Und so weinte sie allein, erhob sich schluchzend vom Küchentisch und ging in ihr Zimmer, wo die neue Strat Trost versprach.

Valentina steckte sie an Strom und schredderte mit dem Plektrum über die Saiten. Diesmal spielte sie ohne Kopfhörer. Es musste laut sein, und sie musste den Klang im Raum kreischen hören. Sie spielte so laut, dass sie weder das Klopfen von oben noch die wütenden Schreie der Nachbarn hörte. Erst als zwei uniformierte Kollegen mit einem Mann vom Schlüsseldienst in der Wohnung standen, legte sie ihre Gitarre zur Seite. Mit der Abmahnung und einer möglichen Strafe wegen Ruhestörung konnte sie leben. Selbst dass sie deswegen aus der Wohnung fliegen konnte, kümmerte sie im Moment nicht.

DREI

Parizek genoss die Situation sichtlich. Natürlich hatte sich Valentinas nächtliche Dezibel-Entgleisung längst bis zu ihm durchgesprochen. Jetzt saß er ihr gegenüber und lächelte falsch.

»Sie können sich denken, dass Sie nicht deswegen hier sitzen, weil Sie sich im Ton vergriffen haben. Obwohl das eine Ihrer großen Schwächen zu sein scheint, die Ihnen einmal zum Verhängnis werden könnte.«

»Besser laut vor die Hunde gehen als leise mit ihnen wimmern«, antwortete Valentina ruhig.

Sie kannte den Verhörraum bereits von anderen Gelegenheiten. Bislang war sie aber immer auf dem Platz gesessen, den Parizek jetzt beanspruchte. Es war ein sonderbares Gefühl, die andere Perspektive einzunehmen. Sofort fühlte man sich in der Defensive, glaubte sich rechtfertigen zu müssen, obwohl man nichts getan hatte.

»Ist reine Routine, dass wir Sie vernehmen. Das verstehen Sie sicherlich.«

»Und warum hier unten? Das ginge doch auch bei Ihnen oder bei Bauer im Büro?«, fragte Valentina und blickte bei der letzten Frage demonstrativ in Richtung Spiegelglas, hinter dem sie Bauer vermutete.

»Weil wir noch andere Gäste haben, die eine gewisse Anonymität wahren wollen. Das kennen Sie doch.«

»Nicht bei Routinebefragungen.«

»Das liegt nicht an der Befragung, sondern am Fall selbst. Oder wollen Sie etwa behaupten, dass drei abgetrennte Frauenköpfe und ein erdrosselter Inspektor der Bundespolizei Routine wären?«

Valentina wusste noch nicht, worauf Parizek hinauswollte, aber sie merkte, dass es für sie nichts Gutes bedeutete.

Parizek bückte sich kurz und zog etwas aus einer Aktentasche, die neben seinem Stuhl stand. Es war eine Kladde aus grauem Karton. Er klatschte sie zwischen sich und Valentina auf den Tisch.

»Kennen Sie das?« Seine Stimme durchschnitt scharf die Luft des Raums.

Valentina schluckte und nickte.

»Wie kommt die zu Ihnen?«

»Sie können nicht einfach meine Wohnung durchsuchen.« Valentina wusste, dass es ein jämmerlicher Versuch auf Rechtsanspruch war.

»Mit einem Durchsuchungsbescheid schon«, sagte Parizek trocken.

»Aber wann waren Sie bei mir? Ich habe die Kladde doch erst gestern Abend erhalten.« Sie hielt kurz inne. »Ah, verstehe. Deswegen musste ich so lange draußen warten. Damit ihr Zeit hattet, meine Wohnung auseinanderzunehmen.«

»Glauben Sie mir, es ist mir nichts unangenehmer, als einen Kollegen unter Verdacht zu haben. Aber noch schlimmer ist es, den Mord an einem Kollegen aufdecken zu müssen. Am schlimmsten ist es jedoch, wenn Ersteres mit Letzterem zusammenkommt.« Parizek spielte angestrengt Anteilnahme.

In Valentina kochte es. Sie verabscheute Heuchelei. Sie hatte damals mit angesehen, wie Nonno Elio vom Oberhaupt der Familie lächelnd umarmt worden war und noch am selben Tag unter Kugelhagel der »ehrenwerten Gesellschaft« sein Leben ausgehaucht hatte. Valentina witterte die Verschwörung. Sie schwängerte den Raum bis oben hin. Aber wer steckte dahinter? Parizek war nur eine Marionette, ein korrupter Karrierist, der seine Seele längst in Hypotheken und Wechsel getauscht hatte. Und selbst die Leute hinter dem Spiegelglas waren nur Schergen, die man nicht erkennen durfte, damit man nicht zufällig auf die Fährte der tatsächlichen Hintermänner kam.

»Also? Wie kommen Sie an diese Unterlagen?«, wiederholte Parizek seine einstudierte Frage.

»Ein Eilbote hat sie mir gebracht«, sagte Valentina mehr zu sich selbst, damit sie die Fakten ordnen konnte.

»Wann war das?«

»Gestern Abend, etwa gegen neunzehn Uhr.«

»Unsere Ärzte schätzen, dass der Tod bei Zirner gegen halb sieben eingetreten ist. Waren Sie da zu Hause oder noch mal auf dem Revier, um mit ihm um die Akte zu streiten? Er wollte Ihnen die Akte nicht geben, der Streit uferte aus, Sie erdrosselten ihn?«

»Blödsinn. Ich war zu Hause. Warum sollte ich Zirner ermorden? Er war der Einzige hier, der mich unterstützt hat.«

»Das ist aber unfair. Wir haben alle versucht, sie nach vorne zu bringen. Aber gedankt haben Sie es niemandem. Und am allerwenigsten Zirner.«

Valentina wollte Parizek an die Gurgel, beherrschte sich jedoch und rief sich Don Bernardo als guten Geist an ihre Seite. Sie musste besonnen bleiben. Sie hatte bereits zu viele Emotionen gezeigt.

»Ich habe nicht gewusst, dass Zirner diese Akte überhaupt besaß. Nachdem Bauer mich in Urlaub geschickt hatte, war der Fall für mich erledigt.«

»Nichts würde ich lieber glauben als das.« Parizek straffte sich. »Tatsächlich glauben wir auch nicht, dass Sie es selbst gemacht haben. Unsere Kameras haben einen Pizzaboten gefilmt, der um fünf vor halb sieben das Gebäude betrat und zehn Minuten später wieder verschwand.«

»Dann verhören Sie doch den Pizzaboten.«

»Das würden wir gerne, aber er ist spurlos verschwunden. Der Laden, für den er angeblich arbeitete, existiert überhaupt nicht. Es war ein Killer.«

»Was hat das mit mir zu tun?«

»Ein Pizzabote, ein Karton, der zurückgelassen wurde, mit einer Quattro Stagioni drin. Warum lässt ein Profi so etwas zurück?«

»Vielleicht als Symbol? Jetzt kommen Sie mir noch mit der Mafia und dass ich die heimliche Nachfolgerin Provenzanos bin! Bitte, ich warte.« Valentina verschränkte die Arme und starrte zur Decke.

»Wir dürfen nichts ausschließen. Sie stammen aus Sizilien. Recherchen haben ergeben, dass Ihre Familie durchaus Kontakte zur Mafia hat.«

»In Sizilien hat jeder Kontakte zur Mafia. Entweder so oder so, verstehen Sie?«

»Wie Sie wissen, standen auch alle drei toten Frauen in Beziehung zur Mafia.«

»Parizek, wachen Sie auf! Was soll die Mafia mit dem Mord an Zirner zu tun haben?«

»Je schneller Zirner weg ist, umso schneller rücken Sie nach.«

»Und warum soll ich dann die Akte bei ihm mitgenommen haben, wenn es mir nur um den Karrieresprung geht?«

»Sie haben gehört, dass der Fall von internationaler Bedeutung ist. Das ist für Ihre Hintermänner natürlich höchst interessant. Informationen, die die innere Sicherheit eines Staates betreffen, machen diesen Staat anfällig und erpressbar. Ein gefundenes Fressen für eine Organisation, die sich schon seit zwei Jahrhunderten von Erpressung ernährt, finden Sie nicht?«

»Sie haben sie nicht alle. Alles nur Unterstellungen. Es gibt keinen einzigen Beweis, dass ich mit dem Killer von Zirner in irgendeiner Beziehung stehe.«

»Wieso sollte der Killer aber dann ausgerechnet Ihnen die Akte zukommen lassen, für die er Zirner ermordet hat?«

»Ich weiß es nicht. Vor allem verstehe ich nicht, warum in dieser Akte nicht drinsteht, dass die ermordeten Frauen mit der Mafia zu tun hatten. Können Sie mir das vielleicht erklären? Haben Sie sich die Geschichte mit der Mafia vielleicht nur aus den Fingern gesogen, um mir den Fall zu entziehen? Bin ich vielleicht zufällig jemandem aus höheren Kreisen auf der Spur, der einen Hang zum Triebmord hat?«

»Valentina Fleischhacker, Sie bleiben vorerst in Untersuchungshaft wegen Verdachts des Mordes an Gerwin Zirner und enger Kontakte zu einer kriminellen Vereinigung. Abführen.«

***

Die Kargheit der Zelle machte ihr nichts aus. Aber der mangelnde Bewegungsfreiraum zerrte an ihren Nerven. Zudem kochte sie vor Wut, was die Enge des Raums nicht erträglicher machte. Parizek war ein Riesenarschloch, aber dass er es sich erlauben durfte, sich so aufzuführen, machte Valentina noch wütender. Sie hatten nichts gegen sie in der Hand, aber auch gar nichts. Ausgerechnet jene Herren, die ihr gegenüber stets auf Fakten pochten, sogen sich plötzlich phantastische Konstruktionen aus den Fingern, die zum Himmel stanken.

Warum sollte sie einen Killer auf Zirner ansetzen? Wer wollte ihr Verbindungen zur Mafia unterschieben? Welche Informationen entsprachen der Wahrheit? Hatte Burak ihr am Ende einen frisierten Stick gegeben? Hatte ihm Parizek Druck gemacht? Sie konnte nicht glauben, dass Zirner ihr etwas vorenthalten hatte. Aber warum hatte er dann nicht widersprochen, als ihnen der Fall entzogen worden war? Weil er vor Bauer schweigen musste. Und weil hinter Bauer noch ganz andere Leute standen, denen es wichtig war, dass der Fall von höherer Stelle weiterbearbeitet wurde.

Wer war hinter dem Spiegelglas des Verhörraums gestanden? Bauer ganz sicherlich. Aber wer noch? Wenn es nur Bauer gewesen wäre, dann hätte man sich den Spiegel auch schenken können. Leute vom Innenministerium? Politiker?

Valentina war während ihres Gedankenspiels fortwährend im Kreis gegangen. Jetzt blieb sie stehen, da die Zellentür geöffnet wurde. Zwei Beamtinnen traten in die Zelle.

»Wohin geht's?«

»Wieder zum Verhör. Kommissar Parizek hat noch ein paar Fragen an Sie.«

»Das kostet aber extra. Ich bin in der Gewerkschaft, da gibt es Ruhezeitverkürzung.«

Bei einer der Uniformierten verursachte der Gag wenigstens ein vages Lächeln, an der Wortführenden prallte er kommentarlos ab.

Valentina folgte den beiden Beamtinnen. Immerhin legten sie ihr keine Handschellen an. Das hätte sie auch zu albern gefunden. Gleichzeitig steigerte es in ihr den Wunsch, abzuhauen. Sie wusste, was das bedeuten würde. Eine Verdächtige auf der Flucht schrieb sich nie ein gutes Zeugnis. Wer floh, gestand ein, so die Regel. Aber was blieb ihr anderes übrig? Parizek wusste, dass sie Luft brauchte, deswegen hatte er sie erst einmal für ein paar Stunden in die Zelle gesteckt. Es sollte eine Drohung sein. Aber weshalb? Sollte sie einen Mord gestehen, den sie nicht begangen hatte? Oder hatte er es darauf angelegt, dass sie floh? Hatte man ihr deswegen keine Handschellen angelegt? Wollte man sie gar auf der Flucht erschießen?

Sie blickte die beiden Bewacherinnen aus den Augenwinkeln an, während sie den gepflasterten Weg zum Tor gingen. Das Auto, auf das sie zusteuerten, stand im Hof des Untersuchungsgefängnisses. Wenn sie fliehen wollte, müsste der Wagen außerhalb des Geländes stehen. Sie hatte keine Chance. Aber es brannte in ihr, einfach zu laufen. Allein der Gedanke ans Eingesperrtsein setzte sie unter eine solche Anspannung, dass sie gleich zu bersten drohte.

Sie erreichten das Polizeiauto, und Valentina stieg mit einer der Beamtinnen hinten ein, während die andere sich hinters Steuer klemmte.

Die Chance war vertan. Während die Beamtin vorne den Wagen startete, wandte sich die andere zu Valentina.

»Glauben Sie mir, es macht uns auch keinen Spaß, eine Kollegin in Gewahrsam zu nehmen«, sagte sie.

Der Wagen fuhr aus dem Tor und musste scharf bremsen. »Mann, passen Sie auf, wo Sie hinfahren!«, schrie die Polizistin am Steuer den vollbärtigen Radfahrer an, der ihr halb über der Motorhaube hing.

Valentina nutzte den Augenblick und sprang aus dem Wagen. Sie drehte sich nicht um, sondern lief, was ihre Beine hergaben, die Straße hinunter. Hinter sich hörte sie eine Polizeisirene plärren. Valentina rannte und rannte. Aber sie wusste nicht, wohin.

Nach Hause konnte sie nicht. Noch nicht einmal um ein paar Habseligkeiten zusammenzuraffen. Zirner war der Einzige gewesen, zu dem sie hätte gehen können. Aber Zirner war tot, und man unterstellte ihr, den Mord an ihm in Auftrag gegeben zu haben. Es war absurd. Valentina, die Jägerin, war mit einem Mal die Gejagte.

Sie hatte nur eine Möglichkeit, ihre Unschuld zu beweisen: Sie musste den Mörder der drei Frauen und Zirners finden. Über ihn würde sie zur Wahrheit gelangen.

Vielleicht hatte Zirner sterben müssen, weil er mehr wusste, als in der Kladde zu lesen war. Möglicherweise würde Valentina bei ihm zu Hause Informationen finden, die sie weiterbrachten. Sie musste zu seiner Wohnung gelangen, ehe Parizek dort auftauchte. Erst einmal würde er ihre eigene Wohnung observieren lassen. Davon ging Valentina zumindest aus. Wenn er clever war, setzte er auch sofort Leute auf Zirners Bude an.

Valentina schnaufte durch und setzte sich auf einen der Metallsessel vor der Karlskirche. Flankiert von amerikanischen Touristen fiel sie nicht auf. Vier uniformierte Polizisten schlenderten am Brunnen vorbei. Sie trugen Barette. Ein Einsatzkommando. Vielleicht waren sie Dealern auf der Spur. Sie kümmerten sich jedenfalls nicht um Valentina. Ein Rumäne spielte Akkordeon und sammelte Münzen in einem Pappbecher.

Valentina fragte sich, wie die Kollegen den Fall handhaben würden. Eine Großfahndung würden sie wohl nicht wagen. Wie würden sie es nach außen darstellen? Konnten sie es sich leisten, die Polizistin, die vor zwei Tagen noch als glaubwürdige Ermittlerin im Fernsehen zu sehen gewesen war, als Mordverdächtige hinzustellen? Das würde mehr Staub aufwirbeln, als Bauer und den Dunkelmännern recht wäre. Nein, sie würden es diskret behandeln, vermutlich eine Eliteeinheit der Bundespolizei auf sie ansetzen. Kollegen, die keine Barette trugen, sondern unauffällig die Tauben fütterten, während sie den falschen Tönen des Akkordeons lauschten.

Es war gefährlich, mit der U-Bahn zu fahren, zu leicht saß man in der Falle. Aber es war der schnellste Weg, um zu Zirners Wohnung zu gelangen. Und Zeit spielte eine wichtige Rolle. Von der Haltestation an der Kettenbrückengasse waren es nur noch wenige Meter bis zur Stiegengasse. Dort hatte Zirner gewohnt, im Erdgeschoss, in den Räumen eines ehemaligen Milchladens.

Valentina klingelte bei vier Wohnungen und rief »Post« in die Gegensprechanlage, woraufhin der Summer die Tür entriegelte. Sie durchquerte den Hausflur und ging durch den Fahrradunterstand in den Hinterhof. Valentina kannte das Fenster zum Hof, sie war oft genug bei Zirner gewesen. Sie hatte gehofft, es sei wenigstens gekippt, aber es war geschlossen. Sie lauschte. Aus den anderen Wohnungen des Mietshauses schallten Kindergeschrei und schimpfende Mütterstimmen, dann ein lautes Radio, das wiederum mit einem noch lauteren Fernsehapparat konkurrierte. Das Klirren des Fensterglases fiel keinem auf.

Rasch hebelte Valentina das Fenster auf und schlüpfte in die Wohnung. Jetzt stand sie in der Besenkammer und lauschte.

Es blieb still. Vorsichtig drückte sie die Tür der Kammer auf und schlich durch den Korridor, an der Küche vorbei in den Teil, der früher einmal das Ladenlokal gewesen war. Die großen Schaufenster waren mit milchiger, lichtdurchlässiger Folie beklebt, damit man vom Gehsteig aus nicht hineinsehen konnte. Es war Zirners kleines Atelier.

Sie nahm eines der Bilder in die Hand. Es erinnerte sie an eine Postkarte aus dem Italien der sechziger Jahre, als man begonnen hatte, »La Dolce Vita« an die Touristen nördlich der Alpen zu verkaufen. Im Vordergrund leuchtete eine Eisdiele, davor bogen sich bunte Sonnenschirme im Wind der Meeresbrise, ein Pärchen spazierte im Hintergrund am Strand, und zwei Kinder bauten in der Mitte des Bildes Sandburgen. Das Werk war noch nicht fertig. Mit Bleistift war bereits eine dralle Italienerin an einem Obstkarren skizziert, die Stücke einer saftigen Wassermelone an eine Gruppe Kinder verteilte. Im Hintergrund jagten sich verspielt zwei Straßenköter.

Italien schien sie zu verfolgen. Sie legte das Bild beiseite. Sie hatte keine Zeit, sich zu verlieren. Parizek konnte jederzeit hier aufkreuzen.

Eilig begann sie die Schubladen der Atelierschränke zu durchsuchen. Aber sie fand nur Farben, Kreide, Kohle, Leinwände, Tapeziernägel, Handbücher des anatomischen Zeichnens – keinen Hinweis zu ihrem Fall. Nichts, was auf Zirners Mörder hätte hinweisen können. Was hatte sie sich auch erhofft? Etwa einen Abschiedsbrief von Zirner, in dem er sowohl die drei Morde als auch die Hintergründe der Tat offenlegte? So naiv war Valentina nun auch wieder nicht. Ihr würde eine Kleinigkeit genügen. Eine winzige Notiz, unachtsam auf dem Nachttisch abgelegt. Ein Schnipsel, an dem sie sich weiterhangeln konnte. Etwas, was ihr belegte, auf wessen Seite Zirner gestanden war. Immerhin hatte nur er gewusst, dass sie bei Burak gewesen war. Und Parizek war kurz darauf dort aufgetaucht.

Ihr Blick streifte durch das Atelier. Neben einer schlechten Fälschung von Caravaggios »Ungläubigem Thomas« hing eine Zeichnung seines Werks »Judith und Holofernes«. Judith schnitt darauf Holofernes mit dem Schwert den Kopf ab. Valentina erinnerte sich, dass die Dramatik des Bildes symbolisch zu deuten war, und zwar als Sieg der Tugend über die Sünde. So hatte es ihr Don Bernardo erklärt, als sie gemeinsam in Rom Ferien gemacht hatten und im Palazzo Barberini vor dem Original gestanden waren.

Valentina kletterte auf einen Stuhl und nahm die Zeichnung von der Wand. »Sieg der Tugend über die Sünde«, murmelte sie. Ob der Mörder der Frauen sich als Wächter der Tugend betrachtete? Hatte sich Zirner etwa wegen des Falles mit der Zeichnung beschäftigt? Valentina wusste, dass er oft übers Zeichnen zu Assoziationen gefunden hatte.

Sie faltete die Skizze zusammen und steckte sie in die Hosentasche. Dann verließ sie das Atelier und ging in die Küche, auf Essbares in Zirners Kühlschrank hoffend. Geld hatte sie nämlich keins. Und irgendwie musste sie sich in nächster Zeit durchschlagen, wie lange, war nicht abzusehen.

Zirners Kühlschrank war eine Enttäuschung. Bis auf einen halb aufgeriebenen Parmesan fanden sich nur ein abgelaufener Diät-Joghurt und eine Ansammlung von Dosenbier darin. Valentina nahm den Parmesan heraus. Ein paar Klamotten wären auch nicht schlecht. Sie brauchte etwas Warmes und Wetterfestes. Zwar war der Oktober bislang noch überwiegend golden gewesen, aber die nebligen Tage kündigten sich bereits an.

Sie schlich ins Schlafzimmer und durchsuchte Zirners Kleiderschrank. Zirner war etwas größer als sie gewesen, und ein Parka mit Lammfellfütterung passte ihr ganz gut, wenn sie die Ärmel umkrempelte. Zwei Wollpullover, die Zirner wohl zu heiß gewaschen hatte, waren ebenfalls passend.

Sie warf die Klamotten aufs Bett und stutzte. Warum stand ein Rucksack auf dem Nachttisch daneben? Wollte Zirner wandern gehen? Sie nahm den Rucksack und setzte sich damit aufs Bett, um den Inhalt zu untersuchen. Taschenlampe, Proviant in Form von Schwarzbrot, Käseaufschnitt, Äpfeln und Schokolade. Dazu eine mit Wasser gefüllte Aluminiumflasche, außerdem eine Stabtaschenlampe und eine Stirnlampe, ein Leatherman, eine Digitalkamera und ein Gerät, das sie bei ihrem Zusammenprall mit Adler mit einem Handy verwechselt hatte: ein GPS.

Sie drehte den Rucksack um und schüttete ihn aus, um die Sachen genauer zu untersuchen. Im Reißverschlussfach fand sie ein Notizbuch mit einem Kugelschreiber. Sie öffnete das Buch. Es war leer bis auf einen Eintrag auf der ersten Seite: »N52° 23.983' E009° 46.806'«.

Das Geräusch einer Polizeisirene schreckte Valentina hoch. Eilig stopfte sie alles wieder in den Rucksack, packte die Pullover und den Parmesan mit dazu, warf sich den Parka über und eilte zur Wohnungstür. Sie hatte Glück. Zirner hatte beim Verlassen der Wohnung nicht von außen abgeschlossen.

***

Parizek nahm sein Fernglas herunter und lächelte zufrieden. Es lief alles nach Plan. Er hatte die Wohnung in der Stiegengasse schon vor einem Monat über einen Strohmann anmieten lassen und Zirners Domizil von hier aus regelmäßig überwacht. Damals wusste er noch nicht, wozu er das tat. Aber es war eine Anweisung von höherer Stelle gewesen, und Parizek hatte sie zu befolgen; schließlich wollte er nach oben. Jetzt begriff er den Sinn der Aktion, wenngleich ihm noch immer schleierhaft war, warum Valentina Fleischhacker nicht einfach beseitigt, sondern in ein Spiel gehetzt wurde, bei dem jeder Schritt von außen manipuliert war.

Valentina hatte den Rucksack dabei. Parizek hatte ihn genau so in Zirners Wohnung drapiert, wie es ihm aufgetragen worden war. Und sie hat ihn sich gegriffen. Wer immer hinter dem psychologischen Planspiel stand, Parizek war froh, dass nicht er es war, mit dem gespielt wurde.

Wenn Valentina den Rucksack hatte, würde sie auch das GPS und die Koordinaten auf dem Notizblock entdeckt haben. Und es würde nicht lange dauern, bis sie sich aufmachen würde, den unbekannten Platz aufzusuchen. Dort würde er sie dann bereits erwarten und die Operation so lange überwachen, bis das Spiel sich dem Ende neigte.

Es machte ihn nervös, dass man ihm verschwiegen hatte, wann und wo es sein würde. Aber ihm war auch klar, dass er nicht alles wissen durfte. Somit war auch er ein Teil des Spiels. Aber er würfelte mit und wurde nicht übers Feld geschoben, da war er sich sicher.

***

Valentina war klar, dass es in der Thalia-Buchhandlung nur so von Kameras wimmelte. Die Monitore, in denen sie sich selbst beim Eintritt und beim Verlassen der Rolltreppe begegnete, versuchten nichts zu vertuschen. Aber daran durfte sie sich im Moment nicht stören. Sie brauchte nähere Informationen über Geocaching. Die Koordinaten, das GPS, das Rüstzeug im Rucksack – alles ließ darauf schließen, dass Zirner sich zur Schatzsuche aufmachen wollte oder von einer zurückgekommen war. Und da sie sonst nichts in Händen hatte, würde sie sich auf seine Spur setzen.

Valentina fuhr mit den Rolltreppen nach oben und steuerte die Abteilung mit der Reiseliteratur an. In einem Regal über Klettern, Wandern und Outdoor fand sie ein kleines Büchlein mit dem Titel »Geocaching«.

Sie suchte sich einen freien Sessel, zog den Parka aus, der ihr in Kombination mit dem gut geheizten Raum den Schweiß auf die Stirn trieb, und begann, in dem Büchlein zu blättern. Sie stutzte, als sie eine Zahlenreihe entdeckte, die der auf dem Zettel glich, den sie bei Zirner gefunden hatte. Erst jetzt begriff sie, dass es sich dabei um Koordinaten handelte. Neugierig las sie weiter.

Sie war überrascht, wie vielfältig diese moderne Art der Schatzsuche war. Da gab es den »Traditional«, das war der einfachste Cache-Typ, der Urtyp, mit dem wohl alles angefangen hatte. Er enthielt ein Logbuch und je nach Größe auch Tauschgegenstände. Man trug sich entweder nur auf einem kleinen Zettel ein oder legte für den Schatz, den man entnahm, einen anderen hinein, sodass der Cache am Leben blieb.

Die Steigerung war der »Multi-Cache«. Hier hangelte man sich von der ersten Koordinate zur nächsten. Die kürzeste Variante bestand aus zwei, aber eine Suche konnte auch über zwanzig Caches laufen.

Valentina überlegte. Vielleicht würde sie diese Koordinate noch gar nicht ans Ziel bringen, sondern ihr eine neue Reise bescheren?

Sie las weiter. »Rätsel-Cache«: Hierbei konnte es sich um einen normalen, virtuellen oder um einen Multi-Cache handeln. Es wurden nicht einfach weitere Koordinaten serviert, sondern man musste Rätsel lösen, um ans Ziel zu gelangen.

Valentina war berauscht. Nichts anderes war ihr Beruf. Auch sie musste sich von einem Rätsel zum nächsten hangeln, ehe sie am Ziel war. Sie überflog die nächsten Abschnitte und endete beim »unbekannten Cache-Typ«; darunter konnte alles fallen, was zuvor nicht erwähnt wurde. Der Phantasie waren keine Grenzen gesetzt. Interessant fand Valentina auch »Lost Places«: verlassene und mysteriöse Orte, an denen Caches versteckt wurden. Sie musste an die drei Fundorte der Frauenschädel denken. Bis auf die »Pizzeria Comtessa« handelte es sich dabei eindeutig um Lost Places. Ob Zirner deswegen in der Szene unterwegs gewesen war? Aber warum hatte er ihr nichts davon erzählt? Hatte er sein eigenes Süppchen gekocht, um sich die Rente doch noch zu versüßen?

»Sieh mal einer an. Sind Sie nun doch auf den Geschmack gekommen?«, schreckte Valentina eine männliche Stimme aus der Gedankentrance. Wäre es Parizek gewesen, sie wäre erledigt gewesen. So war sie erleichtert, dass sie nur Martin Adler vor sich sah, der sie schelmisch anlächelte.

»Leider gibt es noch nichts Besseres auf dem Markt. Aber für den Einstieg ist die Fibel völlig ausreichend.« Er deutete auf das Buch in ihrer Hand. »Wenn Sie wollen, können Sie auch gerne mal als Gasthörerin an unserem Projekt teilnehmen. Ich glaube, da steckt eine Menge drin für Ihre Arbeit.«

»Danke. Vielleicht komme ich auf Ihr Angebot zurück. Momentan fehlt mir leider die Zeit.«

»Wäre ich der Täter, ich hätte mich sofort nach Ihrem TV-Auftritt freiwillig bei Ihnen gestellt. Und sei es nur mit dem unbewussten Hintergedanken, Ihren schönen Kopf als Nächstes abzusägen«, sagte Adler trocken.

Valentina glaubte erst, sich verhört zu haben, dann aber musste sie lachen. Ihr gefiel der düstere Humor Adlers. Wenn sie eins nicht mochte, war es geheuchelte Pietät.

»Mehr oder weniger hat man ihn mir schon abgesägt. Aber ich bin mir nicht sicher, ob es derselbe Täter ist«, erwiderte Valentina.

»Für einen abgesägten Kopf sprechen Sie sehr in Rätseln.«

»Abgesägte Köpfe geben immer Rätsel auf. Das müssten Sie doch wissen, Sie sind schließlich der Rätselexperte.«

»Ich denke eher an Lösungen denn an Rätsel.«

»Wo liegt da der Unterschied?«

»Im Fokus.«

»Was heißt das?«

»Sie dürfen nicht fragen, warum etwas passiert ist, sondern was als Nächstes passieren wird, weil diese und jene Voraussetzung es bedingt.«

»Sehr hypothetisch.«

»Nicht wenn Sie Gesetzmäßigkeiten und Prinzipien untersuchen und sich mögliche Handlungen daraufhin zwangsläufig ergeben.«

»Und was ist mit Überraschungen, Unvorhersehbarem?«

»Es gibt nichts Unvorhersehbares. Es sei denn, Sie haben Ihre Hausaufgaben nicht gemacht.«

»Kein zufälliger Flügelschlag eines Schmetterlings, der einen Orkan auslösen kann?«, fragte Valentina.

»Er kann einen Orkan auslösen, da stimme ich zu. Aber der Flügelschlag wäre voraussehbar, wenn man sich bereits um die Raupe gekümmert hätte, als sie noch Seide spann.«

»Ich glaube, Sie sind ein Spinner, und zwar spinnen Sie gehöriges Seemannsgarn.«

»Vermutlich haben Sie recht. Aber es ist meine Aufgabe, in Richtungen zu denken, die provokant sind, um meine Studenten aus der Reserve zu locken. Sonst rennen sie nur noch ihren Scheinen hinterher und vergessen das Denken vollständig. Darf ich Sie auf einen Kaffee einladen?«

»Gerne.«

Adler schüttelte ungläubig den Kopf. »Beurlaubt? Nur wegen dieses TV-Auftritts?«

»Er sei zu offensiv gewesen und rücke das Bild der österreichischen Polizei ins verkehrte Licht. Österreich sei nicht Amerika. Hier operiere man noch diskret und ermittle nicht über die Medien«, log Valentina. Die wahren Gründe ihrer Beurlaubung, geschweige denn ihrer Flucht, wollte sie Adler nicht anvertrauen.

»Ihr Auftritt war großartig, daran gibt es nichts zu rütteln. Vermutlich hat da jemand Angst um seine eigene Karriere. Attraktive und kluge Frauen sind vielen Männern unheimlich. Vor allem in so hierarchisch-archaischen Strukturen wie denen der Polizei. Sorgen Sie sich nicht, Sie werden trotzdem Ihren Weg machen«, sagte Adler.

»Einen vorhersehbaren?«

»Freilich. Wollen Sie einen Kuchen dazu? Ich kann den Apfelstrudel hier empfehlen. Es ist zwar nicht das ›Demel‹, aber für das Bistro einer Buchhandlung ist es recht ordentlich.«

»Jetzt urteilen die Piefkes auch schon über unseren Apfelstrudel. Ich fass es nicht.«

»Hört man denn so sehr, dass ich Deutscher bin? Ich dachte, ich hätte mich bereits assimiliert.«

»Ihr Italienisch ist besser.«

»Grazie. Molto gentile«, nuschelte er im Dialekt, wie man ihn im Süden sprach.

Adler gefiel ihr, sie merkte es daran, dass sie bereits begann, ihn aufzuziehen. Er war ihr Kaliber. Er sah gut aus, dachte quer und provozierend und verstand es, Komplimente zu machen, die direkt, aber nicht plump waren. Vor allem blieb er nach einem Kompliment nicht dabei, ihr weiter den Hof zu machen, sondern schoss einen Gedanken nach, der den Flirt geschickt unterbrach, ohne ihn sterben zu lassen.

Valentina sah ihn sich an, während er an der Kuchentheke die

Apfelstrudel orderte. Er war gut in Form, der dunkelblaue Anzug hing nicht an ihm wie an Parizek oder an Bauer. Adler trug ihn, der Stoff schwang mit, gehorchte seinen flüssigen Bewegungen. Kein Wunder, dass die Studentinnen sich für ihn in kurze Röcke warfen.

Valentina entglitt ein Seufzer. Zu gerne hätte sie jetzt wirklich Urlaub gehabt. Zu Adler wäre ihr dann einiges eingefallen. Sie hätte ihn an Lost Places geführt, an denen kein GPS der Welt die Koordinaten mehr geortet hätte. Ein weiterer Seufzer wischte die Phantasien hinweg. Die Vernunft gewann die Oberhand. Sie war auf der Flucht vor den eigenen Kollegen. Zirner war tot, und sie glaubte, dass er hatte sterben müssen, weil er dem Mörder der drei Frauen auf der Spur gewesen war. Und der Rucksack samt GPS und den notierten Koordinaten sollte sie zur Lösung des Rätsels bringen.

»Mit Sahne?«, fragte Adler.

»Schlagobers. Unbedingt«, antwortete sie und sah Adler nach, wie er den Raum erneut in Richtung Kuchentheke durchmaß.

Sie wusste, dass er wusste, dass sie ihn beobachtete. Deswegen choreografierte er seine eleganten Bewegungen noch bewusster unbewusst aus.

»Ein elender Spieler. Aber gut«, sagte Valentina halblaut und seufzte ein weiteres Mal.

»Begleiten Sie unser Projekt«, sagte Adler, als er mit zwei Apfelstrudeln und ordentlich Schlagobers wiederkehrte.

»Wie meinen Sie das?«

»Es wäre für die Studenten bestimmt sehr interessant, wenn sie einer Profi-Cacherin über die Schulter gucken könnten. Machen Sie Aktivurlaub.«

Valentina überlegte. Vor zwei Tagen hatte sie diesen Vorschlag noch abgelehnt, mit gutem Grund. Sie hatte keine Lust, mit Studenten auf Schnitzeljagd zu gehen. Schließlich hatte sie Wichtigeres zu tun gehabt. Jetzt war das Wichtigste aber, abzutauchen und dennoch am Ball zu bleiben. Vielleicht war Adlers Vorschlag das ideale Mittel für ihre Zwecke. Wenn sie sich unter die Studenten mischte, konnte sie mitten in der Stadt abtauchen. Gleichzeitig konnte sie in eigener Sache ermitteln, und vielleicht konnte sie Adler sogar für das ein oder andere Gedankenspiel ihres eigenen Rätsels benutzen. Leider hatte sie es versäumt, über ihn zu recherchieren. Aber auf dem Campus hätte sie genug Gelegenheit, das nachzuholen. Je mehr sie über ihn wusste, umso besser würde sie ihn für ihre eigenen Absichten nutzen können, ohne dass er davon Wind bekäme. Denn einweihen wollte sie ihn auf keinen Fall. Sie durfte niemanden in ihre wahre Situation einweihen. Falls die Kollegen eine öffentliche Fahndung nach ihr ausriefen, würde sie noch früh genug mit der Problematik konfrontiert werden.

»Klingt verlockend. Aber ich wollte eigentlich wegfahren und den Urlaub nicht in der Stadt verbringen.«

»Wollten Sie so los? Survival im Wienerwald?«

»Nein«, lachte Valentina. »Das war nur für heute angedacht. Ich wollte erst einen Cache hier suchen, um das Prinzip mal erprobt zu haben.«

»Wo wollten Sie denn hin?«, fragte Adler.

»Marokko«, antwortete Valentina, ohne rot zu werden. Das Stichwort hatte sie sich von einem Reiseführer genommen, den die Frau am Nebentisch vor sich liegen hatte.

»Scheint im Trend zu liegen«, sagte Adler. Dann beugte er sich leicht über den Tisch und flüsterte: »Die Frau am Tisch neben uns will auch nach Marokko. Sehen Sie mal auf ihren kleinen Bücherstapel.« Er hob dabei verschwörerisch die Augenbrauen.

Valentina grinste verlegen. Sie wusste nicht, ob Adler sie nun ertappt hatte oder ob er es tatsächlich so unschuldig meinte, wie er es sagte. Er war ein verdammt guter Beobachter. Und Valentina wusste, dass sie sich sehr gut verstellen musste, wenn er ihre Geschichte glauben sollte.

»Haben Sie denn schon gebucht?«

»Nein, ich wollte einfach hinfliegen und spontan entscheiden.«

»Dann entscheiden Sie sich jetzt doch spontan einfach gegen Marokko und für unser Projekt.«

»Mein Problem ist, dass ich meine Wohnung für die Zeit schon untervermietet habe«, erfand Valentina. In ihre Wohnung konnte sie nicht zurück. Ihr Problem jetzt zu Adlers zu machen, fand sie clever.

»Sie könnten bei einer meiner Studentinnen für die Zeit einziehen. Nicola, Sie haben sie bereits kennengelernt. Sie sucht eine Mitbewohnerin, jedenfalls hat sie das gesagt. Ihre Wohnung sei ihr alleine zu teuer.«

Valentina verdrehte innerlich die Augen. Nicht weil sie auf die kokette Nicola auch verzichten konnte, sondern weil Adler den Wink des Mädchens nicht verstanden hatte, dass sie allein lebte, sozusagen ungestört. Manchmal standen Männer schon sehr auf dem Schlauch. Adler traute sie aber auch zu, dass er es absichtlich überhört hatte und es ihm jetzt ganz recht war, der offensiven Studentin einen Malefizstein in den Weg zu legen.

»Sie sind nie um eine Antwort verlegen, was?«

»Lösung. Es geht nicht um Antworten, sondern um Lösungen.« Adler lächelte, und es wirkte eitel. Aber er konnte sich diese Eitelkeit erlauben. Er sah gut aus und war smart. Ein Heuchler, wer da nicht hin und wieder seiner Eitelkeit erlag.

»Gut. Ich bin dabei. Wenn Ihre Studentin mit einer wie mir zusammenleben will, bin ich einverstanden«, sagte Valentina.

»Ich werde es ihr schonend beibringen. Es geht um gute Zensuren, da schlägt man einem Professor nichts ab. Außerdem glaube ich, dass sie sich gut verstehen werden.«

Er zückte einen kleinen Notizblock, klickte einen Kugelschreiber in Schreibmodus und kritzelte etwas auf das oberste Blatt. Dann riss er es ab und reichte es Valentina.

»Das ist die Telefonnummer von Nicola Simon. Sie wohnt in der Porzellangasse 4. Reiches Elternhaus. Und nicht nur das. Beide Eltern sind Psychologen. Beinharte Freudianer. Also viel Spaß.« Sein Grinsen war sehr breit, und Valentina war sich sicher, dass Tom Sawyer genauso gegrinst hatte, als er sich von den Jungs seiner Kleinstadt dafür hatte bezahlen lassen, dass sie ihm den Gartenzaun von Tante Polly anstreichen durften.

»Der Kuchen ist schon bezahlt. Ich muss leider los. Bis bald.« Adler stand auf und reichte Valentina die Hand. Sie erhob sich ebenfalls und erwiderte die Verabschiedung.

»Marokko«, sagte Adler zu der Frau am Nebentisch. »Wer

einmal in Casablanca war, will nie wieder von dort weg.« Er drehte sich noch einmal zu Valentina um, zwinkerte ihr zu und verschwand dann auf der Rolltreppe abwärts.

Die Frau vom Nebentisch blickte sie irritiert an. Valentina zuckte mit den Schultern und machte sich über den Apfelstrudel her. Mit Vergnügen sah sie, dass Adler seinen kaum angerührt hatte, und zog ihn zu sich herüber, um ihn im Anschluss an den ihren ebenfalls zu verspeisen.

***

Alberto legte den Bildband weg und griff sich einen anderen. Kunst interessierte ihn überhaupt nicht. Aber das Bistro der Buchhandlung grenzte an die Kunst- und Fotografie-Abteilung; also blieb ihm nichts anderes übrig, als sich hinter diesen Büchern zu verschanzen, während er mit einem Auge Valentina im Blick hatte. Jetzt hatte er einen Wälzer über Architektur im 20. Jahrhundert vor sich auf den Knien liegen. Ihm gaben die Formen des modernen Hausbaus gar nichts.

Seine Familie stammte aus einem kleinen Dorf in der Nähe von Palermo, aufgewachsen war er aber in einer Eisdiele in Duisburg. Mit sechzehn war er bereits in Zampas Bande gewesen, um den anderen Eisdielen und Pizzerien Duisburgs Schutz zu gewähren. Es machte Alberto nichts aus, zuzuschlagen. Er konnte sich nicht mehr erinnern, wann er den ersten Menschen getötet hatte. An den letzten erinnerte er sich allerdings noch: Zirner, der besoffene Bulle.

Es war ein Kinderspiel gewesen, beinahe langweilig. Das Einzige, worin Alberto einen Hauch von Ästhetik auf dieser Welt entdecken konnte, war Gewalt. Vielleicht noch Sex. Aber auch da musste es zur Sache gehen.

Er starrte auf das Foto einer Stahl-Glas-Konstruktion, die sich in New York befinden sollte, und stellte sich vor, wie er die Fenster dieses hässlichen Klotzes mit dem Baseballschläger zertrümmerte. Ein zischendes Lachen entglitt ihm. Dann blickte er wieder in Richtung der jungen Frau, die er zu überwachen hatte.

Er wunderte sich, warum man wegen ihr so einen Aufstand

machte. Warum schnappte man sie sich nicht einfach und sprach Klartext mit ihr? Mit ihm hatte man auch nicht viel Federlesens gemacht. Zampa war eines Tages in der Eisdiele von Albertos Eltern gestanden und hatte die Lage erklärt. Und seine Argumente waren sehr überzeugend gewesen. Zampas Kredit für die neue Inneneinrichtung der Eisdiele war dann zwar sehr großzügig gewesen, aber die Zinsen hatte von da an Alberto abzutragen gehabt.

Im Grunde war Alberto froh darüber gewesen, dass Zampa gekommen war. Auch wenn seine Mutter sich erst die Augen ausgeweint hatte und nichts mit der Mafia zu tun haben wollte. Alberto hatte gerade mit viel Mühe die Hauptschule abgeschlossen, eine Lehre als Dachdecker abgebrochen und war dazu verdammt, Eiskugeln in Pappbecher oder Waffelhörnchen zu stopfen. Zampa hatte ihm die Möglichkeit gegeben, mit anderen Kugeln zu hantieren. Nicht nur dass Alberto fand, der Umgang mit einer Knarre sei eines Mannes würdiger, als sich die Beine hinter einem Eistresen in den Bauch zu stehen. Es war auch das Gefühl von wiedergewonnener Heimat. Einer Heimat, aus der er vertrieben worden war. Jungs wie er liebten die Mythen, die sich um die Mafia rankten. Den »Paten« kannten sie alle, und »Scarface« gehörte zum Zitatenschatz wie das Ave-Maria an *Ferragosto*. Auf Bücher wie »Gomorrha« schiss Alberto. Er wusste selbst, wie die Realität war, dazu brauchte er keinen Journalisten, der ihm das erklärte. Alberto war bei der Familie, weil er aus der Realität hatte flüchten wollen; und seinen Traum ließ er sich von keinem Aufklärer der Welt nehmen.

Alberto spürte, wie sein Auge ermüdete. Es war anstrengend, mit nur einem Auge zu beobachten. Das Glasauge hatte man ihm erst vor drei Monaten eingesetzt, nach einer Messerstecherei in Paris. Alberto hatte gleich gerochen, dass mit den Algeriern kein leichtes Spiel zu schaukeln war. Aber Enrico, Zampas Sohn, hatte darauf bestanden, Ernst zu machen. Enrico war ein Idiot, mit Zampa überhaupt nicht zu vergleichen. Aber er war der älteste von Zampas Erben, also galt ihm das Vertrauen. Rom war auf diese Art untergegangen, das wusste Alberto. So viel Geschichte hatte er dann doch mit auf den Weg bekommen. Er mochte die Antike, auch deren Gebäude. Scheiß auf die Stahl-

Glas-Konstruktionen der Moderne, fluchte Alberto und klappte das Buch lauter zu, als er wollte.

Die Frau, die am Tisch neben Valentina saß und in ihren Reiseführern blätterte, blickte von dem Knall aufgeschreckt zu ihm herüber. Er lächelte unterwürfig und dachte gleichzeitig daran, dass die Puppe es ordentlich besorgt kriegen müsste. Weswegen saß man sonst allein in einer Buchhandlung?

Alberto stellte das Buch wieder an seinen Platz und zog sich zurück. Es passte ihm nicht, dass die Frau ihn angeschaut hatte. Ebenso hätte es Valentina sein können. Und wenn sie ihn gesehen hätte, wäre für ihn eine weitere Beschattung unmöglich gewesen. Man durfte sich nur einmal bewusst sehen lassen, dann war es vorbei. Entweder man musste es dann sein lassen oder zuschlagen. Und bei Valentina durfte er nicht zuschlagen, sie wollte man lebend.

Er stand jetzt bei den Sportbüchern. Dort war er weit genug entfernt, um von Valentina nicht versehentlich ertappt zu werden, und konnte sie dennoch gut beobachten. Sie aß noch immer von dem Apfelstrudel, den der Kerl übrig gelassen hatte.

So etwas tat man nicht, fand Alberto. Man aß nicht die Reste der anderen. Man konnte für andere Drecksarbeit machen, das ja, aber beim Essen wahrte man seinen Stolz. Alberto blickte sich um, er suchte nach den Kochbüchern. Plötzlich hatte er heimatliche Gefühle. Die italienische Küche war etwas, worauf man stolz sein konnte, und sie war ein Anker, wenn man in Duisburg aufgewachsen war. Aber die Regale der Kochbücher befanden sich zu nah am Bistro. Also ließ Alberto seinen Blick über die Sportbücher schweifen.

Er griff sich ein Buch, das ihm die ultimative Bauchmuskulatur versprach, und packte sich unwillkürlich in seinen Speck, der sich als leichte Schürze über der Stelle verteilte, unter der Alberto sein Sixpack vermutete. Es war hoffnungslos. Wie sollte man in Form bleiben, wenn man ständig nur hinter Leuten hertrottete, um sie zu beschatten oder umzulegen?

Sein Blick wanderte über den Rand des Muskelbuchs zum Bistro hinüber. Die Frau am Tisch neben Valentina sah zu ihm herüber und hielt seinen Blick. Dann erhob sie sich und kam direkt auf ihn zu. Er durfte nicht auffallen, Valentina durfte keinesfalls zu ihm herüberblicken. Rasch stellte er das Buch zurück und machte zwei große Schritte zur Rolltreppe, die in den obersten Stock führte. Er sah sich um. Wenige Stufen hinter ihm stand die Frau.

Alberto verließ die Rolltreppe und landete in den Büchertürmen der Philosophie und der Weltreligionen. Die Frau folgte ihm. Alberto flüchtete zu den Fremdsprachen. Auch hier blieb er von der Frau nicht verschont. Sie kam direkt auf ihn zu und lächelte ihn an.

»Entschuldigen Sie bitte, ich müsste da ran.« Sie deutete mit der Hand auf das Regal, das Alberto versperrte.

Alberto nickte irritiert und trat einen Schritt zur Seite. Die Frau griff sich ein Buch mit dem Titel »Islam heute« und begann darin zu blättern.

Alberto kam sich vor wie ein Volltrottel. Hätte er mehr Humor gehabt, er hätte über sich gelacht. Valentina!, durchzuckte es ihn.

Mit zügigem Schritt peilte er die Rolltreppe an, auf der er nach oben gekommen war. Erst als er sie betreten wollte, bemerkte er, dass das so nicht funktionierte. Sein Blick fand das Gegenstück, das ihn wieder nach unten bringen sollte. Dafür musste er an den Buddhisten und Philosophen vorbei und zwei Stoiker zur Seite schieben, die ihm im Weg standen.

Alberto lief die Rolltreppe hinunter und ahnte es bereits. Er hetzte an den Sportbüchern vorbei und fand seine Vermutung bestätigt. Valentina war verschwunden.

***

Valentinas Blick wanderte über die Namensschilder der Klingelleiste. Vergeblich suchte sie nach »Nicola Simon«. Einige Klingeln waren lediglich mit »Top 1« oder »Top 17« versehen. Valentina trat einen Schritt zurück, blickte auf den Zettel, auf den Adler Telefonnummer und Adresse geschrieben hatte, und vergewisserte sich, dass sie hier richtig war. Anrufen konnte sie nicht; sie war ohne Handy und ohne Geld geflohen.

Ein Mann mit einem schwarzen Pudel kam zur Tür heraus. Er beachtete Valentina nicht, sondern sprach mit seinem Hund, den er auf dem Arm trug. »Ferdl, bleib ruhig. Du weißt ganz genau, dass du erst auf der Wiese auf den Boden darfst. Und wenn du strampelst, geh ma sofort wieder nach oben. Hörst du? Ferdinand! Net strampeln! So ist's brav. Braves Ferdilein.«

Der Mann verließ den Hauseingang mit dem Hund auf dem Arm und überquerte die Straße.

Valentina nutzte die Gelegenheit und stellte ihren Fuß zwischen die wieder zufallende Haustür. In ihrem Rücken hörte sie das Quietschen von Autoreifen, dann einen entsetzlichen Schrei: »Ferdl!«

Valentina drehte sich um. Das Herrchen von Ferdl kroch unter einen Müllwagen und zog den Pudel darunter hervor. Ferdl strampelte nicht mehr.

Valentina überlegte kurz, wo sie auf Nicola warten sollte. Am ungestörtesten wäre sie ganz oben. Aber wenn der Mieter der Dachwohnung sie vor seiner Tür hocken sah, würde er womöglich Alarm schlagen. Man mochte keine Fremden vor der Wohnungstür sitzen wissen. Also entschied sie sich, unten vor den Briefkästen zu warten. Sie nahm einen Packen Werbeflugblätter, die in der Ecke lagen, und stellte sich so, dass Eintretende glauben konnten, sie verteile die Blättchen gerade.

Die Haustür wurde geöffnet. Der trauernde Hundebesitzer kam hereingeschlurft. Allein. Den Leichnam des Hundes hatte er nicht dabei. Er hob den Kopf und blickte Valentina an.

»Sie haben ihn gleich mitgenommen. Direkt hinten rein ham s' ihn gschmissen, zum anderen Müll. Das wär am günstigsten, haben sie gesagt. Dann kämen auf mich keine Kosten zu. So ein Begräbnis kostet ja auch. Ist schon gut, wenn man in Zeiten wie diesen irgendwo was sparen kann. Hundefutter spar ich jetzt ja auch und die Arztbesuche. Der Ferdl hat nämlich Magengeschwüre gehabt. Ja, so was gibt's, auch bei Hunden. Jetzt ist er tot, der Ferdl. Ich frag mich nur, warum man die ganze Zeit den Müll trennt, wenn am End doch alles auf ein Haufen gworfen wird. Können Sie mir das sagen?«

Er trottete an Valentina vorbei und zog sich schweren Schritts am Geländer die Stiege empor. Valentina blickte ihm kurz nach und stopfte die Prospekte in die Briefkastenschlitze, bis sie hörte, dass sich im ersten Stock eine Wohnungstür öffnete und wieder ins Schloss fiel.

***

In Parizek tobte ein Gewitter. Wie konnte man nur so dämlich sein und sie entwischen lassen? Hätte er bloß einen von seinen eigenen Leuten auf sie angesetzt. Aber nein, die Mafia hatte ja Profis. Dass er nicht lachte. Olivenbauern und Ziegenhirten, das waren die Profis der Mafia. Wenn es darum ging, jemanden abzuschlachten, konnte man sie vielleicht gebrauchen, aber mit einer einfachen Beschattung waren sie überfordert. Kein Wunder, dass ihnen die Russen und die Chinesen allmählich den Rang abliefen.

Er hätte Alberto die Faust direkt auf die fein geschnittene Nase knallen können, so war er in Rage. Aber er schluckte seine Wut hinunter. Er wusste, dass es nichts brachte, dem Neffen seines Geschäftspartners den Garaus zu machen. Allein dass sie sich trafen, widersprach den Gepflogenheiten. Obendrein noch im Hinterzimmer dieser schäbigen Pizzeria in Floridsdorf. Parizek hasste diese Gegenden mit dem überhöhten Ausländeranteil. »Migrationshintergrund«, wenn er das Wort schon hörte, könnte er kotzen. Das klang nach allem, nur nicht nach dem, was es war: Gesindel. Und vor ihm saß auch so einer von dem Pack. Zwar waren die Italiener hier längst in der Minderheit, aber das machte sie noch lange nicht zu feineren Leuten. Sie hatten schlichtweg keine Manieren.

Zu gerne hätte Parizek Albertos Paten gesagt, dass sein Neffe unglücklich gestolpert sei, um dann in der Donau zu ersaufen. Aber was würde das bringen? Die Situation würde es auch nicht ändern. Angeekelt sah Parizek Alberto dabei zu, wie er in ein Stück Margherita biss. Parizek hoffte nur, dass Alberto nun nicht begann, mit vollem Mund zu reden, sonst hätte er wirklich die Faust im Gesicht.

Alberto sagte nichts. Er war froh, dass er essen konnte, damit er gar nicht erst in die Verlegenheit kam, etwas sagen zu müssen. Er würde langsam kauen und dann direkt nachschieben, bis die Pizza aufgegessen war. Es war anstrengend für ihn, so langsam zu essen; sonst schlang er im Stehen oder Gehen, das war er von seinem Job so gewohnt. Wenn er mal beim Essen saß, bedeutete das selten etwas Gutes, denn dann aß er mit jemandem zusammen. Und dieser Jemand war nie ein Freund.

Alberto hatte keine Freunde. Es gab Freunde der Familie, aber keine persönlichen. Alberto musste in der Lage sein, jederzeit jeden umzulegen. Das garantierte ihm einen gewissen Wohlstand und das eigene Leben.

Die Pizza schmeckte nach gar nichts. Noch nicht einmal versalzen war sie. Aber Alberto wollte sich darüber nicht auslassen. Er würde einfach weiterkauen und warten, was Parizek zu sagen hatte. Er wusste selbst, dass er gepatzt hatte, das brauchte ihm so ein korruptes Bullenschwein nicht unter die Nase zu reiben. Aber er würde es über sich ergehen lassen und darauf hoffen, dass er irgendwann den Auftrag bekam, Parizek zu liquidieren. So wie der die Kohle, die er von der Familie bekam, zur Schau stellte, war es nur eine Frage der Zeit, bis er untragbar wurde.

»Du weißt, dass ich es eigentlich nach oben melden müsste«, begann Parizek.

Alberto mampfte und hörte zu.

»Aber ich habe noch nichts gesagt. Aus Rücksicht auf dich. Ich hoffe, du weißt meine Zurückhaltung zu schätzen und findest unser Objekt so schnell wie möglich wieder.«

Alberto verschluckte sich fast. Wie konnte einer so geschwollen daherreden? Parizek musste die Hosen gestrichen voll haben, wenn er sich jetzt auch noch mit ihm verschwägern wollte. War auch keine leichte Aufgabe, für zwei Seiten zu spielen. Dafür kassierte Parizek aber auch zweimal. Am Anfang rechnete man nicht damit, dass man irgendwann in die Schnittmenge der Interessen geraten könnte, da sah so ein Typ wie Parizek nur das dicke Geld und die geilen Weiber, die er damit beeindrucken konnte. Aber solches Geld war schnell verdampft, und dann kam die nackte Angst. Und Parizek stand sie ins Gesicht geschrieben. Alberto wusste, wie Angst aussah, er hatte sie an die hundertmal bei seinen Opfern gesehen, wenn sie wussten, dass er der Gehilfe des Todes war. Alberto zählte nicht, er war kein Buchhalter, die hundert waren grob geschätzt. Aber wenn Parizek an der Reihe wäre, würde er ihm die Hundertundeins auf den Beleg stempeln. Alberto grinste bei dem Gedanken.

»Was grinst du so deppert? Du kapierst wohl nicht, worum es hier geht?«

Alberto spülte mit einem Schluck Rotwein nach. »Um deinen Arsch geht es, mein Freund.« Er hatte lange genug geschwiegen. Okay, er hatte gepatzt. Aber er hatte noch jeden Auftrag am Ende zufriedenstellend ausgeführt. Und Wien war weder New York noch Moskau. Wien war klein. Außerdem gab es noch den Köder, und Alberto wusste, dass Valentina angebissen hatte. Er hatte ihr gleich angesehen, dass sie eine echte Jägerin war.

»Wir haben die Koordinaten. Ich muss nur vor ihr dort sein, dann bin ich wieder an ihr dran.« Er pulte sich mit einem Zahnstocher ein Stück Pizza aus den oberen Backenzähnen.

»Worauf wartest du dann noch? Zieh ab!«, befahl Parizek.

Alberto würde ihn für diesen Ton langsam sterben lassen. Parizek würde es nicht leicht haben. Angst und Schmerz sollten auf seinem Gesicht stehen, wenn er Alberto zum letzten Mal begegnete. Jetzt wurde aber noch ein anderes Blatt gespielt; deshalb lächelte Alberto freundlich und blickte auf seine Armbanduhr.

»Es wird erst in zwei Stunden dunkel. Es ist ein Nacht-Cache. Sie kann ihn nur bei Dunkelheit finden, weil die Laterne den Cache beleuchtet«, erklärte er ruhig. »Aber Sie haben recht, es schadet nie, wenn man fünf Minuten vor der Zeit eine Verabredung einhält.« Er erhob sich und nickte: *»Buona sera.«*

***

Die Haustür wurde wieder geöffnet. Valentina schnappte sich den Packen mit den Prospekten und mimte erneut die Austeilerin an den Briefkästen.

»Keine Werbung! Das klebt ganz groß auf dem Kasten!«

Valentina drehte sich nach der gereizten Stimme um und erkannte Nicola. Die Studentin stutzte.

»Ich dachte, Sie seien Polizistin? Oder ist das eine Undercover-Aktion?«

Valentina blickte auf die Prospekte, die sie noch immer in Händen hielt. »Eher eine Verhaltensstudie. Sie sind zum Beispiel die Erste, die mit mir gemeckert hat.«

»Ziehen Sie daraus keine voreiligen Schlüsse. Eigentlich bin ich sehr zahm. Aber Werbung macht mich wahnsinnig. Sehen Sie mich an, ich bin völlig manipulierbar. Alles, was ich anhabe, ist absolut angesagt. Ich kann es mir leisten, weil meine Eltern das Zeug bezahlen. Aber dadurch bin ich noch immer abhängig von ihnen. Na ja, es gibt Schlimmeres. Ich studiere ja noch.«

»Eben. Und welcher Student ist nicht abhängig von elterlicher Unterstützung«, sagte Valentina.

»Oh, da gibt es einige, die während des Studiums noch jobben. Tom zum Beispiel. Wie der das schafft, ist mir ein Rätsel. Aber er weiß, was er will, er ist sehr ehrgeizig. So einen könnte ich mal gebrauchen, später, als Mann.« Nicola lachte. »Er ist überhaupt nicht mein Typ. Aber mein Vater war auch nicht der Typ meiner Mutter, sagt sie zumindest. Und es geht ihr blendend mit der Kohle, die er nach Hause bringt. Und mir auch.«

Sie lachte erneut, Valentina glaubte einen Hauch Hysterie herauszuhören. »Nein, Tom ist überhaupt nicht mein Typ, eher Professor Adler. Den ins Bett zu kriegen, das wäre ein Knaller. Aber der ist nicht zu knacken. Der erkennt jede Strategie sofort im Ansatz und hebelt dich aus. Langweile ich dich? Ich darf doch Du sagen, oder? Jetzt, wo wir eine Wohngemeinschaft sind. Adler hat mir schon alles erzählt. Na ja, und ihm konnte ich wohl schlecht etwas abschlagen. Jetzt ist er mir etwas schuldig, du verstehst?« Nicola zwinkerte Valentina zu.

»Das sind ja Mafiamethoden.«

»Reziprozität.«

»Was?«

»Reziprozität. Das ist ein psychologisches Verhalten, auf Geschenke und Gefallen zu reagieren, um wieder ein Gleichgewicht des Gebens und Nehmens herzustellen. Es funktioniert hervorragend. Sogar die Bettler arbeiten damit. Sie drücken dir ungefragt ein paar gepflückte Blumen in die Hand, und schon bist du im Zugzwang und holst ein paar Cent aus der Tasche. Sogar ein schlecht gesungenes Lied kann das bewirken. Auf offenen Plätzen weniger, weil du da abhauen kannst. Aber in U-Bahnen funktioniert das ganz gut. Ich rede zu viel. Entschuldige. Aber ich muss ein Referat vorbereiten, und das ist ein Themenpunkt. Je öfter ich es erzähle, umso sicherer fühle ich mich. Übrigens, dein Auftritt im Fernsehen war eine Wucht. Vielleicht kannst du mir ein paar Tipps geben, wie man so klar rüberkommt?«

»Ich müsste mal dringend aufs Klo«, sagte Valentina, um endlich aus dem Stiegenhaus wegzukommen.

»Oh, entschuldige. Ich laber dich hier zu, und du musst aufs Häuserl. Schrecklich. Ich weiß auch nicht, warum ich immer so viel reden muss. Dabei rede ich gar nicht so viel. Einerseits. Ich rede nur viel, wenn ich jemanden neu kennenlerne, um mich damit aus der Unsicherheit zu befreien. Der Aufzug ist gerade defekt. Ich wohne im vierten Stock. Aber du bist ja sportlich. Ich finde es furchtbar, täglich die Treppen zu steigen. Mein Vater macht schon Druck bei der Hausverwaltung. Aber auf der anderen Seite ist es auch wieder ganz gut für die Beinmuskulatur. Ich glaube, Adler fährt auf stramme Beine ab.« Nicola kicherte, dann verstummte sie allmählich, weil ihr das Treppensteigen die Puste nahm.

Valentina stieg hinterher und überlegte, ob es eine gute Idee war, bei Nicola einzuziehen.

»Darf man hier rauchen?«, fragte Valentina, nachdem sie die Führung durch die Fünf-Zimmer-Wohnung überstanden hatte.

Nicola zuckte mit den Schultern. »Hauptsache, du bleibst. Ich fühle mich nämlich ziemlich allein in dieser großen Wohnung. Und die momentane Projektarbeit macht mir ein bisschen Panik. Diese ständigen Schatzsuchen bei Dunkelheit und dann die Profilerstellung. Was einem da für Abgründe begegnen … Und wenn ich dann in diese Wohnung hier komme, da kriege ich Angst. Mittlerweile glaube ich, hinter jeder Flügeltür lauert ein Meuchelmörder.«

»Seit wann suchst du denn einen Mitbewohner? Die Studenten müssten sich doch die Finger lecken nach so einer Wohnung. Oder verlangst du so viel?«, fragte Valentina.

»Die Miete ist mir egal. Mein Vater hat die Wohnung gekauft. Ich sage nur immer, dass sie so hoch ist, damit keiner mit einzieht.«

Valentina blickte Nicola verwundert an.

»Die Typen müsstest du mal sehen. Alles Psychopathen. Da habe ich lieber leere Zimmer und stelle mir die Irren hinter der Tür vor, als dass tatsächlich welche drin hausen.« Nicola setzte einen hysterischen Lacher hinterher. »Du hältst mich für ziemlich durchgeknallt, oder? Nimmst du die Zimmer? Du kannst zwei haben. Bitte.«

Sie sah Valentina flehend an und machte dabei große Kinderaugen, mit denen man bei Männern mit Beschützerinstinkt alles erreichen konnte.

»Aber ich zahle Miete«, sagte Valentina.

Nicola nickte und strahlte überglücklich. Dann fiel sie Valentina um den Hals. »Danke.«

Ein Handy piepte.

»Oh, das ist mein Alarm. Ich muss noch mal los, in die Bibliothek«, sagte Nicola. »Mein Vater wollte ja gleich alle Bücher kaufen, damit ich sie hier zu Hause habe. Aber wenn ich diese Wälzer hier drinhätte, mit all den Fallbeispielen, ich würde durchdrehen, verstehst du das?«

»Klar. Verstehe ich absolut«, sagte Valentina.

»Du verstehst mich. Meine Mutter dagegen –«

»Jetzt reicht's!«, fuhr Valentina ihr ins Wort. »Ich komme mir bald vor wie in einer amerikanischen Soap. Jetzt auch noch die Mutter. Die hat doch noch Zeit bis später, oder?«

Nicola blickte entgeistert in Valentina ernstes Gesicht.

»Du hast recht«, murmelte sie kleinlaut. »Entschuldige bitte. Ich hoffe, du bist mir deswegen nicht böse. Ich plappere einfach zu viel, wenn ich jemanden mag.«

Der Alarm piepte erneut. Nicola schrak hoch, als hätte sie das erste Piepen bereits vergessen. »Ich muss. Die Wohnungsschlüssel hängen am Brett neben der Tür. Ich komme spät. Fühl dich hier, als wärst du alleine, okay? Das sind wir ja sowieso immer.« Mit zwei französischen Küsschen verabschiedete sie sich von Valentina, schnappte ihren knappen Herbstmantel und verließ die Wohnung.

Valentina ließ sich auf einem Leinensofa nieder, das mit bestickten Decken und Kissen aus feinem Kaschmir bevölkert war, und blickte sich in dem Salon um. Es stand nicht viel drin, aber alles wirkte wie aus einer dieser Zeitschriften, die stilbewusste Frauen abonniert hatten. Sie dachte an die drei toten Frauen. Ob sie wohl auch in so einer Katalogwelt gewohnt hatten?

Es passte nicht zusammen. Ihr kam es vor, als hätte man nur darauf gewartet, sie abzuservieren, dass es gar nicht um die drei Frauen ging, sondern um sie selbst. Aber durfte sie sich so wichtig nehmen?

Alle Frauen hatten die drei Punkte hinter dem Ohr tätowiert. Warum hatte man ihr selbst dieses Tattoo schon als kleines Mädchen verpasst? Ihr wurde übel, wenn sie ernsthaft darüber nachdachte. Natürlich ahnte sie, warum sie das Zeichen der Familie trug. Sie war eine Sanzillo, da konnte sie noch so weit davonlaufen. Ihrem Brandmal würde sie nicht entkommen. Irgendwann musste sie sich ihm stellen. Vielleicht war jetzt der Augenblick gekommen. Zirner hatte womöglich mehr darüber gewusst, deshalb hatte er seinen Rucksack geschnürt und wollte diesen Platz aufsuchen, dessen Koordinaten er sich notiert hatte, woher auch immer.

Valentina sprang vom Sofa auf und sah sich in der Wohnung um. Irgendwo musste es einen Computer geben. In Nicolas Zimmer fand sie keinen, aber im angrenzenden Kabinett blinkte ein Laptop im Stand-by-Modus.

Valentina fuhr mit dem Finger über das Touchpad. Der Computer erwachte umgehend und zeigte eine Excel-Statistik über die Rückfälligkeitsquote therapierter Triebtäter.

Sie klickte den Explorer an und tippte »www.geocaching.com« ein. Den Link hatte sie sich aus der Geocaching-Fibel gemerkt. Die Verbindung war rasend schnell. Die Homepage stellte sich vor und erklärte in groben Zügen, worum es bei dem Spiel ging und wie man sich einloggen konnte. Sie brauchte einen Benutzernamen. Caravaggios Bild von Judith und Holofernes fiel ihr ein, und sie tippte »Judith3« ein. Die Drei sollte für die toten Frauen stehen. Ihr Passwort widmete sie dem italienischen Maler selbst, dann betrat sie das Reich der Geocacher.

Schnell fand sie die Seite, auf der sie die Koordinaten eingeben konnte. Sie war gespannt, ob sich an der Stelle ein eingetragener Schatz befand. Sofort sprang eine neue Seite auf. Ein blaues Fragezeichen kennzeichnete den Schatz als Rätsel. Dahinter stand »Crime-Time Bücher-Cache«. Der Schatz war erst vor zwei Tagen versteckt worden. Bislang gab es noch keinen Jäger, der den Fund des Schatzes vermerkt hatte.

Von einem Bücher-Cache hatte Valentina in der kleinen Fibel nichts gelesen. Jetzt wurde sie darüber aufgeklärt: »Dieser Cache dient dazu, Bücher zu tauschen, die sonst im Regal verstauben würden, die man vielleicht doppelt hat oder von denen man sich aus irgendwelchen Gründen trennen will. ›Crime-Time‹ ist das Thema dieses Caches. – Der Bücher-Cache ist also zum Tausch von Kriminalromanen (Detektivgeschichten, Spionageromanen, Thriller ...) angelegt worden.«

Es handelte sich um einen Multiple-Cache. Das bedeutete, dass die Koordinaten, die Valentina besaß, noch nicht das Ziel angaben, sondern bloß die erste Etappe darstellten. Sie scrollte die Seite hinunter und erschrak, als sie ein Foto des Ortes sah, an dem sich der erste Cache befinden sollte. Es war eine vom Wetter gegerbte Hauswand mit einem verrosteten Eingangstor, über dem in rostbrauner Farbe das Wort »Romane« geschrieben stand.

»Brünner Straße, Floridsdorf. Romane, ›Bounty‹, ›Die drei Musketiere‹. Crime-Time.« Nacheinander ließ Valentina die Wörter aus ihrem Mund bröseln und fegte dann mit einer unbewussten Bewegung mit den Fingern über die Tastatur, als wolle sie die Krumen ihrer Gedankenkette damit wegwischen. Jetzt gab es für sie keinen Zweifel mehr. Zirner war dem Mörder ganz dicht auf den Fersen gewesen. Aber warum hatte er ihr nichts davon gesagt?

Valentina blickte aus dem Fenster. Es dämmerte bereits. Bis

Floridsdorf würde sie mit dem Rad knappe vierzig Minuten brauchen. Aber sie hatte kein Rad. Das stand bei ihr zu Hause im Schuppen. Ohne ihr Brodie war sie aufgeschmissen. Sie hasste U-Bahnen. Mit dem Rad war sie schneller und fühlte sich beweglicher. Heute würde sie nicht mehr nach Floridsdorf fahren. Sie würde in den vierten Bezirk joggen, sich ihr Brodie holen und sich einen Plan machen, so schwer es ihr auch fiel, ihren Jagdtrieb zu bändigen. Don Bernardo wäre stolz auf sie gewesen.

Valentina sah aus wie eine Aerobicmaus aus den Achtzigern. Privat wäre sie nie im Leben in diese affige Montur gestiegen, die sie sich aus Nicolas Kleiderschrank zusammengeklaubt hatte. Aber es gab sie nicht privat, sie war im Dienst.

Ihre Trekkingschuhe behielt sie an, darin konnte sie gut laufen. Die Tarnfarben der Schuhe bissen sich mit den pinken Leggings und der hellgrünen Kapuzenjacke. Valentina drehte ihre Haare nach oben und simulierte eine Ananasfrisur. Bei dem Anblick musste sie kurz lachen, überwand sich aber dennoch, sich das Haar so zu stecken. Jetzt fehlten nur noch der Kaugummi und das Arschgeweih.

»Amanda, es kann losgehen«, sagte Valentina zu ihrem Spiegelbild und griff sich den Hausschlüssel vom Nagelbrett neben der Wohnungstür.

Im Treppenhaus begegnete ihr der trauernde Hundebesitzer. Er trug eine Kiste voller Hundefutter nach unten und ließ Valentina passieren.

»Haben Sie einen Hund?«, fragte er in ihren Rücken.

Valentina hatte gehofft, dass sie vielleicht so an ihm vorbeikäme. Sie wollte nicht, dass er in ihr die Person erkannte, die sich zuvor als Prospektverteilerin ausgegeben hatte. Hätte sie wenigstens Kopfhörer aufgehabt, dann hätte sie so tun können, als hörte sie ihn nicht. So aber drehte sie sich zu ihm um.

»Nein«, sagte sie kurz und wollte weiter, aber der traurige Blick des Mannes hielt sie zurück.

»Meiner ist tot. Der Ferdl, vielleicht haben S' ihn gekannt?«

»Das tut mir leid. Nein, ich habe ihn nicht gekannt. Ich bin hier neu eingezogen.«

»Na ja, einer geht, der andere kommt, so ist das Leben, nicht? Was mach ich jetzt mit all dem Hundefutter? Ich hab immer gleich für zwei Monate gekauft, wissen Sie, und jetzt ist erst Ende Oktober. Was mach ich mit dem Novemberfutter? Ich kann es doch nicht selber essen. Lachen Sie nicht, ich kenne Leute, die ernähren sich davon. Ich nicht, ich habe Glück mit meiner Pension. Obwohl ich es gerne rieche. Und der Ferdl hat es geliebt. Es gibt ja die unterschiedlichsten Menüs, nicht. Manche füttern ihren Tieren immer denselben Fraß, als ob sie nichts schmecken würden. Aber diese Leute verstehen nichts vom Leben, von der Lebensart. Weiß einer, warum sie überhaupt ein Tier in die Verantwortung kriegen. Man müsste sich vorher qualifizieren müssen, mit einem Test. Wie ein Anglerschein oder ein Einbürgerungstest. Aber Anglerschein wäre besser. Beim Einbürgerungstest kommen noch zu viele durch. Verstehen Sie mich nicht falsch, ich habe nichts gegen Ausländer. Der Ferdl kam auch aus Paris. Ja, ein echter französischer Pudel war er, mit lupenreinem Stammbaum. Wie gesagt, nichts gegen Ausländer –«

»Tut mir leid, ich muss los«, sagte Valentina und lief die Treppen hinunter.

Sie roch es förmlich. Die goldenen Tage des Oktobers waren vorbei. Schon kroch der Nebel durch die Gassen, wand sich an den schwarzen Stämmen der Linden empor und versteckte sich im gelb gefärbten Laub, das im warmen Licht der Straßenlaternen dem Auge schmeichelte. Sie lief von Anfang an schnell, wollte rasch warm werden und die Feuchtigkeit des Nebels bannen. Wenn man ihn nicht ernst nahm, ließ er sich nämlich aus den Bäumen auf einen hinabfallen und suchte sich unverschlossene Öffnungen der Seele. War man dagegen nicht gewappnet, bekam man im besten Fall nur einen Schnupfen, abgesehen hatte es der Nebel aber auf eine handfeste Depression. Dazu würde er sich dann ein paar Wochen später mit dem Novemberniesel verbinden.

Aber Valentina war gewappnet. Sie durfte weder dem Nebel noch Parizek eine Chance lassen, sie auf den Boden zu drücken. Sie lief den Ring entlang. Das war der bequemste Weg. Der Volksgarten war noch geöffnet. Sie entschied sich, ihn zu passieren, obwohl es ein kleiner Umweg war. Sie liebte die Rosen dort, und sie wusste, dass man sie bald mit Jutesäcken abdecken würde, um sie vor dem frostigen Winter zu schützen. Die Hochstammrosen erinnerten Valentina dann immer an Todeskandidaten, denen man kurz vor der Vollstreckung durch den Henker die Kapuze übergezogen hatte.

Jetzt aber reckten sie ihre Köpfe noch in den feuchten Nachthimmel. Die Laternen verfälschten ihre eigentlichen Farbtöne. Valentina hielt kurz an einer gelben Rose an und roch an der einzigen Blüte, die der Stamm noch feilbot. Es war ihre Lieblingsrose; sie wusste, dass sie »Peer Gynt« hieß. Valentina mochte den großen Geschichtenerzähler aus Ibsens Drama, der immer größer sein wollte, als ihm zustand. Aber für ihn waren seine Geschichten wahr gewesen, er hatte sie gesehen und dadurch gelebt. Dass andere ihn für einen Träumer und Scharlatan hielten, das war doch nicht seine Schuld?

Valentina fühlte sich Peer Gynt nahe, wie sie sich allen Abenteurern und Geschichtenerzählern nahe fühlte. Sie kannte die Weltliteratur und liebte die Helden.

Sie lief so, wie sie auch mit dem Fahrrad gefahren wäre, und achtete dabei darauf, nicht der Gewohnheit entsprechend auf dem Radweg zu rennen. Bei der Oper bog sie in Richtung Karlsplatz ab, nahm dann die Argentinierstraße hoch am ORF vorbei, wo ihr Debakel begonnen hatte. Aber es hatte nicht hier begonnen, sondern schon viel früher. Die Pressekonferenz hatte den Stein nur ins Rollen gebracht. Bereits der erste Mord musste ein Baustein gewesen sein.

War es nicht Bauer gewesen, der ihr den Fall zugewiesen hatte? Valentina war selbst überrascht davon gewesen, dass sie und nicht Parizek mit dem Fall betraut worden war. Bauer hatte argumentiert, dass es an der Zeit sei, sie mal mehr in die Verantwortung zu nehmen. Man wolle auch bei der Polizei am Gender-Mainstream nicht vorbeischwimmen, außerdem habe sie Zirner noch als Mentor an ihrer Seite, und Bauer selbst stehe auch jederzeit unterstützend parat. Aber die Unterstützung war nicht gekommen. Sosehr Valentina auch Druck gemacht hatte, sie hatte den Namen der toten Frau nicht in Erfahrung bringen können. Und dann folgte der nächste abgeschlagene Frauenkopf, und wieder war kein Name in Sicht. Und wieder war Bauers Hilfestellung lediglich ein Lippenbekenntnis gewesen.

Bauer und Parizek stanken zum Himmel. Aber welchen Müll sie zu verbergen hatten, dass musste Valentina erst noch herausbekommen. Zirner hatte davon Wind bekommen, und deshalb hatte er sterben müssen. Er hatte sterben müssen, weil er mehr wusste als sie. Aber jetzt wusste auch sie bald mehr, und dadurch geriet sie in Gefahr. Sie würden einen Killer auf sie ansetzen, so wie sie es bei Zirner getan hatten. Vielleicht wäre es sogar derselbe.

Sie versuchte, sich an das Gesicht des Eilboten zu erinnern, der ihr die Kladde mit den Frauennamen gebracht hatte. Aber vielleicht war der sogar echt gewesen? Für einen bloßen Botendienst bedurfte es keines Killers.

Valentina dachte nicht daran, an der Ampel zu warten, bis sie auf Grün sprang. Sie sah nach links und rechts, und da kein Auto kam, setzte sie über.

Aus dem Dunkel einer Häuserwand lösten sich zwei Schatten in Uniform.

»Das war eindeutig rot«, sagte der eine.

»Es ist noch immer rot«, sagte der andere und deutete mit dem Finger auf die Ampel.

Valentina musterte die beiden uniformierten Kieberer. Einer der beiden, der Ältere, war deutlich übergewichtig und hielt sich am Gürtel seiner Hose fest. Er stand breitbeinig, um sein Körpergewicht bequem auszubalancieren. Der Jüngere war schneidiger. Er hatte ein sauber gestutztes Bärtchen, das die gesamte Mundpartie umrahmte, ein feiner Bartstrich zog sich zudem vom Kinn bis zu den Ohren. Er wippte sportlich mit den Füßen und hielt die Hände hinter dem Körper verschränkt. Beiden schien die schwitzende Ananas zu gefallen, und beim Anblick der pinken Leggings bekamen sie sicherlich schon Phantasien, die weit über das Rotlicht der Ampel hinausgingen.

Valentina wog kurz ab, ob sie damit spielen sollte. Sie verdrehte unschuldig die Augen, atmete in den Brustkorb, damit ihre

Brüste besser zur Geltung kamen, und schürzte schmollend die Lippen.

Der Ältere leckte sich bereits über die Lippen, ehe er das Wort ergriff. »Um ein Bußgeld werden Sie leider nicht herumkommen«, sagte er, während er offensichtlich an etwas anderes dachte. Sein Blick fixierte Valentinas Brustkorb; er schien darauf zu warten, dass sie wieder ausatmete.

»Ich habe leider kein Geld bei mir.« Valentina gab ihrer Stimme so viel Hauch, wie sie konnte.

»Ausweis?«, fragte der Jüngere, der seine Frage mit einem energischen Wippen unterstrich.

Valentina schüttelte seufzend den Kopf. »Da, jetzt ist grün. Sehen Sie, ich bin doch bei Grün rüber.«

Die beiden Uniformierten lachten. Das Dummerchen gefiel ihnen.

Valentina umriss grob ihre nächsten Handlungen. Das Überlegenheitsgefühl der beiden musste sie ausnutzen. Sie holte mit dem Fuß aus und trat dem Jüngeren in die Hoden, dass er das Wippen aufgab, dann sprintete sie los. Sie wusste, dass der Ältere sie nicht einholen konnte, schlug dennoch einen Umweg ein, um sicher zu sein, dass ihr niemand bis in die Fasangasse folgte.

In sicherer Entfernung zog sie sich in einen Hauseingang zurück und sondierte die Lage vor ihrer Wohnung.

In drei Wohnungen des Mietshauses brannte Licht. Auch aus ihrem Schlafzimmer, das zur Gasse lag, drang dumpfe Helligkeit gegen den dichter gewordenen Nebel. Jemand war in ihrer Wohnung. Wenn es Parizek war, dann konnte sie darauf hoffen, dass er allein war. Bauer würde sich nicht die Finger schmutzig machen, und Handlanger waren Mitwisser. Zumindest einer aber würde vor dem Haus Wache schieben. Und er würde melden, wenn eine junge Frau das Haus betrat.

Sie drückte sich aus dem Eingang und schlich dicht an der Wand entlang hinter den parkenden Autos vorbei in Richtung ihres Hauses. Ein Wagen kam vom Schweizer Garten herab und streifte sie mit dem Licht seiner Scheinwerfer. Valentina verfluchte die grellen Farben, die sie trug, duckte sich und lauschte.

Es war wieder ruhig. Noch drei Autos, dann war sie auf Höhe

ihrer Wohnung. Sie pirschte sich hinter das letzte und lugte hinein. Es war leer. Dann huschte sie zum nächsten und erschrak. Zwei Personen saßen darin.

Valentina kauerte am hinteren Kotflügel, ihr Herz pochte laut. Wenn einer der beiden sie im Rückspiegel gesehen hatte, war sie verloren. Sie konnte sich höchstens zwischen den parkenden Autos verstecken und mit der nächsten Straßenbahn der O-Linie flüchten. Aber es wäre ein Leichtes, sie an der nächsten Station abzugreifen. Vielleicht in Richtung Jacquingasse rennen und dann über das Seitentor des Botanischen Gartens klettern? Von dort aus könnte sie hinüber ins Belvedere. Weiter dachte sie nicht.

Die Tür des Wagens öffnete sich, ein Mann im Trenchcoat stieg aus. Valentina zwängte sich zwischen die Stoßstangen der parkenden Autos und hielt den Atem an.

»Ich liebe dich wirklich, und das weißt du. Ich brauche nur etwas Zeit«, sagte der Mann ins Wageninnere.

»Arschloch!«, schrie eine verheulte Frauenstimme, startete den Wagen und legte einen Kavaliersstart hin, dass die Reifen quietschten. Für einen Moment reflektierten die Rücklichter des Wagens auf Valentinas Gesicht, dann war sie wieder nur ein buschähnliches Gebilde zwischen Nebel und Asphalt.

Der Mann im Trenchcoat sah dem Auto nach, schüttelte dann den Kopf und steckte sich eine Zigarette an. Der Schein der Flamme ließ Valentina erkennen, wer er war. Er wohnte mit seiner Frau und drei Kindern einen Stock über ihr. Sie kannte ihn als freundlichen und zurückhaltenden Nachbarn. Er meckerte auch nicht, wenn sie mal zu laut Gitarre spielte. Einmal hatte sie sich sogar im Flur mit ihm über die Musik der Spencer Davis Group unterhalten, nachdem sie sich lautstark an den Riffs von »Gimme some Lovin'« versucht hatte. Valentina dachte unwillkürlich an den ersten Hit, den die Band 1965 gelandet hatte: »Keep on Running«.

Sie katapultierte sich aus ihrer Kauerhaltung nach oben und schoss wie ein farbenfroher Pilz aus dem Boden des nebligen Asphalts.

Der rauchende Mann erschrak.

»Hallo, Herr Haspel. Lange nicht mehr gesehen. Sie wollten mir doch mal Ihre alten Platten zeigen.« Valentina hakte sich bei ihm unter, sodass bei einem Beobachter der Eindruck entstehen würde, ein Pärchen beträte das Haus. Parizek rechnete sicherlich nicht damit, dass sie in Begleitung ihre Wohnung aufsuchen würde.

Haspel lachte erschrocken und irritiert zugleich, wusste offenbar überhaupt nicht, wie ihm geschah. Vermutlich hingen seine Gedanken noch bei der Geliebten, die er vor wenigen Augenblicken mit fadenscheinigen Lippenbekenntnissen zu vertrösten gesucht hatte. Nervös blickte er an der Hauswand nach oben, vermutlich aus Furcht, seine Frau könnte ihn mit Valentina Arm in Arm sehen.

Erst im Türeingang wagte Haspel zu reden. »Natürlich, gerne. In letzter Zeit habe ich aber viele Überstunden zu machen.« Er suchte im Trenchcoat nach den Schlüsseln.

»In einem silbergrauen Toyota?«, rutschte es Valentina heraus.

Haspel sah sie entgeistert an. »Das, was, äh, was meinen Sie damit? Das ist eine Kollegin, die mich mitnimmt. Frau Körbel, sie hat denselben Weg«, rechtfertigte er sich.

»Nicht ganz. Sie sind schon zu Hause. Frau Körbel muss weiterfahren.«

Haspel blickte sie verloren an. »Ja, sie muss weiterfahren. Aber es geht nicht anders. Eine Scheidung kann ich mir nicht leisten.« Er öffnete die Haustür und suchte den Lichtschalter.

»Eine Geliebte ist da günstiger?« Valentina konnte es nicht lassen, zu bohren.

Haspel schien den Lichtschalter nicht zu finden. Dafür spürte Valentina, wie sich zwei Hände um ihren Hals legten und zuzudrücken begannen. Erschrocken über den unerwarteten Angriff fuchtelte sie mit den Armen, dann ließ sie sich mit ihrem Gewicht nach hinten fallen, um so Haspels Griff zu entkommen. Dieser hatte sich mit seinen Fingern festgeschraubt und stolperte mit Valentina zu Boden. Dabei prallte er mit dem rechten Knie auf den Steinboden und schrie laut auf. Valentina nutzte den Moment und jagte Haspel ihre gestreckten Fingerspitzen unter die

Achselhöhlen, dass er abermals aufschrie und sie losließ. Sie stieß ihn von sich und sprang auf die Füße.

Eine Tür im oberen Stockwerk öffnete sich, das Licht wurde angeschaltet. Valentina wusste, dass es ihre Etage war. Da sie nebenan kein Licht im Fenster gesehen hatte, vermutete sie, dass es die Schnüffler waren, die sich bei ihr zu schaffen machten. Ein finsteres Gesicht blickte von oben über das Geländer herab. Valentina erkannte es sofort. Es war Parizek. Auch er schien sie zu erkennen, denn er grinste dreckig und griff nach seinem Handy.

Valentina rannte in den Fahrradkeller und schnappte sich ihr Brodie. Hastig schob sie es durch den Hausflur, vorbei an Haspel, der neben die Briefkästen gelehnt den Kopf hängen ließ und seine Hände in den Taschen des Trenchcoats vergrub. Von oben näherten sich eilig Schritte.

»Wenn Sie etwas gutmachen wollen, halten Sie den Typen für einen Moment auf, ja?«

Valentina verschwand mit ihrem Fahrrad aus dem Flur.

Kaum erreichte sie die Straße, sprang ein Wagen an. Valentina blickte in die Richtung des Geräusches und erkannte, dass es der dritte Wagen war, der auf der gegenüberliegenden Straßenseite geparkt hatte. Sie hatte vergessen, ihn zu überprüfen, weil sie sich dafür entschieden hatte, mit Haspel ins Haus zu gelangen. Sie musste schnell handeln. Haspel würde Parizek nicht lange aufhalten können. Der Fahrer aber würde vielleicht auf Parizek warten. Sie wagte es, den Berg hinabzufahren, obwohl das Auto ihr mit Leichtigkeit folgen konnte. Sie hoffte auf die Ampel, die den Rennweg kreuzte.

Die Ampel blinkte bereits orange. Valentina rauschte bei Rot über die Kreuzung, dann schoss sie die Ungargasse hinab in Richtung Stadtpark.

***

Alberto hatte sich noch Zigaretten an der Tankstelle geholt, damit das Warten nicht zu lang wurde. Nikotin war die einzige Droge, von der er abhängig war. Und er war froh darum. Viele seiner alten Freunde waren Härterem verfallen. Manche waren schon als Jugendliche süchtig geworden, die anderen ertrugen diese Arbeit nur, wenn sie sich mit Drogen vollpumpten. Alberto brauchte das alles nicht. Er hatte seinen Kodex, und an den glaubte er. Er glaubte an die Sache, an die Familie und an den Krieg, in dem er kämpfte. Er musste ihn nicht verstehen. Verstand einer Gott? Und an ihn glaubten die Menschen schließlich auch.

Er blickte auf seine Schweizer Armeeuhr. Zwar vermutete er nicht, dass Valentina mit der Straßenbahn käme, aber er behielt die Haltestation dennoch im Blick. Von Parizek hatte er nichts mehr gehört, also lief alles nach Plan. Alberto war froh, dass er Valentina erst einmal nur beschatten sollte. Die Kleine gefiel ihm. Sie war eine von ihnen, sie wusste es nur noch nicht. Aber tief in ihrem Herzen würde sie es bereits ahnen. Man musste nur die richtige Tür öffnen. Zuerst musste man ihr den bisherigen Glauben nehmen, dann wäre Platz für einen anderen. Und sie würde glauben, da war sich Alberto sicher. So wie sie jetzt an die falsche Sache glaubte, würde sie später an die Cosa Nostra glauben. Und deswegen war sie wohl auch so wichtig. Typen wie Bauer und Parizek fand man hinter jedem Aktenordner. Die glaubten weder an das eine noch an das andere. Die tanzten nur um das Goldene Kalb und waren austauschbar.

Valentina dagegen würde eine Heimat finden, für die es sich zu kämpfen und zu sterben lohnte, so wie er selbst. Vielleicht war es nur ein Credo, das er sich selbst einredete. Aber er musste Valentina kostbar machen, damit er richtig auf sie achtete. Noch einen Fehler durfte er sich nicht erlauben. Vor Parizek hatte er keine Angst. Der glaubte nur, dass er ihm Anweisungen geben durfte, aber die eigentlichen Befehle kamen von woanders. Und wenn man die missachtete, konnte man sich gleich selbst mit den Füßen in zwei Betoneimer stellen und damit in die Donau springen. Er spürte das Gewicht bereits an seinen Sohlen.

Ein halogenes Fahrradlicht blinkte durch die Nacht. Die Gestalt, die sich auf dem Fahrrad abzeichnete, war Alberto bekannt. Es bestand kein Zweifel, sie war es.

***

Valentina war über Umwegen in die Porzellangasse gefahren, hatte dort ihre Kleidung gewechselt, sich den Rucksack samt GPS geschnappt und war dann erst in die Brünner Straße geradelt. Eigentlich hatte sie bis zum Morgen damit warten wollen, aber sie hatte keine Ruhe gefunden. Ihr Adrenalinspiegel war dermaßen in die Höhe gepumpt, dass sie kein Auge zugemacht hätte.

Jetzt war sie sich nicht mehr so sicher, ob es eine kluge Entscheidung gewesen war, bei Nacht hierherzukommen. Der Ort war schon bei Tag kein gemütliches Plätzchen, an dem man gerne verweilte; und bei Nacht überfiel einen nur noch ein einziger Gedanke: Reißaus nehmen! Doch anstatt sofort weiterzufahren, stieg Valentina vom Rad, lehnte es an die Wand, nahm die Lampe vom Lenker und beleuchtete damit den Hauseingang. Kurz glitt sie mit dem Licht über die rostbraune Schrift »Romane«, die wie Drohung und Verführung zugleich schimmerte.

Valentina zog das GPS aus der Tasche und verglich die Koordinaten. Zahlen und Ort stimmten überein. Hier musste sich der Cache irgendwo befinden.

Sie leuchtete in die Finsternis. Bei jedem Schritt, mit dem sie tiefer in das Gebäude drang, glaubte sie, das Dunkel fresse den Strahl ihrer Leuchte mehr. Tatsächlich aber war es die Batterie, die schlappmachte. Plötzlich war es stockfinster. Valentina hielt sich die Hand vor Augen, sie konnte sie nicht sehen. Wie war das möglich? Am Tag war hier doch Sonnenlicht eingefallen. Warum drang kein Schein der Straßenlaternen in das Gemäuer? Hatte jemand die Fenster abgedichtet?

Valentina nahm den Rucksack von den Schultern und kramte blind in den aufgesetzten Taschen. Doch ehe sie die Taschenlampe fand, sah sie das Glühen einer Zigarette am anderen Ende des Raumes.

Entsetzt ließ sie den Rucksack fallen. Das Geräusch verriet ihren Aufenthaltsort. Wenn es jemand auf sie abgesehen hatte, dann konnte er sie jetzt sogar im Dunkeln erschießen. Schnell schlich sie drei Meter nach rechts, vorsichtig tastend, damit sie nicht gegen mögliche Gegenstände stieß. Dabei entfernte sie sich allerdings vom Rucksack und von der wichtigen Taschenlampe.

Sie hätte damit den Raucher blenden können. Vielleicht war es auch nur ein harmloser Landstreicher.

Sie hielt den Atem an und lauschte, hörte nur ihr pochendes Herz, das bis zur Kehle schlug. Valentina wagte es nicht zu schlucken. Man würde es über Kilometer hinweg hören.

Die Zigarette glomm wieder. Der Fremde befand sich noch am selben Ort. Wer immer es war, er musste wissen, dass sie hier war. Wenn er Angst hätte, würde er ebenfalls versuchen, sich zu verbergen. Aber er wollte geortet werden. Deshalb rauchte er. Der Rauch drang jetzt bis an Valentinas Nase. Es war der verbrannte Tabak einer Zigarre.

Plötzlich erklangen die Klänge einer akustischen Gitarre. Die tiefe E-Saite schwang hoffnungslos verstimmt, aber Valentina erkannte das Lied dennoch. »Il ragazzo della via Gluck« von Adriano Celentano. Es handelte von einem Jungen, der vom Land in die Stadt zog und sich nicht darüber freuen mochte, dass er die Wiese gegen den Asphalt tauschen musste. Valentina hatte es oft gehört. Ihre Mutter hatte die Platte rauf- und runtergespielt, und die Nähmaschine war bei diesem Lied immer verstummt. Es waren heilige Momente, Abende, an denen man mit ihr am besten nicht mehr sprach. Sie war dann nicht erreichbar, weit entrückt, am anderen Ende der Welt.

Die Gitarre verstummte, dafür glomm die Zigarre wieder.

Valentina kauerte wie eingefroren an der Mauer und starrte auf das rotorange Glühen etwa fünf Meter von ihr entfernt.

Der Gitarrenspieler musste wissen, dass sie hier war. Valentina schien es, als hätte er auf sie gewartet. Auf jeden Fall hatte er sie beim Eintreten des Gebäudes gehört. Denn er hatte nicht gespielt, es war still gewesen. Sie musste erfahren, wer es war, der mit dem Lied von Celentano auf sie gewartet hatte.

Vielleicht konnte sie sich langsam in Richtung der Zigarre schleichen und den Gitarristen dann aus Nahkampfdistanz überrumpeln? Sie hätte das Überraschungsmoment auf ihrer Seite. Valentina wartete das nächste Glühen der Zigarrenspitze ab und begann ihren Plan umzusetzen.

Bedacht achtete sie darauf, dass die Aktion kein Geräusch verursachte. Sie legte sich bäuchlings und kroch wie eine Echse über den schmutzigen Boden des Raumes, um für einen etwaigen Schuss weniger Zielfläche abzugeben. Nach drei Salamanderschritten hielt sie inne und lauschte. Vielleicht würde sie jetzt schon das Paffen des Mannes hören können? Ihr fehlte ein weiteres Aufleuchten der Glut, um den Abstand besser einschätzen zu können. Aber die Zigarre glomm nicht mehr auf. Würde jetzt gleich wieder die Gitarre erklingen? Valentina hoffte darauf. Zum einen würde sie dann weniger geräuschlos vorgehen müssen, zum anderen hätte der Fremde die Hände am Instrument und nicht an einer Pistole.

Aber er spielte nicht. Die Stille und das Dunkel wurden für Valentina zunehmend unerträglicher. Auch wenn sie noch gute drei Meter von dem Unbekannten entfernt war, sie musste es jetzt riskieren.

Sie stemmte sich in Sprintposition, nahm zwei Schritte Anlauf und hechtete in die Richtung, in der sie das letzte Glimmen geortet hatte. Doch statt auf einen Körper zu treffen, schlug sie auf dem Boden auf. Unter ihr krachte Gitarrenholz. Rasch rollte sie sich über den Estrich weg, um einem möglichen Gegenangriff zu entgehen. Dabei stieß sie an den zurückgelassenen Rucksack. Unter ihrem rechten Oberschenkel spürte sie den Druck eines Gegenstandes. Es war die Taschenlampe. Schnell griff sie danach, schaltete sie ein und richtete sie auf die Stelle, wo eben noch der Gitarrenspieler gewesen sein musste. Aber sie leuchtete lediglich auf eine Wand, von der Putz blätterte.

Nervös strahlte Valentina im Kreis um sich herum. Aber außer ihr war niemand im Raum. Bis auf eine Gitarre, die verlassen auf dem Boden lag.

Sie ging vorsichtig darauf zu. Sie konnte sich irren, aber das geborstene Instrument sah aus wie die Gitarre von Don Bernardo. Valentina begann der Schweiß von der Stirn zu rinnen. Zwei Perlen tropften auf das gerissene Ahornholz der Gitarrendecke. Valentina wischte sie mit dem Ärmel weg und nahm die Gitarre vom Boden. Im Inneren des Gitarrenbauches rumpelte etwas. Sie lauschte und drehte die Gitarre in ihren Händen. Es polterte wieder. Sie schüttelte das Instrument abermals und hielt das Schallloch gegen den Boden gerichtet. Das plastikgelbe Innere eines

Überraschungseis verfing sich in den Saiten, glitt dann darüber und fiel zu Boden.

Valentina leuchtete nach dem Ei und hob es auf. Plötzlich war ihr, als säße sie in einer Falle und unsichtbare Geister würden sie beobachten und über ihre Blindheit lachen. Sie begann sich um ihre Achse zu drehen, ließ die Gitarre scheppernd zu Boden fallen, schnappte sich den Rucksack und rannte aus dem Haus.

***

Da war sie wieder. Sie mochte eine halbe Stunde drin gewesen sein. Alberto blickte auf seine Armbanduhr. Er hatte sich Sorgen gemacht. Zwar hatte er das Haus zuvor nach menschlichem Unrat abgesucht, aber man konnte nie wissen, wer sich im Dunkel der Nacht dann doch noch ungesehen einen Unterschlupf suchte. Jetzt war er froh, dass Valentina wieder draußen war. Einen Plan auszutüfteln war eine Sache, ihn reibungslos umzusetzen eine andere. Und dieser Plan war äußerst kompliziert, da konnte immer etwas schieflaufen. Vor allem weil Alberto wieder einmal nur die Hälfte des Plans kannte. So waren eben die Gepflogenheiten, so hielt es »Il Cervello«.

Er hatte die Aufgabe, Valentina zu beschatten und vor externen Gefahren zu schützen. Von internen Gefechten, denen sie ausgeliefert wäre, wusste Alberto nichts. Das war Angelegenheit der höheren Spezialisten wie Il Cervello. Da Alberto ihn nie zu Gesicht bekommen hatte, stellte er sich ein körperloses Gehirn vor, das in einem Labor in einer Nährlösung schwamm und die besonderen Pläne ausheckte. Vermutlich arbeitete Il Cervello aber tagsüber irgendwo bei der italienischen Post und stellte sich dabei so dumm an, dass er Warteschlangen von hundert Metern vor seinem Schalter provozierte, weil er eine geleckte Briefmarke nicht mehr vom Gaumen bekam. Provenzano, den sie nur den »Buchhalter« genannt hatten, war bereits ein Meister der Verstellung gewesen, aber Il Cervello musste noch besser sein. Er war überall und nirgends. Wie Gedanken, die aufstiegen und entschwanden, durch Gemäuer in die Seelen der Menschen krochen, sich dort einnisteten, Schimmel bildeten und Dämonen weckten.

Alberto hatte die Gitarrenklänge auch gehört, leise und entfernt. Er kannte das Lied von Celentano, war von der simplen Melodie getroffen worden, und die Bilder und Sehnsüchte, die durch sie berührt wurden, hielten noch immer an.

Nein, er wollte Il Cervello nicht ausgesetzt sein. Ein Hauch von Mitgefühl für Valentina stieg in ihm auf, als er sie noch immer an die Hausmauer angelehnt nach Atem und Verstand ringen sah. Und er hörte sich auffordernd murmelnd: »*Forza, ragazza, forza.*«

VIER

Nicola lag rücklings auf einem zu drei Vierteln aufgepumpten Gymnastikball und rekelte sich lasziv zu dem Meeresrauschen, das aus den Lautsprecherboxen ihrer Stereoanlage wogte. Ihre Lider waren halb geschlossen; sie seufzte und stöhnte unter den Bewegungen, die sie auf dem Ball vollführte. Mal provozierte er ein Lachen der Verdrängung, dann einen Aufschrei des Erschreckens. Doch meistens gelang es Nicola, die Anspannungen in gesummten Atem umzuwandeln und somit ihre Übung lustvoll zu empfinden.

Sie ertappte sich dabei, wie sie an Professor Adler dachte, und stieß einen langen und lauten Seufzer aus, der erahnen ließ, was Adler hätte erleben können, wenn er anstelle des Gymnastikballs gewesen wäre. Nicola war bereit, ihrer Lustphantasie nachzugeben. Sie wollte sie nicht verdrängen. Schuldgefühle kannte sie im Kontext der Libido nicht. Gut, vielleicht hatte sie einen kleinen ödipalen Komplex, schließlich war Adler achtzehn Jahre älter, hätte also durchaus ihr Vater sein können.

Sie rollte den Ball beiseite und legte sich mit dem Rücken aufs Parkett. Dann begann sie rhythmisch ihr Kreuzbein gegen das Holz zu klopfen. Erst vorsichtig, dann stärker, bis es fast schmerzte. Sie stieß einen spitzen Schrei aus, dann wurden ihre Beckenbewegungen kleiner und schwangen irgendwann nur noch unsichtbar, innerlich, gegen das Parkett. Ein wohliger, heißer Strom breitete sich vom Sakralgelenk über den Rücken aus und strahlte in den gesamten Körper.

Das Telefon unterbrach ihre Exerzitien. Sie hätte es klingeln lassen können, aber sie hoffte, dass Adler ihre Mail gelesen hatte und sie nun zurückrief. Sie sprang auf und eilte ans Handy.

Ein fieses, gutturales Stöhnen drang an Nicolas Ohr. »Ich weiß, dass du es brauchst, und ich bin der Richtige für dich. Komm, sag mir, dass du meinen Schwanz willst –«

»Ich häng dir die Eier an Starkstrom, damit du überhaupt einen hochkriegst, du mieser Wichser!«, brüllte Nicola ins Telefon und drückte das Ekel weg.

»Ich wette hundert zu eins, das war der fette Stefan. Wie ich diesen Typen hasse«, sagte sie in den Spiegel und musterte dabei ihren Körper. »Warum muss mich dieser debile Chipsfresser anrufen, warum kann es nicht Adler sein? Warum? Kannst du mir das sagen?«

Sie betrachtete sich lauernd. Ihr Spiegelbild tat es ihr gleich.

»Gute Idee. Sehr gute Idee.« Sie wähle eine gespeicherte Nummer und hoffte, dass er dranging. Aber es meldete sich nur die Mailbox.

»Vielbeschäftigtes Arschloch!« Nicola feuerte das Handy auf das mit Kissen überfüllte Sofa. Die bioenergetische Entspannung war dahin.

***

Valentina wollte nicht in die Porzellangasse, sie musste allein sein. Aber wo sollte sie hin? Sie konnte in die »Cortez Bar« am Naschmarkt fahren, dort hatte sie Kredit. An einem der hinteren Tische würde sie auch halbwegs versteckt sitzen und nachdenken können. Ali würde sie in Ruhe lassen. Er spürte, wenn man nicht reden wollte.

Ein dunkelblauer Alfa Romeo fuhr an ihr vorbei, auf dem Nummernschild konnte sie »Roma« lesen. Alle Wege führten nach Rom. Zufall? Oder gestreut? Valentina musste aufpassen, dass sie nicht überall Zeichen sah. Sie hatte eine dunkle Ahnung, dass sie Teil eines Spiels geworden war, aus dem sie nicht mehr entkommen konnte.

Mittlerweile war sie sich fast sicher, dass es nicht Zirner gewesen war, der den Rucksack mit dem Geocaching-Werkzeug zurechtgelegt hatte. Es war ein Köder für sie gewesen, den sie geschluckt hatte. Was hätte Zirner schon mit dem Zigarrenrauch und der Gitarre anfangen können? Nichts. Sie aber konnte sehr viel damit anfangen. Es waren das Lied ihrer Mutter und die Gitarre von Don Bernardo gewesen; die Familie sollte hier beschworen werden. Aber warum? Don Bernardo war längst gestorben. Ein Autounfall hatte ihn vor achtzehn Jahren von der Floridsdorfer Brücke in die Donau katapultiert.

Valentina war damals mit der Schule auf Stadtreise gewesen. Ausgerechnet in Rom. Es hatte sie genervt, dass die Lateinlehrerin, Frau Mikulik, sie zur persönlichen Dolmetscherin erkoren hatte, während die anderen mit den Jungs knutschen konnten. Und dann kam der Anruf ihrer Mutter. Die Nachricht von Don Bernardos Tod erhielt sie auf dem Petersplatz, danach hatte sie auf der ganzen Reise kein Wort mehr gesprochen. Frau Mikulik musste ohne Dolmetscherin auskommen.

Valentina schauderte. Sie war nur fünf Schritte von einem Geist entfernt gewesen. Oder von jemandem, der ihr einreden wollte, dass er der Geist Don Bernardos sei. Aber wozu? Was hatte Don Bernardo mit dem Fundort des letzten Frauenkopfes zu tun?

Valentina fuhr die Linke Wienzeile entlang zum »Cortez« vor. Es war gewagt. Gleich um die Ecke lag die Stiegengasse, in der sich Zirners Wohnung befand. Plötzlich war ihr das »Cortez« zu heiß. Man ging nicht in Stammlokale, wenn man auf der Flucht war. Dort würden sie zuerst Posten aufstellen.

Einige Meter weiter lag der »Goldene Spiegel«, nur wenige Schritte von Zirners Wohnung entfernt. In dem einschlägigen Schwulenlokal würde sie sicherlich niemand vermuten.

Ein paar Jungs lehnten vor der Eingangstür an der Wand und posierten unverfänglich für Freier. Die meisten waren solargebräunt und vom Fitnessstudio in Form gebracht, das ein oder andere Tattoo kroch ihnen aus dem Pullover über den Hals oder die Handrücken. Sie verzichteten auf warme Kleidung, nahmen den fiesen Nebel in Kauf, um ihren Eros zu Markte zu tragen.

Ein schlanker Jüngling mit gezupften Augenbrauen sprach Valentina an: »Frau Inspektor, so spät noch im Dienst?« Er bleckte diebisch seine ebenmäßigen Zähne.

»Amre, seit wann bist du wieder draußen?«, fragte Valentina überrascht und schloss ihr Fahrrad an ein Geländer.

»Knapp drei Wochen.«

»Und schon wieder in der Gefahrenzone?«

»Sind wir das nicht ständig?« Er zuckte mit den Achseln und lächelte wieder, diesmal wie ein Prinz aus Tausendundeiner Nacht. »Wollen Sie etwa rein? Hubertus wird sich freuen. Der lässt es heute schneien. Wird fünfzig, der Alte. Sie werden ihm die Party doch nicht vermiesen wollen?«

»Keine Sorge, bin privat hier. Muss mich sammeln. Bringst du mich rein? Dann muss ich nicht so viel reden.«

Der bengalische Prinz lächelte ein drittes Mal, dann klopfte er an die verwitterte Tür der Bar. Ein kleines Fensterchen öffnete sich, zwei dunkle Augen spähten hindurch und trafen auf Amres schneeweiße Zahnreihen. Kurz darauf wurde die Tür geöffnet, und Valentina folgte Amre in das Lokal.

Auch Hubertus war brauner, als es die Jahreszeit erlaubte. Die Stirn schien sogar etwas verbrannt, vielleicht war er unter der Höhensonne eingenickt. Das Haar war aalglatt nach hinten gekämmt und glänzte rabenschwarz, nur seinen daumenbreiten Koteletten erlaubte er ein silbernes Grau, das ihm eine gewisse Reife und Autorität verlieh. Er trug ein schwarzes Muskelshirt, der rasierte Oberkörper strotzte vor Fleischaufbaupräparaten. Am verhältnismäßig zarten Handgelenk rutschte lässig eine goldene Omega vor und zurück, wenn er die vollen Biergläser verteilte.

»Na, du traust dich was«, sagte er, als Valentina vor ihm am Tresen stand. »Weißt du, wie schlecht das Geschäft gelaufen ist, nachdem du Amre vor der Tür hast abführen lassen?«

»Krieg ich ein Bier?« Sie hatte keine Lust auf eine Diskussion mit Hubertus. Er würde es sowieso nicht verstehen. Amre hatte aus der Gefahrenzone entfernt werden müssen. Er war ein guter Spitzel, hatte aber bei der Hehlergeschichte im vergangenen Winter zu viel riskiert und musste deshalb mit der Bande hochgenommen werden. Er war satte neun Monate dafür gesessen. Dafür hatte man bei der einen oder anderen Geschichte, in der er die Hand aufgehalten hatte, ein Auge zugedrückt. *Man*, das war Zirner gewesen. Valentina mochte solche Spielchen nicht. Für sie begann dort schon die Korruption. Ein Ganove war ein Ganove. Andererseits hätten sie die Bande ohne Mithilfe Amres nie geschnappt. Er war also ein guter Ganove. Warum auch nicht. Schließlich war Parizek auch ein schlechter Bulle. Also konnte es auch gute Ganoven geben. Hatte ihr Burak nicht auch weitergeholfen? »Für Amre auch eins.«

»Du wirst doch nicht etwa mit dieser Schlange anstoßen, mein Prinz?«, fragte Hubertus.

Amre zuckte mit den Schultern. »Wieso nicht? Schließlich bin ich eine Hure.«

»Hure ist nicht gleich Hure. Seinen Schwanz zu verkaufen ist etwas anderes, als seine Seele zu verwetten.« Hubertus lachte laut und zapfte. »Übrigens, die Sache mit Zizi tut mir leid. Habt ihr schon eine Spur?«

Valentina schüttelte den Kopf.

»Bist du deswegen hier?«, fragte Hubertus. »Meine Jungs haben damit bestimmt nichts zu tun. Wenn, war es einer aus dem Ostblock. Zizi mochte die Slawen nicht. Der fuhr mehr auf so Orientalenpack wie den Prinzen hier ab.«

»Er hatte eben Geschmack.« Amre zeigte wieder seine hübschen Zähne.

Hubertus schob ihm abschätzig das Bier über den Tresen.

»War er oft hier?«, fragte Valentina. Erst jetzt wurde ihr klar, dass Zirner schwul gewesen war. Die Geschichte mit der Frau und dem Kind in Australien, vielleicht hatte er die nur erfunden, um keine Gerüchte aufkommen zu lassen. Schwule Bullen waren immer noch so unpopulär wie schwule Fußballer.

Valentina wusste, dass Zirner gerne noch auf einen Absacker in den »Goldenen Spiegel« gegangen war, aber dass er sich hier auch Jungs aufgegabelt hatte, daran hatte sie nie gedacht. Warum eigentlich nicht? Es war doch so offensichtlich. Auch die guten Kontakte zu Amre und den Arabern waren hier geknüpft worden. Valentina schüttelte den Kopf. Die Türen, die sich gerade in so hoher Schlagzahl öffneten und ein Rätsel nach dem anderen feilboten, wurden ihr zu viel.

»Gibt es hier einen Platz, an dem ich allein sein kann?«, fragte sie Hubertus.

»Schätzchen, *du* bist hier überall allein. Du glaubst doch wohl nicht, dass dich hier einer anspricht? Nein, nein, so viel Weib bist du dann schon, auch wenn du gerne auf harten Burschen machst.«

»Alles Gute zum Geburtstag«, sagte Valentina und klimperte gekünstelt mit den Wimpern.

»Wenn du dir einen Dildo anziehst, wäre vielleicht was drin.«

Hubertus lachte dreckig. »Dahinten ist ein Separee. Wenn du Glück hast, ist es gerade frei.« Er deutete auf eine rotplüschige Ecke im hinteren Teil des Lokals. »Vielleicht bringt dich der Prinz ja hin?«

»Zu Diensten, mein Herr und Gebieter«, sagte Amre, spielte unterwürfig den Dschinn und geleitete Valentina in die Schmuddelecke, die Hubertus mit »Separee« gemeint hatte.

Ein Pärchen mit deutlichem Altersunterschied ging sich gerade an die Wäsche und schien sich nicht daran zu stören, dass Besuch hinzukam.

»Könntet ihr euer Liebesspiel bitte anderswo fortführen?«, fragte Amre in feinster Manier.

Ein russischer Fluch zischte aus den verschlungenen Leibern. Kaum war er verstummt, hatte Amre den älteren der beiden Männer bei den Eiern gefasst und drückte gezielt zu. Ein Aufschrei erklang. Der jüngere raffte die abgeworfenen Klamotten zusammen, packte den Gespielen am Arm und zog ihn schleunigst mit sich fort.

Amre lächelte Valentina freundlich an und deutete mit seinen zarten Fingern, die so grob zupacken konnten, auf den Plüsch. »Hier hast du deine Ruhe. Und falls du einen besonderen Wunsch haben solltest, reibe einfach an der Öllampe.« Er verbeugte sich mit gefalteten Händen vor der Brust, ehe er sich ins Treiben des Lokals zurückzog.

Valentina sah ihm nach, wie er im Getümmel verschwand, und staunte darüber, wie viele Facetten er in sich trug und wie schnell er es verstand, von der einen zur anderen zu wechseln. Nur so hatte er wohl als Spitzel überleben konnte. Man glaubte ihm jederzeit die eine oder andere Haut, in die er glitt wie Flüssigbeton in seine Schalung. Sie würde hier Ruhe haben vor Parizek. Es sei denn, Amre stand auch auf seiner Gehaltsliste. Aber das musste sie riskieren.

Sie kramte das Überraschungsei, das aus der Gitarre gefallen war, aus der Jackentasche und öffnete es. Eine kitschige Madonnenfigur und ein sorgsam gefalteter Zettel kamen zum Vorschein. Valentina stellte die Madonna auf den kniehohen Tisch und sah sie sich an. In Neapel und Palermo wimmelte es von diesen Figuren. In jedem Haushalt waren sie zu finden, nebst Rosenkranz und Hochzeitsbonbonniere. Wieder Italien, wieder Valentinas Wurzeln. Der Verdacht, dass die Mafia an ihren Fersen klebte, drängte sich auf. Aber vielleicht war es auch nur jemand, der mit diesem Klischee spielte und sie damit weichkochen wollte?

Sie entfaltete den Zettel und las.

Inspiriert durch Fats Domino, E-Dur
Intro: 1. Takt, G-Saite
1. Vers: 1. Takt, A-Saite
1. Vers: 4. Takt, A-Saite
1. Vers: 1. Takt, A-Saite
Chorus: 3. Takt, E-Saite
2. Vers: 1. Takt, G-Saite
2. Vers: 2. Takt, Gitarre 2, A-Saite

Intro, 1. Vers und Chorus
Chorus, 6. Takt, A-Saite
Zwischenspiel, letzter Takt, A-Saite.

Es musste sich um Noten oder Akkorde eines Liedes handeln, aber welches? Und wie waren die Noten in Koordinaten umzuwandeln? Denn es handelte sich eindeutig um die nächste Station. Vielleicht war es die letzte, sicherlich aber ein weiterer Baustein zur Lösung des Rätsels – welches auch immer das war.

Valentina trank einen großen Schluck und leerte damit das Bierglas. Dann nahm sie die Madonna, um sie in das Überraschungsei zurückzulegen; dabei löste sich der Torso und fiel auf den zerschrammten Mahagonitisch. Valentina erschrak. Sie hielt nur noch den Kopf der Madonna zwischen den Fingern und starrte ihn an.

Sie erinnerte sich, dass Paul McCartney einmal gesagt hatte, er habe einen Boogie-Woogie im Stil von Fats Domino schreiben wollen und dabei sei »Lady Madonna« herausgekommen. Und es gab eine Coverversion des Songs, die Fats Domino aufgenommen hatte.

Valentina sah wieder auf den Zettel und glaubte den Schlüssel zu begreifen. »Lady Madonna« war in E-Dur geschrieben.

»Intro: 1. Takt, G-Saite«, las sie halblaut. Sie hatte das Intro des Songs im Kopf, auch Verse und Bridge konnte sie summen. Der Text war ihr nicht mehr geläufig, aber auf ihn kam es wohl nicht an. Es sei denn, die einzelnen Worte oder Silben waren in Zahlen zu transferieren. Aber dann hätte der Cache-Leger wohl kaum die Saiten einer Gitarre für den Schlüssel verwendet. Außerdem war das Überraschungsei aus einer Gitarre gefallen, es musste sich also um etwas Gitarrenspezifisches handeln.

Sie sah sich nach Amre um. Er flirtete gerade mit einem hageren, knochigen Kerl, den nur sein schwarzer Existenzialistenpulli zusammenzuhalten schien. Er nestelte mit seinen dürren Fingern an Amres oberstem Hemdknopf und öffnete ihn geschickt. Dann wanderte seine Spinnenhand über den gestreiften Stoff, um sich auch der anderen Knöpfe zu bemächtigen.

»Amre!«, rief Valentina durch den Refrain von ABBAs »Waterloo«.

Amre blickte auf und sah zu ihr herüber. Sie winkte ihn zu sich. Er flüsterte dem Hageren vertröstende Worte ins Ohr und löste sich von ihm. Der drehte sich missmutig in Valentinas Richtung und spie auf den Fußboden.

Valentina fühlte den Impuls, aufzuspringen und den Klapprigen einmal ordentlich durchzuschütteln, aber sie beherrschte sich. Sie wusste, dass sie hier nur geduldet war.

Amre war schon bei ihr und blickte sie fragend an.

»Gibt es hier irgendwo eine Gitarre?«, fragte sie.

»Willst du uns ein Ständchen spielen? Aber du hörst ja, worauf die Jungs hier abfahren. Ist wohl nicht so dein Stoff, Miss Neutral Mask.«

Valentina kniff die Augen zusammen. Nur Zirner hatte gewusst, dass sie Frontfrau einer Hardrock-Band war, die sich »Neutral Mask« nannte und dementsprechend ihre Gesichter hinter ledernen Neutralmasken verbarg. Aber sie wollte das jetzt nicht zum Thema machen und gönnte Amre das Wissen um ihr kleines Geheimnis.

»Was ist? Gibt es jetzt eine Gitarre oder nicht?«

»Ich muss mal schauen. Hinten im Lager liegt so allerlei. Für die Drag-Shows haben wir neben Perücken und Divenkostümen auch ein paar Instrumente. Willst du mitkommen?«

Valentina nickte und steckte das Überraschungsei samt Zettel in ihre Jackentasche.

»Nimm den Rucksack besser auch mit. Man weiß hier nie.«

Valentina schnappte sich ihr Gepäck und folgte Amre.

»Hubertus, gib mir mal bitte den Schlüssel für den Fundus!«, rief Amre dem Wirt laut zu, der gerade damit beschäftigt war, ABBA gegen eine CD der Village People zu tauschen.

»Was willst du denn damit?« Er sah Valentina hinter Amre stehen. »Verstehe. Die Frau Inspektor will sich Fummel anziehen, damit sie sich mal als richtiges Weib fühlt? Nur zu. Der Phantasie sind keine Grenzen gesetzt.« Er drückte auf den Wiedergabeknopf der Anlage und schwang die Hände zu »YMCA«.

***

Nicola hatte genug von den belästigenden Anrufen. Sie hatte ihr Handy ausgeschaltet, nachdem es ihr der unbekannte geile Bock noch weitere drei Male auf abgedroschene Weise hatte besorgen wollen. Sie würde den fetten Stefan morgen zur Rede stellen. Er sollte ruhig wissen, dass sie ihn erkannt hatte.

Es klingelte an der Haustür. Nicola schrak hoch. Er würde doch nicht etwa so dreist sein? Vielleicht hatte er sie von der Straße aus angerufen und ihren Schatten hinter dem Vorhang beobachtet, während sie ihre Übungen gemacht hatte?

Nicola ging ans Fenster und kiebitzte hinter dem Vorhang hervor nach draußen. Aber außer Nebel, der sich wie Schimmelpilz über das Pflaster gelegt hatte, sah sie lediglich ein paar Schatten, die sich durch die Feuchtigkeit aneinander vorbeidrängten, um wieder im weißen Schleier zu verschwinden.

Die Klingel schellte erneut. Vielleicht war es Valentina, die den Schlüssel vergessen hatte? Nicola atmete bei dem Gedanken erleichtert auf und tadelte sich für ihre ängstliche Phantasie. Sie hatte die einfachste Lösung glatt übersehen. Sie lief zur Tür und drückte den Summer, dann ging sie in die Küche und holte eine

Flasche Sekt aus dem Kühlschrank. Der Einzug ihrer neuen Mitbewohnerin musste begossen werden.

Nach kurzer Suche entdeckte sie die Gläser in der Spülmaschine. Sie fanden kaum mehr ihren Weg in den Schrank zurück; auf halber Strecke wurden sie von Nicola meist abgefangen. Es gab einfach immer etwas, das man begießen musste. Häufig feierte Nicola auch allein; nach einem Grund musste sie nicht lange suchen. Schon ein Tag, den sie ohne depressive Sinnfragen überstanden hatte, war ein Grund für ein oder zwei Gläschen Sekt.

Besser als Tabletten, sagte sie sich auch dieses Mal und ließ den Korken an die Decke knallen. Der Schaum drängte sich durch den engen Flaschenhals, und Nicola goss den Sekt in die beiden Gläser. Sie griff die beiden Gläser und verließ die Küche, um die Tür zu öffnen.

Sie erstarrte. Vor ihr stand nicht Valentina, sondern Stefan und lächelte sie verklemmt an.

Die beiden Sektgläser zerklirrten auf dem Parkett.

***

Der Fundus stank nach billigem Parfüm und Mottenkugeln. Auch angetrocknetes Bier glaubte Valentina aus dem Duftgemisch zu filtern. Es ekelte sie vor jedem Fetzen, an dem Amre sie vorbeiführte.

»Hast du mal wieder ein Konzert?«, fragte er, während er zwei Kleiderständer zur Seite schob, um den Durchgang zu den Regalen mit den Requisiten zu schaffen.

»Zu Weihnachten wollen wir in zwei, drei Clubs spielen«, antwortete Valentina.

»Warum spielt ihr nicht hier? Die Jungs mögen Maskenspiele!« Er deutete auf ein Bord, gefüllt mit Latexmasken der groben Art.

Valentina fügte sofort den Schweiß, der aus den Innenseiten der Masken kroch, in das Duftpotpourri ein und kämpfte gegen einen zwingenden Brechreiz an.

»Keine Sorge, ich kann schweigen wie ein Grab«, sagte Amre

mit einem Unterton, der Valentina nicht gefiel. »Außerdem gibt es wohl Gefährlicheres als das Outing einer Inspektorin, die Heavy Metal rockt.«

»Und das wäre?«

»Eine Inspektorin, die wegen Mordes an ihrem Kollegen gesucht wird.«

Valentina sah ihn eindringlich an. »Kam es in den Nachrichten?«, fragte sie.

»Aber nein. Offiziell fahndet man nach einem Kerl, der sich als Pizzabäcker getarnt an Zirner rangemacht hat. Man vermutet eine offene Rechnung. Einer, den Zirner mal in den Bau geschickt hat. Das Übliche eben.«

»Und du? Woher weißt du, dass nach mir gesucht wird?«, fragte Valentina.

Amre lachte wieder. »Woher ich was weiß, spielt keine Rolle. Das ist mein Kapital. Und dass ich nicht alles verrate, garantiert mir, dass ich am Leben bleibe. Du kennst doch mein Metier. Hier hinten sind die Instrumente.«

Eine nackte Glühbirne warf Licht auf ein lieblos zusammengetragenes Sammelsurium an Musikinstrumenten.

»Du kannst dir aussuchen, was du willst. Vielleicht eine Posaune? Damit kannst du Parizek den Marsch blasen. Dort hinten irgendwo müssten die Gitarren stehen. Versprich dir aber nicht zu viel davon. Ich muss wieder zurück, die Kundschaft wartet. Du weißt, Hubertus kann sehr streng sein.«

»Ist in Ordnung, danke.«

»Keine Ursache«, lächelte Amre und verschwand hinter den Kostümständern.

Die Gitarren waren durchweg Krücken. Immerhin waren auf einer alle sechs Saiten gespannt. Valentina wischte den Staub von Bauch und Hals, dann begann sie die Gitarre vorsichtig zu stimmen in der Hoffnung, dass keine der Saiten reißen würde. Die Mechanik knurrte, der Steg knarzte. Bei der D-Saite blockierte der Wirbel. Valentina spuckte auf das Gewinde und bewegte den Knopf vorsichtig vor und zurück. Der Wirbel löste sich und brachte Zug auf die Saite. Die beiden Basssaiten liefen leicht, einigermaßen stimmte die Gitarre nun.

Valentina spielte ein paar Akkorde und Läufe, um sich in das Instrument einzuhören. Dann begann sie mit »Lady Madonna« in E-Dur. Sie spielte es einmal ganz durch, um sich zu vergewissern, dass sie das Lied noch richtig in Erinnerung hatte. Dann kramte sie den Zettel mit dem Code aus der Tasche und wanderte mit den Fingern die Bünde nach den vorgeschriebenen Takten ab.

»Intro: 1. Takt, G-Saite«, las sie halblaut und spielte erst noch einmal das ganze Intro, ehe sie sich auf den ersten Takt konzentrierte. Die G-Saite spielte sie nur leer, bis auf zweimal, da griff ihr Mittelfinger das »A« auf dem zweiten Bund. »Zwei mal zwei ist vier«, murmelte sie und zog einen Stift aus ihrer Jacke, um sich die Zahl Vier zu notieren. Dann las sie den zweiten Code: »1. Vers: 1. Takt, A-Saite.«

Er war identisch mit dem ersten Takt des Intros. Aber auf der A-Saite wurde nur zweimal das Cis auf dem vierten Bund gegriffen. »Zwei mal vier macht acht.« Sie notierte die Acht und blickte auf die zweistellige Zahl: 48. Es handelte sich um die nördliche Koordinate, da war sich Valentina sicher. Sie fuhr in dem Modus weiter fort und ermittelte damit die Koordinate N48° 08647'.

Bei den Ostkoordinaten war das System etwas anders gelagert, und Valentina stutzte. Sollte sie alle Fingersätze addieren? Die Koordinate wäre viel zu hoch. »Intro, 1. Vers und Chorus«, las sie und spielte alles durch. Dabei zählte sie die Takte, obwohl sie eigentlich schon wusste, dass es sich um sechzehn handelte. Sie notierte die Sechzehn und löste auch die anderen beiden Aufgaben. Dann hatte sie die Ostkoordinaten des nächsten Cache-Ortes auch auf dem Zettel: »E016° 15.034'«.

Valentina atmete hoffnungsvoll durch, legte die Gitarre zur Seite und machte sich auf den Rückweg. Als sie die Klinke hinunterdrückte, merkte sie, dass sich die Tür nicht öffnen ließ. Amre hatte sie eingeschlossen.

Sie verfluchte sich selbst. Wie hatte sie so dumm sein können, sich blind auf Amre zu verlassen? Sie wusste doch, dass er sich an jeden verkaufte. Und wie die Lage aussah, war auf sie ein hohes Preisgeld angesetzt. Einer wie Amre musste da schwach werden. Ihm war nichts vorzuwerfen. Aber sie selbst hätte wachsamer sein müssen. Es würde nicht lange dauern, dann würde Amre mit Parizek zurückkehren.

***

Parizek mochte es gar nicht, nachts gestört zu werden. Nicht, wenn er die Puppen tanzen ließ, und noch weniger, wenn er schlief. Und gerade hatte er geschlafen. So tief wie lange nicht mehr, dank »Vivinox Sleep«. Ohne Schlaftabletten bekam er kein Auge mehr zu. Der Stress fraß ihn auf, er war der Situation nicht mehr gewachsen. Sein Job bei der Polizei hätte schon genügt, um einen einfachen Menschen zugrunde zu richten, aber die Doppelbelastung als bezahlter Helfer der ehrenwerten Familie verlangte ihm das Äußerste ab.

Halb blind tastete er nach seinem Handy, das unerbittlich läutete. Warum sprang die Mobilbox nicht an? »Scheißtechnik!«, fluchte er. »Ja?«, murmelte er, als er das Telefon endlich gefunden hatte, und richtete sich langsam auf. Seine Müdigkeit wich sofort jähem Zorn, der sich zwischen seine spärlich blonden Augenbrauen furchte.

»Woher hast du meine Nummer? Bist du wahnsinnig, mich anzurufen? – Was? Warte. – Ja, ich komme sofort. Wir treffen uns vor der U-Bahn-Station.«

Parizek schleuderte das Handy in die Laken. Dann rieb er sich die schlaftrunkenen Augen, überlegte kurz und griff dann wieder nach dem Telefon. Er wählte eine gespeicherte Nummer und hoffte, damit das Problem zu lösen.

***

Es war nicht weit vom »Goldenen Spiegel« bis zur U-Bahn-Station Kettenbrückengasse. Amre schnappte sich ein Päckchen Zigaretten hinter der Theke, rief Hubertus zu: »Ich mach Schluss für heute«, und war verschwunden, ehe der etwas erwidern konnte.

Der Nebel hatte mittlerweile den gesamten Naschmarkt beleckt. Die Feuchtigkeit kroch aus allen Winkeln. Amre stellte den Kragen seiner schneeweißen Wolljacke auf und huschte über die Wienzeile zur Haltestation, an der er sich mit Parizek treffen wollte. Fünfhundert Steine malte er sich mindestens aus für diese Information. Vielleicht war sogar ein Tausender drin?

Amre frohlockte: So ließ es sich leben. Bis man einen Tausender auf dem Strich verdient hatte, musste man einiges ackern, und von Drogen hatte er schnell wieder die Finger gelassen. Da war man zu leicht erpressbar. Gewiefter war es, Informationen über andere zu sammeln und meistbietend zu verkaufen. Und er war gewieft. Wie hätte er sonst die neun Monate Knast schadlos überstehen können? So wie er aussah, war er ein gefundenes Fressen für die geilen Böcke im Käfig. Aber sie hatten ihn in Ruhe gelassen, weil er Dinge von ihren Angehörigen außerhalb der Mauern wusste und obendrein ein Netzwerk besaß, das den Häfnbrüdern Perspektiven auf ein Leben nach der Zelle versprach.

Es war eine Gratwanderung, dessen war sich Amre bewusst; aber er liebte den Seiltanz. Und was er jetzt gerade wagte, war ein Rückwärtssalto mit verbundenen Augen, ohne Netz. Er verkaufte eine Polizistin an einen Polizisten. Er grinste sein teuflischstes Lächeln, das er im Repertoire hatte und das er nur zu besonderen Anlässen auflegte. Der Nebel schluckte das blendende Weiß seiner Zahnreihen und mischte es mit Grau.

Er blickte auf die Uhr, die im Giebel des Naschmarktbüros prangte. Es war kurz vor drei Uhr morgens. Um drei wollte Parizek hier sein.

Amre würde verschwinden, wenn er nicht pünktlich wäre. Wenn man Kunststücke ohne Netz vollführte, musste man vorsichtig sein und gewisse Prinzipien einhalten. Eines davon war, rechtzeitig abzubrechen, wenn etwas verdächtig stank. Und Unpünktlichkeit stank immer. Aber noch hatte Parizek zwei Minuten, um Amres Kunststück genießen zu dürfen.

Er hatte Parizek nicht gesagt, wo er Valentina festgesetzt hatte. Er hatte ihm lediglich zu verstehen gegeben, dass er wisse, wo sie sich gerade befand. Den Rest der Information gab es nur gegen Cash. Vielleicht sogar fünfzehnhundert? Amre war sich noch nicht sicher, wie viel die Information wert war. Er wollte nicht unverschämt wirken, schließlich war Parizek ein wichtiger Kunde, mit dem er es sich nicht verscherzen wollte. Aber er wollte seine Ware auch nicht unter Wert verkaufen. Es war nicht einfach, Kunst zu wägen. Ihm war es immer schleierhaft gewesen, wie ein Bild zehn Millionen kosten konnte, während ein anderes keinen Cent wert war. Aber so war es nun mal. »Behauptung ist alles«, sprach er sich Mut zu und entschied sich für zweitausend. Er steckte sich zufrieden eine Zigarette zwischen die Lippen, zündete sie an und inhalierte. Dann pustete er Nebel gegen Nebel. Der Zeiger der Uhr sprang auf die Zwölf. Zeit für das Kunststück.

Aus dem Nebel tauchte ein Schatten auf. Er trug einen langen Mantel und hatte ebenfalls den Kragen aufgestellt. Der Schatten näherte sich Amre. Er schien ihm kleiner als Parizek. Aber vielleicht wirkte Parizek jetzt auch nur so klein, weil Amre sich so groß fühlte?

Er konnte den Gedanken nicht zu Ende führen, weil eine der beiden Hände, die sich in den Taschen des Schattenmantels befanden, herausschoss und ihm mit einem gezielten Schlag den Kehlkopf zerschmetterte. Um nichts dem Zufall zu überlassen, folgte die zweite Hand, und mit vereintem Know-how drehten die beiden Hände Amres Kopf mit einem Ruck nach rechts, sodass sein Genick brach.

Die Hände packten den weißen Kragen Amres und zogen ihn an die Mauer der U-Bahn-Station. Dort drapierten sie den Toten so, dass es den Eindruck erweckte, ein Betrunkener schlafe seinen Rausch aus. Die Hände gruben sich wieder in die Taschen des Mantels, und der Schatten zog sich in den Nebel zurück.

***

Parizek kämpfte gegen die Wirkung der Schlaftabletten an. Er hatte sich einen Kaffee gebraut und wartete, bis das Telefon wieder klingelte. Fünf Minuten nach drei war es so weit. Parizek nahm ab.

»Gut. Den Rest erledigen wir.« Er legte das Handy auf den

Tisch und nahm stattdessen die Kaffeetasse. Mit einem kräftigen Schluck spülte er den Kloß hinunter, der sich durch das angespannte Warten in seinem Hals gebildet hatte.

Amre hatte ihm gerade noch gefehlt. Früher oder später hätte es ihn sowieso erwischt. Man konnte nicht allen dienen. Er würde ihn als klassisches Milieuverbrechen verbuchen und rasch abheften. Falls es nötig sein sollte, würde er irgendeiner Schwuchtel ein Eifersuchtsmotiv unterstellen und den Mord an Amre sogar noch für andere Zwecke nutzen. Es gab einige Leute, die ein öffentliches Coming-out noch immer scheuten; und mit ein wenig Phantasie ließ sich ein Zusammenhang zwischen einem öffentlich keuschen Würdenträger und dem ermordeten Stricher schnell knüpfen. Auch wenn sich die Affäre hinterher in Luft auflösen sollte, ein Fleck würde auf der weißesten Weste bleiben. Und manch einer zahlte lieber, als den Flurschaden eines öffentlichen Imageverlustes hinzunehmen.

Aber das war eine andere Sache. Im Augenblick lag die äußerste Konzentration auf Valentina. Und Parizek hatte eine schwierige Aufgabe. Er musste sie jagen und gleichzeitig schützen. Schmarotzer wie Amre, die sich aus Informationshappen eine Story bastelten, um daran zu verdienen, schadeten der Angelegenheit nur. Also musste er ausradiert werden. Und diesmal hatte Alberto nicht gepatzt. Parizek konnte mit ihm zufrieden sein.

***

Alberto hoffte, dass Valentina den »Goldenen Spiegel« nicht verlassen hatte, während er sich um Amre hatte kümmern müssen. Er war zwar schnell gewesen, aber die Möglichkeit bestand dennoch.

Er entschloss sich, in die Bar zu gehen, um nachzusehen. Er konnte es sich nicht leisten, Valentina noch einmal entwischen zu lassen, denn die Koordinaten der kommenden Caches kannte weder er noch Parizek. Nur Il Cervello wusste die Richtung. Und er nahm sich die Freiheit, die Caches je nach Situation und Entwicklung der Geschichte zu ändern, um flexibel auf Valentina reagieren zu können.

Der muskulöse Wirt tanzte hinter dem Tresen, während aus einer Schneemaschine gespuckte weiße Flocken auf seinem geschorenen Schädel landeten und dort zu chemischer Flüssigkeit schmolzen. Aus den Boxen klang Skihüttenmusik. Die angeheiterten Männer sangen kräftig mit oder drückten sich in den Plüsch der Ecken.

Alberto konnte Valentina nirgendwo entdecken und wurde unruhig. Ein bildhübscher Junge mit einer Caipirinha in der Hand prostete ihm zu, stieß sich vom Tresen ab und steuerte in seine Richtung. Damit hatte er rechnen müssen. Er hatte nichts gegen Schwule. Sein älterer Bruder Lorenzo war auch einer. Aber er selbst fand keinen Gefallen an Männern. Dennoch würde er sich jetzt interessiert zeigen, er wollte hier nicht auffallen.

»Servus, Fremder. Ich kenn dich gar nicht. Zum ersten Mal hier?«, säuselte der Schönling und neigte affektiert sein weißblondes Köpfchen zur Seite, sodass sein Hals zum Biss freilag.

»Auf Geschäftsreise«, antwortete Alberto, als er merkte, wie ihm eine Hand in den Schritt fasste und ihm den Sack durch die Hose hindurch zu massieren begann. Am liebsten hätte er dem dreisten Lüstling in die Fresse geschlagen, aber er duldete den Zugriff und lächelte, so gut er es vermochte.

»Spendierst du mir einen Drink?«, fragte der blonde Faun und suchte mit geübten Fingern den Knopf von Albertos Hose. Mit einem schnellen Griff war er seinem Gefängnis entsprungen, und die schlanke Hand machte sich auf den Weg zum Reißverschluss. Auf halber Stelle hielt sie erschrocken inne.

Alberto hatte seine Zähne in den Hals des Blonden geschlagen. Dem Schönling glitt das Glas aus den Händen, und Alberto zerrte ihn, wie der Wolf es mit einem gerissenen Lamm tat, mit festem Biss in eine dunkle Plüschecke. Erst im Schummerlicht löste er seine Zähne aus dem Hals des Jungen. Der keuchte und rang nach Atem. Dann versuchte er seinen Schrecken mit einem schlecht gespielten Lächeln zu vertuschen.

»Hu, du bist ganz schön wild. Ich weiß nicht, ob ich der Richtige für dich bin.« Er strich sich das Hemd glatt und zog es über seine enge Jeans.

»Schade. Du hättest mir gefallen. Falls du jemanden triffst, der es gerne etwas härter mag, schick ihn vorbei, okay?«, sagte Alberto und schob einen Zehner über den Tisch. Der Junge griff sofort zu, steckte den Schein in die Hosentasche und trollte sich.

Alberto nutzte den Moment, da er unbeachtet war, und drückte sich im Schatten der Plüschnischen durch das Lokal. Wie ein Wolf, der Witterung aufnahm, schlich er zwischen den Sesseln hindurch und spürte nach Valentina. Aber sie war nirgendwo zu finden.

***

Vor den Fenstern versperrten eiserne Gitter die Flucht. Es gab nur die eine Tür, durch die sie mit Amre hereingekommen war. Hier musste sie auch wieder raus. Und zwar schleunigst, ehe Parizek angerückt kam.

Nach langem Suchen hatte Valentina endlich eine Werkzeugkiste gefunden. Sie riss die beiden Klappen des blechernen Kastens auf und fächerte ihn auseinander. Ein Hammer und ein großer Flachschraubenzieher schienen ihr für ihr Vorhaben am geeignetsten.

Mit den Werkzeugen bewaffnet, ging sie zur verschlossenen Tür. Sie schob die flache Spitze des Schraubenziehers zwischen Rahmen und Tür und hämmerte vorsichtig auf den hölzernen Kopf des Werkzeugs. Der Schraubenzieher glitt knarzend in die Fuge, dann begann Valentina zu hebeln. Das Schloss schien nachzugeben. Noch einen Ruck, und der obere Teil des Schlosses wurde aus dem Holz getrieben.

Valentina lauschte, ob jemand auf das berstende Geräusch reagieren würde. Durch die Tür hörte sie nur die letzten Takte von »Staying Alive«.

Sie machte sich an den unteren Teil des Schlosses und hebelte auch dort so lange, bis sich die Schraube aus dem Holz löste und die Tür geöffnet war. Sie schnappte sich ihren Rucksack und schlich vorsichtig auf den dunklen Korridor, der das Lager mit dem Lokal verband. Drei Pärchen drückten sich lustvoll stöhnend gegen die Wände. Sie würden Valentina nicht bemerken. Geduckt huschte sie an ihnen vorbei; Schraubenzieher und Hammer dienten ihr nun als Waffen für den Notfall.

Sie erreichte den Schanksaal. Hubertus stand eingeschneit hinter der Theke und grölte aus vollem Hals mit Bonnie Tyler »It's a Heartache«, die Meute um den Tresen unterstützte ihn tatkräftig.

Valentinas Blick wanderte hastig durch den Raum. Von Amre und Parizek war keine Spur. Gut so. Der Koch brachte gerade zwei Teller Frankfurter mit Kren aus der Küche. Vielleicht gab es in der Küche einen Ausgang auf den Hinterhof? Valentina wartete ab, bis der Koch fast bei den Gästen war, für die die Würstel bestimmt waren, und schlüpfte dann in die Küche.

Es roch nach Bratfett, in der Fritteuse brodelten goldbraune Pommes, und auf dem Grill warteten fünf Bratwürste darauf, gewendet zu werden.

Sie entdeckte die Tür erst beim zweiten Hinschauen. Davor stand ein Regal, auf dem sich Eimer mit Kartoffelsalat drängten. Sie steuerte darauf zu, schob zwei Eimer zur Seite und untersuchte die Tür. Der Schlüssel steckte im Schloss, sie würde also rauskommen.

Sie warf einen schnellen Blick in den Gastraum; der Koch hatte seinen Rückweg angetreten. Jetzt musste es schnell gehen.

Vorsichtig zog sie das schwere Regal nach vorne, zwängte sich dahinter und wollte den Schlüssel im Schloss drehen. Er klemmte.

Valentina bewegte ihn behutsam hin und her. Sie fürchtete, dass er abbrechen würde, wenn sie fester drehte. Bestimmt war er ebenso verrostet wie das Schloss.

Sie hörte ein Husten hinter sich, dann spie jemand Schleim in ein Waschbecken und spülte mit Wasser nach. Der Koch war wieder in der Küche. Valentina hielt den Atem an. Wenn er nicht genau hinsah, würde er nicht bemerken, dass das Regal auf einer Seite leicht in den Raum verschoben stand.

»*Kuraz!*«, fluchte es serbisch in Valentinas Rücken. Und sie roch, worüber der Koch sich aufregte. Die Würstel begannen zu kohlen. Das war ihre Chance. Der Fokus des Kochs lag auf der Rettung des verwursteten Schweins. Energisch drehte sie den

Schlüssel, inbrünstig bittend, dass er nicht abbrechen möge. Es ruckte im Schloss, die Tür sprang auf. Valentina drückte sie nur so weit auf, dass sie sich hindurchzwängen konnte, dann zog sie sie wieder hinter sich zu und stand zwischen einigen verlassenen Hortensien in einem klammen Hinterhof.

Drei Seiten waren durch unbezwingbare Häuserwände zugesperrt, die vierte wurde von einer drei Meter hohen Mauer gebildet, die den nächsten Hinterhof abtrennte. Dort hinüber musste Valentina, wenn sie hier rauswollte. Eine ehemalige Tür, die in den Flur des Hauses führte, war aus unerfindlichen Gründen zugemauert worden.

***

Alberto hörte jemanden fluchen, als er sich der Küche näherte. Er warf einen Blick in den qualmgeschwängerten Raum und sah den Koch mit verbrannten Würsteln hadern. Eins nach dem anderen riss er mit bloßen Händen vom Grill und schleuderte es gegen die Kacheln der Waschbeckenzeile. Den Würsteln brach es beim Aufprall das Genick, und sie strauchelten ins Waschbecken.

Alberto ließ den Blick schweifen und hielt inne, als er das leicht verschobene Regal entdeckte. Er glaubte, dahinter eine Tür zu erkennen. Langsam ging er auf das Regal zu und zog es weiter in den Raum hinein. Tatsächlich. Hier war ein Hinterausgang. Er drückte die Klinke. Die Tür war nicht verschlossen. Er wollte sie gerade öffnen, da packte ihn von hinten eine Pranke an der Schulter und wirbelte ihn durch den Raum, als wäre auch er ein verbranntes Würstel.

Er knallte mit dem Rücken gegen ein weiteres Regal, in dem Gurkengläser klirrend gegeneinanderschlugen. Der Koch stand grimmig über ihm.

»Hier hat keiner was zu suchen«, knurrte er.

Alberto hatte keine Zeit für Verhandlungen. Wenn Valentina durch die Hintertür abgehauen war, dann musste er ihr schnell hinterher, wollte er noch eine Chance haben, sie zu erwischen.

Er rappelte sich angeschlagener auf, als er es tatsächlich war, und spielte obendrein Trunkenheit. Dann stieß er blitzschnell und ansatzlos den Spann seines rechten Fußes in den Schritt des Kochs.

***

Zweimal war sie schon abgerutscht, jetzt musste sie es schaffen.

Valentina hatte sich auf ein kleines Sims der rechten Hauswand gearbeitet, um von dort auf den oberen Rand der trennenden Mauer zu springen. Sie atmete tief durch, als ein schnarrendes Geräusch ihre Aufmerksamkeit zur Küchentür zog.

Valentina sah die Umrisse einer Gestalt. Sie konnte nicht erkennen, wer es war, aber den Koch hatte sie größer in Erinnerung. Vermutlich einer von Parizeks Leuten. Sie musste weg von hier.

Valentina fokussierte wieder auf die Mauer. Sie ließ sich kurz in die Hocke fallen, um mehr Schwung für den Sprung zu sammeln. Dann schnellte sie hoch und drückte sich mit aller Kraft vom Sims ab. Sie flog weit. Und diesmal erreichte sie den Rand der Mauer. Mit beiden Händen packte sie zu. Jetzt war der riskanteste Augenblick. So wie sie an der Mauer hing, war sie selbst für den schlechtesten Schützen eine dankbare Beute. Aber es schoss niemand. Es rief auch keiner. Vielleicht hatte der Kerl an der Tür sie noch gar nicht bemerkt? Rasch zog sie sich nach oben, schwang die Beine über die Mauer und glitt auf der anderen Seite hinunter.

***

Alberto hatte sie sofort gesehen. Aber er war einen Schritt in die Küche zurückgetreten, als sie zu ihm heruntergeblickt hatte. Wenn sie sein Gesicht kannte, wäre er für den Auftrag tot.

Jetzt trat er wieder einen Schritt hervor und spähte in das Dunkel des Hofes. Valentina war fort. Von der anderen Seite der Mauer hörte er sich schleunig entfernende Schritte.

Alberto sprintete durch den Hof, nahm mit einem Satz das Sims, auf dem zuvor Valentina gestanden war, mit dem nächsten sprang er an die Mauer; seine Hände griffen zu und zogen ihn hinüber. Leise wie eine Katze landete er auf der anderen Seite. Er hörte eine Tür, die geöffnet wurde und wieder zuschnappte. Alberto hetzte hinüber. Als er die Tür erreichte, öffnete er sie vorsichtig und spähte hinaus. Etwa fünfhundert Meter entfernt stieg eine Gestalt in ein Taxi und fuhr davon.

Alberto lief auf die Straße und winkte sich ebenfalls ein Taxi herbei. Rasch sprang er hinein: »Folgen Sie dem Taxi dort vorne.«

»Auf den Satz wart ich schon ein Leben lang«, lächelte der Taxifahrer müde.

»Keine Sprüche. Machen Sie schon. Da vorne sitzt meine Freundin drin. Wir haben uns gestritten. Und wenn ich die Sache nicht gleich wieder ins Lot bringe, kann ich sie abhaken.«

»Beziehungsprobleme, ich verstehe. Die haben wir gleich eingeholt.«

»Nein, halten Sie Abstand. Sie soll nicht wissen, dass ich ihr hinterherlaufe. Erst einmal soll sie schmoren, verstehen Sie?«

Der Taxifahrer lachte. »Das mach ich mit meiner Alten auch immer, aber der würd ich nie hinterherfahren.«

***

Valentina wartete einen Augenblick, dann stieg sie die Stufen des Stiegenhauses hinunter, um sich zu vergewissern, dass ihr Verfolger ihr auf den Leim gegangen war. Sie schlich durch den Flur zur Eingangstür, öffnete sie und lugte auf die Straße. Sie hatte ihn abgeschüttelt. Aber sie war sich sicher, dass noch andere hinter ihr lauerten. Also war es besser, schnell von hier zu verschwinden.

Sie ging auf die Straße und winkte sich ein Taxi heran. Um diese Uhrzeit wimmelte es in Wien davon. Vermutlich war es tagsüber nicht anders, aber da jetzt kaum andere Autos auf den Straßen fuhren, fiel es Valentina besonders auf.

Der Wagen hielt, und Valentina stieg hinten ein.

»Porzellangasse«, wies sie den Fahrer an. Der nickte und fuhr los.

In der Kurve, wo die Linke Wienzeile auf den Gürtel führte, stieg der Fahrer unvermittelt auf die Bremsen. Vor ihnen auf der Fahrbahn stand ein Taxi, unter dessen Kühlerhaube Qualm hervorquoll. Während der Taxler aufgeregt in sein Handy sprach, versperrte ein Mann winkend die Fahrbahn. Er kam auf Valentinas Wagen zugelaufen und öffnete die Beifahrertür.

»Entschuldigung, in welche Richtung fahren Sie?«, fragte er atemlos.

»Porzellangasse. Aber ich bin schon besetzt.« Der Taxifahrer deutete mit dem Daumen in Richtung Rückbank.

»Ist schon gut. Wenn Sie dieselbe Richtung haben, können Sie gern dazusteigen. Platz ist ja noch«, sagte Valentina.

»Danke.« Der Mann sah Valentina an, als würde er einen Geist erblicken. Er schien sehr verwirrt.

Er stieg ein, das Taxi fuhr weiter. Valentina sah aus dem Fenster und hoffte, dass der Mann kein Gespräch begann. Sie hatte keine Lust auf fremde Schicksale. Und um diese Uhrzeit wimmelte es nur so von Leuten, die einem ihre Lebensgeschichte erzählen wollten. Sie hatte genug mit ihrer eigenen Vita zu tun. Eine verschwommene Vergangenheit schien sie einzuholen. Alles deutete auf Sizilien: der Pizzabote, das Lied von Celentano, die Madonna.

Sie erreichten die Porzellangasse.

»Ich übernehme das«, sagte der fremde Fahrgast. Er schien noch immer nicht richtig bei sich zu sein. So sahen vielleicht getriebene Ehemänner aus, ehe sie ihre Familie erschossen, dachte Valentina und nickte dem Fremden lächelnd zu.

Sie stieg aus und kramte in ihrem Rucksack nach dem Hausschlüssel. Das Taxi fuhr mit dem fremden Schicksal weiter.

***

Alberto konnte es noch immer nicht fassen. Er hatte geglaubt, er habe Valentina wegen des defekten Kühlers des Taxis aus den Augen verloren, und da kam sie zu ihm wie von der Madonna gesandt und führte ihn zu ihrer Wohnung. Er würde fünf Kerzen im Stephansdom für den heiligen Bernardo aufstellen und mindestens zwanzig Ave-Maria beten. Mit einem Mal war es für ihn kein Auftrag mehr, Valentina zu bewachen, sondern eine Mission. Er würde sie beschützen, solange er es vermochte.

»Fahren Sie hier rechts ran«, befahl Alberto dem Taxifahrer, zahlte und ging durch den Nebel zurück in Richtung Porzellangasse. Er würde dort nach einer kleinen Pension Ausschau halten.

***

Valentina öffnete leise die Wohnungstür, um Nicola nicht zu wecken. Da sie ihr neues Zimmer noch nicht bezogen hatte, würde sie den Rest der Nacht auf dem Sofa im Salon schlafen.

Sie tastete sich durch den dunklen Vorraum und stutzte, als sie den Salon erreichte. Überall flackerten Kerzen. Als hätte jemand eine Messe gehalten, roch es nicht nur nach verbranntem Paraffin, sondern auch nach Weihrauch. Inmitten des Raumes, auf dem Sofa, lag Nicola, das Gesicht zur Decke gewandt, die Hände über der Brust gefaltet. In den Händen hielt sie einen Strauß weißer Rosen. Sie sah aus wie eine Prinzessin, die man nach ihrem Tod noch einmal hergerichtet hatte, damit sich ihr Volk von ihr verabschieden konnte, ehe sie auf Ewigkeit in der Gruft verschwand.

Valentina schauderte. Sie ging langsam auf Nicola zu und atmete erleichtert auf, als sie bemerkte, wie sich Nicolas Brustkorb regelmäßig hob und senkte.

Hatte sich Nicola selbst so inszeniert? Gehörte es etwa zu ihrem Studium, als eine Art theatralische Selbstfindung?

Erst jetzt entdeckte sie den weißen Schleier, der auf Nicolas blondes Haar gesteckt war. Es war ein Hochzeitsschleier; und Valentina kannte ihn. Er hatte ihrer Mutter gehört. Es war das einzige Relikt, das Valentina von der Verbindung ihrer Eltern geblieben war. Über den Verbleib ihres leiblichen Vaters war nie gesprochen worden. Nur der Hochzeitsschleier hatte stets an der Wand über der Nähmaschine gehangen, hinter der Valentinas Mutter täglich ihre Arbeit verrichtete.

»*Antonella e Matteo*«, las Valentina halblaut die verblasste Stickerei. Sie verstand gar nichts mehr.

Heftig rüttelte sie Nicola am Arm, um Antworten auf ihre Frage zu bekommen. Aber Nicola schlief tief und fest.

Valentinas Blick fiel auf Nicolas Unterarm, und sie entdeckte einen Nadeleinstich. Jemand hatte sie betäubt. Vermutlich wusste sie gar nicht, was man mit ihr gemacht hatte. Was wurde hier gespielt? Und warum mit ihr?

FÜNF

Parizek hasste Selbstmorde.

Es war ein Studentenzimmer, wie man es sich in den kühnsten Klischeevorstellungen nicht ausmalen mochte. Wenn man so hauste, musste man sich zwangsläufig über kurz oder lang umbringen.

Lediglich eine schmale Schneise führte zum Schreibtisch mit den beiden Laptops, der Rest des Zimmers quoll über von antiquierten Büchern, uralten Zeitschriften, benutztem Geschirr, Chipstüten, Red-Bull-Dosen, McDonald's-Kaffeebechern, schmutziger Wäsche und Selbstbefriedigungsutensilien aus dem Sexshop. Nicht einmal der Geruch des Todes kam gegen den Gestank an, der sich in diesem Zimmer wohl über Jahre eingenistet hatte.

Parizek hatte das Fenster aufgerissen und besah sich den Toten, den die Kollegen gerade vom selbst geknüpften Henkersseil geschnitten hatten. Er war vierundzwanzig und hatte mindestens doppelt so viel Kilogramm Übergewicht, wie er Jahre zählte. Stefan Gruber, Student der Psychologie im vierten Semester, geboren in Wien. Tja, und nun war er tot, merkwürdig.

Parizek lächelte zynisch. Da studiert einer Psychologie und bringt sich um. Ein anderer wird Polizist und wechselt zu den Kriminellen. Ein Paradoxon, das es wohl in jedem Beruf gab. Allein wenn man an die Geilheit der Pfaffen dachte, die hinter jeder zweiten Klostermauer ihren eigenen Puff betrieben. Ob das Paradoxon auch umgekehrt galt? Gab es Huren, die Heilige waren? Gangster als Hüter der Gerechtigkeit? In romantischen Geschichten, ja, aber in der Realität war Parizek nur der doppelmoralische Wechsel bekannt, der sich nach außen schönte und von innen her faulte.

***

Die Studenten im Hörsaal schrieben eifrig mit. Frau Professor Pillmann redete ohne Punkt und Komma. Nicola warf den Stift auf den Collegeblock und hielt sich den Kopf. Es war ihr alles zu viel: die gestrige Nacht und dann in der Früh der Anruf der Polizei. Ob sie in näherem Kontakt zu Stefan Gruber gestanden sei. Der habe sich nämlich umgebracht. Sie saß neben Tom und war nur mit halber Aufmerksamkeit anwesend. Vorne dozierte Frau Pillmann über Depressionen, Nicola versuchte immer wieder, die Bilder in ihrem Kopf zu ordnen. Was war geschehen, nachdem sie Stefan im Korridor ihrer Wohnung gesehen hatte?

Vergebens, sie brachte den Ablauf nicht mehr zusammen.

Das Erste, dessen sie sich wieder entsinnen konnte, war das Gesicht von Valentina. Sie war froh, dass die Polizistin vorübergehend bei ihr wohnte. Sie wirkte so entschlossen. Eigentlich hatte Nicola zur Polizei gehen wollen, um den Vorfall zu melden, aber Valentina hatte ihr davon abgeraten. In den meisten Fällen würden solche Anzeigen im Sand verlaufen, hatte sie gesagt. Und sie musste es ja wissen.

Jetzt war sie froh, dass sie auf Valentina gehört hatte. Denn Stefan war tot. Er hatte sich erhängt, hieß es. Sie wollte mit seinem Tod nichts zu tun haben. Wüsste die Polizei, dass er vor seinem Selbstmord bei ihr gewesen war, würde sie womöglich einen abstrusen Zusammenhang herstellen, den es nicht gab. Es genügte schon, dass sie gleich bei ihr angerufen hatten. Als ob sie die wichtigste Person in seinem Leben wäre. Hatte er denn keine Eltern? Und warum hatte die Polizei nur sie und nicht Tom oder Toby angerufen? Die studierten doch auch mit ihm.

Ihr Name sei mit einem Herz aus rotem Lippenstift an die Wand seines Zimmers geschrieben gewesen, darunter die Telefonnummer. Reine Routine, hatte der Beamte gesagt. Man wollte nur diejenigen informieren, die in engerem Kontakt zu dem Toten standen. Sie stand in keinem engeren Kontakt. Weder zu dem toten noch zu dem lebenden Stefan Gruber.

»Welche Rolle spielt die Perspektive? Die Aussicht eines Menschen auf ein Entkommen? Gerade im Fall einer Depression?«, fragte Frau Pillmann mit erhobener Stimme, wie immer, wenn es besonders wichtig werden sollte. »Ein Experiment mit Hunden, die Stromschlägen ausgesetzt wurden, zeigte Folgendes: Hatten die Hunde die räumliche Möglichkeit zur Flucht, leisteten sie

Widerstand und versuchten zu fliehen. Egal wie häufig sie zuvor schon den Stromschlägen ausgesetzt worden waren. Sperrte man die Hunde aber ein, ohne Aussicht auf Entkommen, ergaben sie sich wehrlos den Stromschlägen. Sie brachten keine Energie des Widerstands auf. Was heißt das?«

Tom meldete sich. »Sie meinen damit, dass Selbstmörder keine Perspektive mehr für sich sehen und sich deswegen umbringen? So wie Stefan? Hätten wir als Kommilitonen ihm eine Perspektive aufzeigen können? Oder sogar müssen?«

»Blödsinn!«, entfuhr es Nicola. Sie ärgerte sich, dass sie Tom und Toby überhaupt von Stefans Selbstmord erzählt hatte. War ja klar, dass die das nicht für sich behielten. »Es geschah ihm recht«, hätte sie am liebsten geschrien, stattdessen argumentierte sie: »Gibt es nicht auch die physiologische Depression? Hätte man ihn nicht mit Medikamenten behandeln können?«

»Der Fall Stefan Gruber hat hier nichts zu suchen. Wir sprechen über allgemeine Symptome und Auswirkungen der Depression. Suizid ist nicht immer nur Folge von Depression«, mahnte Frau Pillmann.

»Aber warum hätte sich Stefan sonst umbringen sollen? Vielleicht aus unerwiderter Liebe?«, setzte Tom nach.

Nicola spürte, wie ihr das Blut in die Wangen schoss. Plötzlich befand sie sich im Zentrum der Diskussion und spürte, wie alle zu ihr schielten. Tom hatte wohl rumerzählt, dass sie sich vor Stefans Zudringlichkeit geekelt hatte. Wurde sie jetzt mit einem Mal zur Mörderin, nur weil sie diesen Fleischkloß nicht an sich rangelassen hatte?

»Unerwiderte Liebe, Schulden, Perspektivlosigkeit, Isolation, das Gefühl von Nutzlosigkeit, das können Motive für einen Selbstmord sein. Aber wie gesagt, wir sprechen hier allgemein und nicht über einen Menschen, der noch nicht einmal beerdigt wurde. Ich weiß Ihre wissenschaftliche Neugier zu schätzen, aber auch Pietät ist ein Teil unseres Berufes«, schloss Frau Professor Pillmann das Thema bestimmt ab.

***

Es war nicht schwer gewesen, Stefan Grubers Adresse herauszubekommen. Ein Blick ins Telefonbuch hatte genügt. Die Geiselbergstraße 27 lag in Simmering und war ein Gemeindebau der Stadt Wien.

Nachdem Nicola sie angerufen und ihr vom Tod Stefans erzählt hatte, war Valentina umgehend aufgebrochen, um den Tatort aufzusuchen. Selbst wenn es tatsächlich Selbstmord gewesen war, was sie nicht glaubte, erhoffte sie sich, in der Wohnung Hinweise in eigener Angelegenheit zu finden. Immerhin hatte Stefan Nicola den Hochzeitsschleier ihrer Mutter aufgesetzt. Es musste jemand existieren, der ihm den Auftrag für den gestrigen theatralischen Akt gegeben hatte, von dem er auch den Schleier bekommen hatte. Jemand, der genau wusste, wie er Stefan benutzen konnte, ohne dass dieser ihm selbst gefährlich wurde.

Zwei ungewaschene Männer, die sich bereits ihr erstes Bier aus der Flasche gönnten, sahen Valentina mit trübem Blick an und traten einen Schritt zurück, um sie passieren zu lassen.

»Bundespolizei«, sagte sie bestimmt und fuchtelte kurz mit dem Studentenausweis, den sie sich von Nicola geborgt hatte, vor der Nase der beiden Trinker herum. So schnell hatten die ihre Augen und Gedanken gar nicht sortiert, wie Valentina nachsetzte: »Haben Sie etwas Auffälliges bemerkt, gestern Nacht?«

Die beiden klammerten sich an ihren Flaschen fest und schauten sich verdutzt an. Sie schienen nie etwas zu bemerken. Der Kleinere und Dickere der beiden setzte an, etwas zu sagen, aber statt eines in Worte gefassten Gedankens entwischte ihm nur ein Rülpser, der die Luft mit einem Gemisch aus abgestandenem Bier und ranzigem Rettich schwängerte. Der Lange mit dem fettigen Schnittlauchhaar lachte und offenbarte seine letzten drei Zähne, die ohne System im Mund verteilt die Stellung hielten.

»Den dürfen Sie nicht fragen. Der hat nur noch Luft im Hirn«, sagte er. »Mir ist schon was aufgefallen. Aber mich hat ja bisher keiner gefragt. Einen wie uns fragt man nicht, und man hat ja nicht unrecht damit. Sie sehen ja selbst, wenn man so einen wie den da fragt, kriegt man nur stickige Luft als Antwort.« Er lachte wieder, weil der kleine Dicke strafend zu ihm hochblickte.

»Sag nichts, sonst kriegt die Frau Inspektor das Kotzen. So wie du aus der Goschen stinkst, wäre es kein Wunder. Dass ich den Gestank aushalte, ist wahre Freundschaft.«

»Und weil ich das Bier zahle.«

»Und weil du das Bier zahlst.«

»Was ist Ihnen aufgefallen?«, unterbrach Valentina den Schmäh der beiden.

»Sie kommen doch wegen dem Stefan, gell? Also der Stefan, der war nicht ganz dicht. Jeder bringt sich auf seine Weise um. Ich kenn den, seit er in die Windeln geschissen hat. Und seine Mutter hab ich auch gekannt.«

»Wer kannte die nicht?« Der Dicke lachte dreckig.

»Halt die Goschen. Sie musste auch leben. Wissen S', niemand wusste, wer der Vater vom Stefan war. Die Gruber hat sich mit Liebesdiensten etwas hinzuverdient, Sie verstehen? Vor zwei Jahren ist sie gestorben. War alles zerfressen innen drin, furchtbar.«

»Und wie war Stefan als Mensch? Hatte er Freunde oder Feinde?«, fragte Valentina.

»Freunde hatte der keine. Der ging allen hier aus dem Weg. Ist viel vor dem Computer gesessen. Aber Feinde, glaube ich, auch nicht. Er hat ja keinem etwas getan. Im Grunde gab es ihn hier gar nicht. Die Mutter, die hatte Freunde, aber der Stefan nicht. Er ging ja auch aufs Gymnasium und hat dann angefangen zum Studieren. Mit Studenten redet unsereins hier wenig. Stellen Sie sich vor, der Hohlkopf hier müsst sich mit einem Studenten unterhalten.« Der Lange lachte wieder laut und zeigte die drei Stumpen in seinem großen Maul. Der Dicke, auf dessen Kosten gelacht wurde, verdrehte nur die Augen und nahm einen kräftigen Schluck aus der Flasche.

»Sie sagten, es sei Ihnen etwas aufgefallen«, brachte Valentina das Gespräch wieder auf den Punkt.

»Eben weil der Stefan keine Freunde gehabt hat, ist es mir aufgefallen. Gestern Abend hat er noch Besuch gehabt. Ich hab Stimmen gehört, wie ich nach oben bin. Ich wohn ja direkt einen Stock drüber, und die Wände hier sind dünn.«

»War es eine Frauenstimme oder die eines Mannes?«, fragte Valentina.

»Eher ein Mann.«

»Haben Sie das meinen Kollegen bereits zu Protokoll gegeben?«

»Es hat mich keiner gefragt.«

»Ich muss noch mal oben rein. Wo finde ich den Hausbesorger?«, fragte sie.

Ein Rülpser des Dicken wehte als Antwort zu ihr herüber. Der Lange lachte. »Das soll so viel heißen wie ›Ich bin's‹.«

»Verzeihung«, entschuldigte sich der Dicke. »Ja, ich bin der Hausbesorger.«

»Sonst hätte er auch kein Geld, um mir das Bier zu bezahlen.«

»Ich kann Ihnen die Wohnung aufsperren, wenn Sie wollen.«

»Das wäre nett.«

Der Lange blickte auf die ausgetrunkene Bierflasche. »Mani, hast du noch Geld? Ich brauch Nachschub.«

Mani kramte in seiner Hosentasche und zog einen zerknitterten Fünfer hervor. Er reichte dem Langen den Schein und die leere Bierflasche. »Vergiss nicht, da kriegst du Pfand drauf«, mahnte er, dann drehte er sich zu Valentina. »Kommen S'.«

Die Wohnung sah aus, als hätte eine Bombe eingeschlagen. Valentina konnte auch unordentlich sein, aber so etwas kannte sie nur von Müllhalden. Da hatte sich bestimmt kein Spurensicherer drangemacht, um den Selbstmord zu hinterfragen. Und doch glaubte Valentina nicht an Selbstmord. Wenn Stefan Gruber kurz vor seinem Tod nicht allein gewesen war, hätte ihn auch jemand aufknüpfen können. Durch die Autopsie hätte man Spuren von Gewaltanwendung finden können. Wenn man einen Mord in Erwägung zog.

Aber der Beamte, der Nicola heute Morgen angerufen hatte, hatte eindeutig von Selbstmord gesprochen. Als Valentina von Nicola seinen Namen erfuhr, war sie sich nicht mehr so sicher, ob eine Mordspekulation da nicht eher stören würde. Abgesehen davon, dass ein Mord immer mehr Arbeit als ein Freitod machte, hatte Parizek derzeit gewiss andere Prioritäten. Und eine davon war es, Valentina zu schnappen.

»Ich muss dann wieder«, sagte Mani. »Wenn Sie gehen, ziehen Sie einfach hinter sich zu.« Es schien ihm unwohl zu sein, in der Wohnung eines kürzlich Verstorbenen zu stehen.

Valentina nickte ihm zu, sagte: »Danke«, und war froh, als er verschwunden war. Sie musste sich konzentrieren. Stefan war ein Chaot gewesen, so viel war sicher. Und er stand auf Sex mit Gummipuppen. Aber vermutlich nur, weil er für Nutten keine Kohle hatte und an seine Traumfrauen nicht herankam. Ihr Blick fiel auf ein rotes Herz, das Nicolas Namen umrahmte. Der Grund, warum Parizek bei ihr angerufen hatte. Sprang schließlich groß genug ins Auge und kostete wenig Ermittlungsaufwand.

Valentina begann, einzelne Gegenstände näher zu untersuchen. Vor allem die zwei Laptops interessierten sie. Sie ließ beide hochfahren.

Das kleinere Notebook war wohl eher für unterwegs gedacht, während das andere einen Siebzehn-Zoll-Bildschirm besaß und mit einer bemerkenswerten Bildauflösung bestach.

Im kleineren Rechner waren nur Daten und Arbeiten fürs Studium abgelegt. Valentina begann, den großen Laptop zu durchforsten. Einen Großteil der Festplatte belegten Spiele aller Art; von Billard über Bogenschießen bis zu Avatar. Aber es gab auch ein professionelles Office, in dem der Posteingang zwar leer gähnte, dafür aber unter den gelöschten Nachrichten allerhand zu finden war. Valentina suchte nach Mails an Nicola und wurde fündig.

Stefan hatte ihr fast täglich geschrieben, manchmal sogar zweimal. Die Mails strotzten vor sexuellen Phantasien, aber Valentina entdeckte keine außergewöhnlichen Perversionen darin. Nichts, was auf mörderische Gewalt schließen ließ. Stefan hatte offenbar nicht gewagt, sich Nicola auf andere Weise zu nähern. Es musste ein Medium dazwischenstehen, aus Selbstschutz. Die Angst vor der Zurückweisung von Angesicht zu Angesicht war wohl zu groß.

Stefans E-Mail-Adresse lautete s.orgon@reich.net.

Valentina verband sofort Wilhelm Reich und dessen Orgasmustheorie damit. Jeder Psychologiestudent würde das Gleiche tun. Nicola tat es bestimmt.

Valentina suchte in den gelöschten Dateien nach einer möglichen Antwort von Nicola auf die erotischen Schmachtbriefe Stefans und wurde auch hier fündig. Zweimal hatte er Post von ihr bekommen. Das erste Mal hatte sie ihn freundlich gebeten, den Blödsinn zu unterlassen. Das war vor fünf Wochen gewesen. Die zweite Mail war auf vorgestern datiert. Hierin beschimpfte sie ihn rüde und endete mit den Worten: »Friss, bis du platzt, du Dreckschwein!«

Valentina erschrak. Der Computer lachte wie Woody Woodpecker. Eine Mail kam gerade ins Postfach geflattert. Der Betreff lautete: »Valentina!«

Valentina öffnete die eingegangene Nachricht umgehend und begann zu lesen:

Cara Valentina,
es freut mich, dass du schon so weit gekommen bist. Du bist gut, und du wirst das Rätsel lösen. Es ist nämlich dein Rätsel, nur du kannst es lösen. Ich könnte dir jetzt verraten, was deine Belohnung sein wird, aber das wäre verfrüht. Du würdest sie ablehnen. Noch wärst du nicht bereit, den Sieg zu akzeptieren. Aber irgendwann wirst du tief in dir drin spüren, dass du ihn mehr willst als alles andere auf der Welt; weil jeder Mensch ein Zuhause braucht. Auch du brauchst ein Zuhause, aber vor allem braucht das Zuhause dich.
Ich bin das Gehirn eines großen Organismus. Aber ohne Herz ist ein Organismus nichts wert, er wird seelenlos. Du kannst ihm das Herz geben, sei du unser »Il Cuore«,
ti saluto, a presto, Il Cervello

Valentina saß wie erschlagen vor dem Rechner. Wieder und wieder las sie die an sie gerichtete Nachricht. Natürlich kannte sie Il Cervello. Zumindest vom Namen und von den Taten her, die ihm zugeschrieben wurden. Er galt als das Hirn der international operierenden Mafia. Man hatte bereits einige Leute festgenommen, von denen man glaubte, sie steckten hinter dem Namen. Aber immer wenn man meinte, ihn gefasst zu haben, hatte die Mafia einen großen Schlag verübt, der zeigen sollte, dass das »Hirn« noch einwandfrei funktionierte.

Und jetzt sprach es zu Valentina. Oder jemand, der sich dafür ausgab, sprach zu ihr. Sie konnte sich nicht sicher sein, dass es tatsächlich die Mafia war, die dieses perfide Spiel mit ihr trieb. Vielleicht war es auch nur ein Psychopath, der sich den Mantel der Mafia überstreifte, um so seine theatralische Perversion auszuleben. Ihr schienen all die italienischen Puzzleteile zu offensichtlich und klischeehaft, als hätte jemand zu viele Bücher von Mario Puzo gelesen. Und trotzdem bekam sie es mit der Angst zu tun. Sie wurde beobachtet. Wie sonst hätte diese Mail gerade jetzt an sie gelangen können? In der fremden Wohnung eines Toten?

Sie schrie laut und hielt sich sogleich die Hand vor den Mund. Dann schluckte sie Angst und Wut hinunter. Wenn er es wirklich war? Durch den Hochzeitsschleier hatte er den Zusammenhang zu ihrer Mutter hergestellt. Aber auch zu ihrem unbekannten Vater. Wer war ihr Vater? Vielleicht sogar Il Cervello selbst?

Nein, Blödsinn. So konstruierte man nur Trash-Geschichten. Il Cervello war jünger, viel jünger. Man schätzte ihn auf Ende vierzig und vermutete, dass er als seriöser Jurist unauffällig seiner Arbeit nachging. Womöglich war er sogar ein Staatsanwalt, der Höchststrafen für Mitglieder der ehrenwerten Familie forderte und in politischen Kreisen als loyaler Berater fungierte.

Aber vielleicht war er auch nur ein Hirngespinst, eine Legende, die sich die Medien gebastelt hatten, um dem Mythos Mafia eine neue und höhere Auflage zu bescheren. Eine Zeit lang war auch die Idee kursiert, dass nicht nur eine Person hinter dem Begriff »Cervello« stand, sondern eine ganze Gruppe; schließlich unterteilten die Neurologen das Hirn auch in mehrere Segmente.

Doch es war müßig, darüber zu spekulieren. Irgendein Verrückter, der sie auf eine Hetzjagd geschickt hatte, gab sich für das Hirn der Mafia aus und wollte sie als deren Herz gewinnen. Aber worin lag der Zusammenhang mit den getöteten Frauen? Wenn Buraks Informationen stimmten, hatten sie ebenfalls für die Mafia gearbeitet. Warum hatten sie sterben müssen? Und warum auf diese Art? Der abgetrennte Kopf als Zeichen der Loslösung von Hirn und Herz?

»Aber ohne Herz ist ein Organismus nichts wert, er wird seelenlos. Du kannst ihm das Herz geben, sei du unser ›Il Cuore‹«, wiederholte sie die letzten Zeilen der Mail.

Valentina begann am ganzen Leib zu zittern. Sie musste hier raus.

***

Alberto musste nun vorsichtiger sein. Nachdem Valentina ihn im Taxi mitgenommen hatte, würde sie sein Gesicht wiedererkennen. Eigentlich hätte er den Vorfall melden müssen, aber dann hätte man ihn abgezogen; das wollte er nicht. Er wusste, dass es unprofessionell gewesen war, aber er fühlte sich für Valentinas Wohl persönlich verantwortlich. Wenigstens so lange, bis der Befehl einging, sie zu töten.

Sein Handy brummte; es war Parizek. Alberto nahm den Anruf entgegen, beobachtete aber weiterhin von seinem Posten aus den Hauseingang Grubers.

»Sie ist in Simmering, Geiselbergstraße. Ich muss auflegen. Sie kommt raus.«

Alberto steckte das Handy ein und sah, wie Valentina sich auf ihr Fahrrad schwang und davonfuhr. Er stieg ebenfalls auf ein Fahrrad, ein Bianchi-Rennrad. Die Kluft, die er trug, war ihm erst übertrieben erschienen, aber sie war eine glaubwürdige Tarnung. Mit dem Helm und der Sonnenbrille würde ihn Valentina nicht gleich erkennen; die Radlerhose nebst Schuhen und rosa Trikot ließen ihn während der Fahrt vom Giro d'Italia träumen.

Valentina fuhr langsam, das war ihm recht. Auf der Hinfahrt hatte sie kräftiger in die Pedale getreten, und Alberto hatte erkennen müssen, dass er nicht mehr so gut in Form war, wie er sich gerne einredete. Er hatte zwar noch keinen Bauch wie viele andere, die die vierzig bereits überschritten hatten, aber konditionell war er weit von seiner Bestform entfernt. Er war sehr gut über die kurze Distanz. Die Aktion über die Mauer im Hinterhof des »Goldenen Spiegel« war ein Kinderspiel gewesen; hätte er Valentina aber länger hinterherrennen müssen, sie hätte ihn wohl abgehängt.

Die Ampel vor dem Zentralfriedhof begann zu blinken. Valentina würde es noch hinüberschaffen, er nicht.

Alberto trat in die Pedale. Er wusste, dass jede Ampelphase eine Zeit besaß, in der beide Richtungen auf Rot standen. Die würde er erwischen. Er schaltete langsam hoch, jagte über die Straße und riss die Arme hoch, nachdem er die Straße überquert hatte, als hätte er ein Zeitfahren gewonnen.

Doch statt der jubelnden Fans am Straßenrand hörte Alberto die Sirene einer Polizeistreife. Er blickte nach links. Die Streife fuhr neben ihm her, und eine Kelle forderte ihn auf, anzuhalten.

Im Geist spielte er schnell die möglichen Varianten durch. Er konnte nach rechts abhauen, aber dort landete er in einer Friedhofsgärtnerei, womöglich eine Sackgasse. Er konnte umdrehen. Bis der Polizeiwagen gewendet hätte, hätte er sich einen Vorsprung herausgefahren. Aber er wusste um seine schwache Kondition. Valentina würde er so oder so aus den Augen verlieren. Es war besser, sich zu stellen.

Alberto bremste und gab den Unterwürfigen. So würde er seine Schuld den Polizisten gestehen und mit einem kleinen Bußgeld davonkommen. Als er zahlte, überlegte er kurz, wann er das letzte Mal einen Polizisten getötet hatte. Zirner fiel ihm ein. Aber war der ein richtiger Polizist gewesen? So wie er ein richtiger Killer war?

***

Parizek schmeckte das Ganze überhaupt nicht. Weder das Cordon bleu, das man ihm in der Kantine vorsetzte, noch Albertos Nachricht von Valentinas Besuch bei Stefan Gruber. Was hatte sie mit dem Selbstmörder zu schaffen? Verheimlichte man ihm etwas?

Es war ihm klar, dass er nicht den gesamten Plan seiner Auftraggeber kannte. Sie zahlten dafür, dass er Valentina unter Druck setzte und sie beschatten ließ. Dass sie ihm dafür Alberto geschickt hatten und er seine eigenen Leute nur bedingt einsetzen durfte, stieß ihm auf. Das Cordon bleu auch.

Am liebsten wäre er jetzt in einen Puff gegangen und hätte es sich auf Staatskosten ordentlich besorgen lassen. Aber Bauer machte ihm Druck. Er wollte Valentina als Mörderin von Zirner gefasst wissen.

Bauer war ein Idiot. Er wusste noch weniger als Parizek. Bauer dachte tatsächlich, dass Valentina mit der Pressekonferenz in ein politisches Wespennest gestochen hatte. Um Politik ging es dabei schon. Aber nicht um eine, die Bauer nachvollziehen konnte. Dafür dachte der zu kommunal und kleinkariert. Es ging nicht um die nächste Bürgermeisterwahl, es ging um große Märkte: Waffen, Drogen, Menschenhandel, Restmüllentsorgung. Und es ging augenscheinlich darum, Valentina Fleischhacker ordentlich einzuheizen. Was man damit bezweckte, verstand Parizek nicht. Was war an ihr so einzigartig, dass sie einen solchen Aufwand betrieben? Hatten sie nicht bereits mit ihm eine Schlüsselposition bei der Wiener Kripo? Und was würde aus ihm werden, wenn sie Valentina plötzlich für sich gewonnen hätten?

Parizek wurde heiß. Er öffnete den Krawattenknopf und schob das angegessene Cordon bleu zur Tischmitte. Jemand schob es wieder zurück und setzte sein eigenes Tablett mit dem Kantinenfraß an dessen Stelle.

Parizek blickte zu dem Störenfried auf. Es war Bauer.

»Wie steht es? Eine Spur von Fleischhacker?«, fragte Bauer und säbelte sich mit dem stumpfen Messer durch die panierte Kruste seines Mittagessens.

»Wir sind dran. Weit kann sie nicht gekommen sein«, erwiderte Parizek und gab sich Mühe, ruhig zu wirken.

Bauer schob sich ein zu großes Stück Cordon bleu in den Mund, merkte, dass der eingebackene Käse noch heiß war, und mahlte mit dem Unterkiefer, um sich nicht den Mund zu verbrennen.

»Schon Nachrichten gehört? Während Sie sich um Selbstmörder kümmern, hat man am Naschmarkt einen weiteren Mord zu vermelden. Der Kerl heißt Amre Moussa, der Wirt vom ›Goldenen Spiegel‹ will Inspektorin Valentina Fleischhacker kurz vor dessen Tod mit ihm zusammen in seiner Bar gesehen haben.«

Bauer schluckte den gekauten Happen herunter. »Weißt du,

wie ein glühendes Telefon aussieht?«, fragte er. »Nein? Dann komm mal zu mir ins Büro. Dort liegt ein Handy, das bereits so geschmolzen ist wie dieser verfickte Käse hier.«

Parizek suchte nach frischer Luft, aber alles, was er einatmete, stank nach altem Frittieröl.

»Ich … bieg das hin«, stammelte er.

»Du biegst das hin? Da gibt es nichts hinzubiegen. Valentina Fleischhacker hat nicht nur einen Kollegen, sondern auch einen ehemaligen Häftling und Stricher, der für uns als Spitzel gearbeitet hat, umgebracht. Eine Inspektorin der Bundespolizei Wien, einer Sondereinheit für Gewaltverbrechen. Und sie läuft da draußen frei herum. Und du willst es *hinbiegen*?«

Parizek kämpfte mit einem Rülpser, der ihn von der Übelkeit befreien konnte, die ihn aus der Magengegend anfiel. Aber er drückte die Luft hinunter.

»Heute Abend will ich sie in Handschellen im Verhörraum haben. Und dann wird sie nicht nur die zwei Morde gestehen, von denen wir bereits wissen, sondern auch die an drei unschuldigen Frauen. Sie hat ihren Kollegen und diesen Amre nämlich nur deswegen umgebracht, weil die beiden ihr auf die Schliche gekommen sind.«

Parizek glaubte sich verhört zu haben. Das war doch absurd.

»Da die abgetrennten Frauenköpfe Fleischhackers Fall waren, konnte sie ihn auch verschleppen. Und die Pressekonferenz war eine geschickte Finte, weil die Öffentlichkeit eine Verschleppung nicht länger geduldet hätte. Klingt das plausibel?« Bauer zog die aschblonden Brauen in die Höhe. Seine graublauen Augen wirkten dadurch noch glupschiger.

Parizek zuckte mit den Schultern. »Sehr verwegen. Aber die Presse wird es lieben.«

»Und ich werde es lieben, wenn Valentina Fleischhacker heute Abend pünktlich zum Verhör erscheint.«

***

Valentina zog eine Zeitung aus dem unbemannten Stand am Burgring und schob ihr Fahrrad durch den Volksgarten. Jetzt, da sich der Nebel verflüchtigt hatte, strahlte die Herbstsonne auf die Hochstammrosen. Nur wenige Touristen tummelten sich, die Stadtstreicher teilten sich die Bänke und den Sprit, diskutierten über Politik und den schlechten Menschen, wussten, dass es keinen Gott gab, und bekreuzigten sich dennoch dafür, dass der Nebel gewichen war.

Valentina lehnte ihr Rad an eine freie Parkbank, die etwas versteckt hinter dem Pavillon lag, und setzte sich. Der Blick in die Zeitung sollte ihr verraten, ob man offiziell nach ihr fahndete. Sie erschrak, als sie die Schlagzeile zu Amres Tod entdeckte.

Sie überflog den Artikel. Auch ihr Name wurde erwähnt. Hubertus hatte der Polizei vermutlich gesteckt, dass sie mit Amre in seinem Laden gewesen war. Er konnte sie nicht leiden, und Amre war einer seiner Lieblinge gewesen.

Es wäre ein Kinderspiel, ihr nach dem Mord an Zirner auch Amres Tod anzuhängen. Immerhin wurde ihr Fall noch intern behandelt. Solange die Öffentlichkeit davon nichts Größeres erfuhr, hatte sie sich zumindest nur vor Parizek in Acht zu nehmen. Und vor Il Cervello. Aber dann stünde sie mit einem Mal auf ganz anderen Schlachtfeldern. Sie begriff, dass jemand den Druck erhöhte. Und sie ahnte, dass sie in der nächsten Ausgabe der Zeitung ihren Namen noch dicker lesen würde. Dann würde sie ganz abtauchen müssen.

Sie kramte das Überraschungsei aus ihrer Jackentasche und nahm die Madonna heraus. Der Kopf fiel wieder ab, und sie setzte ihn behutsam darauf. *»… sei benedetta fra le donne«*, begann sie auf Italienisch das Ave-Maria zu beten. Il Cervello wusste, wie man Menschen mürbe machte. Und er nahm sich einen großen Anlauf. Er manipulierte so lange, bis man von allein tat, was er wollte. Nicht unter Zwang, sondern aus freiem Willen zur Sache sollte man dienen.

Er hatte Grubers heimliche obsessive Liebe zu Nicola benutzt, um Valentina ein weiteres Zeichen zu geben: den Hochzeitsschleier ihrer Mutter. Er hatte auch gewusst, dass sie daraufhin Stefan aufsuchen würde, und dieser musste sterben, weil er seine Schuldigkeit getan hatte. Er berechnete jeden ihrer Schritte im Voraus. Er wusste, wie sie tickte.

Allmählich wurde es Zeit, dass auch sie mehr von ihm erfuhr. Das konnte sie aber nur, wenn sie sich weiterhin auf sein Spiel einließ. Hatte sie denn eine andere Wahl?

Sie blickte auf den Zettel mit den errechneten Koordinaten des nächsten Caches und war entschlossen, den Ort aufzusuchen. Zuvor musste sie allerdings noch in die Porzellangasse. Sie wusste, dass sie dort nicht mehr lange sicher sein würde.

***

Nicola schrak hoch, als es an der Tür läutete. Die Tasse mit dem Kaffee glitt ihr aus den Händen und zerbarst auf dem Kachelboden der Küche, die hellbraune Flüssigkeit spritzte Tupfer gegen die Küchenzeile. Nicolas Herz raste, sie rang nach Atem und musste sich hinsetzen. Sie würde niemandem öffnen. Valentina hatte einen Schlüssel, und alle anderen konnten ihr gestohlen bleiben.

Sie lauschte, hörte die vorbeifahrende Straßenbahn, ein paar Autos und von ferne die Sirene einer Ambulanz. Sie wohnte in der Nähe des Krankenhauses, da waren lärmende Krankenwagen Alltag. Jetzt aber suggerierte die Sirene, dass man sie holen wollte. Man wollte sie einsperren, weil sie krank war, nervlich am Ende. Valentina hatte ihr geraten, nicht zur Polizei zu gehen, sie würde sich selbst um die Angelegenheit kümmern. Aber worum wollte sie sich kümmern? Stefan war doch schon tot. Nicola durfte nichts mehr verschleppen, sie musste in Behandlung. Eine Polizistin konnte ihr dabei nicht helfen. Sie brauchte psychologische Hilfe.

Es klopfte an der Wohnungstür. Nicola glaubte an ein nacktes Stromkabel zu fassen, so schoss ihr der Schreck durch den Körper.

»Nicola, sind Sie da? Ich bin es, Adler. Ich wollte wissen, wie es Ihnen geht«, drang es von der anderen Seite der Wohnungstür zu ihr. »Falls Sie zu Hause sind, öffnen Sie doch bitte.«

Nicola erhob sich langsam aus dem Küchenstuhl und ging in den Flur. Ihre Knie drohten einzuknicken. Sie stützte sich mit einer Hand an der Wand ab.

»Moment, ich komme«, sagte sie. Ihre Stimme zitterte wie eine singende Säge.

Endlich erreichte sie die Wohnungstür. Die Tür hatte kein Guckloch. Sie musste dem trauen, was sie gehört hatte. Sie hätte noch einmal etwas fragen können, um die Stimme Adlers eindeutig zu identifizieren. Aber der Drang, auf der anderen Seite ihre heimliche Liebe zu sehen, war größer als die Vorsicht.

Mit einem Ruck riss sie die Wohnungstür auf, um sich ihrem Schicksal zu ergeben. Und sie hätte vor Freude sterben mögen, als sie tatsächlich Adler vor sich stehen sah.

»Nicola, wie geht es Ihnen?«, fragte er warm lächelnd, und seine Stimme schmolz in Nicolas nach Süße gierendem Ohr wie Butterkaramell in der Sommerhitze.

»Darf ich reinkommen?«

»Ja, ja, natürlich, entschuldigen Sie«, stammelte sie.

Nicola trat einen Schritt zur Seite und ließ Adler eintreten. Dann ging sie voran und führte ihn in die Küche.

»Wollen Sie etwas trinken? Kaffee? Tee?«, fragte sie unsicher. Jetzt, da er vor ihr stand, wusste sie nicht recht, wie sie es anfangen sollte. Sie konnte sich ihm doch nicht gleich an den Hals werfen und ihm die Kleider vom Leib reißen. Aber das Bild hatte sich nun mal in ihren Kopf gebrannt, und so nagte sie verlegen an ihrer Unterlippe wie die billige Kopie einer Lolita.

»Ein Tee wäre ganz gut. Haben Sie Pfefferminz?«, fragte er, und die Worte drangen wie aus weiter Entfernung an Nicolas Ohr. Es war, als ob Adler vom Gipfel eines Berges zu ihr ins dunkle Tal hinabriefe und selbst auf das Echo wartete.

»Pfefferminztee«, gab sie ihm das Echo und nickte. »Ich habe sogar frische Minze im Topf.«

»Nein danke, im Beutel wäre mir lieber. Ich mag kein Kraut im Glas. Da bekomme ich immer den Eindruck, ich würde aus einer Blumenvase trinken.«

Nicola lachte. Er konnte so witzig sein. Oh Gott, war sie einfältig. Aber wenn man so verknallt war wie sie, wurde man das wohl.

Unkonzentriert öffnete sie eine Schublade nach der anderen, um die Teebeutel zu finden. Erfolglos. Dann erinnerte sie sich, dass sie sie in einem der Hängeschränke über der Küchenzeile verstaut hatte, und stellte sich auf die Zehenspitzen, um ihre Suche dort fortzusetzen. Gleichzeitig wusste sie, dass ihr Recken eine aufreizende Bewegung war, die ihre langen Beine und ihre Brüste zur Geltung brachte. Sie schluckte, weil sie hoffte, dass sich Adler gleich von hinten an sie drücken würde, um ihren Hals zu küssen. Aber sie hätte wohl bis zum Krampf auf den Zehenspitzen stehen können, Adler rührte sich nicht vom Fleck.

Sie fischte den Karton mit den Teebeuteln aus dem Schrank und glitt mit Mittel- und Zeigefinger darüber, als suche sie nach einer bestimmten Karteikarte.

»Hier, der letzte. Sie haben Glück«, sagte sie und war froh, nichts Dummes gesagt zu haben.

Sie stellte zwei japanische Teetassen auf den Tisch und goss das heiße Wasser ein. Dann tauchte sie für Adler den Pfefferminzbeutel in die eine Tasse und entschied sich selbst für einen Früchtetee.

»Zucker?«, fragte sie und blieb weiterhin auf sicherem Terrain.

»Danke, nein.«

»Ich kann Ihnen auch immer noch einen Espresso machen.«

»Danke, der Tee ist wunderbar. Ich bin ja nicht hier, um mich von Ihnen bedienen zu lassen, sondern um zu reden. Wenn Sie wollen, können wir es machen wie bei der Psychoanalyse. Sie legen sich aufs Sofa und erzählen frei.« Er nahm den Teebeutel wieder aus der Tasse und warf ihn ins Waschbecken.

Adler bemerkte Nicolas irritierten Blick und lachte. »Wenn er zu lange drin ist, schmeckt er bitter. Jedenfalls bilde ich mir das ein.«

Er nippte an der Tasse, setzte sie wieder ab und blickte Nicola erwartungsvoll in die Augen.

»Ja, das ist gut. Sofa ist gut. Da fühle ich mich bestimmt freier. Danke, dass Sie deswegen extra vorbeikommen. Aber wollen Sie nicht erst den Tee trinken?« Sie hatte nicht damit gerechnet, dass Adler in rein therapeutischer Mission zu ihr gekommen war. Aber weswegen sonst? Schließlich hatte sie ihn ja angerufen, um ihm alles zu erzählen. Die Sache mit dem Schleier, Stefans Selbstmord, die faulen Witze der Kommilitonen. Mitleid hatte sie gewollt. Und auch Hilfe. Vielleicht konnte sich daraus ja mehr entwickeln. Aber hatte sie sich tatsächlich eingebildet, er würde kommen, um sie auf dem Küchentisch flachzulegen? Ja, das hatte sie. Mindestens unbewusst, wenn nicht sogar vorbewusst. Ach Schmarrn! Bewusst! Am liebsten hätte sie ihm jetzt die Tasse aus den Händen gerissen und ihn angebrüllt: »Fick mich endlich!« Aber stattdessen hörte sie wieder nur wie von ferne seine Worte:

»Pfefferminztee schmeckt auch kalt ausgezeichnet.«

Wie unter Hypnose stand sie auf und verließ die Küche in Richtung Salon, wo das Sofa stand, auf dem sie von Stefan wie Schneewittchen im Sarg drapiert worden war. Es widerstrebte ihr, sich dorthin zu legen.

»Können wir nicht ins Bett, ich meine: Kann ich mich nicht auf mein Bett legen? Das Sofa erinnert mich zu sehr an gestern.«

»Wie Sie wollen. Aber ich glaube, dass das Sofa auch eine Chance zur Retraumatisierung bietet.«

»Ich dachte, man geht heute von Retraumatisierung ab?«

»Nicht generell. Nur in Händen von laienhaften Systemaufstellern ist es eine Gefahr. In professioneller Obhut ist es noch immer eine adäquate Möglichkeit, sich den eigenen Ängsten zu stellen.«

»Wie Sie meinen. Nehmen wir das Sofa.«

Nicola legte sich so hin, wie sie die Nacht zuvor von Valentina gefunden worden war.

Adler setzte sich so auf einen Stuhl ans Kopfende, dass Nicola ihn nicht sehen konnte. Aber sie roch sein dezent aufgetragenes Rasierwasser und inhalierte es mit tiefen Atemzügen, als würde sie Adler in sich aufsaugen.

»Wollen wir mit einer Muskelrelaxation beginnen?«, fragte Adler sanft, und sein Timbre summte wie ein Schwarm übermütiger Bienen auf ihrem ersten Frühlingsausflug.

Nicola seufzte, schloss die Augen und hauchte ein gutturales »Ja«.

Sie spürte, wie Adler ihr die Hand zwischen Bauchnabel und

Schambein legte. Die Hitze, die von seiner Hand durch den Stoff ihrer Bluse drang, wollte Nicola verbrennen. Sofort reagierte ihr Körper und jagte den Atem in die Bauchzone.

»Das ist gut. Sehr gut. Lassen Sie es zu. Entspannen Sie sich«, sagte Adler.

Zulassen? Am liebsten hätte sie Adlers Hand gepackt und sie zwischen ihre Schenkel gedrückt. Sollte sie wirklich zulassen? Ihr Becken begann zu zittern; die sexuelle Energie, die sich in ihr staute, drohte sich zu entladen.

Adlers Hand glitt einige Zentimeter tiefer. Nicola hoffte, er würde es tun. Sie bog sich ins Hohlkreuz, Adlers Hand stoppte, Nicola stieß einen zornigen Schrei der Ungeduld aus. Adler schien sich nicht daran zu stören und ließ seine Hand in der Position verharren, die sie erreicht hatte.

»Spannen Sie die Gesäßmuskulatur an. So fest Sie können«, befahl er. Nicola gehorchte und spannte die Muskeln an, bis ihr Hintern vor Schmerz kitzelte.

»Und loslassen.«

Nicola spannte weiter an. Sie konnte nicht loslassen, wollte nicht entspannen. Sie spannte und spannte und bibberte vor Angst, dass sie beim Loslassen in der Unendlichkeit versinken würde.

»Lassen Sie los! Trauen Sie sich und lassen Sie los. Sie können das.«

Adlers Stimme massierte Nicolas Seele, und ihr Atem wurde noch schneller. Sie hielt die Spannung im Gesäß nicht mehr aus, ließ los und schrie. Dann bäumte sie sich auf und begann ihre Eltern zu beschimpfen. Sie zeterte über die finanzielle Abhängigkeit, in die sie gepresst war, den Käfig der Konventionen, die Rituale des guten Tons und der Etikette. Nicola fluchte, schimpfte, forderte und klagte an. Der Schweiß tropfte ihr von der Stirn, sie biss sich die Lippen blutig, endlich schrie sie: »Nimm mich doch endlich!«, sprang vom Sofa und stürzte sich auf Adler.

Er war gewappnet und wich ihrem Ansturm mit der Flinkheit eines Aikidokämpfers aus, packte sie an den Armen, wirbelte sie einmal durch den Raum, dann stieß er sie mit den Fingerkuppen der rechten Hand so an, dass Nicola rückwärts taumelte und wieder auf dem Sofa landete. Mit einem Satz war er bei ihr und brachte sie wieder in Liegeposition.

Nicola blieb liegen und begann zu schluchzen.

»Gut, sehr gut, Nicola. Und jetzt arbeiten wir lösungsorientiert, einverstanden?«

Nicola konnte nichts sagen, sie nickte nur und schämte sich. Gleichzeitig spürte sie aber auch eine Befreiung.

»Keine Scham, keine Scham«, beruhigte sie Adler. »Es sind Gefühle, die eine Berechtigung haben. Lassen Sie sie zu, gehen Sie mit ihnen um. Sie haben ihren Wert. Wie können Sie sie positiv nutzen?«

»Ich weiß nicht.« Ihre Stimme zitterte. »Ich will einfach nur geliebt werden. Einfach so, ohne dass ich etwas leisten muss. Aber Liebe gibt es nur gegen Leistung. Stefan, ja, der hat mich wohl geliebt, ohne dass ich etwas leisten musste. Aber ich habe ihn nicht geliebt, ich hätte ihn nie lieben können. Er war abstoßend, ein Ekel, aber ich fühle mich schuldig an seinem Tod. Er wollte auch nur geliebt werden, einfach so, und ich habe ihm diese Liebe versagt. Bin ich schuldig an seinem Tod?«

»Die Frage der Schuld ist eine katholische Frage. Wir gehen davon aus, dass jeder Mensch die Möglichkeit hat, sich frei zu entscheiden.«

In der Wohnungstür drehte sich ein Schlüssel. Nicola schreckte vom Sofa hoch, auch Adler drehte sich nach dem Geräusch um.

»Hallo, ich bin's. Störe ich?« Valentina schob den Kopf durch die halb offene Flügeltür des Salons.

»Nein, überhaupt nicht«, antwortete Adler. »Wir sind gerade fertig.«

»Hallo, Valentina. Möchtest du auch einen Tee?« Nicolas Stimme war wieder drei Töne höher als im entspannten Zustand.

»Gerne. Hunger habe ich auch. Habt ihr schon gegessen?«

»Es ist nichts im Haus, tut mir leid. Wegen der Geschichte mit Stefan hab ich heute gar nicht ans Einkaufen gedacht.«

»Wir könnten essen gehen, ich lade Sie ein«, schlug Adler vor. »Gibt es hier in der Nähe etwas Gutes?«

»Einen schlechten Chinesen und einen teuren Italiener«, antwortete Nicola.

»Dann ziehe ich den teuren Italiener vor. *Va bene?*«, fragte Adler.

Valentina nickte mit großen Hungeraugen, und Nicola war ganz froh, einen kurzzeitigen Ortswechsel vornehmen zu können und dennoch in Adlers Nähe zu sein.

Bis zur Trattoria »La Bottega« waren es nur etwa zweihundert Meter. Valentina, Adler und Nicola schlenderten gemächlich über das Trottoir.

»Und? Haben Sie schon mit dem Geocaching begonnen?«, fragte Adler interessiert. »Ich warne Sie, es kann zur Sucht werden.«

»So richtig bin ich noch nicht dazu gekommen. Zwar bin ich im Urlaub, aber die toten Frauen kann ich nicht so leicht vergessen«, erwiderte Valentina.

»Wie könnte man auch. Das Profil des Täters scheint erst einmal offensichtlich, finden Sie nicht?«

»Sie meinen: schlimme Kindheit, dominante Mutter?«

»Warum nicht?«

»Ja, warum nicht? Das Leben könnte auch einfach sein«, sagte Valentina, und leichter Spott umspielte ihren Mund.

»Haben Sie denn die Namen der Ermordeten mittlerweile ermittelt?«

»Ja, das ging dann doch schneller als erwartet.«

»Und? Was ergeben die Profile der Opfer?«

»Toughe, erfolgreiche, gut aussehende Frauen.«

Sie standen vor dem Eingang der Trattoria. Nicolas Handy klingelte.

»Bestimmt mein Vater. Geht ruhig schon mal rein, ich komme gleich nach.«

Valentina und Adler betraten die Trattoria, Nicola nahm den Anruf entgegen.

»Hallo?«

Es antwortete niemand. Dafür packte sie jemand am Arm und zerrte sie, noch ehe sie schreien konnte, auf den Rücksitz eines Wagens. Das Auto fuhr los; jetzt wollte sie schreien, aber eine Hand presste ihr ein Taschentuch über Mund und Nase.

Sie inhalierte etwas Süßlich-Scharfes, dann wurde es schwarz um sie.

***

Es war ein sonderbarer Befehl, aber die SMS war direkt von Il Cervello gekommen. Die beiden Helfer, die er sich dafür besorgt hatte, würden dichthalten. Sie waren ihm von Giorgio empfohlen worden. Wer für Giorgio arbeitete, war sauber oder schnell erledigt.

Die Blondine, die er gerade mit einer Dosis Chloroform betäubt hatte, sah gut aus. Und sie schien Kohle zu haben. Wenigstens zeugten ihre Klamotten von teurem Geschmack. Auch ihr Parfüm roch gut. Jedenfalls besser als der Lappen mit dem getränkten Chloroform. Für einen Moment stiegen Phantasien in ihm auf, was er mit dem Mädchen gerne anstellen würde, dann befahl er dem Fahrer: »Ras nicht so. Ich hab keine Lust auf Bullen.«

Der Fahrer schaltete einen Gang zurück und ging es ruhiger an. Alberto war zufrieden. Noch eine Auseinandersetzung mit der Polizei würde er heute nicht mehr verkraften.

Es wurmte ihn, dass er für diese Sache von Valentina abgezogen wurde. Vor allem der Typ in dem feinen Anzug, mit dem sie in der Trattoria verschwunden war, war ihm nicht geheuer. Er erinnerte sich daran, dass er den Kerl bereits in der Thalia-Buchhandlung mit Valentina zusammen gesehen hatte. Wenn es ein gehobener Bulle war, der nicht auf Parizeks Lohnzettel stand, könnte er unnötige Schwierigkeiten machen. Aber Il Cervello würde schon wissen, was er tat.

***

»Scheint ein längeres Gespräch zu sein«, sagte Adler, der sich bereits für Pasta entschieden hatte.

»Ich sehe mal nach und frage, ob wir für sie mitbestellen sollen.«

Valentina stand auf und ging nach draußen. Von Nicola war nichts zu sehen. Sie lief ein paar Schritte bis zur Ecke und sah sich dort um, aber auch hier war Nicola nicht zu finden. Vielleicht war der Anruf ein Notfall gewesen, und sie hatte schnell gehen müssen?

Valentina knurrte der Magen. Sie kehrte in die Trattoria zurück, wo Adler bereits einen piemontesischen Rotwein und stilles Wasser geordert hatte.

Er blickte sie fragend an.

»Sie ist weg. War wohl was Dringendes«, sagte Valentina.

»Merkwürdig. Sie ist nicht der Typ, der sich aus dem Staub macht, ohne sich zu verabschieden«, sagte Adler.

»Stimmt. Ich hätte sie auch nicht so eingeschätzt.«

»Aber sie ist gerade sehr durcheinander. Wir hatten eine Sitzung, als Sie in die Wohnung kamen.«

»Tut mir leid, ich wollte nicht stören.«

»Nein, nein, Sie störten nicht. Wir waren schon fertig. Aber in ihrem Zustand verliert man schon mal Grundsätze.«

»Wie meinen Sie das?«

»Das Über-Ich des Elternhauses ist stark ausgeprägt, die Konvention diktiert Nicolas Handeln. Tief drinnen aber tobt das Es, ein brodelnder Sexualtrieb. Das zerreißt sie. Hinzu kommt noch die Geschichte mit Stefan Gruber; da muss man sich erst einmal wieder sortieren.«

Valentina nickte, sie glaubte Adlers Analyse zu verstehen.

»Machen Sie das öfter?«, fragte sie.

»Was meinen Sie?«

»Kümmern Sie sich häufiger um Studenten auf therapeutischer Ebene? Das ist doch nicht üblich, oder?«

»Nichts von meinem Unterricht ist üblich«, sagte Adler, und sein Blick verlor sich kurz. »Deswegen habe ich so viel zu tun.«

»Kann man sich da Familie erlauben?«

»Noch nicht einmal eine Beziehung.« Er lachte, und Valentina glaubte den Anflug einer Doppeldeutigkeit in seinen hellbraunen, fast bernsteinfarbenen Augen zu entdecken.

»Und wie steht's mit Ihnen und Ihrer Arbeit? Haben Sie Zeit für Beziehungen?«

Valentina errötete. Sie war froh, dass die Kellnerin an den Tisch kam, um die Bestellung aufzunehmen.

»Ich nehme die Carbonara. Danke«, sagte Valentina.

»*Anche per me. E una insalata mista, grazie*«, orderte Adler.

»Sie sprechen wirklich gut.«

»Man tut, was man kann. Wie gesagt, ich habe viel zu tun. Meinen Hauptlehrstuhl habe ich an der Universität in Bologna.«

»Machen Sie dort auch Geocaching?«

»Dort habe ich damit begonnen. Mittlerweile ist es richtig in Mode gekommen. Es gibt kaum eine Universität, an der ich nicht zumindest einen Vortrag darüber halten soll. Aber jetzt zu Ihnen. Sie sehen mir nicht aus wie jemand, der sich einfach in Urlaub schicken lässt, wenn er gerade an einem Fall arbeitet. Obendrein, wenn er so spektakulär ist. Ich könnte mir vorstellen, dass Sie heimlich weiterermitteln. Na, habe ich ins Schwarze getroffen?«

Valentina zögerte und schätzte Adler ab. Das Lächeln seiner glänzenden Augen überzeugte sie. Sie konnte ihm vertrauen.

Die Kellnerin brachte das Essen und zog sich mit einem *»Buon appetito«* zurück.

Valentina würzte mit Parmesan und wollte schon loslegen, da hielt Adler ihr das Rotweinglas entgegen.

»Oh, Entschuldigung, aber ich habe so einen tierischen Hunger.« Sie lachte. Und ihr Lachen war lange nicht mehr so befreit gewesen. Tatsächlich musste sie tief in ihrer Erinnerung kramen, um ein ähnliches Glucksen aufzuspüren. Sie nahm ihr Glas und stieß mit Adler an.

»Martin«, sagte Adler.

»Valentina.«

Sie tranken beide einen kräftigen Schluck, dann widmeten sie sich der Pasta.

»Sagt dir der Name ›Il Cervello‹ etwas?«, fragte Valentina unvermittelt, nachdem sie den ersten Bissen verschlungen hatte. Das Eis war gebrochen, sie hatte Martin Adler zu ihrem Verbündeten erkoren.

»Il Cervello? Die Comicfigur?«

»Comicfigur?«

»Ja. Seit knapp zwei Jahren gibt es einen Comic in Italien, der heißt ›Il Cervello‹. Ziemlich düsterer Trash, es geht darin um die Mafia, Weltverschwörung und dergleichen.«

»Das wusste ich nicht. Ich kenne nur ›Dylan Dog‹. Wer gibt den Comic heraus?«

»Edizione Avanti. Sie hatten schon mehrmals Ärger mit der Mafia, heißt es, weil sie die Typen völlig überzeichnen und bloßstellen. Der Comic ist sehr satirisch und nimmt Personen aus Politik und Wirtschaft aufs Korn. Eines der wenigen Medien, die sich noch getrauen, Stellung zur Situation in Italien zu nehmen.«

»Interessant. Ich meinte aber das Hirn der Cosa Nostra. Man nennt ihn auch Il Cervello.«

»Deswegen gibt es vermutlich auch den Comic. Ich selbst glaube nicht an so ein Überhirn. Das ist ein Mythos, den sich die Mafia selbst gebastelt hat, um gefährlich und attraktiv zu erscheinen. Vor allem in einem Land, in dem die Politiker wahre Dummköpfe zu sein scheinen, stellt ein Superhirn aufseiten der Mafia einen angenehmen Kontrast dar. Reine Propaganda, um sich von den Gimpeln des Staatsapparats abzusetzen und sich den Hauch von Faszination zu verleihen. Die Mafia ist ein Metzgerhaufen, ein diabolisches Superhirn wird man dort vergeblich suchen.«

Valentina kaute die Pasta und schwieg. Adler konnte durchaus recht haben. Il Cervello konnte ebenso gut eine Erfindung sein, um der Cosa Nostra den Glanz alter Tage wiederzuverleihen. Durch Bücher und Filme wie »Gomorrha« war der Lack der Mario-Puzo-Geschichten längst abgebröckelt; und das Unternehmen musste, wie jedes andere auch, darauf achten, in seiner Außendarstellung Profil zu zeigen.

Adler aß ebenfalls schweigend. Dabei blickte er auf den Fernseher, der in der Ecke des Speisesaals hing, und seine Augen weiteten sich. Er stupste Valentina an und deutete mit der Gabel, an der noch einige Spaghetti baumelten, in Richtung Fernseher.

Valentina drehte sich um. Der Ton war leise gestellt und wurde von Tarantellaklängen aus zwei Lautsprechern, die zwischen Asparagus und Gummibaum angebracht waren, übertönt. Aber die Bilder sprachen für sich. Der Bildschirm zeigte ein Foto von ihr selbst. Dann sah man Parizek, der in ein Mikrofon sprach. Kurz darauf erschienen Fotos von Zirner und Amre. Dann wieder zwei Fotos von ihr.

Valentina wusste, was das hieß. Bauer und Parizek waren an die Öffentlichkeit getreten, um ihr die Morde an Zirner und Amre anzuhängen. Die Daumenschraube wurde enger gezogen. Bislang hatte sie sich nur vor Parizeks Leuten und dem Unbekannten verstecken müssen, der sich als Il Cervello ausgab, jetzt hatte sie auch noch die Öffentlichkeit zu fürchten. Sie musste abtauchen, und zwar sofort. Bei Nicola war sie nicht mehr sicher, und auch Adler, dessen Blick sie in ihrem Genick spürte, war plötzlich eine Gefahr geworden.

Sie drehte sich zu ihm um. »Ich habe nichts mit den beiden Morden zu tun«, sagte sie, und ihre Stimme klang erstaunlich ruhig. »Essen Sie einfach weiter und stören Sie sich nicht daran, wenn ich jetzt gehe. Einverstanden? Sie täten mir einen großen Gefallen damit.«

Adler antwortete nichts. Er sah sie an, als würde er die Bilder im Fernsehen erst einmal mit der realen Situation am Tisch in Zusammenhang bringen müssen.

Valentina nahm ihre Jacke und verließ die Trattoria. Sie blickte sich noch einmal nach Adler um, der ihr verstört hinterhersah.

Draußen verfiel sie in einen schnelleren Schritt. Sie musste kurz in Nicolas Wohnung zurück, um sich Zirners Rucksack und Verpflegung für die nächsten Tage zu besorgen. Nicola – die hatte sie völlig vergessen. Wo war sie abgeblieben? Vielleicht war sie nach Hause zurückgegangen, weil sie sich nicht in der Verfassung fühlte, auszugehen. Bestimmt hatte sie das Telefonat aus der Balance geworfen, und sie wollte für sich sein. Valentina hoffte, dass Nicola keine Nachrichten gesehen hatte. Sie hatte keine Lust, sich ihr zu erklären.

SECHS

Eilig bahnte sie sich den Weg durch eine Gruppe von Kindern, die ihr in Zweierreihen händchenhaltend, von einer Kindergärtnerin angeführt, auf dem Gehsteig entgegenliefen. Sie hielten bunte Ballons an Schnüren, die mit Gas gefüllt waren. Zwei Kinder erschraken, als Valentina sie zur Seite schubste, und ließen die Ballons gen Himmel fahren. Valentina blickte den beiden Farbpunkten für einen Moment nach und fragte sich, wo sie wohl landen würden.

Sie schloss die schwere Haustür auf. Vor den Briefkästen begegnete ihr der trauernde Hundewitwer. Valentina wollte zügig an ihm vorbei, um in kein Gespräch verwickelt zu werden, da trat er ihr in den Weg.

»Ich schaue viel Fernsehen, den ganzen Tag. Seit dem Tod von meinem Ferdl mach ich überhaupt nichts anderes mehr.« Er neigte den Kopf und sah Valentina lauernd an.

»Sie sind mir sympathisch«, sagte er. »Ich werde Sie nicht verraten. Wissen Sie, meine Nachbarin, die Frau Dorfer, die hat vor fünfundzwanzig Jahren ihren Mann vergiftet. Schrittweise, mit Arsen. Einfach immer eine winzige Prise in die Knödel, der hat gar nichts gemerkt. Nach sechs Monaten war sie ihn los. Gesoffen hat er, aber wer säuft nicht. Bei so einer Frau tät ich auch saufen. Der Arzt hat attestiert, dass er vom Schnaps gestorben sei, aber ich weiß es besser. Wir sind alle kleine Mörder, nicht? Früher hat es den Krieg gegeben, da war es offensichtlich, da durfte man den Mörder in sich ausleben. Heute ist das nicht mehr so einfach. Aber der Mensch ist nicht besser geworden, nur weil es jetzt Frieden heißt. Da haben die es in den Kriegsgebieten einfacher. Sie können sagen, es ist Krieg, und schießen drauflos.«

Valentina wollte an ihm vorbei, aber der Stiegenhausphilosoph versperrte ihr weiter den Weg.

»Ich bin auch ein Mörder, und das wissen Sie. Ich habe meinen Ferdl in den Tod getrieben. Weil er mich tyrannisiert hat. Sie wissen ja gar nicht, wie Tiere einen tyrannisieren können! Da ist man entweder Herr oder Knecht. Und ich war sein Knecht. Freundschaft gibt es da nicht. Wie bei den Menschen, verstehen Sie …?«

Valentina schob ihn energisch zur Seite und lief die Treppen nach oben.

»Sie brauchen keine Angst zu haben. Ich werde die Polizei nicht rufen. Ich verrate Sie nicht. Aber bitte, ziehen Sie nicht aus. Es gibt so wenige, mit denen man reden kann«, rief er ihr hinterher.

Nicola war nicht in der Wohnung. Valentina wusste nicht, ob sie darüber froh sein sollte. Vielleicht wusste auch Nicola bereits, dass sie wegen zweifachen Mordes von der Polizei gesucht wurde. Adler hatte sie möglicherweise angerufen, um sie zu warnen. Sie schnappte sich den Rucksack, stopfte frische Unterwäsche und eine Bluse aus Nicolas Kleiderschrank hinein, plünderte den Kühlschrank und verließ die Wohnung wieder.

Am unteren Treppenabsatz kauerte der einsame Philosoph und zählte die Stufen, bis Valentina bei ihm war. Dann sprang er auf.

»Nehmen Sie mich mit. Ich werde Ihr Diener sein«, rief er und spuckte Valentina dabei vor Überschwang ins Gesicht. Sein Speichel roch nach Schnaps. Valentina wischte ihn angeekelt mit dem Unterarm weg. Aber es schien ihr, als hätte er sich wie Säure in ihre Wange gefressen. Sie drückte den Mann zur Seite und ging schnellen Schrittes an den Briefkästen vorbei.

»Es gibt Post für Sie«, rief er hinter ihr her. »Für Valentina Fleischhacker. Der Postbote wusste nicht, dass Sie hier wohnen. Aber ich habe es ihm gesagt. Es war ein Glück, dass ich zufällig am Postkasten war.«

Valentina erstarrte. Dann drehte sie sich um und ging an den Briefkasten von Nicola.

»Nein, nein. Da drin ist er nicht. Ich habe ihn an mich genommen. Weil ich nicht wusste, ob Sie einen Postkastenschlüssel haben.« Er winkte mit einem Umschlag und lächelte. »Sehen Sie, ich bin zu gebrauchen.«

Valentina ging auf ihn zu und wollte ihm den Brief aus der Hand nehmen. Doch er zog flink die Finger zurück und ließ den Umschlag in seinem speckigen Jackett verschwinden.

»Nehmen Sie mich mit?«

Valentina starrte ihn entgeistert an: »Wohin sollte ich Sie denn mitnehmen?«

»Zur Mandelblüte nach Sizilien. Im Februar, wenn dort die Mandeln blühen, ist es hier immer so garstig. Ich vertrage den langen Winter in Wien nicht mehr. Da sehnt man sich eben in die Ferne.«

»Und wie kommen Sie ausgerechnet auf Sizilien?«, fragte Valentina.

Er wedelte mit dem Umschlag. »Verzeihung, ich habe hineingesehen. Wenn man selbst keine Post mehr kriegt, freut man sich über die der anderen. Er ist aber sauber wieder zugeklebt, man merkt nichts.« Er kicherte. »Jahrelange Erfahrung im Öffnen und Versiegeln, obwohl ich kein Postler bin. Da sehen Sie, was die Einsamkeit aus einem macht. Schauen Sie bloß, dass Sie nicht in die gleiche Falle tappen. Kümmern Sie sich rechtzeitig um Familie, um richtige Familie, Sie verstehen?«

Er neigte wieder den Kopf, dann warf er Valentina den Brief zu und wandte sich ab. Langsam stieg er die Treppe empor. Valentina sah ihm nach. Ehe er um die Biegung verschwand, drehte er sich noch einmal zu ihr um.

»Schicken Sie mir eine Postkarte? Von der Mandelblüte? Sie wissen gar nicht, wie sehr Sie mich damit beglücken würden.« Er lachte und machte sich geduldig an seinen Aufstieg.

Valentina blickte auf den Brief, verzichtete aber darauf, ihn gleich zu öffnen. Sie musste von hier verschwinden.

***

Es dämmerte bereits. Alberto saß auf dem Rücksitz des Volvos, mit dem sie das Mädchen entführt hatten. Den Fahrer und den anderen Helfer hatte er nach Hause geschickt, für die war der Auftrag erledigt. Für ihn hingegen noch lange nicht. Er war immer im Einsatz. Es hatte sich rasch herumgesprochen, dass er saubere Arbeit lieferte. Der eine empfahl ihn dem Nächsten, und so war es nur eine Frage der Zeit gewesen, bis auch Il Cervello auf ihn aufmerksam geworden war.

Es war nun schon das vierte gemeinsame Projekt, getroffen hatten sie sich allerdings noch nie. Danach stand Alberto auch gar nicht der Sinn. Er wollte am Leben bleiben. Und nicht nur das. Er wollte weiterleben wie bisher, auch wenn es kein Privatleben mehr für ihn gab. Aber das tat ihm ganz gut. Denn wenn er an sein einstiges Privatleben zurückdachte, packte ihn das Grauen. Er war jetzt dreiundvierzig. Zeit genug für zwei Scheidungen und vier kreischende Kinder. Die krochen jetzt vermutlich irgendwo in Duisburg-Bruckhausen durch die pädagogischen Anstalten, die schon ihm nicht hatten helfen können. Und irgendwann, wenn es nicht sogar jetzt schon so weit war, hätten auch sie ständig die Polizei am Hals. Und sie schissen bestimmt auf einen Vater, der sich so dreckig aus dem Staub gemacht hatte wie er. Immerhin glaubten alle, die ihn einmal gekannt hatten, er sei bei einem Autounfall in Sizilien ums Leben gekommen. Und er trauerte keinem einzigen Menschen seiner Vergangenheit nach.

Alberto sah auf die langen Beine der Blonden und strich mit der Hand über die transparente Nylonstrumpfhose. Vielleicht würde sie es gar nicht merken, wenn er sie jetzt nahm? Sie war noch immer bewusstlos. Alberto lachte dreckig, als er daran dachte, dass sein harter Schwanz sie schon wecken würde. Aber er beließ es bei der schmutzigen Phantasie. Die Kleine sollte so lange wie möglich unversehrt bleiben, Ansage von oben. Jetzt war erst einmal dramatische Inszenierung angesagt. Für Alberto war das nichts Neues. Il Cervello liebte Theater. Es gehörte zu seinem Arbeitsstil. Alberto verstand wenig davon, aber er führte aus, was die Regie verlangte. Und die nächste Vorstellung galt Valentina. Wenn sie denn kommen würde. Aber warum sollte sie nicht? Das Hirn hatte alles so eingefädelt, dass sie nur diese Option hatte. Sie würde kommen. Vielleicht schon bald. Alberto musste sich beeilen.

***

Valentina hatte sich mehrmals umgesehen. Sie wurde nicht verfolgt, da war sie sich sicher. Jetzt, im Schein einer Straßenlaterne, hielt sie kurz inne und kramte in dem Rucksack. Neben dem GPS holte sie den Brief hervor, den sie von dem verrückten Hundewitwer bekommen hatte. Er war an sie adressiert, aber ohne Absender.

Sie riss den Umschlag auf und zog eine Postkarte heraus. Eine sizilianische Marionette lächelte sie an. Es war ein Soldat. In der linken Hand trug er einen Schild, in der rechten ein langes Schwert. Auf dem Kopf thronte ein schmucker Helm, verziert mit einem grünen Federbusch. Der Soldat hatte ein langes ovales Gesicht, rote Wangen, einen braunen Spitzbart und kornblumenblaue Augen. Er lächelte nicht, grollte aber auch nicht. Er schien zu lauern, abzuwarten, was als Nächstes geschehen würde. Er konnte ohnehin nicht selbst handeln, musste sich gedulden, bis jemand an seinen Fäden zog, die ihn zur Tat zwangen.

Das sizilianische Marionettentheater war berühmt, weltberühmt. Die UNESCO hatte es 2001 sogar in die Liste der »Meisterwerke des mündlichen und immateriellen Erbes der Menschheit« aufgenommen.

Valentina verband aber viel mehr damit. Es war ihr geliebter Großvater gewesen, der sie in die Welt der Puppen eingeführt hatte. Er war ein großartiger Marionettenspieler gewesen, hatte altbekannte Stücke gespielt, aber auch neue Geschichten erfunden. Alltagsbegebenheiten, die Valentina und ihm auf dem Weg zum Markt widerfahren waren, lustige kleine Anekdoten. Nur einmal, als ein Orangentransporter in einen Eselskarren gerast war, war es traurig geworden. Valentina hatte das Bild des in den Blutorangen verendenden Esels nie vergessen können. Und ihr Großvater hatte es nachgespielt. Er hatte dafür extra einen Esel gebaut und ihm eine Stimme gegeben. Und Valentina hatte an die letzten Sätze des Esels denken müssen, als ihr Nonno vor ihren Augen erschossen worden war. Seitdem hatte sie nie mehr eine Marionette angefasst. Schon gar nicht den Soldaten, der für die gerechte Sache kämpfen sollte und doch nur an den Fäden unsichtbarer Mächte hing.

Sie hatte sich immer dagegen gewehrt, dass man sie an Fäden knüpfte. Und das würde sie weiterhin so halten. Auch wenn sie spürte, dass sie ihre Schritte nicht mehr so selbstbestimmt setzte, wie sie es sich wünschte. Jemand glaubte sie dirigieren zu können. Und er lag damit nicht falsch. Aber wenn man sich der Fäden bewusst war, konnte man die Freiheit innerhalb der Beschränkung suchen.

Valentina drehte die Karte um und las den mit violetter Tinte geschriebenen Text:

So findet sich auch, wenn die Erkenntnis gleichsam durch ein Unendliches gegangen ist, die Grazie wieder ein; so, dass sie, zu gleicher Zeit, in demjenigen menschlichen Körperbau am reinsten erscheint, der entweder gar keins oder ein unendliches Bewusstsein hat, das heißt in dem Gliedermann oder in dem Gott. Mithin müssten wir wieder vom Baum der Erkenntnis essen, um in den Stand der Unschuld zurückzufallen?

Das Geheul einer Polizeisirene ließ Valentina hochschrecken. Sie musste von der Straße. Mit dem Text würde sie sich später auseinandersetzen. Sie stellte die Koordinaten des ermittelten Caches ein und folgte der Richtung, die ihr das GPS wies. Der Ort musste ganz in der Nähe sein.

***

Alberto hatte befürchtet, dass er erst einmal einigen Junkies Beine machen müsste, aber so weit er es einschätzen konnte, hatte sich hier niemand ein Plätzchen für verbotene Träume gesucht. Es war ein Stück Niemandsland zwischen der Großbaustelle des Südbahnhofs und Simmering. Ein alter Flügel des historischen Waffenarsenals, der leer geräumt worden war und nun darauf hoffte, gewerblich genutzt zu werden. Man hatte das Gelände vorsorglich mit zwei Meter hohen Zäunen abgesperrt, warnende Verbotsschilder, die das Betreten verhindern sollten, inbegriffen.

Das scherte Alberto ebenso wenig wie die Klingen des Seitenschneiders, die sich knirschend durch die Kette eines Vorhängeschlosses bissen. Alberto drückte das Gitter auf und verbarg das Werkzeug in einem wildwüchsigen Eibenstrauch. Dann schulterte er die noch immer ohnmächtige blonde Schönheit, die er für einen Moment im Gebüsch abgelegt hatte, und schlich mit ihr über das Gelände.

Er stieß mit dem Fuß an einige leere Bierflaschen, die klimpernd davonrollten. Also schien man hier doch hin und wieder Veranstaltungen abzuhalten. Alberto lauschte. Von der Straße waren die Motorgeräusche vorbeifahrender Autos zu hören, ansonsten war es still, wenn man das Kläffen zweier Köter außer Acht ließ, die sich irgendwo in Richtung Schweizer Park wohl einen Gassistreifen streitig machten. Der Nebel begann sich wieder aus dem Nichts durch die frühe Nacht zu schleichen. Alberto vermutete, dass er aus der Kanalisation kroch und dort auch hauste. Wie sonst hätte er so schnell alles in dumpfes Milchglas hüllen können? Er hasste den Nebel. In London, wo er so berüchtigt sein sollte, war Alberto nie gewesen. Aber er kannte den Veneto. Das genügte ihm völlig. Nebel war schlimmer als Schnee. Auf den Schnee konnte man seine Gedanken projizieren, der Schnee gab etwas zurück. Der Nebel schluckte einfach nur, tat so, als würde man gar nicht existieren, drang durch einen hindurch, verbündete sich mit den Wassern des eigenen Körpers und weichte von innen her das Gemüt auf.

Il Cervello würde es freuen. Die klamme Stimmung käme ihm gelegen. Es machte das Drama eindringlicher.

Alberto trug die Hauptrequisite des heutigen Stücks wie einen zusammengerollten Teppich geschultert ins Gemäuer. Dabei genoss er es, seine Hand fest auf ihren durchtrainierten Hintern zu pressen, damit sie ihm nicht wegrutschte.

Er schrak zurück. Im hinteren Teil der leer geräumten Halle flackerte Licht. Er konnte nicht erkennen, ob dort jemand war. Ein gigantischer Metallboiler versperrte ihm die Sicht. Aber er musste wissen, was sich dort abspielte, er konnte keine ungeladenen Zuschauer gebrauchen. Das Billett für den Abend war zu teuer, Parkett gab es nicht. Nur den raschen Tod konnte man finden, wenn man es nicht anders haben wollte.

Alberto setzte seine blonde Puppe in eine Ecke, überzeugte sich davon, dass sie noch immer fest schlief, und schlich in die Richtung des flackernden Lichts. Vorsichtig näherte er sich, lediglich mit den Zehenspitzen über den staubigen Boden der Halle tastend. Er war nun schon nahe an dem mit Hammerschlag lackierten Boiler und drückte sich an ein Ventilrad. Es war nichts zu hören. Vielleicht hatten sie ihn bereits entdeckt und waren ihrerseits in Stellung gegangen? Alberto zog seine Glock und entsicherte sie. Es graute ihm davor, von ihr Gebrauch zu machen. In dieser Halle würde jeder Schuss wie Donner hallen. Trotzdem, wenn es sein müsste, würde er schießen. Er schlich mit Überkreuzschritten um den Boiler herum, legte die Glock an und zielte in den beleuchteten Raum. Es war niemand zu sehen. Auf dem Boden standen lediglich zwei leere Weinflaschen, auf die jemand Kerzen gesteckt hatte.

Alberto schnellte herum, weil er einen Angriff von hinten erwartete. Aber es war niemand da, der ihn hätte anfallen wollen. Er drehte sich wieder in den Raum.

Die Kerzen waren noch sehr lang. Sie mussten gerade angezündet worden sein. Er blickte sich um und entdeckte eine Holzkiste. Alberto näherte sich ihr und öffnete den Deckel, der leicht versetzt auf dem Rand saß. Die Kiste war mit Seilen und Schnüren gefüllt. Erleichtert steckte er die Glock ein. Er hatte sich nur um die Blonde und die Inszenierung zu kümmern. Und natürlich um Valentina. Das war schon mehr als genug. Da war es nur effizient, dass die Requisiten für das bevorstehende Spektakel von anderen besorgt wurden.

Er blickte auf seine Armeeuhr. Die Ansage war, dass er bis spätestens zwanzig Uhr alles durchgezogen haben musste.

Alberto kramte die Seile aus der Kiste, entwirrte sie und legte sie nebeneinander aus. Er würde die Puppe ordentlich auffädeln, sodass die Wirkung auf Valentina nicht ausbliebe.

Jetzt war es an der Zeit, die Blonde ins Spiel zu bringen. Alberto ging um den Boiler herum und steuerte auf die Stelle zu, an der er sein Opfer abgelegt hatte.

Sie war verschwunden.

***

Nicola tastete sich durch das Dunkel der Halle und versuchte, dabei kein Geräusch zu machen. Sie hätte schreien wollen, dass die Glasscheiben der vergitterten Fenster splitterten. Aber die Töne explodierten nur in ihrem Kopf, drängten sich in ihrer Kehle und versperrten sich gegenseitig den Ausgang. Ebenso stritten sich die Gedanken darum, Tat zu werden. Sich verstecken? Fliehen? Wo? Wohin? Wer waren die Typen, die sie am helllichten Tag ins Auto gezerrt und hierherverschleppt hatten? Stefan war doch tot. Gab es noch andere Perverse, die hinter ihr her waren?

Das Licht einer Taschenlampe durchschnitt die finstere Halle.

Nicola japste und hielt sich selbst den Mund zu, um nicht im falschesten aller Momente zu kreischen.

Der Strahl der Lampe glitt an der Mauer entlang und näherte sich ihr tastend. Sie wusste, sie würde verbrennen, wenn sie der Lichtkegel traf. So musste Laser sein: Er traf, und alles war aus. Aber noch war Platz zwischen ihr und dem Licht. Sie betete, trippelte winzige Schritte zur Seite, bis sie sich in einer Ecke eingezwängt fand, schloss dann die Augen und hielt den Atem an. Der Lichtstrahl züngelte auf Nicolas Füße. Er kitzelte; sie wollte lachen, aber das Licht war schneller. Es raste von Nicolas Füßen die Beine hinauf, flog über den Körper und würgte am Hals, sodass jeder Laut erstickt wurde, ehe er nur gedacht werden konnte. Jetzt blendete das halogene Weiß ihr direkt in die Augen. Sie konnte geradezu spüren, wie ihre Pupillen nach einem Versteck suchten, um der drohenden Blendung zu fliehen.

»Nicola. Was machst du denn hier?«, drang eine Stimme durch die weiße Wand. Nicola erkannte sie, noch ehe das Licht von ihr genommen wurde. Jetzt sah sie Valentina auch, die sich selbst von unten anstrahlte, um sich zu erkennen zu geben.

Nicola wollte reden, wollte erzählen, jauchzen, weinen, schreien, alles gleichzeitig. Aber jeder Ansatz stritt sich mit dem anderen, sodass sie zu zittern begann. Das Zittern wuchs zu einem Beben, das Beben zu einem lang gezogenen Schrei des Grauens.

***

Alberto hörte den Schrei und realisierte, dass er in die falsche Richtung gelaufen war. Er hatte vermutet, dass die Blonde den direkten Weg nach draußen gesucht hatte, aber der Schrei kam aus der entgegengesetzten Richtung.

Alberto spurtete durch die dunkle Halle. Seine Augen waren es gewohnt, im Dunkeln zu funktionieren. Seine Füße ebenfalls. Und nur deswegen war es ihm möglich, so abrupt abzubremsen, als er bemerkte, dass die Blonde nicht mehr allein war.

Er erkannte Valentina sofort und zog sich rasch hinter das Gemäuer des Halleneingangs zurück. Alberto verfluchte sich. Er war zu langsam gewesen und hatte die Chloroformdosierung überschätzt. Das Blondchen musste wohl bereits andere Medikamente zu sich nehmen, dass sie nur so kurz auf das Betäubungsmittel reagiert hatte. Wie auch immer, er war nicht dazu gekommen, die Puppe an Fäden aufzuhängen. Aber außer ihm wusste das niemand. Er bräuchte die kleine Panne nicht zu melden. Valentina hatte Nicola gefunden, und das war der Plan. Nicola sollte noch leben und mit den Nerven am Ende sein. Und das war sie. Also hatte Alberto sich nichts vorzuwerfen. Wenigstens versuchte er sich das einzureden. Tatsächlich wusste er aber genau, dass es Il Cervello auf die Details ankam.

Es hatte keinen Wert, über Geschehenes zu lamentieren. Er musste nach vorne schauen. Über das Bilderrätsel hätte Valentina die nächsten Koordinaten herausfinden sollen. Nun musste Alberto versuchen, sie selbst zu ermitteln, sie Valentina unerkannt zukommen zu lassen und sie bei alldem stets im Blick zu behalten.

Er hielt inne. Es war absurd. Jetzt musste er die Hausaufgaben seines Opfers machen. Es hätte doch auch sein können, dass Valentina das Rätsel nicht löste, weil sie nicht schlau genug war? Aber damit kam er nicht weit. Il Cervello würde den Cache schon so angelegt haben, dass sie die Lösung finden konnte. Schließlich wollte er ja, dass sie die nächste Station anstrebte. Es blieb ihm keine andere Wahl. Auch wenn er noch nicht wusste, wie er über die Aufhängung einer Blondine zu den Koordinaten eines Ortes gelangen sollte.

Vorsichtig lugte er um die Ecke. Die beiden Frauen standen

noch immer an der Stelle, an der er sie zuvor gesehen hatte. Die Blonde war auf den Boden gerutscht und schien zu flennen. Valentina versuchte, sie zu trösten. Sie half ihr hoch und führte sie stützend aus der Halle in Richtung Hinterausgang. Alberto wartete, bis er das Knarzen einer Eisentür vernahm, und huschte dann zu der Kiste mit den Seilen zurück. Er hatte noch einiges vor.

***

Nicola stakste neben Valentina durch die Nacht, als hätte man sie im Weltall mit einer Flasche Sauerstoff aus dem Raumschiff geworfen. Alles war oben und unten, rechts wie links. Sterne kreisten, Autolichter tanzten. Sie grub ihre lackierten Fingernägel so in Valentinas Oberarm, dass sie beinahe den Stoff der Armeejacke zerschnitten.

Valentina packte Nicolas Hand und musste ihr fast die Finger brechen, um sich von dem Klammergriff zu lösen.

»Ganz ruhig, Nicola. Wir suchen uns einen ruhigen Platz, und dann erzählst du mir alles, ja?«

Nicola nickte apathisch und lehnte sich an eine Bretterwand, die die Riesenbaustelle des Südbahnhofs umzäunte. »Ich brauche eine kurze Pause. Ich kriege keine Luft.«

Valentina betrachtete Nicola besorgt und fragte sich, was es damit auf sich hatte, dass sie ausgerechnet an den Ort verschleppt worden war, den sie selbst als nächste Cache-Station ermittelt hatte. Sie hatte auf das Buch gehofft, das in der Cache-Beschreibung als Ziel angegeben worden war; hatte geglaubt, dort würde sie die Lösung des Rätsels finden. Aber jetzt wurde ihr klar, dass sie noch weit vom letzten Cache entfernt war. Und vom Täter ebenfalls.

Sie war naiv gewesen zu glauben, bereits nach zwei Etappen ans Ziel zu gelangen, und hatte seit der an sie gerichteten Mail in Stefans Wohnung begriffen, dass sie unter ständiger Beobachtung stand. Wie sonst hätte Nicola zu genau der Zeit hierhergebracht werden können, zu der sie selbst hier auftauchen würde?

Nicola hatte bereits den Hochzeitsschleier ihrer Mutter getragen. Nun war sie verschleppt worden. Es schien Valentina, als hätte der Strippenzieher Nicola zu ihrer Stellvertreterfigur erkoren. Und wie alle Menschen mit ausgeprägtem Gerechtigkeitssinn konnte man auch sie an diesem Punkt packen. Es schmerzte sie nicht, wenn man sie selbst schlug, denn sie konnte sich wehren. Wenn man sich aber an Schwächeren und Unschuldigen vergriff, begann es in ihr zu kochen. Sie durfte nicht zulassen, dass man den Menschen um sie herum Leid zufügte, nur weil sie selbst die Zielscheibe war, die man nicht direkt treffen konnte oder wollte.

Nicola atmete jetzt ruhiger und schien wieder klarer zu werden.

»Besser?«, fragte Valentina.

Nicola nickte.

»Dahinten, hinter dem großen Baukran, gibt es eine Dönerbude. Wenn du willst, kannst du dort erst einmal verschnaufen«, sagte Valentina.

»Und was machst du?«

»Ich gehe noch mal zurück und sehe mir den Ort genauer an.«

»Nein, bitte nicht. Geh nicht dorthin. Ich will jetzt nicht allein sein!«

Nicola atmete gepresst ein und aus. Valentina legte den Arm um ihre Schulter und versuchte sie zu beruhigen.

»Ich *muss* zurück. Vermutlich gibt es dort Spuren, die uns weiterbringen.«

»Uns weiterbringen? Was meinst du damit?«, fragte Nicola. »Wie konntest du überhaupt wissen, dass die Typen mich hierherbringen würden?« Sie entzog sich der Berührung Valentinas.

»Ich wusste es nicht. Ich bin auf ganz andere Weise hier gelandet. Und ich sollte dich wohl hier finden. Du bist ein Teil meines Rätsels.«

Nicola blickte Valentina entgeistert an. »Ich bin *was*?« Valentina konnte förmlich hören, wie sich die Drähte in ihrem Hirn verlöteten, um auf einer logischen Bahn zu einem vernünftigen Schluss zu kommen. »Moment mal. Heißt dass, der Auftritt von Stefan mit dem Brautschleier und die Entführung jetzt haben mit dir zu tun?«

»Ich bin mir ziemlich sicher, ja.«

Nicola nickte, als ob sie verstünde, dann riss sie ihre großen Augen noch weiter auf und begann mit ihren Fäusten wild auf Valentina einzudreschen. Valentina ging in Deckung und passte den geeigneten Augenblick ab, um unter Nicola hinwegzutauchen. Dann brachte sie sich zwischen sie und die Bretterwand und drückte Nicola von hinten die Arme an den Körper.

»Ruhig, ganz ruhig. Ich will es dir erklären.« Es kostete sie einige Mühe, die Furie zu bändigen. Schließlich baumelten Nicolas zarte Arme erschöpft herab.

»Mir ist kalt«, sagte Nicola, bewegte sich aber nicht vom Fleck. Sie wirkte wie eine Marionette, der man die Fäden abgeschnitten hatte. Würde man ihr auch noch die Schnur kappen, die sich unsichtbar zwischen Schädeldach und Himmel zog, sie würde saftlos zu Boden trudeln.

»Komm, wir gehen zu dem Türken rüber. Da ist es warm.«

***

Alberto hatte die Seilkonstruktion fast zu Ende geknüpft. Da er auf die Blonde als Puppe nicht mehr hatte zurückgreifen können, hatte er sich eine verlorene Prostituierte geschnappt, die im Schweizer Park auf Kundschaft gehofft hatte. Das Chloroform, das er noch bei sich hatte, tat auch hier seine Dienste.

Er zog an der Schnur, die er über einen Flaschenzug gelegt hatte, und hievte die Frau in der Fadenkonstruktion nach oben. Arme, Beine, Hände und Füße waren vertäut und die Seilenden in bestimmten Winkeln an den Stellrädern des Boilers und der Heizungsanlage befestigt. Sie hing in der Luft wie ein gespreizter Hampelmann.

Alberto trat einen Schritt zurück und neigte mit dem Blick des Künstlers den Kopf. Ein leises Kichern entglitt ihm. Was er tat, war absurd. Aber er war kein Kerl, der aus einer Zeichnung etwas ersehen konnte, er musste die Dinge vor sich haben. Das hatte er nun, aber es sagte ihm dennoch nichts. Wie sollte er aus diesem baumelnden Körper die Koordinaten des nächsten Cache-Punktes ermitteln?

Vermutlich hatte die schöne Blonde damit etwas zu schaffen. Alberto versuchte, sich sie anstatt der blassen Prostituierten vorzustellen. Aber es war vergeblich. Er besaß diese Phantasie nicht. Sonst hätte er ja auch eine Zeichnung abstrahieren können. Er gab es auf. Er musste Valentina auf andere Weise finden.

Alberto grinste in sich hinein. Warum sollte er sie suchen? Sie würde hierher zurückkommen. Sie hatte sicherlich nur die Blonde in Sicherheit gebracht. Denn auch sie hatte die neuen Koordinaten noch nicht. Und die brauchte sie, wenn sie weiterhin im Spiel bleiben wollte. Alberto konnte sich nicht vorstellen, dass Valentina jetzt aussteigen würde.

Er rechnete, wie lange sie wohl brauchen würde, bis sie wieder hier wäre, und versuchte gleichzeitig einzuschätzen, wie lange das Mädchen an den Seilen noch ruhiggestellt war. Er überlegte einen Moment lang, sie zu töten, dann würde sie keinen verräterischen Mucks mehr machen. Aber wenn sie tot wäre, dann würde es womöglich die Aussage des Rätsels verfälschen. Die Blonde hatte er schließlich auch nur betäuben sollen.

Alberto zog sich hinter den Boiler zurück und setzte sich so, dass er, ohne selbst gesehen zu werden, den Eingang der Halle, gleichzeitig aber auch das aufgeknüpfte Menschenbündel im Blick hatte.

***

Nicola nippte an einem Schwarztee, während Valentina den Eingang der Dönerbude im Blick hatte. Sie hatte keine Lust auf Überraschungen. Jederzeit konnte ein Gast oder ein Polizist hereinkommen, der sie erkannte. Von dem Betrunkenen, der sich gerade einen weiteren Kräuterschnaps vom Wirt bringen ließ, hatte sie nichts zu befürchten. Der war dicht und haderte mit seinem Leben. Jedenfalls schimpfte er immer wieder auf eine Frau namens Lisa, die an allem schuld war, ehe er wieder einen Schluck Bier im Wechsel mit dem Kräuterschnaps zog. Der Wirt selbst schien auch nicht auf Valentina zu achten. Er hatte mit der Laufkundschaft zu tun, die sich durch das Fenster nach draußen mit Lammfleisch versorgen ließ.

»Einmal Döner ohne Zwiebeln bitte.«
»Scharfe Soße?«
»Ja. Und viel Salat.«

Der Wirt röstete ein Fladenbrot, schabte das Fleisch vom Spieß und stopfte es samt Rohkost und scharfer Soße in das warme Brot. Dann wickelte er zwei Servietten darum und dichtete noch zusätzlich mit Alufolie ab, damit Fett und Soße dem Kunden nicht über die Finger tropften. Es ging rasch, tausendmal gemacht.

»Sonst noch was?« Auch diese Frage Alltagsrepertoire.

Trotzdem störte Valentina etwas. Es war die Spannung, mit der der Türke den Kunden bediente. Die Kunden zuvor hatte er nachlässiger behandelt, trotz derselben Handgriffe. Valentina reckte sich ein wenig, um den Kunden, dessen Gesicht sich hinter einer Abzugsröhre verbarg, sehen zu können. Das hätte sie besser unterlassen. Denn sie starrte direkt auf einen Kopf, der ein Polizeibarett trug. Und er starrte zurück. Kein Zweifel. Er hatte sie erkannt. Es war kein Beamter auf Streife. Die trugen Mützen. Nur im Sondereinsatz hatten sie Barette auf dem Kopf. Und sie zu fassen war ein Sondereinsatz.

Valentina drehte sich kurz zu Nicola um. »Tut mir leid, ich muss verschwinden. Bleib einfach ruhig sitzen und trink deinen Tee. So als wäre nichts passiert.« Sie schulterte den Rucksack, riss die Tür der Dönerbude auf und rannte hinaus.

Aber die Kollegen hatten sich bereits vor ihr aufgebaut. Es waren vier, eine Frau und drei Männer.

»Frau Fleischhacker. Kommen Sie bitte mit uns mit«, sagte der mit dem Döner in der Hand.

Valentina hatte wenig Chancen zu entkommen. Wenn es sein müsste, würden sie auch schießen. Es war klüger, sich zu ergeben.

Hinter ihr wurde die Tür aufgerissen. Nicola schrie: »Was soll das heißen, ich soll meinen Tee austrinken, als wäre nichts passiert? Bin ich ein Stück Holz?«

Die Beamten nahmen für einen Moment den Blick von Valentina und sahen nur die hysterisch kreischende blonde Frau im Eingang der Dönerbude.

Valentina nutzte den Augenblick, packte Nicola und stieß sie in Richtung der Polizisten. Sie selbst verschwand in der Dönerbude, rannte an dem Betrunkenen vorbei ins Hinterzimmer des kleinen Lokals und hoffte dort auf einen Ausweg. Toiletten gab es hier nicht. Dafür eine Tür, die sich öffnen ließ. Der Gang dahinter lag im Dunkeln. Hinter sich vernahm sie bereits die Stimmen ihrer Verfolger. Sie waren zu viert, sie würden sich aufteilen. Zwei würden sicherlich versuchen, ihr den Fluchtweg abzuschneiden. Wenn sie wussten, wohin er führte. Valentina wusste es selbst noch nicht. Aber sie nahm ihn. Es war ihre einzige Möglichkeit.

Schützend hielt sie ihre Arme vors Gesicht und rannte hinein. Sie hatte keine Zeit, die Taschenlampe aus dem Rucksack zu holen. Dafür leuchteten bereits die Lampen ihrer Verfolger hinter ihr. Ein Strahl schoss an ihr vorbei und zeigte, dass der Gang in ein Lager mündete, das eine Tür und ein Fenster hatte.

»Bleiben Sie stehen oder wir müssen schießen!«, rief die Stimme, die eben noch »ohne Zwiebeln« bestellt hatte. Er würde es mindestens noch einmal wiederholen, ehe er tatsächlich schoss. So wollten es die Vorschriften. Vielleicht reichte die Zeit aus, um zu entwischen. Aber wohin? Durch die Tür? Oder durch das Fenster? Valentina wettete mit jedem Schritt, den sie sich beiden Möglichkeiten näherte, auf die bessere Variante. Die Tür, entschied sie zuletzt.

»Stehen bleiben oder ich schieße!« Das war die zweite Warnung. Die Tür war verriegelt. Der Lichtkegel der Taschenlampe nahm Valentina ins Visier. Sie zerrte den Rucksack von den Schultern und hielt ihn vor sich, um dem grellen Licht zu entgehen.

»Lassen Sie den Rucksack fallen und heben Sie die Hände über den Kopf!«

Valentina hörte ein Geräusch hinter sich. Es waren die Kollegen, die ihr den Fluchtweg abschneiden sollten. Sie hatten sich wohl beim Wirt erkundigt, wohin die hinteren Räume führten, und sich von ihm den Schlüssel geben lassen.

»Lassen Sie den Rucksack fallen und heben Sie die Hände über den Kopf.«

Die Tür hinter Valentina wurde entriegelt. Jetzt würde der Kollege nicht schießen. Es bestand einen Augenblick die Gefahr, die eigenen Leute zu treffen. Valentina nutzte den Moment, hielt sich den Rucksack vors Gesicht und sprintete damit auf das Fenster zu. Sich mit dem Rucksack schützend hechtete sie durch die Fensterscheibe.

Das Glas barst klirrend. Valentina landete auf hartem Stein. Aber sie spürte keinen Schmerz. Das Adrenalin in ihren Adern betäubte. Sie rappelte sich auf und rannte los. Hinter sich hörte sie die Stimmen der Kollegen. Sie würden sich nicht durch das zersplitterte Fenster werfen, das brachte ihr Zeit. Zeit, die sie nutzte, um über den Bretterzaun zu klettern, der den Hinterhof von einem anderen trennte. Dann rannte sie weiter. Wieder in Richtung Südbahnhof. Sie musste zurück ins Arsenal, wo sie Nicola gefunden hatte.

***

Alberto war zwar kein Superhirn wie Il Cervello, aber er freute sich auch über den bescheidenen Grips, der ihm jetzt durch Valentinas Rückkehr bestätigt wurde. Ihre Taschenlampe zielte in seine Richtung. Schnell zog er den Kopf hinter den Boiler zurück und lauschte.

Er hatte ein paar Glasscherben auf dem Boden verteilt, damit er ihre Schritte hören konnte. Sie knirschten unter Valentinas Schritt. Sie kam also näher.

Alberto hatte in dem alten Boiler eine kleine Tür ausgemacht, die in den riesigen Heizungskessel führte. Dort schlüpfte er hinein. Die Angeln waren noch gut geschmiert; die Tür quietschte bei keiner Bewegung, das hatte er zuvor getestet. Durch einen Spalt konnte er die aufgehängte Marionette samt dem Raum davor ungesehen beobachten.

***

Valentina musste einen Schrei des Entsetzens unterdrücken, als sie den leblosen Körper an den Seilen aufgeknüpft über sich hängen sah. Ihr erster Impuls war es, die junge Frau loszubinden. Dann aber hielt sie inne. So schwer es ihr fiel, zuerst musste sie genau notieren, was das Bild sagen mochte.

Sie nahm den Rucksack von der Schulter und zog Notizblock und Bleistift daraus hervor. Dann skizzierte sie rasch das Bild, das sie vor sich sah. Sie erinnerte sich, dass Zirner auch eine digitale Kamera mit in den Rucksack gelegt hatte, aber sie fand sie nicht. Vielleicht war sie auf der Flucht vor den Kollegen herausgefallen.

Beim Skizzieren achtete sie exakt auf das Gesamtbild, das durch die unterschiedlichen Winkelstellungen der Gliedmaßen entstanden war. Dann legte sie Block und Stift beiseite und kletterte auf die Brücke, an deren Geländer die Seile befestigt worden waren. Vorsichtig löste sie die einfachen Knoten; die Gliedmaßen der Frau fielen schlapp nach unten. Zuletzt kappte sie das Seil, das über den Flaschenzug gewunden war, und ließ es Stück für Stück durch ihre Hände gleiten. Das betäubte Mädchen sank auf den Boden und schien in dem Moment zu sterben, in dem Valentina das Seil aus den Händen fallen ließ.

Es war ein erschreckendes Bild. Valentina zog wieder an der Schnur und meinte Leben in der Puppe zu sehen, deren Kopf sich hob. Dann gab sie wieder Seil, der Kopf löste sich und war leblos.

Sie kannte dieses Phänomen vom Marionettenspiel ihres Großvaters. Nur in den Händen des Spielers begannen die Marionetten zu leben, nur er konnte sie beseelen. Ihr Leben war abhängig von seiner Gunst und Gnade. Wollte ihr unbekannter Spurenleger das damit sagen? Wollte er sie lehren, dass es keine Freiheit, keine Mündigkeit gab?

Sie leuchtete mit der Taschenlampe über das bewusstlose Geschöpf und erkannte an den Einstichen und dem abgemagerten Gesicht sofort die Drogensucht. Eine Abhängige. Warum hatte er eine Abhängige genommen und sie als Marionette benutzt? War das nicht gedoppelt? Die geköpften Frauen waren stark und schön gewesen. Dieses kranke Mädchen aber war schon von vornherein an Fäden gezurrt, die überhaupt keinen Spielraum ließen.

Es stimmte etwas nicht mit diesem Bild. Und was hatte Nicola damit zu tun? Warum hatte man sie hierherverschleppt? Hatte man sie nicht auch betäubt? Würde sie vielleicht hier hängen, wenn sie nicht vorzeitig aus ihrer Betäubung aufgewacht wäre? War das Drogenmädchen nur eine Ersatzspielerin?

Valentina drehte sich von der jungen Frau weg und leuchtete mit der Taschenlampe durch den Raum. Ihr Lichtstrahl streifte den Boiler, landete auf einer Stahltreppe, die an der nackten Mauer nach oben auf einen Steg führte, und glitt dann über den von Steinstaub überzogenen Boden. Hier waren viele Fußspuren zu sehen. Neben ihren eigenen sah sie auch die Schleiflinien, die der Transport der Ohnmächtigen hinterlassen hatte; außerdem Abdrücke eines profilstarken Schuhs.

Das musste der Täter gewesen sein. Er hatte sich keine Mühe gegeben, die Spuren zu verwischen. Vielleicht war er unter Zeitdruck gewesen? Oder sollten diese Spuren sichtbar sein? War auch dies Berechnung? An den Fundorten der geköpften Frauen waren keinerlei Spuren gefunden worden.

Von hinten krallte sich etwas in Valentinas Schulter. Sie schreckte hoch und versuchte sich dem schmerzhaften Griff zu entwinden. Aber anstatt freizukommen, spürte sie eine knöcherne Hand um ihren Hals, die kräftig zuzudrücken begann.

Valentina strauchelte und ließ sich nach hinten auf den Rücken fallen. Sie hoffte, dadurch ihre Position zu verbessern. Aber die dürren Finger krampften sich weiter um ihren Kehlkopf, bekamen Unterstützung von der zweiten Hand der Angreiferin. Valentina erkannte das erwachte Mädchen.

Sie versuchte die Arme mit Wucht auseinanderzuhebeln. Aber die Hände des Mädchens hatten geradezu Wurzeln geschlagen. Alles an dem Körper, der auf ihr hockte, war starr und endgültig, lediglich eine Axt hätte diesen vertrockneten, aber zähen Knochen spalten können.

Valentina strampelte mit den Beinen, schlug mit den Knien in den Rücken der Angreiferin. Diese blieb davon unbeeindruckt und grub ihre Hände weiter um Valentinas Hals. Valentina spürte, dass ihr nicht mehr viel Zeit blieb, sich zu retten, rang nach Luft und schlug ihre Fingernägel in das Gesicht ihrer Gegnerin.

Das Mädchen über ihr lachte irr und sog dabei den Atem ein, sodass es sich anhörte, als würde sie rückwärts lachen. Sie hatte offenbar Atem im Überfluss, während Valentina um die letzten Reserven kämpfte. Schon begann ihr Blick zu verschwimmen, der Bauch sich zu verkrampfen, die Lungen zusammenzufallen, da sprangen die Krallen von Valentinas Hals wie die Riegel eines Schlosses, dessen Zahlenkombination geknackt worden war. Das Gesicht über Valentina zuckte und rutschte aus dem Bild. Dafür schob sich ein anderes in ihr Sichtfeld: Ein Mann mit einem schwarzen, elegant getrimmten Schnäuzer, der eine Rohrzange in Händen hielt, stand über ihr. Vom Kopf der Zange tropfte Blut.

***

Nicola hatte es wehrlos hingenommen, dass die Polizisten sie aufs Revier gebracht hatten. Es war folgerichtig, dass man sie vernehmen wollte. Und sie hatte alles erzählt. Von Stefan angefangen bis zu ihrer Entführung und der Rettung durch Valentina.

Der Polizist, der jetzt vor ihr saß und ihr aufmerksam zuhörte, sah sie an und schwieg. Er war breitschultrig, pflegte einen blonden Dreitagebart, durch den die ersten grauen Streifen schimmerten, und trug Zivil. Und zwar verdammt schickes Zivil; das imponierte Nicola. Sie war eben anfällig für Äußerlichkeiten. Die grünen Augen des Kommissars, der sich mit Parizek vorgestellt hatte, fixierten sie auf eine Weise, die sie mochte. Sie war sich sicher, dass Parizek sie attraktiv fand. Und unter anderen Umständen hätte sie sich bestimmt auf einen Flirt mit ihm eingelassen. Aber die Umstände ließen keinen Flirt zu. Sie waren viel mehr dazu gemacht, dass sie ihren Verstand verlor.

»Was geht da eigentlich vor?«, fragte Nicola. »Können Sie mir das vielleicht sagen? Sie sind doch Polizist.«

Parizek antwortete nicht. Er wusste es selbst nicht mehr. Die Geschichte passte ihm ganz und gar nicht. Was hatte der Tod von Stefan Gruber mit Valentina zu tun?

Spielte Alberto etwa ein doppeltes Spiel? Parizek verfluchte jetzt seine Geldgier, seinen Drang nach Geltung und Status. Aber er war diesen Lastern ausgeliefert wie andere dem Alkohol. Die Mafia spielte nie sauber. Man war immer nur Teil eines Randgeschäfts; die tatsächlichen Operationen waren so verschachtelt, dass einem der Kopf rauchte, wenn man darüber brütete. Auch er selbst konnte ein Steinchen in dem Brettspiel sein, das irgendwann geopfert werden würde. So wie dieser fette Stefan Gruber. Und genau das passte Parizek überhaupt nicht. Er musste auf der Hut sein. Hier wurde ein Spektakel abgefackelt, das seinen Erfahrungsschatz weit überstieg. Wozu? Was war der Zweck des Ganzen? Und wann würde man ihn in dem Gesamtkunstwerk über den Jordan schicken?

»Sie können gehen«, sagte er, und es machte ihm Freude zu sehen, wie die Angst in ihren Augen aufstieg, wieder allein nach draußen zu müssen. So war er nicht der Einzige, der kalte Füße hatte.

***

Alberto zitterte. Das kam selten vor. Aber er wusste, dass Valentina ihn wiedererkannt hatte. Aber hätte er der verfluchten Nutte nicht die Rohrzange über den Schädel gezogen, wäre Valentina jetzt tot. Und das hätte auch sein Ende bedeutet.

Alberto kauerte zwischen zwei Eiben und beobachtete den Eingang des alten Arsenalgebäudes, in der Hoffnung, Valentina würde bald erscheinen. Sie hatte noch gelebt, als er sie aus dem Klammergriff der Wahnsinnigen befreit hatte. Sie würde zwar geschwächt sein, hatte aber sicherlich keinen Schaden davongetragen.

Am Eingang bewegte sich etwas. Es war Valentina, die sich vorsichtig umsah. Alberto war erleichtert. Zum einen dass sie gehen konnte, zum anderen dass sie nicht aus Nächstenliebe die Junkiebraut zur nächsten Notfallstation schleppte. Das wäre bloß wieder kompliziert geworden.

Er war gespannt, wohin sie sich jetzt zurückziehen wollte. Es war wohl der Plan von Il Cervello, ihr immer weniger Bewegungsraum zu lassen, bis sie schließlich tat, was er wollte. Alberto hoffte, dass es noch nicht so bald so weit sein würde. Denn er hatte sie lieb gewonnen. Ein Gefühl, das er sich gefälligst zu verkneifen hatte. Aber manchmal waren eben auch Killer nur Menschen.

***

Valentina wusste nicht, wohin. Es gab niemanden, bei dem sie Unterschlupf finden konnte. Sie dachte an Provenzano. Auch er hatte abtauchen müssen. Aber im Gegensatz zu ihm war sie kein skrupelloser Bandit, sondern noch immer Polizistin. Auch wenn alles gegen sie sprach, würde sie kämpfen bis zum Letzten. Sie würde nie und nimmer aufgeben. Da müssten sie schon ganz andere Geschütze auffahren.

Sie versuchte, sich das Gesicht des Mannes wieder ins Gedächtnis zu rufen, der ihr gerade das Leben gerettet hatte. Es kam ihr bekannt vor, aber sie konnte es nicht zuordnen. Je mehr sie ihr Gedächtnis zwingen wollte, umso mehr verschwammen die Details. Nur der sauber gestutzte Schnäuzer blieb übrig.

Ihr war kalt geworden, die Hände waren klamm. Sie war ziellos die Prinz-Eugen-Straße in die Stadt hinuntergelaufen. Jetzt stand sie vor der Volksgartenseite, die zum Burgtheater zeigte. Der Volksgarten war bereits abgesperrt. Valentina blickte sich kurz um, kletterte dann flink über das Gatter und schlich an den Rosen vorbei in Richtung Theseustempel. Auch hier war eine Baustelle. Das Denkmal wurde renoviert.

Valentina schwang sich auf das Baugerüst und kletterte bis unter das vorletzte Plateau. Sie sah sich um, ob sich womöglich noch ein anderer hier ein Nachtlager gesucht hatte, und legte sich dann beruhigt auf die Bretter des Gerüsts. Von oben war sie durch das letzte Plateau vor Regen geschützt, nur von unten drang die Feuchtigkeit des Nebels zu ihr. Sie sah sich nach Kartons um und wurde fündig. Ihr Blick fiel auf die Rosen, die bereits auf ihre Frostverpackung für den Winterschlaf warteten. Bald würde es kalt werden. Einige Jutesäcke waren schon bereitgelegt.

Valentina kletterte vom Gerüst und schnappte sich drei davon. Dann stieg sie wieder zu ihrer improvisierten Schlafstatt. Aus dem Augenwinkel glaubte sie einen Schatten gesehen zu haben. Sie drehte sich rasch um, aber es war niemand da. Sie war überspannt, kein Wunder.

Sie rollte sich auf dem Karton ein und deckte sich mit den Säcken zu. Gemütlichkeit war etwas anderes. Unter den geschlossenen Augenlidern drehten sich Bilder im Karussell. Zirner, Amre, die drei Frauen, der dicke Stefan, Nicola, das drogensüchtige Mädchen, der Mann mit dem gestutzten Bärtchen. Dann tauchte Parizek auf, und Wut brodelte in Valentina. Was immer dieses korrupte Schwein für ein Spiel trieb, sie würde ihm einen Strich durch die Rechnung machen.

Die Wut heizte sie auf, ihr wurde warm, und irgendwann dämmerte sie in den Schlaf. Die Bilder vor ihren geschlossenen Lidern hatten nun die Konturen der drei Hochstammrosen, die bald Kapuzen aus Jute tragen würden. Ihre Blütenköpfe waren gelb, weiß und tiefrot. An ihre zarten Zweige waren Fäden aus Nylon geknotet, die in die Höhe zogen und an einem hölzernen Kreuz zusammenliefen. Das Kreuz wurde von einer Hand in einem schwarzen Handschuh gehalten. Die Hand zuckte und bewegte die drei Rosenstämme. Sie tanzten und lachten, wiegten ihre Köpfe und begannen ein Lied zu summen, das Valentina an eine Melodie erinnerte, die ihr bekannt schien. Jetzt erkannte sie auch den Text des Liedes:

»Von der Floridsdorfer Brücke,
da klafft mir eine Lücke,
hab ich ihn nun erstochen,
oder hab ich nur erbrochen,
all den Fusel, den ich soff,
der mir aus dem Maule troff,
war es nur aus Rache,
längst abgemachte Sache?«

Vermummte Schergen stülpten Jutesäcke über die Köpfe der heiteren Rosen und setzten die scharfen Messer einer Baumschere um den Hals des Hochstammes. Drei saubere Schnitte, drei purzelnde Rosenköpfe, die der Herbstwind über die geputzten Wege des Volksgartens wehte. Dann erschien verschwommen das Gesicht eines Mannes mit fein gestutztem Schnäuzer.

***

Das Handy brummte in Albertos Manteltasche. Ein Blick auf das Display verriet ihm, dass es Parizek war. Alberto ließ es brummen. Er hatte keine Lust auf den Gockel. Parizek glaubte, dass er ihm Befehle erteilen könne, das war einfach lächerlich. Alberto hatte nur Il Cervello zu gehorchen, allen anderen gegenüber war er ein freier Mann. Es war lediglich Teil der Strategie, dass er bei Parizek auf Untertan machte. Sie brauchten die Doppelzange, um Valentina weichzukochen, mehr nicht. Parizek würde irgendwann auch an die Reihe kommen, das war unausweichlich. Er war eine klassische Übergangslösung, mit einem Verfallsdatum wie frische Kuhmilch. Und wenn es nach Alberto ginge, dann war Parizek längst sauer und geronnen.

Er wusste, dass auch er an Fäden hing, die jederzeit gekappt werden konnten. Aber es gab eine Puppenhierarchie, und in dieser sah er sich eindeutig über Parizek.

Das Brummen verstummte, und Alberto konnte sich wieder auf seine Aufgabe konzentrieren. Er überlegte, wie lange Valentina wohl dort oben auf dem Gerüst schlafen würde. Auch er war müde geworden und sah sich nach einem passenden Platz für ein kleines Nickerchen um. Eine Parkbank, die von zwei Kastanien überdacht war, schien ihm angemessen. Er brauchte sich nicht hinzulegen, er konnte in jeder Körperhaltung in Schlaf fallen.

Er stellte den Kragen seines Mantels auf und drückte sich an die rechte Lehne der Bank. Dann schloss er die Augen und programmierte seinen Schlummer auf zwei Stunden. Valentina würde es zwar gewiss nicht wagen, vor Anbruch des Tages ihr Biwak zu verlassen, aber Alberto wollte sichergehen, dass er sie nicht verlor. Außerdem waren sie sicherlich nicht die Einzigen, die sich den Volksgarten als Nachtlager wählten. Die Stadt war voll von Obdachlosen und Streunern.

Alberto wollte an so etwas nicht denken und schraubte seine Schlafprogrammierung auf eine Stunde herunter. Sicher war sicher.

SIEBEN

Durch die Jutesäcke kam allmählich die Feuchtigkeit gekrochen. Es dämmerte, und Valentina krümmte ihren schläfrigen und fröstelnden Körper noch mehr in die Embryohaltung. Stimmen drangen von unten zu ihr auf das Gerüst. Sie hob den Kopf und blickte hinab. Ein Tross japanischer Touristen wurde fotografierend und staunend durch den Volksgarten gelotst. Bald würden auch die Bauarbeiter aufkreuzen. Bis dahin musste sie verschwunden sein.

Valentina rieb sich die Augen und streckte ihre Glieder. Sie fühlte sich verkatert. Die Nacht war kurz und ungemütlich gewesen, die wilden Träume hatten keine neuen Erkenntnisse gebracht.

Sie war allein und wurde gehetzt. Ohne Hilfe würde sie es niemals schaffen, sich aus der sich stetig verengenden Halsschlinge zu befreien. Aber wo konnte sie untertauchen? Bei einem ihrer Bandmitglieder? Die Jungs würden ihr vielleicht für ein paar Tage Unterschlupf bieten, aber Valentina wollte sie nicht in die Sache hineinziehen. Es genügte ihr, was mit Nicola passiert war. Jeder, der mit ihr in Kontakt kam, ihr womöglich half, geriet ins Fadenkreuz ihrer Gegner.

Sie dachte an Burak. Er konnte eine Art Waffenbruder sein. Aber er hatte bestimmt genügend eigene Fronten, an denen er zu kämpfen hatte. Außerdem war es nicht damit getan, einfach nur irgendwo unterzukommen. Sie steckte auch inhaltlich fest. Sie brachte die unzähligen Puzzleteile nicht zusammen. Kleine Inseln gab es, aber von einem klaren Bild war sie weit entfernt. Sie brauchte jemanden, der einen klaren Kopf besaß und der sie nicht gleich an die Polizei verkaufte. Adler kam ihr in den Sinn. Er war klug, auf dem psychologischen Gebiet fast so etwas wie ein Kollege, und er würde ihr vielleicht glauben, dass sie unschuldig war.

Das Gerüst begann zu wackeln. Valentina hatte über ihren Überlegungen die Zeit vergessen. Sie schob sich über die Gerüstdiele und sah nach unten. Zwei Arbeiter kamen heraufgeklettert.

Rasch warf Valentina die Jutesäcke von sich, schulterte den Rucksack und ließ sich auf der anderen Seite des Gerüstes hinab. Sie vernahm noch einen Ruf hinter sich, der wohl ihr galt, aber sie war schon zu weit weg, als dass sie den Inhalt hätte verstehen können.

Zwei Polizisten kamen durch den Eingang der Burgtheaterseite. Valentina drehte sofort ab und suchte den Ausgang, der zum Parlament hin auf den Ring führte. Wenn gestern ihr Foto im Fernsehen gezeigt worden war, würde es heute sicherlich in den Zeitungen die Runde machen. Lange würde es jedenfalls nicht mehr dauern, bis jemand mit dem Finger auf sie deutete, um dann gleich zum Telefon zu greifen. Und das wäre noch die mildeste Variante. Schlimmer konnte es kommen, wenn sich rechtschaffene Bürger zu Hilfssheriffs aufschwangen und auf eigene Faust eine Hatz auf sie starteten.

Sie musste ihr Äußeres verändern, wollte sie nicht bald auffliegen, hätte es längst tun müssen. Aber die Ereignisse hatten sich mit einem solchen Tempo überschlagen, dass sie sich vorkam, als hechelte sie mindestens immer zwei Schritte hinterher.

Am ehesten würde sie das bei Nicola schaffen. Falls Parizek Nicola in die Mangel genommen hatte, wovon Valentina ausging, wusste er natürlich auch, dass sie in der Porzellangasse Unterschlupf gefunden hatte. Aber er würde sie wohl kaum für so blöd halten, noch mal dorthin zurückzukehren. Also konnte sie es riskieren. Sie hoffte, dass sie auf die Kombinationsgabe Parizeks vertrauen durfte. Sie ertappte sich bei einem spöttischen Lächeln und atmete tief durch. Solange sie ihren Humor noch nicht verloren hatte, wusste sie, dass sie noch sie selbst war und keine tote Marionette, die nur auf die Seilzüge unbekannter Hände wartete.

Sie nahm die Abkürzung durch den Rathauspark, um dann über die Josefstadt in den neunten Bezirk zu gelangen. Die ersten Quartiercafés hatten schon geöffnet, und Valentina roch den Duft der Melange, der sich beim Öffnen und Schließen der Tür durch die Wintervorhänge in den Morgennebel drängte. Zu gerne wäre sie jetzt auch durch einen dieser roten Wollfilze geschlüpft und hätte sich eine Melange samt Kipferln bestellt, um dann mit dem Kellner über die Unfähigkeit der Politiker zu debattieren. Aber sie hatte weder Geld, noch erlaubten es die Umstände, sich wie eine normale Bürgerin zu verhalten. Also stellte sie den Kragen hoch, zog den Kopf ein und marschierte, den Blick gesenkt, durch die Josefstadt.

***

Nicola schrak in ihrem Bett hoch, als es an der Tür läutete. Sie hatte sich gestern Nacht, nachdem sie von Parizek entlassen worden war, kurz überlegt, ob sie bei Adler vorbeigehen sollte. Doch als sie vor seinem Haus gestanden war, war ihr der Mut gesunken. Jetzt war sie froh darüber, auch wenn sie sich mehr denn je in seine Arme sehnte.

Es läutete erneut. Ein Blick auf den Wecker verriet, dass es erst kurz nach sieben war. Das dritte Schellen empfand Nicola als sehr lang und aggressiv. Es drohte nicht zu verstummen. Also rappelte sie sich aus dem Bett, hüllte sich in ihren japanischen Morgenmantel und trippelte in ihren Pantoffeln wie eine Geisha zur Wohnungstür. Der Knopfdruck auf die Gegensprechanlage ließ das grelle Läuten verstummen.

»Ja? Wer ist da?«

»Valentina.«

Nicola überlegte kurz. Valentina hatte ihr bislang nur Ärger eingebracht. Sie wurde von der Polizei wegen Mordes gesucht. Der dicke Stefan war ebenfalls tot. Vielleicht hatte sie auch dabei ihre Finger im Spiel gehabt. Und jetzt wollte Valentina womöglich auch sie töten. Immerhin war sie Zeugin, obwohl sie nicht wusste, was sie wissen könnte. Und die Fragen des Kommissars, ob sie dazugehörte, hatte sie auch nicht verstanden.

Nicola drückte die Taste, die die Haustür entriegelte. Dann öffnete sie die Wohnungstür einen Spalt und wartete, bis Valentina erscheinen würde. Sie war gewappnet. Wenn sie jetzt sterben sollte, dann wäre es auch gut. Sie hatte sich schon oft überlegt, sich mit Schlaftabletten ein Ende zu setzen. Ohne erfüllte

Liebe durchs Leben zu gehen war unerträglich. Besser aber wäre es noch, wenn ihr jemand diese Arbeit abnähme.

Sie hörte die Schritte im Treppenhaus und schloss die Augen. Sie war bereit.

***

Valentina zögerte, als sie vor der angelehnten Tür stand. Wenn es eine Falle war? Wenn dahinter Parizek mit seiner Mannschaft lauerte? Ein Impuls riet ihr, kehrtzumachen und so schnell wie möglich von hier zu verschwinden. Aber wohin und wie weit? Sie wollte nicht davonlaufen, sie wollte ihre Unschuld beweisen. Und das konnte sie nur, wenn sie den Mörder der drei Frauen fand. Doch dafür musste sie Handlungsspielraum haben. Und den gewann sie bloß, wenn nicht jeder auf der Straße sie gleich erkannte.

Im oberen Stockwerk ging eine Wohnungstür. Vermutlich der einsame Schwätzer. Der hatte Valentina gerade noch gefehlt. Die Schritte schlurften die Treppe hinab und näherten sich. Was blieb ihr?

Sie schlüpfte durch die Wohnungstür und schloss sie hinter sich. Vor ihr stand Nicola in einem japanischen Morgenmantel und hatte die Augen geschlossen.

»Mach's kurz«, sagte sie, und es schwang ein Hauch hysterischer Melodramatik in ihrer Stimme.

Valentina ahnte, dass Nicola noch unter Schock stand, ging an ihr vorbei, warf den Rucksack in den Flur und steuerte auf das Badezimmer zu.

»Ich brauche deinen Schönheitssalon für ein paar Minuten«, sagte sie und öffnete die Badschränke, wühlte in den Schminkkoffern und suchte nach Schere und Haarfärbemittel.

Bald hatte sie sich ihre Utensilien zusammengesucht und blickte sich im Spiegel über dem Waschbecken an.

»Bis bald, Valentina«, sagte sie zu ihrem Spiegelbild und machte den ersten Schnitt, bei dem sie ein dickes Bündel ihres langen schwarzen Haares kürzte. Sie ahnte, dass sie wie ein gerupftes Huhn aussehen würde, wenn sie so weitermachte. Also verließ sie das Badezimmer und hielt nach Nicola Ausschau.

Sie war nicht mehr auf dem Flur, und Valentina befürchtete schon, dass sie womöglich abgehauen war und nun auf der Straße herumirrte. Dann würde es nicht lange dauern, bis die Polizei hier auftauchte.

»Nicola? Hallo. Wo bist du?«, rief Valentina.

Keine Antwort. Dafür zerschellte in der Küche ein Teller auf dem Küchenboden. Valentina ging, noch immer die Schere nebst Haarbüschel in der Hand, in Richtung Küche.

»Nicola? Alles klar?« Sie bog um die Ecke und spähte in die Küche. Dann spürte sie einen dumpfen Schlag auf dem Hinterkopf, und ihr wurde schwarz vor Augen.

***

Nicola stand zitternd da und umfasste die gusseiserne Pfanne krampfhaft; bereit, noch ein zweites Mal zuzuschlagen. Aber Valentina rührte sich nicht. Sie lag bewusstlos auf dem Küchenboden.

Nachdem Valentina einfach an ihr vorbeigegangen war, hatte Nicola keine Lust mehr gehabt, zu sterben, sondern hatte sich umgehend überlegt, wie sie sich vor dem Tod retten konnte. Jetzt war sie froh, dass sie mit der Bratpfanne die richtige Wahl getroffen hatte. Ein Schlag hatte ausgereicht, um die Karten neu zu mischen. Sie war nun die Aktive. Sie war der Situation nicht mehr ausgeliefert, sondern hatte gehandelt. Das erfüllte sie mit Stolz.

Aber sogleich blähte sich ein großes Fragezeichen in ihrem Hirn. Wie sollte sie weiterhandeln? Was hatte diese Tat gebracht? Luft. Luft hatte es ihr gebracht. Und sie hatte Luft gebraucht, dringend. Denn sie hatte nicht nur die Augen geschlossen gehabt, um auf ihren Tod zu warten, sondern vorsorglich auch den Atem angehalten. Deswegen war sie dann auch plötzlich in Panik geraten, als nichts geschah. Sie war wütend auf Valentina gewesen, weil sie ihr die Gnade verweigert hatte, ihr ein verdientes Ende zu machen. Was bildete sich diese Polizistenkuh eigentlich ein? Nur weil sie eine gejagte Mörderin war, hatte sie noch lange kein Recht, Nicola zu verschmähen. Nicola war es gewohnt, dass man sie begehrte, da ging man nicht einfach an ihr vorbei, wenn sie einem alles anbot. Und gab es mehr als das Leben?

Sie stellte die Pfanne auf den vorderen Brenner des Gasherdes und entzündete das Feuer. Sie würde die Pfanne erhitzen und sie sich dann glühend auf den Bauch drücken. Nicola lachte bei dem Gedanken schrill auf, entschied sich dann aber doch, zwei Eier und Milch aus dem Kühlschrank zu nehmen, um daraus eine Omelette zuzubereiten. Vielleicht würde sie eine zweite machen. Valentina würde sicherlich auch Hunger haben, wenn sie wieder aufwachte. Sie würde doch wieder aufwachen?

***

Alberto hatte Zwischenmeldung gegeben. Er hatte Il Cervello gefunkt, dass alles nach Plan liefe. Die kleine Improvisation mit der Junkie-Nutte und dass Valentina ihn zum zweiten Mal gesehen hatte, hatte er verschwiegen. Es mochte unprofessionell sein, aber es war für ihn unmöglich, Valentina an einen anderen abzugeben. Er hatte sich verliebt. Nicht wie man sich in eine Frau verliebte. Es war eine Liebe, wie man sie Heiligen entgegenbrachte. Valentina weckte Gefühle in ihm, die sonst nur der Heiligen Madonna zustanden. Nie würde er bei ihr an Sex denken wie bei der durchgeknallten Blonden.

Alberto zahlte und verließ das Bistro, in dem er kurz einen Kaffee geschlürft hatte, dann zog er sich rasch wieder in den Schatten der Tür zurück.

Er hatte einen Mann gesehen, den er bereits kannte. Es war der Typ, der tags zuvor mit Valentina und der Blonden zum Italiener gegangen war. Alberto hatte noch keinen Namen, wusste auch nicht, in was für einer Beziehung er zu den beiden Frauen stand. Er zückte sein Handy, zoomte den Mann ran und schoss ein sauberes Foto. Dann überlegte er, ob er es Parizek oder besser Il Cervello durchfunken sollte. Er entschied sich für Letzteren.

Es vergingen keine fünfzehn Sekunden, dann blinkte Albertos Handy. In seinem Postfach lag ein Dossier mit dem Titel »Martin Adler«.

***

Adler wollte erneut klingeln, da öffnete jemand von innen die Tür. Es war der Postbote, der die Briefkästen eben mit der täglichen Ration gefüttert hatte.

Adler nutzte die Gelegenheit, schlüpfte in den Hausflur und stieg die Treppen hinauf. Vor der angelehnten Tür von Nicolas Wohnung stutzte er, klopfte dann zurückhaltend an.

»Hallo? Nicola? Kann ich reinkommen?«

Keine Antwort.

Er drückte die Tür auf und trat in den Flur.

»Ist jemand zu Hause?«, rief er.

Im Augenwinkel nahm er für Sekundenbruchteile einen Schatten wahr. Er war schwarz und rund und schoss wie ein Raubvogel auf ihn hinab. Instinktiv drehte Adler sich zur Seite und spürte einen brennenden Schmerz an der linken Schulter.

Der schwarze Raubvogel stieg wieder in die Lüfte. Jetzt erkannte Adler, dass es eine Bratpfanne war, die ihn erneut zu attackieren gedachte. Er duckte sich und stieß sich dann unter der drohenden Pfanne in Richtung Nicola ab, um ihren Arm zu blocken. Es gelang, die Pfanne stürzte zu Boden, reglos lag der geschossene Vogel auf dem Parkett.

Adler hatte mittlerweile auch Nicolas anderen Arm gepackt und zog sie an sich heran. »Ruhig, ganz ruhig. Nicola, ich bin's, Martin Adler.«

Nicola verstummte und starrte ihn an. Allmählich schien sie ihn zu erkennen.

»Professor Adler«, seufzte sie und schmiegte ihren Kopf an seine Brust, als befände sie sich in der Schlusseinstellung eines Pilcher-Films. Sie schien auf den Abspann zu warten, denn sie dachte überhaupt nicht daran, die Umklammerung zu lösen.

Adler kostete es alle Mühe, die Spangen, die sich um seinen Leib gelegt hatten, zu entfernen und Nicola ins Wohnzimmer in Richtung Sofa zu bugsieren. Dort setzte er sie ab und ging in die Küche, um ein Glas Wasser für sie zu holen.

Sein Blick fiel auf den Kachelboden, und er stutzte, als er kleine rote Flecken darauf sah. Er kniete sich auf den Boden und untersuchte die Spritzer. Es war Blut.

Diesmal entdeckte er den Raubvogel zu spät. Er stieß gnadenlos auf ihn nieder und traf ihn am Hinterkopf. Dann wurde es so dunkel um ihn herum, als ob ein Rabe seine schwarzen Flügel um ihn gehüllt hätte.

***

Valentina tat, als ob sie noch immer bewusstlos wäre, als sich die Tür des begehbaren Schrankes öffnete, wagte es aber, die Augen wenigstens so weit zu öffnen, dass sie Umrisse erkennen konnte. Jemand zerrte einen menschlichen Körper in den Schrank und ließ ihn dann zu Boden sinken.

Valentina dachte daran, den Schleppenden am Bein zu packen und ihn aus dem Gleichgewicht zu hebeln. Aber ihr brummte der Schädel, als hätte sie ihn direkt in die Konzertlautsprecher von Metallica gesteckt und zwei Flaschen Wodka hinterhergegossen.

Die Gestalt verschwand, die Tür des Schrankes wurde geschlossen, und Valentina hörte, wie sich ein Schlüssel im Schloss drehte. Es war wieder stockfinster in dem Kabuff.

Sie lauschte. Neben ihr atmete der unbekannte Körper. Valentina raffte sich auf und robbte zu dem Neuankömmling hinüber. Sie ertastete den Stoff des Anzuges, glitt mit den Händen in Richtung Kopf. Die kurzen Stoppeln eines Dreitagebartes verrieten ihr, dass es ein Mann war. Das Eau de Toilette, das er aufgetragen hatte, kam ihr bekannt vor. Es roch gut und zeugte von Geschmack. Auch der Stoff der Kleidung ließ auf einen distinguierten Charakter schließen.

In letzter Zeit war Valentina nur ein Mann begegnet, dem sie diese Attribute zuweisen konnte: Martin Adler.

Sie fuhr mit beiden Händen über sein Gesicht, modellierte Nase, Mund und Wangenknochen nach, als würde sie eine Maske von ihm erstellen, und war sich schnell sicher, dass er es war.

Das Gesicht unter ihren Händen begann sich zu bewegen. Erschrocken zog sie ihre Finger zurück.

»Martin?«, flüsterte sie. »Bist du es?«

»Ja«, kam es leise aus dem Dunkel.

»Ich bin es, Valentina«, gab sie sich zu erkennen, wohl wissend, dass flüsternde Stimmen sich ähnelten.

»Was machst du hier drin?«, fragte er und meinte damit wohl eher sich selbst.

»Ich warte darauf, dass du mich hier rausholst. Hast du eine Idee?«

Valentina spürte, wie ein harter Gegenstand gegen ihre Rippe gedrückt wurde. Sie griff danach und berührte Adlers Hand. Sie war warm und kräftig, aber dennoch feingliedrig. Die Hand eines Denkers und eines Ästheten.

Sie zögerte noch einen Moment und berührte Adlers Hand länger, als es für die Übernahme des Gegenstandes notwendig gewesen wäre. Dann fühlte sie das Werkzeug in ihrer Rechten und wusste, dass es ein Leatherman war.

»Und ich dachte, dein Werkzeugkasten sei nur mit Psychotricks gespickt. Hast du vielleicht auch ein Aspirin gegen den Brummschädel?«

»Nein, leider nicht. Aber zwei Wärmflaschen, Ohrenstöpsel und Kondome mit Fruchtgeschmack.«

Er schoss es so trocken heraus, dass Valentina für einen Moment nicht wusste, ob er es ernst meinte. Dann lachte sie leise und tastete sich in die Richtung, wo sich die Tür des Kabuffs befand.

»Meinst du, sie steht noch mit der Bratpfanne vor der Tür?«, fragte Adler.

»Ich weiß nicht. So wie sie drauf ist, traue ich ihr alles zu.«

»Wie ist sie denn drauf? Und warum? Hast du eine Ahnung, warum Nicola mit einer Bratpfanne durch die Gegend läuft und Hinterköpfe klatscht, als wären es Schmeißfliegen?«, fragte Adler.

»Ich würde hier erst gerne raus, dann erzähle ich dir, was passiert ist.«

»Vielleicht würde es helfen, wenn ich es vorher wüsste, damit wir hier überhaupt rauskommen. Könnte ja auch sein, dass sie ihre Pfanne gegen einen Revolver ausgetauscht hat und nur darauf wartet, dass wir ihr vor den Lauf kommen?«

»Dann könnte sie auch reinkommen und uns abknallen.«

»Falsch. Dann wäre sie Täterin und somit schuldig. Sie ist aber Opfer. Wenn wir herauskommen, bedrohen wir sie, und sie fühlt sich genötigt, sich zu wehren. Dann hat sie die Legitimation, uns abzuknallen.«

»Unsinn. Sie hat keine Waffe.«

»Wieso bist du dir da so sicher? Was weißt du von ihr, dass du das so bestimmt behaupten kannst?«

»Instinkt. Mein Instinkt sagt mir, dass sie keine Waffe besitzt. Außerdem war sie schon in prekären Lagen, in denen sie sicherlich die Waffe gezogen hätte, wenn sie denn eine gehabt hätte.«

»Instinkt ist gut. Logik und psychodynamische Erwägung ist besser. Noch besser aber sind Fakten. Du weißt doch, dass sie sich von Stefan bedrängt fühlte. Du weißt auch, dass sie seit einigen Wochen bei mir in Behandlung ist. Und mir hat sie gesagt, dass sie sich den Revolver ihres Vaters geklaut hätte und nicht davor zurückschrecken würde, den dicken Stefan abzuknallen, wenn er ihr zu nahe käme.«

»Nennst du das Fakten? Seit wann sind Fakten, was jemand auf der Couch erzählt? Vielleicht war es nur ihr Wunsch, einen Revolver zu besitzen. Und der Revolver ihres Vaters, mein lieber Herr Freud, wenn das nicht ödipal ist!«

Adler lachte leise.

»Du hast einen an der Klatsche. Du treibst mit mir hier deine Spielchen, um mich zu testen. Du bist ein abgebrühtes Arschloch.« Valentina ärgerte sich, dass sie Adler auf den Leim gegangen war. »Außerdem darfst du sie gar nicht behandeln, wenn du ihr Professor bist.«

»Entschuldige, aber es war wohl der Schlag auf den Hinterkopf, der mich zu solchen Späßen treibt. Außerdem muss ich gestehen, dass ich es genieße, mit dir eingesperrt im Dunkeln zu sitzen. Da ist es doch nur legitim, dass ich ein wenig Zeit schinden will. Beinahe wünsche ich mir, dass sie tatsächlich draußen mit dem Revolver ihres Vaters hockt und auf uns wartet. Das würde zwar die Zeit mit dir verkürzen, aber die Qualität des Augenblicks erhöhen.«

Valentina nahm die Schmeichelei unkommentiert entgegen und fragte kalt: »Todestrieb?«

»Nein, eher die Sehnsucht, ein Held zu sein. Ich würde mit ihr durch die Tür hindurch verhandeln und sie davon überzeugen, dass es besser wäre, uns am Leben zu lassen. So wie es die coolen Polizisten immer machen, wenn sie Geiselnehmer davon überzeugen, dass es doch schlauer wäre, aufzugeben, anstatt sich und andere zu ruinieren.«

»Hör endlich auf mit dem Gequatsche, ich will hier raus.«

»Weißt du übrigens, dass die Menschen solche Helden im Tiefsten ihres Inneren hassen? Sie verehren sie nicht, sondern sie hassen sie. Weil sie um ihr Spektakel gebracht wurden. Nichts ist gefährlicher als die enttäuschte Erwartung der Masse.«

»Und warum entlädt sie sich dann nicht? Ist die gesellschaftliche Moral etwa so stark? Das wäre mir neu. Dann wären wir von der Polizei nämlich arbeitslos.«

»Sie entlädt sich nicht, weil die Masse durch die Tat des Helden wieder zu einem Haufen Individuen wird. Der gemeinsame Fixpunkt hat sich aufgelöst. Dadurch entspannt es sich. Der Frust hat sich aber nicht aufgelöst, der wird von den Einzelnen mit nach Hause getragen. Dort entlädt er sich dann am Nachbarn, am Ehepartner oder am Kind.«

»Also ist die Polizei schuld, dass Kinder von ihren Eltern geprügelt werden? Nachbarn sich die Schädel einschlagen? Ehen zerbrechen? Nur weil sie einen Menschen gerettet hat? Was soll der Blödsinn?«

»Das ist kein Blödsinn, das ist eine These. Energie kann sich nicht in Nichts auflösen, sie kann nur umgeleitet werden. Und wenn eine starke Energiedichte entsteht, die verschleppt wird, gibt es Blockaden. Und Blockaden führen zu pathologischen Mustern in ihrer Entladung.«

»Danke für die Vorlesung. Können wir jetzt raus?«

»Ich bin bereit, schon die ganze Zeit. Ich warte nur, dass du endlich aktiv wirst, und wollte testen, ob du es fertigbringst, gleichzeitig zu handeln und zu diskutieren.«

»Du nervst gewaltig. Ich glaube, es ist Angstgeplapper, sonst nichts, was da aus deinem Mund fällt.«

»Du hast recht«, sagte Adler nun kleinlaut. »Ich habe tatsächlich Angst. Es passiert mir nicht alle Tage, dass man mir mit der Bratpfanne eins überzieht und mich in eine dunkle Kammer sperrt. Entschuldige bitte.«

Valentina schwieg und wandte sich endlich dem Türschloss zu. Sie stocherte mit der Messerspitze des Leatherman an der Nut der Schlossleiste und hebelte das Holz frei, bis sich die Schrauben der Leiste allmählich lösten.

»Brauchst du einen längeren Hebel?«, fragte Adler.

»Geduld ist der längste Hebel«, antwortete Valentina und war selbst überrascht, dass ihr diese Redewendung in den Sinn gekommen war. Don Bernardo hatte es immer gesagt, wenn sie ungeduldig über einem neuen Musikstück gesessen und kurz davor gewesen war, die Saiten von der Gitarre zu reißen. Damals war es nur ein Küchensinnspruch gewesen, mit dem man kleine, hitzige Mädchen beruhigen wollte. Jetzt wurde ihr zum ersten Mal die konkrete Bedeutung klar, und sie musste lächeln.

Die Leiste löste sich, Valentina legte den Leatherman zur Seite und ruckelte nun vorsichtig mit den Händen an Holz und Stahl. Einige Holzstücke bröselten auf die Erde, verursachten aber keinen Lärm. Endlich konnte sie die Leiste herausziehen, die Tür war entriegelt.

Sie gab Adler den Leatherman zurück und behielt selbst die Metallleiste in der Hand. Vielleicht konnte sie als Waffe dienen.

Leise öffnete sie die Tür. Das Tageslicht blendete ihr ins Gesicht. Sie hielt inne.

»Was ist? Warum gehst du nicht?«, fragte Adler leise.

»Ich bin blind wie ein Maulwurf. Ich muss erst warten, bis meine Augen sich an das Licht gewöhnt haben. Besser, du machst es genauso.«

»Verstehe.«

Es dauerte nicht lang, da war der Blendeffekt verflogen, und Valentina konnte in Nicolas Schlafzimmer sehen. Es war niemand da. Die Tür ging nach rechts auf und verdeckte dort einen Teil des Raums. Hier konnte sich Nicola freilich verborgen haben, um aus dem Hinterhalt zuzuschlagen.

Valentina stieß die Tür auf, hechtete sich einen Meter in den Raum und rollte sich über die Schulter ab, sodass sie hinter dem Bett landete. Sie kiebitzte rasch hinter dem Bett hervor, um den bisher von der Tür verdeckten Raum zu sondieren. Nicola war nicht da.

Adler streckte seinen Kopf aus dem dunklen Gefängnis und blickte fragend zu Valentina. Sie bedeutete ihm mit der Hand, dass er noch bleiben sollte, wo er war. Dann huschte sie aus dem Schlafzimmer, um den Rest der Wohnung zu überprüfen.

Der Korridor war leer. Die Küche ebenfalls. Auch im Salon war niemand. Valentina checkte auch noch die drei anderen Zimmer, ehe sie ins Bad trat und mit Erschrecken entdeckte, dass Nicola in ihrem japanischen Morgenmantel in einer mit blutrotem Wasser gefüllten Wanne lag und der Ewigkeit entgegenzuschlafen schien. Der linke Arm hing über den Wannenrand, aus der Schlagader tropfte noch Blut. Ein leeres Döschen, das wohl einmal mit Schlaftabletten gefüllt gewesen war, lag daneben.

»Martin!«, rief Valentina laut durch die Wohnung. »Ruf einen Notarzt!«

Adler stand schneller neben Valentina, als sie gedacht hatte. Er hatte wohl doch nicht so ruhig in seinem Versteck gewartet.

»Es war vorauszusehen«, sagte er mit der Trockenheit eines Wissenschaftlers. »Ein klassischer Fall. Füllt Hunderte von Statistiken. Das Paradoxe ist, dass wir es zwar immer voraussehen, aber nichts daran ändern können. Die Psychologie ist ein erbärmlicher Krückstock, findest du nicht? Wirklich helfen können wir nie. Am Ende liegt die Macht doch immer beim Patienten.«

»Bitte. Keinen Vortrag jetzt. Ruf den Notarzt.«

»Ja. Ja, natürlich. Entschuldige.«

Während Adler telefonierte, griff sich Valentina die Schminksachen, Färbemittel und eine Haarschere und plünderte Nicolas Kleiderschrank. Sie stopfte alles in den Rucksack und schnürte ihn zu. Als sie ihn schulterte, bemerkte sie auf dem Tisch im Salon zwei Theaterkarten. Sie nahm sie und las: »Dantons Tod«.

Adler kam hinzu.

»Daraus wird wohl nichts werden«, sagte er.

Valentina blickte zu ihm auf.

»Sie wollte sich das Stück heute Abend mit mir ansehen. Im Burgtheater.«

»Seit wann besteht die Einladung?«

»Sie hat heute Morgen ganz früh angerufen, sagte, sie habe zwei Karten für das Stück erhalten, und es sei ihr wichtig, dass ich es mit ihr anschaue. Deswegen bin ich auch bei ihr vorbeigekommen. Ich wollte eine der Karten abholen, weil ich es heute Abend nicht zeitig zum Vorstellungsbeginn schaffen würde. Nachdem sie mir eins verpasst hatte, dachte ich, die Einladung sei nur ein Vorwand gewesen, um mich hierherzulocken.«

Valentina starrte auf die Theaterkarten und dachte nach.

»Ich glaube nicht, dass es ein Vorwand war. Sie wollte nur mich kaltstellen; und vielleicht wollte sie das noch nicht einmal. Aber als sie mich sah, ging es wohl mit ihr durch. Kann man ihr auch nicht übel nehmen: Wenn man bedenkt, was ihr alles widerfahren ist, seit ich in ihrem Leben aufgekreuzt bin. Ich glaube, ich hätte mir auch eins mit der Bratpfanne übergezogen, mindestens.«

Sie reichte Adler eine der Theaterkarten und verließ dann, den Rucksack schulternd, die Wohnung. »Wir treffen uns heute Abend im Theater«, rief sie. »Zieh dich fein an.«

***

Auf der Porzellangasse fuhr ein Notarztwagen vor. Die Sanitäter stürmten an Valentina vorbei, die mit hochgestelltem Kragen dicht an den Häuserwänden entlangging.

Alberto war froh, dass der Notarzt nicht ihr galt. Einen Moment lang hatte er sich um sie gesorgt.

Er sah, wie die Blonde auf einer Bahre in den Krankenwagen getragen wurde. Neben ihr lief dieser Adler. Alberto mochte ihn nicht. Nicht nur weil er anscheinend Valentinas Nähe suchte, sondern weil ihm der Steckbrief, den ihm Il Cervello aufs Handy zugesandt hatte, überhaupt nicht schmeckte. Irgendwann würde er sich um ihn kümmern müssen. Aber zunächst galt es, an Valentina dranzubleiben.

Sie war nicht wieder aus dem Kaffeehaus gegenüber herausgekommen, in dem sie vor zehn Minuten verschwunden war. Alberto wusste, dass es keinen Hinterausgang besaß; er hatte die anliegenden Etablissements längst daraufhin inspiziert. Auch wenn er gerade etwas trotzte, schludern kam nicht in Frage.

***

Parizek war direkt ins Krankenhaus gefahren. Er hoffte, dass Nicola Simon bereits vernehmungsfähig war. Aber er musste warten. Er hockte in dem kahlen Flur auf einer nackten, abgesessenen Plastikschale und wollte rauchen. Doch die Zeiten waren vorbei, in denen man im Flur eines Krankenhauses rauchen durfte. Also kaute er am Fingernagel seines linken Zeigefingers, der an der Ecke leicht im Nagelbett eingerissen war und seither nicht mehr sauber auswuchs. Seit über zehn Jahren hatte sein Zeigefinger nun schon diese kleine Delle. Er biss die Nagelecke endlich ab, um sie mit den Schneidezähnen zu Hornbrei zu mahlen.

»Wollen Sie einen Kaugummi?«, fragte ein gesund aussehender Mann mit grau meliertem Haar in feinem Zwirn, der zwei Hartschalen weiter saß.

Parizek nahm das Päckchen und zog sich einen Spearmint heraus.

»Danke.« Er spuckte die Reste des Fingernagels aus und schälte den Kaugummi aus dem Papier. Die Alufolie strich er glatt.

»Wissen Sie, dass diese Art Kaugummi bei Junkies ganz groß in Mode ist? Liegt richtig im Trend. Und wissen Sie, warum?«, fragte Parizek den Mann, der ihm den Kaugummi spendiert hatte.

Der Mann zuckte mit den Schultern.

»Weil Sie darauf das Heroin zum Dampfen bringen können, um es dann zu inhalieren.«

»Ich dachte, Heroin wird gespritzt.«

»Nur wer es ganz schnell braucht, der spritzt. Die anderen inhalieren es. Sie glauben, es sei dadurch weniger gefährlich. Blödsinn. Aber warum sollten Junkies anders ticken als wir? Wir verharmlosen das Leben ja auch mit allen möglichen Tricks und müssen am Ende doch einsehen, dass es irgendwann mal zu Ende sein wird. Hab ich recht?«

»Sie sehen Lebensentwürfe als Droge?«, fragte der Mann.

»Nein. Ich sehe das ganze Leben als einen einzigen kalten Entzug.« Parizek lachte hohl und zerhackte den Kaugummi aggressiv mit den Backenzähnen. »Entschuldigen Sie, ich bin Polizist. Da bleibt einem manchmal nur noch der Zynismus.«

»Ich bin Psychologe. Da darf man sich noch entscheiden.«

Beide lachten. Parizek beruhigte sein Lachen durch konsequentes Kauen und fragte dann: »Haben Sie hier einen Verwandten?«

»Nein, eine Patientin. Selbstmordversuch.«

»Etwa die kleine Blonde?«

»Nicola Simon, ja.«

»Interessant. Ihretwegen bin ich auch hier. Ist sie schon vernehmungsfähig? Was meinen Sie?«

»Das kann ich nicht sagen, ich bin kein Mediziner. Aber ich glaube nicht, dass sie schon wach ist. Und wenn, dann ist sie sicherlich nicht sehr stabil. Da wären Fragen von der Polizei bestimmt nicht die beste Medizin.«

Parizeks joviale Haltung gegenüber dem unbekannten Kaugummispender schwand. Der Stutzer im edlen Zwirn entpuppte sich als Schlaumeier. Die konnte er überhaupt nicht leiden. Er drückte den Kaugummi mit der Zunge nach vorne und versenkte ihn in dem Alupapier. Dann warf er das kleine Bällchen in Richtung Papierkorb, der etwa drei Meter von ihm auf der anderen Seite des Flurs stand. Es verfehlte den Korb nur knapp. Parizek zuckte gelassen mit den Schultern und blickte zu dem neunmalklugen Psychiater hinüber.

»Den Rebound zu versenken ist das Entscheidende. Erste Würfe entscheiden keine Spiele. Es ist immer der zweite Ball.«

Der Psychiater lächelte freundlich.

»Wenn wir auf Frau Simon warten müssen, dann kann ich ja schon mal mit Ihnen anfangen. So sparen wir Zeit und lernen uns kennen. Wie heißen Sie?«

»Adler. Martin Adler.«

***

Martin Adler, Jahrgang 1968, geboren und aufgewachsen in Berlin. Vater deutscher Polizist, Mutter Juristin aus Rom. Adler studiert erst Rechtswissenschaften, dann romanische Sprachen und Psychologie. Er arbeitet als psychologischer Gutachter für die Kriminalpolizei in Berlin. 1990 Einsatz als verdeckter Ermittler in den neuen Bundesländern, um dort das Ausbreiten der Mafia zu verhindern. Sie fürchtet den Einzug der Russen über Ostdeutschland. Adler soll die Kontakte herstellen. Allein durch ihn fliegen fünf Paten zwischen 1990 und 1995 auf, und der Vormarsch in den Osten wird verschleppt. 1996 wird Adler abgezogen und taucht für vier Jahre in Bologna unter. Dort assistiert er an der Universität und widmet sich psychologischen Studien. Erst im Jahr 2000 wird er von der Polizei wieder aktiviert, diesmal jedoch nicht von den Deutschen, sondern von den Italienern. Erneut arbeitet er gegen das organisierte Verbrechen, erneut erfolgreich. Es gelingt ihm, bis in die oberen Spitzen der Mafia intime Kontakte zu knüpfen.

Mit Provenzanos Verhaftung 2006 hat es jedoch nicht nur neue Informationen für die Polizei gegeben, sondern auch für die Mafia. So ist es von unschätzbarem Wert, dass die ehrenwerte Familie weiß, wer in ihren Reihen als Verräter operierte. Wenn Provenzano der Pate der Paten war, so ist Adler der Verräter der Verräter. Er steht ganz oben auf der Liste. Wenn er bislang nicht eliminiert wurde, so liegt es nur daran, dass Il Cervello einen geeigneten Augenblick sucht, um ihn lebendig zu schnappen und ihn auszuquetschen. Was Adler über die Mafia weiß, das weiß er auch über die Gegenseite. Sein Wissen ist unbezahlbar. Dass er sich in Fleischhackers Nähe aufhält, ist kein Zufall. Jeden seiner Schritte beobachten. Schützen, bis andere Befehle kommen.

Alberto hatte den langen Text bereits fünfmal gelesen und konnte es noch immer nicht glauben, dass er dieses Dreckschwein nun auch schützen sollte. Wie sollte er das machen? Er musste doch an Valentina dranbleiben. Aber Il Cervello würde sich schon etwas dabei gedacht haben. Vermutlich glaubte er, dass sich Adler bald dichter an Valentina ranmachen würde, sodass sie sowieso nur noch als Paar agieren würden.

Der Gedanke verschlechterte Albertos Laune noch mehr. Er mochte nicht daran denken, dass seine hübsche Schutzbefohlene mit diesem Verräterschwein in die Kiste sprang. Aber noch war es nicht so weit, jedenfalls hatte er dergleichen noch nicht mitbekommen. Und er würde es zu verhindern wissen: Immerhin hatte er Parizeks Nummer, die er jederzeit wählen konnte, um ihnen Dampf zu machen. Alberto lachte bei dem Gedanken, den immergeilen Bullen als Liebestöter einzusetzen. Das Leben war eine Clownsnummer, da durfte man ruhig mal mit Sahnetorten werfen.

Der Vergleich mit dem Zirkus erinnerte Alberto an die Theaterkarten, die er der kleinen Blonden in die Tasche gesteckt hatte. Er wusste nicht, wozu das gut sein sollte, aber Il Cervello hatte es so angeordnet. Wie die Lage stand, würde die Blonde heute Abend nicht ins Burgtheater gehen. Darüber war Alberto ganz froh. Am Ende hätte sie Valentina noch mitgenommen, und er hätte sich ebenfalls in den Plüsch drücken müssen, um sich irgendeinen langweiligen Mist anzutun.

Eine junge Frau mit kurzem roten Rock und hellblauen Wollstrumpfhosen kam aus dem Café, in dem Valentina vor einer Viertelstunde verschwunden war. Sie hatte einen kurzen blonden Pagenkopf und trug schwarze Lederstiefel, die matt glänzten. Die Beine konnten sich sehen lassen. Auch die mit Ziegenfell gefütterte kurze Lederjacke stand der Blonden. Und Alberto hätte sie nicht wiedererkannt, wenn sie nicht den Armeerucksack geschultert hätte, den er selbst bei Zirner für sie drapiert hatte.

In angemessenem Abstand verfolgte er Valentina und dachte darüber nach, ob er es ihr nicht nachmachen und sich ebenfalls äußerlich verändern sollte. Immerhin war er mit dem Gesicht bereits verbrannt. Später. Jetzt musste er an ihr ungeschminkt dranbleiben.

***

Valentina zerknüllte das Revolverblatt und stopfte es in einen öffentlichen Mistkübel. »Wenn du Mist machst, geht's mir gut«, pappte als Aufkleber auf dem Mülleimer. Da hatte sich die Marketingabteilung der Stadt mal wieder was Sinniges ausgedacht. Der Spruch hätte auch für Valentinas bisherige Lebensphilosophie stehen können. Was würde sie als Polizistin tun, wenn die anderen keinen Mist machten? Worüber würde sie sich definieren, wenn nicht über die Säuberung rechtlichen Übels? Sie brauchte den gesellschaftlichen Müll ebenso wie der Kübel, der hier am unteren Ende der Mariahilfer Straße stand und alles schluckte, was ihm die Passanten in den Rachen stopften. Dass nun ein Schundblatt mehr hinzugekommen war, würde ihm sicherlich keine Übelkeit verursachen.

Dafür war Valentina beim Lesen schlecht geworden. Man hatte sie binnen zweier Tage zu einer Psychopathin gestempelt. Ein ganz besonders origineller Überschriftenexperte hatte sich sogar die Zeile »Die Fleischhackerin geht um!« aus dem trockenen Hirn gepresst.

Lange würde sie es nicht mehr schaffen, unentdeckt durch die Straßen zu laufen. Ihre Verkleidung war nicht schlecht, aber eine völlige Verwandlung war etwas anderes. Sie würde aus der Stadt verschwinden oder der Öffentlichkeit die wahren Drahtzieher präsentieren müssen. Sie hatte sich längst für Letzteres entschieden. Wenn es noch eine freie Entscheidung gab. Wohin sollte sie denn fliehen? Hier hatte sie wenigstens ihren Auftrag. Hier war sie Mistkübel. Wenn sie fliehen würde, hätte sie sich zum Mist bekannt.

Nein, sie konnte nicht aufgeben, auch wenn es wider die Vernunft war. Außerdem hing sie an unsichtbaren Fäden. Etwas zog an ihr und forderte ihre nächsten Schritte. Es war die Lust an der Jagd, die Gier, Rätsel zu lösen, das Adrenalin, das die Begegnung mit dem Bösen ausschüttete. Sie musste ihn treffen, von Angesicht zu Angesicht, und wenn sie dabei draufgehen würde.

Während sie die Mariahilfer Straße hinaufging, musterte sie ihr Spiegelbild immer wieder in der Reflexion der Schaufenster. Sie gefiel sich mit den kurzen blonden Haaren und in den trendigen Klamotten Nicolas und schöpfte Mut. Ihr eigenes Spiegelbild hatte ihr stets Kraft gegeben. Nicht weil sie gut aussah, sondern weil es ihr so viele Möglichkeiten des Seins versprach. Und jetzt war sie undercover. Unschuldig gejagt. Einen größeren Kick konnte es für einen Racheengel gar nicht geben.

Dabei war es nur die Thalia-Buchhandlung, die sie ansteuerte. Sie fuhr mit der Rolltreppe in den dritten Stock hinauf. Das

Regal mit den Reclam-Heften stand zwischen den Lehrbüchern für Fremdsprachen und Glücksversprechungen der Buddhisten. Von Büchner waren »Woyzeck« und »Leonce und Lena« vorhanden. »Dantons Tod« war nicht zu finden.

Sie wandte sich an eine Verkäuferin, die gerade einem Kunden die Verschweißung eines Festbands entfernte.

»Entschuldigen Sie, ich suche ›Dantons Tod‹.«

»Müssen wir erst bestellen. Die Reclam-Hefte sind gerade vergriffen. Das ist meistens so, wenn am Burgtheater ein Klassiker gut läuft. Die ganzen Schulen gehen dann rein und lesen vorher das Stück. Was wichtig ist. Denn sonst versteht man ja gar nicht, was die da oben auf der Bühne machen.«

Die Verkäuferin sah Valentina über ihre Lesebrille hinweg eindringlich an. »Wenn Sie ›Danton‹ lesen wollen, dann empfehle ich Ihnen die Büchner-Gesamtausgabe. Die finden Sie im Erdgeschoss, bei den Klassikern.« Sie schob sich die Brille zur Nasenwurzel und gab sich wieder beschäftigt.

Auf dem Weg nach unten sah Valentina im zweiten Stock, bei den Kochbüchern, einen Mann, den sie von irgendwoher kannte. Er trug einen schmalen Schnäuzer und wirkte italienisch. Den Kerl hatte sie in der Nacht, als sie aus dem »Goldenen Spiegel« geflohen war, im Taxi mitgenommen. Ganz sicher. Und sein Gesicht ähnelte dem desjenigen, der sie im Arsenal vor dem wirren Drogenmädchen gerettet hatte. Es war nur ein Schatten gewesen. War er es? Sie brauchte Gewissheit.

Die nach unten fahrende Rolltreppe gab ihr aber keine Möglichkeit, sich zu vergewissern. Unten angekommen, lief sie hastig zur Gegenseite und nahm die Rolltreppe nach oben, die sie im zweiten Stock ausspuckte. Vor dem Regal mit den Kochbüchern stand nur eine Frau mittleren Alters in Pumphosen und hennaroten Haaren, die in einem Wälzer mit indischen Rezepten blätterte.

Valentina sah sich um, ließ ihren Blick noch einmal rundum schweifen und glaubte ihn zu erkennen, wie er über die Stiegen nach unten huschte. Zügig steuerte sie auf die Treppe zu und blickte hinunter. Auf der unteren Stufe sah er hoch. Valentina war sich jetzt sicher. Er war es. Sie musste ihm nach, ihn erwischen, ihn zur Rede stellen. Warum beobachtete er sie? In wessen Auftrag?

Sie setzte zur Verfolgung an, als sie am Arm festgehalten wurde.

»Nicola. Hier steckst du also. Wir haben dich schon vermisst.«

Valentina drehte sich um und sah in das Gesicht eines jungen Mannes. Dieser schien verdutzt, dass er sich getäuscht hatte.

»Entschuldigung, ich dachte, Sie seien jemand anders«, sagte er, hielt sie aber noch immer am Arm fest.

»Würden Sie mich bitte loslassen?«

Der junge Mann schien nicht zu hören, sondern nachzudenken. Irgendetwas puzzelte sich in seinem Hirn zusammen. Dann zog er die Brauen zusammen und blickte finster.

»Das sind Nicolas Kleider. Und ihre Perücke. Sie hatte diese Kombination bei der Einweihungsparty unserer WG vor zwei Wochen an«, sagte er, und sein Griff wurde härter.

»Und da Nicola Kleider nur einmal zu tragen pflegt, hat sie sie mir geschenkt. Lassen Sie jetzt meinen Arm los oder –?«

»Oder was?«, unterbrach sie der junge Mann. »Wollen Sie etwa den Hausdetektiv rufen? Oder sogar die Polizei? Das brauchen Sie gar nicht, das übernehme ich für Sie. Ich erkenne Sie nämlich wieder. Sie sind die Polizistin, die gesucht wird. Haben Sie jetzt auch Nicola umgebracht?«

Er fasste mit der anderen Hand nach der blonden Perücke und wollte sie Valentina vom Kopf reißen. Sie aber tauchte unter seinem Zugriff ab und trat ihm mit dem rechten Stiefel zwischen die Beine. Seine Hand löste sich von ihrem Arm, er röchelte. Beim nächsten Atemholen würde er Alarm schlagen. Valentina rannte die Treppen ins Erdgeschoss hinunter, passierte eilig das Regal mit den Klassikern und tastete mit den Augen die Rücken ab. Hinter Brecht fand sie Büchner. Sie griff die Gesamtausgabe. Von oben lärmte der junge Mann. Ohne zu zahlen, verließ sie die Buchhandlung. Niemand hielt sie zurück.

***

Parizek war es leid. Die Blonde schien den Schlaf nachzuholen, der ihm fehlte. Und jetzt hatte sich schon wieder einer gemeldet, der Valentina gesehen haben wollte. Da es sich aber um einen Kommilitonen von Nicola Simon handelte, hatte er sich die Mühe gemacht, das Krankenhaus zu verlassen, um aufs Revier zu fahren und selbst mit dem aufgeregten Thomas Maier zu sprechen.

Der Kollege, der bereits den Erhebungsbogen aufgenommen hatte, stank nach Schnaps. Er stahl sich von dem Platz hinter dem Schreibtisch, als Parizek eintrat, und nahm die große Kaffeetasse mit, aus der er den Fusel zu saufen schien.

Wortlos schlurfte er an Parizek vorbei. Lediglich ein unterwürfiges Nicken rang er sich ab. Parizek erwiderte nicht einmal das und ließ den Säufer ziehen, der allerdings vergaß, die abgestandene Alkoholfahne mit sich aus dem Zimmer zu nehmen.

Parizek riss das Fenster auf und sog die Nebelschwade ein, die in den Raum schwappte. Die feuchte Luft nistete sich kitzelnd in seiner Nase ein.

»Sie wollen also Valentina Fleischhacker gesehen haben«, begann er und stützte sich dabei auf die Lehne des Stuhles, auf dem zuvor der trinkfeste Kollege gesessen war.

»Das habe ich Ihrem Kollegen doch schon alles gesagt«, antwortete Thomas Maier, offenbar genervt davon, dass die Prozedur sich nun wiederholen würde.

»In der Wiederholung liegt die Kraft. Also, wie war das mit Valentina Fleischhacker? Sie sind ein wichtiger Zeuge.«

Thomas Maier fühlte sich nun angestachelt und erzählte ausführlich und selbstverliebt von seinem detektivischen Abenteuer. Er baute dabei Spannungsbögen, wo es keine brauchte, weil er die Pointe davor schon zweimal vorweggenommen hatte, und der Weg seiner Erzählung hangelte sich von einer abgedroschenen Metapher zur nächsten.

Er gefiel sich sichtlich darin und bildete sich wohl ein, Parizek würde sich vor Spannung gleich die Nägel abbeißen.

»Was studieren Sie noch mal?«

»Psychologie.«

»Also hatte ich mich doch nicht verhört.«

»Haben Sie etwas gegen Psychologen?«

»Warum?«

»Ich glaubte, so etwas in Ihrer Stimme zu hören.«

»Freundchen, bevor Sie die Nuancen meiner Stimme interpretieren, lauschen Sie mal auf dem Klo Ihren Analgeräuschen«, sagte Parizek.

Maier blickte irritiert. »Wollen Sie mich fertigmachen? Wieso? Ich bin hier als Zeuge, der Ihnen helfen will, eine Mörderin zu fangen.«

»Sie sind ein Wichtigtuer, der seine Probleme zu Problemen anderer macht. Ich leide jetzt schon mit Ihren späteren Patienten.«

»Aber –«

»Halten Sie Ihr verdammtes Maul. Sonst stopf ich es Ihnen!«, schrie Parizek. »Typen wie Sie kosten nur meine Zeit. Prahlen könnten Sie, wenn sie Ihnen keinen Tritt in die Eier verpasst hätte. Wenn Fleischhacker jetzt neben Ihnen hier sitzen würde: Dann, aber nur dann dürften Sie Ihre Geschichten erzählen. Haben Sie mich verstanden?«

Parizek verließ das Büro. Er ärgerte sich, dass er überhaupt rausgekommen war. Er hatte gehofft, durch Maier etwas über Valentina in Erfahrung zu bringen. Aber die Memme ließ sich von Weibern in die Eier treten. Schon als der Typ sein Maul zum ersten Mal geöffnet hatte, war Parizek klar gewesen, dass hier jede Frage überflüssig war.

Wie ihn das alles ankotzte. Warum hatte er nicht einfach reich geheiratet? Es liefen doch genug gestopfte Witwen durch Wien, die sich statt eines Fiffis einen Mann mit kräftigen Armen wünschten. Parizek wusste keine Antwort darauf. Erst einmal hatte er auch andere Antworten zu finden. Er wollte wissen, was gespielt wurde. Er fühlte sich nicht wohl in seiner Rolle. Allein dass Alberto sich nicht mehr meldete, ließ ihn ahnen, dass er bald aus dem Spiel genommen werden sollte. Sollte er ins Krankenhaus fahren, um dort zu warten, bis Nicola endlich vernehmungsfähig war? Aber ein Anruf genügte auch, um ihm zu sagen, dass sie noch immer schlummerte. Eine andere Möglichkeit war, sich in der Thalia-Buchhandlung umzusehen. Auf den Videobändern konnte er vielleicht erkennen, ob Valentina dort jemanden getroffen hatte. Was machte man sonst in einer Buchhandlung? Lesen? Wenn man auf der Flucht war?

ACHT

Alberto ärgerte sich noch immer über sich. Er hätte gleich Claudio anrufen sollen. Valentina war ein Profi, da war es nur eine Frage der Zeit gewesen, dass sie ihn wiedererkannte. Aber er hatte gehofft, dass sich die Geschichte bereits dem Ende näherte. Immerhin war es schon dramatisch genug gewesen. Aber Valentina schien noch lange nicht am Ende. Auf der einen Seite freute sich Alberto darüber, weil es ihm bestätigte, dass sie es wert war, seinen Arsch für sie zu riskieren. Andererseits zwang sie ihn dazu, Claudio ins Spiel zu bringen.

Claudio war nicht billig, er würde mindestens die Hälfte von Albertos Honorar fressen. Aber er war gut. Und er war zum Glück frei. Das hätte Alberto eigentlich skeptisch machen müssen. Die wirklich Guten hatten nie frei. Er konnte sich nicht daran erinnern, wann er zum letzten Mal so etwas wie Urlaub gehabt hätte. Dabei hatte er eine Pause bitter nötig. Sonst wäre ihm niemals dieser Fehler passiert. Aber er fürchtete sich vor einer Pause. Er mied sie wie das Tier das Feuer. Wer war er, wenn er nicht arbeitete? Ein ehemaliger Eisverkäufer aus Duisburg, mehr nicht. Nutzlos wie ein nasses Streichholz.

Der junge Mann, der in die Segafredo-Bar eintrat, sah gut aus. Der Anzug war jedenfalls nicht von der Stange. Claudio musste also derzeit gut verdienen. Es konnte noch teurer werden, als Alberto veranschlagt hatte.

Er hob den Arm, in dem eine Zigarette qualmte, und Claudio steuerte auf ihn zu. Er stand auf und umarmte ihn, dann wandte er sich zu dem Mann hinter der Cafébar und bestellte zwei Espressi. Er hatte bereits zwei getrunken, aber einen dritten würden seine Nerven auch noch verkraften.

»Wie geht es deiner Mutter?«, begann Alberto das Entree. »Alles klar zu Hause?«

Claudio nickte lächelnd. »Danke. Sie kocht und backt, als wären wir noch immer zu zehnt am Tisch.«

Alberto lachte. »Und Enzo wird immer dicker, was?«

Claudios Gesicht trübte sich. Er kramte nach einem silbernen Etui und klappte es auf. Er bot Alberto, der gerade seine Kippe im Aschenbecher ausdrückte, eine frische an. Der griff zu und gab Claudio Feuer. Sie zogen ein paar stumme Züge, ehe Claudio Rauch und Seufzer in einem ausstieß.

»Er ist im Krankenhaus. Krebs. Die Lunge. Die Ärzte sagen, er macht es nicht mehr lange.«

Alberto inhalierte tief. »Dieser verdammte Krebs. Das ist kein Tod für einen Mann. Er nimmt dir alles. Die ganze Würde, den Stolz. Wenn ich Krebs habe, erschieße ich mich.«

Claudio lächelte versonnen. »Das hat Enzo auch immer gesagt. Und jetzt ist er froh um jeden Tag, den er noch leben darf. Man hängt dann wohl doch an seinem beschissenen Fetzen Leben.«

Alberto sagte nichts und rauchte. Die Kellnerin brachte die beiden Espressi. Alberto kippte sich zwei Beutel Zucker hinein, Claudio genügte einer. Dann rührten sie in den Tassen, ehe sie den Kaffee tranken.

»Sie ist da drüben bei H&M verschwunden. Ich zeig sie dir, wenn sie rauskommt«, sagte Alberto.

»Soll ich nicht reingehen? Vielleicht gibt es einen Hinterausgang.«

»Dafür bräuchte sie eine Angestelltenkarte. Ohne Karte kommst du in kein Büro und keinen Flur.«

»Und wenn sie eine klaut?«, fragte Claudio.

»Ein Diebstahl würde nur Aufsehen erregen. Wenn sie direkt gejagt werden würde, dann würde sie sicher so vorgehen, wie du sagst. Aber ihr Puls ist gerade unten, da riskiert sie so wenig wie möglich.«

»Du bist der Boss.«

»Ich kenne sie.« Albertos Blick versank im Restzucker der Espressotasse. »Ein wenig zumindest.«

»Und sie kennt dich«, sagte Claudio.

Alberto blickte aus dem Zuckerbrei auf in Claudios blaugrüne Augen. Er schob die Zunge zwischen Vorderzähne und Oberlippe und nickte. Dann zog er kräftig an der Filterzigarette und sagte: »Sonst wärst du nicht hier.«

»Ich darf das nicht, das weißt du«, sagte Claudio, und Alberto wusste, dass es bereits der Einstieg in den Honorar-Poker war.

»Wir tun nur Dinge, die wir nicht dürfen. Schon vergessen?«

»Kommt immer darauf an, unter welchen Gesetzen wir stehen.«

Alberto hatte keine Lust auf ein langes Verhandlungsritual, er war kein Marokkaner. Claudio aber hatte marokkanische Wurzeln, ihm gefiel das Feilschen, und er brachte die nötige Zeit mit.

»Wie viel willst du?«, fragte Alberto.

»Democratic price?«, äffte Claudio den Akzent seiner Vorfahren nach.

Alberto blickte Claudio undurchdringlich an. Er wusste, dass er auf sein Spiel eingehen musste.

»Fünfzehn«, sagte Claudio.

Alberto nickte. *»Last price?«*, scherzte er, ebenfalls in Marokkanisch-Englisch-Slang.

»Die Woche«, sagte Claudio.

Alberto schleuderte die hastig gerauchte Kippe in den Aschenbecher, während Claudio noch kein einziges Mal abgeascht hatte.

»Fünfzehn, bis der Auftrag erledigt ist.« Seine dunkelbraunen Augen funkelten. Claudio sollte wissen, dass er ein gejagter Mann wäre, wenn er nicht einschlug. Er war kein Dummkopf, und er konnte es sich nicht leisten, Alberto als Gegner zu wissen. Und fünfzehn war verdammt viel für eine kleine Spitzelei.

Claudio streckte Alberto die Hand über den Tisch. *»Fair price.«*

Alberto schlug ein und blickte durch das Fenster zu H&M hinüber. Eine junge Frau drängte sich in einer Gruppe Passanten auf den Bürgersteig. Sie trug eine große Einkaufstasche der Verkaufskette in der rechten Hand. Auf dem Kopf saß eine Ballonmütze, das Schild tief über die Augen gezogen. Eine sportliche Winterjacke über einer Röhrenjeans. Alberto erkannte die Stiefel wieder. Und er sah, dass aus der Einkaufstasche der Gurt eines Rucksackes baumelte.

»Da ist sie«, sagte Alberto, und er konnte die Erregung in seiner Stimme nicht verbergen. Er blickte zu Claudio. *»Mi raccom-*

mando!«, mahnte er ihn zur Wachsamkeit. Claudio nickte, drückte seine Zigarette neben Albertos zerknautschter aus und verließ die Segafredo-Bar.

***

Valentina blickte im Vorbeigehen in das spiegelnde Schaufenster einer Parfümerie. Die neuen Klamotten standen ihr gut, und die Mütze war groß genug, um Kopf und Gesicht zu verstecken. Die blonde Perücke hatte sie in der Umkleide gelassen, ihr schwarzes Haar unter dem Ballon versteckt.

Sie würde Adler das Geld bald zurückgeben, das sie ihm aus dem Jackett gestohlen hatte, während er den Notarzt für Nicola gerufen hatte. Sobald die Sache erledigt war, käme sie auch wieder an ihr eigenes Geld ran. Sie hatte Diebstahl schon immer gehasst. Anderen Menschen Besitz zu nehmen war das kleinste und größte Verbrechen zugleich.

Sie überlegte, wohin sie sich zurückziehen konnte, ehe der Theaterabend begann. Am besten irgendwohin, wo sehr viele Menschen waren. Zwar waren dort auch Überwachungskameras nie weit, aber die Massen und der rasche Wechsel an Figuren halfen, den Einzelnen untertauchen zu lassen. Sie entschied sich, über die Kärntnerstraße zum Graben zu laufen. Dort würden sich Einwohner und Touristen tummeln, dort würde sie nicht auffallen.

Vor dem Stephansdom verkauften Mozarts in weißen Perücken, Kniestrümpfen und Schnallenschuhen Konzerttickets an Touristen. Ein golden geschminkter Straßenmime verharrte eine gefühlte Unendlichkeit in Starre und bewegte sich erst dankend, wenn ihm jemand eine Münze in den Spucknapf warf. Drei biedere Mädels musizierten auf Querflöte, Violine und Cello einen klassischen Gassenhauer, den Valentina mitsummen konnte: Beethovens »Ode an die Freude«. Beethoven. Auch er ein Klassiker. Wie Büchner.

Sie kramte das Buch aus der Einkaufstasche hervor. Auch das hatte sie gestohlen. Ein schlechtes Gewissen schickte einen kurzen Schauder bis zu ihrer Kopfhaut. Ein Blick zum Stephansdom ließ in ihr die katholische Prägung erwachen. Nein, beichten würde sie deswegen nicht. Das tat sie schon lange nicht mehr. Der Letzte, dem sie alles anvertraut hatte, was ihre Seele bedrückte, war Don Bernardo gewesen. Und der war lange fort. Er war verschwunden, wie er gekommen war. Das nahm sie ihm noch immer übel. Und deshalb würde es keine Beichten mehr geben. Sie hatte nur sich selbst gerecht zu sein und dem Gesetz.

Sie steuerte eine Steinbank an, die vor dem Stephansdom neben dem U-Bahn-Schacht stand, und drückte sich neben einen farbigen Amerikaner, der seiner Frau aus dem Reiseführer vorlas. Die Gesamtausgabe Büchners war dick, gespickt mit den drei Stücken, die er hinterlassen hatte, der Erzählung »Lenz« und Briefen und Gedanken des widerborstigen Dichters. Auch er war ein Verfolgter gewesen, der an die Rechte des Menschen glaubte und daran zugrunde ging, weil die korrupten Mächtigen sich seine Rebellion nicht gefallen ließen. Ein Einzelner war eben verlassen, wenn er sich aufbäumte. Aber wenn es der Einzelne nicht wagte, wie konnten dann aus einem viele werden?

Valentina blätterte, bis sie zu »Dantons Tod« kam. Warum hatten die Entführer Nicola die Karten zugesteckt? Es waren zwei; Nicola hatte also nicht allein gehen sollen. Es war offensichtlich, dass die zweite Karte für sie bestimmt war. Sie sollte sich das Stück ansehen. Es hatte etwas mit ihr zu tun, womöglich würde sie darüber den nächsten Cache ermitteln. Oder war die Aufführung im Burgtheater bereits der nächste Cache? Was war Weg, was war Ziel?

Valentina begann zu lesen und war von Anfang an von Büchners Text gefangen. Sie hatte schon viel darüber gehört; gelesen aber hatte sie das Stück nie. Halblaut murmelte sie Dantons Text, den er zu seiner Frau Julie spricht: »Die Leute sagen, im Grab sei Ruhe, und Grab und Ruhe seien eins. Wenn das ist, lieg ich in deinem Schoß schon unter der Erde. Du süßes Grab, deine Lippen sind Totenglocken, deine Stimme ist mein Grabgeläute, deine Brust mein Grabhügel und dein Herz mein Sarg.«

Valentina musste tief Luft holen.

***

Das Zischgeräusch eines sich öffnenden Dosenbiers ließ Parizek hinter dem Monitor aufschauen.

»Achtzehn Uhr«, sagte der fettleibige Angestellte in seiner blauen Wachuniform und schnaufte. »Früher war um achtzehn Uhr Feierabend. Mittlerweile haben sie bis zwanzig Uhr offen. In der Landstraße sogar bis um neun. Ich trink mein Bier trotzdem um achtzehn Uhr, da kenn ich nichts.«

Parizek nickte und sah wieder auf den Monitor. Er hatte bis zu der Stelle zurückgespult, als Valentina Thomas Maier in die Eier getreten hatte. »Tritt dem Maier in die Eier«, sagte er. »Was soll einem bei dem Namen auch anderes einfallen?« Er lachte schadenfroh, als er sah, wie der Student sich vor Schmerz krümmte. »Der saß.«

Der Wachmann gab einen Rülpser von sich. »Bring den Parizek ums Eck.« Grinsend nahm er einen weiteren Schluck.

Parizek blickte zu ihm auf. »Der Paul kriegt gleich aufs Maul.«

»Ich heiß nicht Paul«, sagte der Wachmann.

»Wer aufs Maul kriegt, heißt immer Paul. Bei mir wenigstens.«

»Hier drin sind auch Kameras.«

»Die kriegen außer dir doch gar nichts aufs Bild. Da sieht man nur eine Faust, die aus dem Off kommt und dir die Bierdose in den Hals drückt.«

»Warum so aggressiv?«

»Weil ich Wachmänner nicht ausstehen kann. Das sind alles Typen, die den Eignungstest für die Polizei nicht bestanden haben und trotzdem Uniform tragen wollen.«

»So?«

»Jawohl. Und jetzt geh aufs Klo, ich muss mich konzentrieren.«

»Stör ich? Ich trink doch nur mein Bier.«

»Du trinkst kein Bier, du schlürfst es wie heiße Suppe. Das erinnert mich an früher, sonntags zu Hause. Da durfte man nicht reden, und mein Alter schlürfte heiße Suppe. Irgendwann habe ich dann die Terrine gegen die Tapete gepfeffert und wurde dafür übers Knie gelegt. Ein schweres Trauma, du verstehst?«

»Und den Vater hast du dann mit der Suppenkelle erschlagen, hab ich recht?«

»Exakt.«

Der Wachmann stand auf, griff sich ein Sudoku-Heft und verschwand.

Parizek widmete sich wieder dem Monitor. Valentina war unten am Klassikerregal und stahl ein Buch, mit dem sie den Laden dann verließ. Parizek spulte zurück und zoomte auf das Buch. Er konnte Titel und Autor lesen. An »Dantons Tod« erinnerte er sich, weil er es auf dem Gymnasium für den Unterricht hätte lesen sollen. Aber die Zusammenfassung hatte genügt, um darüber zu schwafeln. Jedenfalls wusste er noch, dass es dabei um die Französische Revolution ging. Das war aber auch schon alles.

Er spulte wieder zurück. Ihn interessierte, wann Valentina in die Buchhandlung gekommen war und was sie getan hatte, ehe sie dem Maier in die Eier getreten hatte.

Die Anzeige auf dem Band zeigte fünfzehn Uhr sechsundvierzig, als Valentina die Buchhandlung betrat. Das Band lief weiter. Valentina stand nun vor dem Regal mit den Reclam-Heften und sprach eine Verkäuferin an. Vielleicht sollte er sie vernehmen? Vermutlich ging es aber nur um das Buch, das Valentina nicht bei den Reclam-Heften gefunden hatte. Er stutzte. Valentina schien irgendetwas gesehen zu haben.

Parizek drückte auf die Tastatur und klapperte die anderen Kameras zum selben Timecode ab. Jetzt erkannte er ihn auch: Alberto. Er drehte sich um und verschwand eilig, hatte also gesehen, dass Valentina ihn erkannt hatte. Sie konnte ihn aber nur erkennen, wenn sie ihm mindestens schon einmal bewusst begegnet war. Das bedeutete, Alberto war verbrannt. Und er wusste das auch. Und trotzdem blieb er an ihr dran? Das war alles andere als professionell. Parizek musste es melden. Aber wem? Der einzige Zugang zur ehrenwerten Familie war Alberto, und der verweigerte seit geraumer Zeit den Kontakt.

Parizek lehnte sich in dem Rollsessel zurück, den der fette Wachmann bereits flach gesessen hatte, und dachte nach. Alberto hatte ihm den Auftrag gegeben, Valentina Fleischhacker einzuheizen. Er sollte sie jagen, als wäre sie eine vierfache Mörderin. Obwohl sie unschuldig war. Dafür würde er weiterhin seine monatlichen Überweisungen auf das Konto nach Liechtenstein bekommen. Wenn alles gut lief, sogar einen Bonus. Parizek hatte sich bislang an die Verabredung gehalten. Und er würde es weiterhin tun. Er hatte dabei nichts zu verlieren. Keiner konnte ihm vorwerfen, dass er seinen Job nicht machte. Nur Bauer nervte. Er wollte rasche Ergebnisse. Er war nicht eingeweiht in das Spiel, glaubte tatsächlich, dass Fleischhacker die Killerin war. Idiot. Aber er war nun mal Parizeks Vorgesetzter, und wenn ihm einer die Dienstaufsicht an die Hacken setzen konnte, war es Bauer. Es wäre also günstig, sich zwischenzeitlich bei ihm zu melden und ihm Ergebnisse mitzuteilen. Über Alberto würde er freilich schweigen.

***

»Es scheint in dieser Versammlung einige empfindliche Ohren zu geben, die das Wort ›Blut‹ nicht wohl ertragen können. Einige allgemeine Betrachtungen mögen sie davon überzeugen, dass wir nicht grausamer sind als die Natur und die Zeit«, krächzte es von der Seite.

Valentina hob den Kopf und blickte in das vorwitzig faltenreiche Gesicht eines Mannes, dessen Alter schwer zu schätzen war. Vielleicht war er sechzig, vielleicht aber auch achtzig? Mittlerweile war es dunkel geworden, und die schummrige Beleuchtung, die vom Graben her mit den ersten Nebelschwaden dampfte, zeichnete Gesichtszüge weich.

Der Mann war gekleidet wie ein gut situierter Herr aus den zwanziger Jahren des letzten Jahrhunderts. In Wien begegnete man oft Menschen, die sich noch aus dem Kleiderschrank ihrer Großväter bedienten. Valentina glaubte nicht, dass diese Leute dem Fortschritt und der Mode zum Trotz handelten; es war wohl vielmehr die Sehnsucht nach ästhetischer Harmonie mit der Stadt, die sie die alten Fetzen immer wieder frisch aufbügeln ließ.

»Ich kann noch weiter, wenn Sie wollen. Das ganze Stück kann ich nicht mehr auswendig, aber die großen Stellen schon. Saint-Just ist für mich noch immer die Essenz des Stückes. So läuft die Welt. Robespierre und Danton verhandeln Tugend und sündhafte Lust, aber Saint-Just ist ein eiskalter Engel. Er ist der wahre Killer. Er spricht aus, wie die Mechanismen der Politik zu greifen haben. Ein Menschenleben ist nichts wert«, sagte der Alte, der mit seiner rund gefassten silbernen Brille, die ihm auf einer sehr spitzen Nase locker saß, und dem dichten weißen Haarschopf, der den Vergleich mit einer Perücke des späten 18. Jahrhunderts nicht zu scheuen brauchte, selbst aussah wie einer aus dem Club der Jakobiner.

Valentina sah ihn fasziniert an.

»Entschuldigung. Deutsch, Albert Deutsch. Nicht zu verwechseln mit dem Ernst Deutsch. Sie kennen doch noch Ernst Deutsch?« Er kicherte. »Vermutlich nicht. Wenn Sie jetzt erst den Büchner lesen, werden Sie auch den Ernst Deutsch nicht kennen. Er war ein großer Schauspieler, ein sehr großer. Für mich sogar weit über Oskar Werner. Oskar Werner sagt Ihnen hoffentlich noch etwas?« Er schielte über den Rand seiner Brille, und Valentina kam sich vor wie bei einem Verhör, das nur in Freispruch oder unter Guillotine enden konnte.

»Ich glaube an die Unsterblichkeit des Theaters«, hob er näselnd seine Stimme. Dann kicherte er. »Ich war ein guter Oskar-Werner-Imitator. Die Kantine hat sich immer amüsiert, wenn ich den Werner parodiert habe. Sie wissen schon, von wem der Satz war, den ich eben gesprochen habe?«

Wieder schwieg Valentina.

»Na, den Reinhardt werden Sie doch wohl kennen. ›Die Rede an die Schauspieler‹. Wenn nur ein Einziger sie beherzigen würde. Der Werner hat's probiert, aber er hat sich dann das Talent aus dem Leib gesoffen. Nur der Deutsch, der hatte den Reinhardt wirklich in Fleisch und Blut. Und Sie kennen ihn nicht. Er hat sogar im ›Dritten Mann‹ mitgespielt. Den kennen Sie gewiss. Der gehört ja mittlerweile zu Wien wie die Mozartkugel.«

Der Mann schüttelte fassungslos seinen weißen Schopf. Ehe Valentina etwas Entschuldigendes hervorbringen konnte, fixierte er sie wieder wie ein listiger Rabe und sagte: »Wundern Sie sich denn gar nicht, dass ich wusste, dass Sie ›Dantons Tod‹ lesen? Immerhin haben Sie Büchners Gesamtausgabe in Händen. Sie hätten auch ›Woyzeck‹ oder ›Lenz‹ lesen können. Weshalb zitiere ich ausgerechnet Saint-Just? Genau in dem Augenblick, da Sie ihn gleich selbst lesen werden?«

Valentina blickte ihn fragend an.

»Schauen Sie in Ihr Buch. Gerade haben Sie Robespierres Rede vor dem Konvent gelesen. Zweiter Akt, Szene 7. Sie endet mit den Worten: ›Ich verlange, dass Legendres Vorschlag zurückgewiesen werde.‹ Habe ich recht? Lesen Sie weiter. Jetzt erheben sich die Deputierten zur Abstimmung. Und dazwischen funkt Saint-Just. Sehen Sie schon nach. Los!« Der Alte kicherte in ungeduldiger Vorfreude.

Valentina blickte in das Buch und staunte, als sie die Worte des Mannes bestätigt fand. Er fuhr sich mit Daumen und Zeigefinger über die Mundwinkel und räusperte sich.

»Ich war Souffleur am Burgtheater, jahrelang. Da habe ich gelernt, von den Lippen zu lesen. Die meisten Schauspieler sprechen ihren Text nämlich schon, bevor sie dran sind. Anstatt den anderen zuzuhören, murmeln sie heimlich ihre eigenen Textpassagen. Als Souffleur bemerkt man so etwas. Ich war es nicht hauptberuflich, aber leidenschaftlich. Ich habe das Theater geliebt, war aber selbst ein miserabler Schauspieler. Sobald ich auf einer Bühne stand, stotterte ich, verknotete mir die Zunge wie Seemänner ihr Tau und stolperte über das kleinste Requisit. Ein Fiasko. Zwei Jahre habe ich es versucht, dann habe ich es aufgegeben. Aber die Leidenschaft für das Theater hat mich nie losgelassen. Als Zuschauer litt ich, wenn ich die Schauspieler auf der Bühne sah. Ich wollte den Text mitsprechen, miterleben. Und wie viele Schauspieler gibt es, seien wir ehrlich, bei denen man miterleben darf? Jetzt sind wir wieder bei Ernst Deutsch. Nun ja, Sie kennen ihn nicht mehr, das macht auch nichts. Wichtig ist, dass ich ihn gekannt habe. Und es war mehr als nur eine Namensverwandtschaft, die uns verband. Aber ich konnte das Talent, das er auf der Bühne zeigte, eben nur im Dunkeln ausleben. Im Souffleurkasten. Ich war der beste Souffleur, den es gab. Das war noch vor Klingenberg. Ich sprach die Texte so vor, dass die Spieler sie nur nachzusagen brauchten. Melodie, Rhythmus, Betonung – alles lieferte ich ihnen perfekt.«

Er lachte für einen Moment so schrill, dass Valentina erschrak.

»Verzeihen Sie. Es kam sogar vor, dass Schauspieler, die für eine Rolle in den Olymp gelobt wurden, im nächsten Stück so grottenschlecht waren, dass die Zuschauer dachten, sie hätten es mit zwei verschiedenen Menschen zu tun. Das lag aber nicht an den Darstellern, sondern daran, dass sie im anderen Stück einen anderen Souffleur hatten, verstehen Sie?«

Er sah sie eindringlich an. »Das sollten Sie sich merken. Es sind immer die Souffleure, die den Moment bestimmen. Im Theater wie im Leben. Und deswegen ist Saint-Just auch die wichtigste Figur in diesem Stück. Er souffliert, und die anderen spielen in seinem Sinne.«

Eine leise Melodie ertönte aus der Westentasche seines Wollanzugs. Er griff hinein. Jetzt war sie deutlicher zu hören. Es war die Marseillaise als Klingelton eines Handys. Der Alte nahm das Gespräch entgegen, stand auf und zog mit dem Telefon am Ohr ins Dämmerlicht des Grabens.

Valentina war froh, dass er keine Taschenuhr aus der Weste gezogen hatte, sondern einen Gebrauchsgegenstand aus dem Hier und Jetzt. Die moderne Technik holte sie aus dem 18. Jahrhundert zurück. Sie blickte auf die große Standuhr, die an der Kreuzung von Kärntnerstraße und Graben die Zeit anzeigte, und wusste, dass sie sich sputen musste, wollte sie rechtzeitig im Theater sein.

Während sie raschen Schrittes über den Graben in Richtung Burgtheater ging, dachte sie an den alten Souffleur. War es Zufall gewesen, dass er sie genau in dem Moment angesprochen hatte, als sie zur Rede des Saint-Just kommen sollte? Wie lange hatte er sie bereits beobachtet? Gehörte er mit zum Spiel? War er eine Figur aus der Inszenierung des großen Strippenziehers? Und was hatte es mit Ernst Deutsch auf sich? Und dem »Dritten Mann«?

War der nächste Cache etwa im Prater, im alten Riesenrad? Das wäre wohl zu einfach. Man konnte sich aus allem etwas basteln. Alles wäre in sich logisch zu konstruieren, aber nicht mit den anderen Fakten verzahnbar. Es wären Konstrukte, bar jeder

Folgerichtigkeit. Aber vielleicht war es gerade das, womit man ihr den Verstand rauben wollte.

Der Nebel war da kein guter Freund. Auch er verwässerte und verschleierte alles, verlockte einen, Gestalten und Formen zu sehen, wo keine waren.

Valentina blickte sich um und glaubte, hinter sich jemanden gesehen zu haben, der ihr bereits länger an den Fersen haftete, nun aber in die dunkle Flucht einer Haustür gesprungen war. Eine Litfaßsäule verdeckte den Eingang. Auf der Säule war ein Werbeplakat angebracht: »Wien im Film«. Eine Ausstellung im Filmhaus am Karlsplatz. Geworben wurde mit dem Konterfei von Orson Welles. Valentina musste lachen. Harry Lime blickte diesmal nicht aus dem dunklen Hauseingang, sondern direkt von der Litfaßsäule. Eine Verschiebung von Realität und Fiktion? Oder eine Verschmelzung? Sie wartete und starrte weiter auf den dunklen Hauseingang. Vielleicht würde die Katze doch noch heranschleichen und Harry Lime verraten?

Es kam keine Katze. Dafür rauschte ein Fiaker vorbei und riss Valentina mit dem harten Klappern von Hufen auf Kopfstein aus ihrer Spekulation.

Jetzt musste sie sich wirklich beeilen. Sie begann zu laufen, stürzte über den Heldenplatz, rannte rechts hinter dem Volksgarten vorbei und passierte den Bühneneingang des Burgtheaters, um endlich leicht verschwitzt die Stufen des Haupteingangs zu erreichen.

Adler stand mit dem Rücken zu einem Schaukasten und blickte von der obersten Stufe hinüber auf den Rathausplatz. Er zog an einer Zigarette und hatte den Kragen eines lässigen Trenchcoats hochgeschlagen. Er sah verdammt gut aus, stellte Valentina fest. Und sie hatte das Gefühl, dass er im Moment der Einzige war, dem sie vertrauen durfte.

Kaum hatte sie es gedacht, wurde sie auch schon misstrauisch. Wieso sollte sie ihm trauen dürfen? Nur weil sie beide eins mit der Bratpfanne über den Schädel bekommen hatten und für einen Moment die absolute Finsternis miteinander geteilt hatten? Wer sagte, dass er hier nicht wartete, um sie Parizek auszuliefern?

Sie entschloss sich, nicht gleich auf ihn zuzugehen, sondern erst einmal die Lage zu sondieren. Sie hielt sich rechts vom Treppenaufgang im Schatten einer der tragenden Säulen. Von dort aus hatte sie einen guten Blick über die gesamte Treppe, mit einer leichten Kopfdrehung bekam sie auch Adler rasch ins Visier. So versuchte sie sich Klarheit über die Situation zu verschaffen, was jedoch geradezu unmöglich war. Gegenüber hatte ein Zirkus sein Zelt aufgeschlagen, aus den Lautsprechern hallte Musik. Menschen drängten sich über den Rathausplatz, wurden vom Nebel umgarnt. Die Tram, die direkt vor dem Burgtheater hielt, spuckte und fraß Fahrgäste, und Droschken wechselten sich mit Taxis ab, um Pelzträgerinnen samt deren Jägern direkt vor dem Theater abzusetzen.

Adler rauchte noch immer. Jetzt suchte er eine Entsorgungsmöglichkeit für den Stummel. Er entschied sich dafür, ihn einfach auf die Treppe zu werfen und ihn mit der Fußspitze von der Restglut zu befreien.

Die Treppe war dicht bevölkert. Valentina zwängte sich durch die Menschentrauben und näherte sich Adler. Er bemerkte es nicht, als sie neben ihm stand. Sie zupfte ihn am Ärmel und schob ihre Mütze leicht aus der Stirn. Er lächelte sie an, wie es sonst nur George Clooney tat, und sie wünschte sich, sie wäre in einem Film mit ihm verschmolzen und in der Ausstellung am Karlsplatz zu bewundern.

»Führerloge. Das sind gute Plätze.« Er zog seine Karte aus dem Trenchcoat.

»Führerloge?«, fragte Valentina.

»Ja, dort saß der Führer. Früher vermutlich auch mal der Kaiser. Aber da der Führer wohl der ambitioniertere Weltherrscher war, hat man sie unter der Hand ihm überschrieben. Passt jedenfalls zum Stück.«

»Was hat Hitler mit der Französischen Revolution zu tun?«

»Hast du das Stück denn nicht gelesen? Das solltest du immer tun, bevor du ins Theater gehst. Dort erlebst du nämlich nicht das Stück, sondern den Traum eines Furzes, den sich ein Regisseur aus dem Enddarm gepresst hat, um jung und wild zu gelten.«

»Seit wann bist du so konservativ?«

»Wieso ist das konservativ, wenn ich wissen will, was verhandelt wird? Ich nenne das mündig.«

Valentina atmete tief durch. »Bist du immer so anstrengend? Ich meine, kann man mit dir auch einfach mal nur übers Wetter reden? Muss es immer gleich zum Kern der Welt dringen?«

»Das Leben ist zu kurz und das Wetter zu unbeständig.«

»Auf den Wiener Nebel kannst du dich verlassen.«

»Aber darüber wurde bereits alles gesagt. Und wie ich finde, recht schwach.«

»Was?«

»Die österreichische Literatur hat den Wiener Nebel niemals richtig gewürdigt. So wie es Dickens in ›Bleak House‹ getan hat. Kennst du es? Du musst es lesen. Nicht alles darin hat wirklich Zug, aber die Eingangssequenz über den Londoner Nebel, das ist ein Muss. Wenn man wirklich über Wetter reden will.«

»Tust du mir einen Gefallen?«

»Gerne.«

»Wenn das Stück beginnt, halt bitte die Klappe.«

»Versprochen. Vorher trinken wir aber einen Sekt. Einverstanden? Wer weiß, wann ich wieder einmal das Vergnügen habe, mit dir ins Theater zu gehen. Hinter jeder Ecke könnte schließlich die Handschelle lauern.«

»Es macht dir wohl Spaß, mit einer Mordverdächtigen unterwegs zu sein.«

»Ja, ich muss gestehen, so etwas kriegt man nicht alle Tage.«

»Hast du denn keine Angst, dass ich tatsächlich eine Mörderin sein könnte?«

»Um ehrlich zu sein, ich wünsche es mir sogar. Findest du das pervers?«

»Ich schätze, du betrachtest das rein wissenschaftlich.«

»Ich freue mich, dass du es selbst so siehst.« Adler lächelte und zog ab, um sich um die versprochenen Getränke zu kümmern.

Valentina blieb hinter einer Säule zurück und zog den Schirm ihrer Mütze wieder tiefer in die Stirn. Gerade so viel, dass sie darunter hervorsehen konnte, wer sich das Stück heute Abend sonst noch ansehen wollte. Womöglich war auch der unbekannte Strippenzieher mit von der Partie. Immerhin hatte er sie hierher eingeladen. Dass sie nicht mit Nicola, sondern mit Adler hier war, würde ihn allerdings bestimmt irritieren.

Valentina überlegte, ob er sie bereits entdeckt hatte, und hielt Ausschau nach ihrem Verfolger mit dem gestutzten Schnäuzer. Sie konnte ihn nirgendwo entdecken.

Adler kam mit zwei perlenden Gläsern zurück.

»Leider nur eine müde Brause. Die edlen Tropfen trinken sie wohl in der Direktion.« Er reichte Valentina ein Glas, stieß mit ihr an und duckte sich etwas, um ihr dabei unter dem Mützenschirm hinweg in die Augen sehen zu können.

»Dafür ist die Inszenierung vermutlich etwas spritziger als der Sekt«, sagte er. »Laut Kritiken soll es ein richtiges Blutbad sein. Über so viel Effekthascherei habe man allerdings vergessen, die Texte aufzusagen.«

»Du hast dich ja richtig informiert.«

»Ich bin gerne vorbereitet, vor allem was Theater angeht«, antwortete Adler und nippte an dem Sektglas. Es klingelte zum ersten Mal. Adler ignorierte es und fuhr fort: »Ich liebe das Theater, aber ich meide es, wo ich nur kann. Das hört sich paradox an, ist aber so. Es gibt kein Stück der klassischen europäischen Dramatik, das ich nicht eingehend studiert habe. Aber ich wage es nicht, es mir anzugucken.«

»Nur weil die Regisseure es nicht vom Blatt spielen?«

»Nein, weil sie psychologisieren.«

Valentina musste lachen. »Und das sagst ausgerechnet du?« Es klingelte zum zweiten Mal.

»In den modernen und zeitgenössischen Stücken lasse ich es mir gefallen, die sehe ich mir aber erst recht nicht an. Aber wenn man zum Beispiel Sophokles' Antigone auf ein Familiendrama hinunterbricht und die Spieler in Bert-Hellinger-Aufstellungen auf die Bühne stellt, ist es für mich aus. Man darf Ödipus nicht psychologisieren, schließlich existierte er vor dem Ödipuskomplex, verstehst du?«

Es klingelte zum dritten Mal.

»Wir müssen rein«, sagte Valentina.

»Wer behauptet, Antigone sei lediglich eine pubertäre Göre, die aus Trotz handle, gehört schlichtweg gesteinigt. Es geht in dem Stück um Größeres als Psychologie. Es geht um Haltung, Werte und Glauben. Und nicht um die Pickel einer Vierzehnjährigen.«

Valentina hatte Adler ihr leeres Glas in die Hand gedrückt und war bereits losgegangen, um in der Loge Platz zu nehmen. Adler stellte die Gläser ab und eilte schwatzend hinter ihr her.

Valentina hoffte, dass er sein Plappermaul endlich halten würde, wenn sich der Vorhang hob. Aber es gab keinen Vorhang. Das Stück hatte bereits begonnen. Wenigstens schien es so. Sie hatte den Eindruck, als hätten sie den Anfang verpasst, aber es war wohl Teil der Inszenierung.

Eine gewaltige Guillotine beherrschte die Bühne. Zwei Henker mit schwarzen Kapuzen schleiften einen großen Korb, gefüllt mit abgeschnittenen Köpfen, über die Bühne. Einer der Köpfe purzelte heraus und kullerte an den Bühnenrand. Der Kopf glich der Fratze eines islamischen Diktators. Einige Zuschauer kicherten, als sie ihn erkannten, andere riefen sogar »Bravo« und applaudierten.

Adler verdrehte die Augen. »Das fängt ja schon geistreich an.«

Ein Zauberer auf Stelzen kam herein; ein langer dunkelblauer Mantel mit großen gelben Sternen verdeckte die Beinverlängerungen. Ihm folgte ein kleiner dicker Assistent, eine riesige genmanipulierte Möhre hinter sich herschleifend. Der Zauberer blieb neben der Guillotine stehen – sie waren beide exakt gleich groß – und nickte dem Assistenten zu. Der wuchtete die Möhre auf die Guillotine und schob ihre Spitze durch das Loch, wo sonst die Hälse der Reaktionäre steckten. Nun wies der Zauberer seinen Gehilfen an, einen Schritt zurückzugehen. Eine magische Handbewegung, das Erklingen der »Harry Potter«-Filmmusik, und das Fallbeil sauste auf die Möhre nieder. Ein saftiges Knackgeräusch untermalte die Enthauptung der Karotte.

Vereinzeltes Gelächter im Publikum. Ein schweres Schnaufen von Adler.

Der Zauberer gab seinem Assistenten ein Zeichen. Dieser schüttelte ängstlich den Kopf und schlotterte übertrieben mit den Knien. Auch nach wiederholter Aufforderung weigerte er sich, seinen Kopf in das Loch der bereits wieder aufgezogenen Mordmaschine zu stecken.

»Nun mach endlich, wir wollen, dass das Stück auch irgendwann mal anfängt!«, schrie Adler. Ihm lag Theater wohl tatsächlich am Herzen.

Als hätte der Assistent auf Adlers Zuruf gewartet, trottete er zur Guillotine und ergab sich in sein Schicksal. Im Publikum kamen Raunen und Gekicher auf. Wer wollte schon glauben, dass ein unschuldiger Tropf nun seinen Kopf verlieren sollte?

Die »Harry Potter«-Musik schwoll wieder an, der Zauberer mimte seine magische Bewegung, und das Fallbeil sauste erneut hinab. Frauen kreischten, einige Männer lachten, Adler gähnte.

Der Kopf des Assistenten weilte unversehrt im Loch der Guillotine. Überrascht von dem Wunder zog er seinen heilen Schädel aus der Todeszone und begann einen Freudentanz aufzuführen, während der Zauberer sich kurz verneigte, um vom Publikum einen Zwischenapplaus abzusahnen. Dann verschwand er stelzend samt Helfer von der Bühne, und Valentina wunderte sich, warum er nicht auf einem Besen davonflog, wenn er doch zaubern konnte.

Jetzt erschienen Damen und Herren in Perücken und Plunder. Sie lachten, wie man es aus Operetten kannte, und gaben Texte von sich, die wohl amüsant waren, aber nicht verständlich an Valentinas Ohr drangen.

»Ich habe es geahnt«, seufzte Adler und ließ sich erschlagen in das Polster sinken. Er zog ein rotes Büchlein mit dem Konterfei Büchners hervor und schlug es auf. »Von Suhrkamp«, raunte er Valentina zu. »Die finde ich besser als Reclam. Da sind auch Anmerkungen drin.«

Valentina überlegte kurz, ob sie mit ihrer Gesamtausgabe nachlegen sollte, entschied sich dann aber doch, dem Geschehen auf der Bühne zu folgen.

***

Alberto war froh, dass er Claudio vor dem Theater gelassen hatte und selbst hineingegangen war. Hier, im Dunkel des Saals, würde Valentina ihn bestimmt nicht entdecken. Er stand ganz oben an der Seite des zweiten Ranges. Zwar hatte es noch vereinzelt Sitzplätze gegeben, aber von dort aus hätte er keinen Blick in die Loge gehabt, in der Valentina mit dem Spitzel saß. Wusste der Teufel, warum sich Adler an ihre Fersen geheftet hatte. Und das Hirn wollte es offenbar erst einmal so weiterlaufen lassen. Vielleicht war Adler ja auch zu etwas nütze? Alberto konnte es sich zwar nicht vorstellen, nach dem, was er über ihn gelesen hatte, aber er war auch nicht das Hirn, sondern eine Fachkraft im Segment Observation und Tötung, obendrein in diesem Fall verbrannt.

Es schmerzte ihn, als er wieder daran denken musste. Wenn er nur die Zeit zurückdrehen könnte. Niemals wäre er in das Taxi gestiegen. Aber die Zeit konnte noch nicht einmal Il Cervello zurückdrehen.

Und womöglich hatte auch er schon den einen oder anderen Fehler begangen. Im Falle Adlers, so glaubte Alberto zu riechen, würde das Hirn einen Fehler machen, wenn man sich nicht bald ernsthaft um ihn kümmerte. Aber Alberto würde den Teufel tun, Vorschläge dieser Art zu unterbreiten. Angestellte, die über ihr Quadrat hinausdachten, waren in der Organisation nicht gern gesehen. Selbstständige Arbeit war das eine, Grenzüberschreitung das andere. Da waren sie knallhart. Alberto konnte es verstehen. Wo käme man hin, wenn jeder auf einmal ein Superhirn wäre?

Ein Raunen, das vom Parkett nach oben schwappte, ließ ihn wieder auf die Bühne blicken. Schwälle von Theaterblut spritzten aus zwei Feuerwehrschläuchen über die Bühne und ergossen sich in die ersten Reihen des Theaters. Ein Mann mit Jakobinerperücke hatte sich die speienden Schläuche unter die Arme geklemmt und schrie: »Jawohl, Blutmessias, der opfert und nicht geopfert wird. – Er hat sie mit seinem Blut erlöst, und ich erlöse sie mit ihrem eigenen. Er hat sie sündigen gemacht, und ich nehme die Sünde auf mich. Er hatte die Wollust des Schmerzes und ich die Qual des Henkers.«

Das Publikum in den vorderen Reihen kreischte und echauffierte sich. Blutige Frauen verließen mit Männern in roten Anzügen schimpfend das Theater. Die Zuschauer in den oberen Rängen lachten schadenfroh und forderten eine Zugabe. Der Blutmessias auf der Bühne richtet die Schläuche nach oben. Helle Schreie durchfuhren die Ränge.

***

Valentina erschrak. Robespierre zielte mit den Schläuchen zu ihr in die Loge.

»Es war klar, dass das kommen musste«, sagte Adler. »Immerhin ist es die Führerloge. Wie mich diese plumpen Assoziationen langweilen. Fehlt nur, dass sie jetzt den Büchner auch noch mit Bernhard-Texten vermischen. Warten Sie ab, gleich brüllt er: ›Alles Faschisten!‹«

Valentina wartete, ob Adler recht hatte. Sie fand alles sehr spannend. Auch Adler. Er war für sie mittlerweile Teil der Inszenierung geworden. Aber Robespierre skandierte nicht »Alles Faschisten!«, sondern schrie sich Büchner-Text aus der Seele: »Alle im blutigen Schweiß, aber es erlöst keiner den andern mit seinen Wunden. – Mein Camille! – Sie gehen alle von mir – es ist alles wüst und leer – ich bin allein.«

Das Blut aus den Feuerwehrschläuchen versiegte. Im Publikum herrschte absolute Stille.

Valentina war zutiefst ergriffen von der Darbietung des Robespierre. »Long Train Runnin'« von den Doobie Brothers ertönte und verkürzte den Umbau vom ersten auf den zweiten Akt.

Adler lehnte sich zu ihr herüber. »Gethsemane-Garten«, sagte er.

»Was?«, fragte Valentina, die ihn wegen der lauten Musik nicht verstanden hatte.

»Gethsemane-Garten!«, wiederholte Adler lauter.

»Ich verstehe nicht. Was heißt das?«

»Es heißt ursprünglich: ›Alle im Gethsemane-Garten im blutigen Schweiß.‹ Unser Robespierre hat es aber gestrichen. Vermutlich wussten die Dramaturgen nicht, was der Gethsemane-Garten bedeutet.«

»Ach so. Das kann gut sein.« Valentina nickte. Auch sie wusste nicht, wo sie den Gemüsegarten hinstecken sollte, aber sie verzichtete darauf, nachzufragen.

***

Parizek hatte zweimal geklingelt. Das fand er nicht aufdringlich. Bauer blickte überrascht, als er ihn vor seiner Haustür stehen sah. Er sei in der Nähe gewesen, behauptete Parizek, und da habe er gedacht, er sehe mal kurz vorbei. Sogar einen Blumenstrauß für die Frau Gemahlin hatte er sich in dem kleinen, aber feinen Blumenladen an der Ecke der Auhofstraße noch binden lassen. Diesbezüglich wusste er, was sich gehörte.

»Kommen Sie rein«, sagte Bauer und kaute weiter an der Pfeife, die er sich zwischen die Zähne gesteckt hatte. Mit den Blumen schien er überfordert. »Meine Frau ist nicht da. Sie ist übers Wochenende zu ihrem Vater gefahren. Es geht ihm nicht gut. Genauer gesagt, er liegt im Sterben. Metastasen überall. Wo der Herd lag, will jetzt keiner wissen. Leber oder Lunge, wen kümmert das am Ende? Wenn eine Zelle mal mutiert, geht es ganz schnell.«

»Und ich wette, er hat nie geraucht«, sagte Parizek.

»Oh doch, wie ein Schlot. Ich glaube, er raucht sogar jetzt noch. Wozu sollte er es auch sein lassen? Ob ich die Blumen ins Waschbecken lege? Ich weiß nicht, wo hier die Vasen sind. Ich weiß überhaupt nichts von dem Haushalt. Ich bin ja nur am Wochenende wirklich hier. Den Rest verbringe ich im Büro oder bei irgendwelchen Empfängen. Aber wem erzähle ich das? Parizek, ist es nicht sonderbar? Da rackert man sich ab, um sich so eine Hütte hinzustellen, und dann findet man keine einfache Blumenvase. Vermutlich könnte ich Ihnen noch nicht einmal meine Frau vorstellen, weil ich nicht mehr wüsste, ob sie nicht doch die Haushälterin ist, die dreimal die Woche kommt. Aber sie ist ja nicht hier, das ist mein Glück, das erspart mir ein mögliches Dilemma.«

»Sind Sie sich denn sicher, dass sie zu ihrem Vater gefahren ist?«, fragte Parizek.

»Oh ja, absolut sicher. Es geht ums Erbe. In solchen Dingen ist auf meine Frau Verlass. Sie muss jetzt beweisen, dass sie die bessere der beiden Töchter ist. Der Alte hält sich mit seinem Testament nämlich noch bedeckt. Und er ist steinreich. Mich interessiert das überhaupt nicht, aber meine Frau kennt nur Geld. Sie ist eben so aufgewachsen. Sie sehen ja selbst, wie es hier aussieht. Und ich finde noch nicht einmal eine Vase, weil ich Angst habe, ich könnte das Kraut aus Versehen in ein Kunstobjekt stopfen.«

Bauer lachte wieder. Dann ging er mit Parizek in die Küche, öffnete den Mülleimer und warf die Blumen dort hinein.

»Nehmen Sie es mir nicht übel. Aber ich mache mir nichts aus Grünzeug. Meiner Frau hätten Sie damit vermutlich imponiert. Sie haben sicherlich nicht die billigsten gewählt, immerhin legen Sie selbst auch Wert auf das Feinste.« Bauers Lippen wurden dünn. »Sie würden vermutlich besser zu meiner Frau passen als ich.« Er kramte in der Tasche seiner Weste nach Streichhölzern und zündete die Pfeife an, paffte, bis eine kleine Stichflamme aus dem dunkelbraunen Pfeifenkopf stach, dann lächelte er zufrieden und wandte sich wieder an Parizek.

»Was führt Sie am heiligen Sonntag zu mir?«

Parizek stand unbeholfen in der Küche und wusste nicht mehr, was er sich von seinem Besuch hier erhofft hatte. Er hätte sich gerne gesetzt und sich an einem Glas Alkohol festgehalten. Bauer schien das zu registrieren.

»Tut mir leid, ich weiß zwar, wo der Whisky steht, aber ich habe keine Ahnung, wo die Gläser sind. Ich habe nur eine Tasse, auf der ›Polizist‹ steht, daraus trinke ich alles.«

»Wir könnten ja mal nachsehen?«, sagte Parizek. Ihm war die Sonntagsstimmung seines Chefs unangenehm. Er fürchtete, Bauer würde ihm gleich sein ganzes Elend vorplärren oder ihm die Dienstwaffe an die Schläfe drücken, weil er ein paarmal seine Frau gevögelt hatte. Daher wusste Parizek auch, wo sich die Gläser befanden. Er hätte Bauer auch sagen können, wo es Vasen gab. Aber er wäre ein Idiot gewesen, wäre er Bauer auf den Leim gegangen. Der schien nur auf eine Unachtsamkeit von ihm zu warten.

Also öffnete er erst einmal die falschen Wandschränke und hoffte darauf, dass Bauer bald die richtige Tür finden würde. Aber der mauerte ebenso. Parizek drückte sich geschickt um den Schrank, in dem sich nach seiner Erinnerung die Trinkgläser befanden, und öffnete sogar die Schubladen mit dem Besteck und dem Backpapier, nur um nicht auf die Gläser zu stoßen. Er war sich noch nicht einmal zu blöd, wiederholt in die falschen Kästen zu gucken.

»Da bleibt ja dann nur noch der hier übrig«, sagte er irgendwann und deutete auf den Hängeschrank.

Bauer sah ihn verdutzt an. »Habe ich da nicht schon nachgesehen?« Er schüttelte ungläubig den Kopf und öffnete dann die Tür des Schränkchens. Eine stattliche Auswahl an Gläsern blinkte ihm entgegen.

Er lachte auf: »Sie müssen mich für leicht vertrottelt halten, Parizek. Aber ich bin nicht im Dienst. Und das ist sehr gefährlich, wissen Sie.«

Er nahm ein Whiskyglas aus dem Fach und schlurfte damit aus der Küche. Parizek schloss die Tür des Schrankes. Er mochte weder halb offene Schubladen noch gähnende Türen.

»Kommen Sie«, drang es aus dem Flur. Parizek folgte Bauers Aufforderung und ging mit ihm in den Wintergarten.

»Setzen Sie sich«, sagte Bauer und schenkte aus der Whiskyflasche ein, die zwar schon angebrochen war, aber noch einige Gläser hergab. »Ich habe noch Nachschub, falls uns danach sein sollte.« Er setzte sich Parizek gegenüber in einen alten, aber sorgfältig restaurierten Ledersessel und goss nun auch sich ein. Dann hob er die Tasse mit der Aufschrift »Polizist« und streckte sie Parizek entgegen. Der nahm sein Glas und stieß an.

»Auf die Polizei«, sagte Bauer.

Parizek nickte stumm und schüttete den guten Tropfen hinunter. Bauer nippte nur an der Tasse, goss aber Parizek großzügig nach. Er blickte ihn unbeteiligt an.

Das zweite Glas ließ auch er langsamer angehen. Er nippte,

leckte sich mit der Zunge kurz über die schmalen Lippen und begann zu reden.

»Wie ist die Stimmung in den höheren Etagen?«

Bauer versteckte sein Gesicht hinter der großen Tasse. Nur seine grauen Augen blickten wässrig hervor. Er murmelte etwas, was aber nicht bis zu Parizek durchdrang, dann nahm er die Tasse vom Gesicht und knallte sie laut auf den antiken Glastisch. Ein Riss brach sich durch die Scheibe und verzweigte sich dann in drei Arme. Nur einer davon gelangte bis zur anderen Seite, an der Parizek saß. Er hatte den Lauf des Glassprungs verfolgt und fühlte sich getroffen.

»Ach du meine Güte! Das wollte ich nicht. Entschuldigen Sie, manchmal habe wohl auch ich Temperament. Ich werde eine Tischdecke darüberlegen müssen, damit meine Frau es nicht merkt. Jetzt müsste ich nur wissen, wo sich hier im Haus die Tischdecken befinden.« Bauer lachte gezwungen, dann umklammerte er die Polizeitasse und presste die nächsten Worte durch die Zähne:

»Die Stimmung könnte besser nicht sein. Die ganze Angelegenheit könnte unter dem Motto ›Kopf ab!‹ geführt werden. Wenn nicht bald Ergebnisse auf dem Tisch liegen, werden Köpfe rollen. Sie können sich denken, dass nicht nur meiner bereits auf dem Hackklotz liegt. Ich weiß nicht, was da tatsächlich gespielt wird, Parizek. Ich weiß nur, dass man endlich Valentina Fleischhacker in Handschellen sehen will. Ob sie die drei Frauen, Zirner und den Stricher tatsächlich ermordet hat, das scheint niemanden ernsthaft zu interessieren. Man will ihren Kopf. Denn ihr Kopf rettet unzählige andere. Fragen Sie mich nicht, warum, ich weiß es nicht. Und wenn ich es ahnte, ich wollte es nicht wissen. Verstehen Sie, Parizek?«

Parizek leerte sein Glas und goss auf eigene Faust nach. Bauer registrierte es kommentarlos, leerte seine Tasse und streckte sie ihm hin, damit er auch ihm nachfüllte.

»Wenn ich allem, was ich ahne, auf den Grund gehen würde, wäre ich ein verlorener Mann. Ich ahne, wo hier die Vasen sind, ich ahne auch, wo die Gläser stehen – und ich habe eine Ahnung, wer meine Frau vögelt, während ich versuche, ein guter Polizist zu sein.« Bauer nahm einen kräftigen Schluck aus der Tasse. »Versuchen Sie es zur Abwechslung auch mal, Parizek. Dann bleibt Ihnen die Dienstaufsicht vielleicht erspart.«

Das wässrige Grau von Bauers Augen wandelte sich zu Stahl. Parizek wandte den Blick ab und starrte auf das leere Whiskyglas in seiner Rechten, um es dann vorsichtig auf dem gesprungenen Glastisch abzusetzen. Er fürchtete, der Riss könnte sich im Whiskyglas fortpflanzen und dann auf seine Hand überspringen. Durch den ganzen Körper würde er sich ziehen, bis ins Herz und in den Kopf. Und dann würde er endlich zerspringen.

Er ließ das Glas los und stand auf, nickte Bauer zu und verließ den Wintergarten und das Haus, in dem er sogar die frischen Handtücher gefunden hätte, wenn er nur gedurft hätte.

Aber er durfte nicht. Er durfte überhaupt nur noch eins. So schnell wie möglich Valentina Fleischhacker fassen, damit er einigermaßen aus der Sache herauskam. Die Italiener konnten ihn am Arsch lecken. Mit denen würde er fertig werden. Am Ende würde er es eben so drehen, dass er nur zum Schein für die Mafia gearbeitet hatte, um in die inneren Strukturen der Organisation zu gelangen. Aber es war besser, sich für die eigene Leute zu entscheiden. Hier kannte er sich wenigstens einigermaßen aus. Hier wusste er, wo die Vasen standen.

***

»Wir haben nicht die Revolution, sondern die Revolution hat uns gemacht!«, schrie Danton gegen den metallenen Lärm an, der aus den Lautsprechern über die Bühne und durch den Zuschauersaal bis in die Führerloge fegte. Valentina war begeistert von der Lautstärke und dem Pathos, das die Schauspieler in die Texte warfen. Jetzt aber schienen sich die Lippen der Darsteller nur noch stumm zu bewegen. Jedenfalls drangen ihre Stimmen nicht mehr zu ihr hindurch. Als hätte ihnen jemand den Ton abgestellt. Dafür flimmerten jetzt vereinzelte Kindergesichter übergroß auf der Bühne, schwebten körperlos im Raum. Valentina war beeindruckt.

»Projektion auf Gaze. Ein Effekt, ähnlich wie bei einer Luftspiegelung. Wird jetzt überall gemacht. Nachdem die Videoprojektionen allmählich durchgehechelt sind, ist das an der Reihe. Ich bin gespannt, wann wir mit 3-D-Brillen im Theater sitzen werden.«

Adler wusste noch mehr darüber zu erzählen, aber Valentina gebot ihm mit der Hand zu schweigen. Sie vernahm leises Flüstern, das sich allmählich durch den Metallklangteppich durchzusetzen begann. Das Flüstern war mal synchron mit den Lippenbewegungen der Darsteller, mal sprang es auf die Münder der projizierten Kindergesichter. Aber sosehr sie sich auch mühte, sie konnte den Wortlaut nicht verstehen.

Adler beugte sich zu ihr und flüsterte ebenfalls: »Nimmt man das Vaterland an den Schuhsohlen mit?«

Valentina war fast zornig auf ihn. Sie wollte verstehen, was dort unten gespielt wurde, und er stellte ihr so eine blöde Frage. Sie drückte ihn von sich weg und blitzte ihn scharf an.

Adler hob erschrocken die Hände, so als würde sie ihn mit einer Pistole bedrohen.

»Lass mich doch einfach mal das Stück anschauen und warte mit deinen Kommentaren wenigstens bis zur Pause.«

»Aber das war kein Kommentar. Das ist der Text. Mir schien, du hättest ihn akustisch nicht verstanden.«

Valentina sah auf die Bühne. Das Flüstern war zu einem asynchronen Chor angeschwollen. Noch immer konnte man den Text nicht fassen. Es lag wohl in der Absicht der Regie. Valentina versank in den einzelnen Kindergesichtern. Sie erkannte, dass es sich um Kinder aus Krisengebieten handelte. Sie bewegten ihre Lippen, aber man hatte ihnen die Tonspur genommen. Dafür quoll der Flüsterchor der Darsteller über die Bilder, das eine oder andere Wort setzte sich auf den Lippen eines Kindermundes fest, als würde es doch passen. Aber es gab nur für einen Moment diese Illusion, dann murmelten sich Wörter und Lippen wieder auseinander.

»Wie heißt der Text noch mal?«

»Nimmt man das Vaterland an den Schuhsohlen mit?«, antwortete Adler.

Valentina war von hunderttausend Volt getroffen.

»Nimmt man das Vaterland an den Schuhsohlen mit?« Das war wie für sie persönlich geschrieben. Auch an ihren Sohlen hing das Vaterland. Sizilien. Die Familie. Die Cosa Nostra, die sie nicht abschütteln konnte. Und mit einem Mal entdeckte sie in all den Kindergesichtern sich selbst. Auch sie begann die Lippen zu bewegen, flüsternd in den Chor einzusteigen. Dann erschrak sie, als sie sich plötzlich nur noch selbst hörte. Der Metalllärm war mit einem Schlag verstummt, das chorische Murmeln ebenfalls.

Nur Valentina sprach: »Nimmt man das Vaterland an den Schuhsohlen mit?« Sie starrte entsetzt in die fragenden Kindergesichter und hoffte, dass das Stück nun gleich weiterging. Die Pause schien endlos, und ihr war, als stierten achthundert Augenpaare nicht mehr auf die Bühne, sondern hoch zur Führerloge, aus der sie in den stillen Raum gesprochen hatte.

Adler schien die inszenierte Pause wohl zu lang zu werden, denn er brüllte auf die Bühne hinab: »Und glaubt kein Wort von dem, was er gesagt hat: Nichts als Faulheit! Er will sich lieber guillotinieren lassen als eine Rede halten! So geht's weiter im Text!«

Das Publikum lachte. Umbaumusik ertönte.

***

Albertos Handy vibrierte. Bei dem Lärm, den sie hier im Theater veranstalteten, hätte er sich nicht die Mühe machen müssen, es leise zu stellen. Er griff in seine Jackentasche und bediente den Touchscreen. Es war eine SMS mit deutlicher Botschaft: »Adler eliminieren.«

Das wurde aber auch Zeit. Den Lackaffen hatte er von Anfang an nicht ausstehen können. Noch bevor er wusste, dass Adler ein elender Mafiajäger war, hätte er ihn in die Gosse treten können. Alberto lachte in sich hinein. Am liebsten hätte er ihn in der Pause auf die Bühne geschleift und mit der Guillotine geköpft. Aber die durfte sicher nicht so gut funktionieren wie das Rasiermesser von 1792. Immerhin war man hier im Theater. Da roch das Blut nach Hustensaft und schlechter Tomatensoße. Da durfte man keiner Guillotine aus der Requisitenkammer vertrauen. Da vertraute man doch besser seiner Garrotte.

Das Handy brummte wieder. Und als ob Il Cervello Albertos Gedanken gelesen hätte, lautete die Anweisung. »Einmaliger Schuss ins Herz.«

Alberto steckte das Handy enttäuscht ein. Aber das Hirn war der Boss. Es würde sich schon etwas dabei gedacht haben. Das Handy brummte erneut. Alberto zog es abermals hervor: »Vierter Akt, Szene 9, Lucile: ›Es ist ein Schnitter, der heißt Tod, hat Gewalt vom höchsten Gott.‹ Dann Schuss.«

Alberto blähte die Wangen. Im Theater also, noch während der Vorstellung. Er kannte das Stück nicht, wusste noch nicht einmal, wie viele Akte der Schinken hatte. Er würde sich ein Programmheft kaufen müssen, um sich zu orientieren. Und dann: Wie sollte er an Adler rankommen? Er hatte nur seine Luger dabei. Ohne Schalldämpfer. Das würde Krach machen. Vielleicht konnte er Adler irgendwie aus der Loge locken? Valentina durfte ihn nicht noch ein weiteres Mal sehen. Vor allem nicht als Todesschützen.

Er sah hinüber zur Loge. Mit einem Zielfernrohr und einem Präzisionsgewehr wäre es von hier oben ein Kinderspiel. Aber er konnte nicht einfach ein Gewehr auf der Brüstung ansetzen. Die Leute würden ihn sofort überwältigen. Es sei denn, sie glaubten, er wäre Teil der Inszenierung.

***

Die Nachtschwester hatte ihn nicht abwimmeln können. Schnellen Schrittes marschierte er den kalten Gang entlang und trat, ohne anzuklopfen, in das Zimmer ein. Da lag sie. Ihr blondes Haar über das Kissen ausgebreitet, der Blick starr zur Decke gerichtet. Sie war wach. Ob sie deswegen auch ansprechbar war, würde sich zeigen.

Parizeks Haltung hatte sich seit dem Eintritt ins Zimmer verändert. In seinem Sichnähern lag jetzt eine ihm sonst fremde Behutsamkeit. Vielleicht war es die Nähe zum Tod, die ihm der blonde Engel suggerierte. Er war keine Memme. Jetzt aber hatte ihn eine Art Ehrfurcht ergriffen, die ihm unbekannt war. Es mochten die Kerzen sein, die auf der Fensterbank flackerten und das Zimmer kirchlich ausleuchteten.

Nicola hatte ihn sicher bemerkt. Aber sie hielt ihren Blick weiterhin an die Decke gerichtet. Sie schien in den tanzenden Schatten, die durch das Kerzenlicht und ein Mobile von Schmetterlingen an die Decke geworfen wurden, Formen und Bilder zu sehen, die ihr wichtiger waren als der Auftritt Parizeks.

Parizek räusperte sich, etwas Besseres fiel ihm nicht ein. Und es wirkte. Nicola nahm den Blick von der Decke und wandte ihm den Kopf zu.

»Entschuldigen Sie die Störung«, sagte Parizek. »Aber ich habe noch ein paar Fragen an Sie.« Er kam näher heran und hielt ihr den Mund zu, da ihre aufgerissenen Augen einen Schrei ankündigten, den Parizek nicht gebrauchen konnte.

»Ganz ruhig, Mädchen. Ganz ruhig. Ich tu dir nichts, ich bin von den Guten. Auch wenn es nicht immer so aussieht.«

Er merkte, dass Nicolas Augen sich noch mehr weiteten, und begriff dann, dass er ihr nicht nur den Mund, sondern auch die Nase zupresste. Rasch nahm er die Hand weg, Nicola schnappte nach Luft.

»Wollen Sie etwas trinken?«, fragte er.

Nicola nickte. In ihrem Blick tanzte die Angst der Irren. Ein entrücktes Lächeln kräuselte ihre zarten Lippen und schien allen möglichen Geistern und Teufeln zu gelten, nur nicht Parizek. Er nahm die Karaffe mit dem Wasser, die neben dem Bett stand, und füllte ein Glas damit. Nicola griff es und trank gierig. Dabei kleckerte sie wie ein dreijähriges Kind. Sie fühlte das Nass, blickte an sich herab und kicherte.

Parizek bekam Zweifel, ob er aus ihr etwas herausholen konnte. Aber er setzte an.

»Was ist passiert, bevor Sie sich die Pulsadern aufgeschlitzt haben?« Es war nicht seine Art, lange drum herumzureden.

Nicola schien ihn nicht zu hören, spielte mit dem nassen Nachthemd und goss noch mehr Wasser darauf, was sie wohl als lustig empfand, denn sie kicherte erneut.

»Valentina Fleischhacker«, setzte Parizek mit fester Stimme nach. Die Faxen gedachte er durch einen megafonartigen Frageton zu durchbrechen. Es schien zu wirken. Nicola sah zu ihm auf.

»Valentina ist auch hier? Ich will sie nicht sehen. Sie ist eine Hexe. Sie bringt Unglück.«

»Wissen Sie, wo sie sich gerade aufhält?«

»Sie ist hier. Hier drin. Im Zimmer. Sehen Sie sie nicht?« Nicola deutete zur Decke, wo die Schemen des Mobiles im Kerzenschein tanzten. »Sie ist der Schatten eines Schmetterlings.«

Die hat es aber richtig erwischt, dachte Parizek und rätselte, was die Ärzte ihr gespritzt hatten. Hier war wohl nichts zu machen. Er stand auf und ging, ohne sich zu verabschieden, zur Tür.

»Heute hätte ich ins Theater gehen können. Ich war lange nicht mehr dort. Ich hatte Freikarten fürs Burgtheater, stellen Sie sich vor«, sagte Nicola, auf einmal merkwürdig klar. »Sie haben plötzlich in meiner Jackentasche gesteckt. Ich dachte erst, Adler hätte sie mir heimlich hineingeschoben, weil er sich nicht traut, mich offiziell einzuladen. Er ist sehr schüchtern, und ich bin seine Studentin, wissen Sie. Er ist nicht wie Sie. Sie glauben, dass Sie sich alles nehmen dürfen. Er wagt noch nicht einmal, danach zu greifen, wenn es nackt vor ihm auf dem Tablett liegt.«

»Theaterkarten? Für heute Abend?«, fragte Parizek, der bereits die Klinke in der Hand hielt.

»Ja, für ›Dantons Tod‹. Da rollen die Köpfe. Sogar in der Führerloge«, kicherte Nicola. »Aber die Karten waren gar nicht von ihm. Vermutlich hatte sie mir der Entführer in die Jacke geschoben, hat Adler gesagt. Glauben Sie so etwas? Ich glaube eher, dass Adler sich nicht zu sagen getraut hat, dass sie von ihm waren. Er traut sich nicht. Sie trauen sich was. Kommen Sie her und küssen Sie mich. Sie können mich auch ficken, wenn Sie wollen. Und das wollen Sie doch, hab ich recht?«

Parizek drückte die Klinke hinunter und verließ das Zimmer. Er hatte es eilig.

***

»Wollen wir uns das wirklich noch weiter antun?«, fragte Adler, als sie die Treppen ins Foyer hinunterstiegen.

»Mir gefällt es«, sagte Valentina und blieb dann auf der Treppe stehen. »Ich bin wohl völlig verrückt.«

»Wenn dir die Inszenierung tatsächlich gefällt, kann ich das unterschreiben.«

»Ich laufe hier herum, als wäre ich eine ganz normale Besucherin. Ich kann doch jetzt nicht einfach im Foyer herumspazieren. Das Stück hat mich völlig durcheinandergebracht. Ich warte in der Loge.«

»Ich muss etwas trinken. Ohne Betäubung ertrage ich den zweiten Teil nicht«, sagte Adler.

»Du musst nicht bleiben. Du kannst auch gerne gehen, wenn es dir dermaßen zusetzt.«

»Deine Gegenwart macht den Dünnschiss der Theaterleute mehr als wett. Ich stehe das durch. Mit dir und einer Flasche Sekt schaffe ich das.«

Adler tänzelte die Treppe hinunter, Valentina stieg die Stufen wieder empor und ging in die Loge.

Sie erschrak, als ein Mann sich von der roten Tapete löste und die Tür hinter sich schloss.

»Buona sera«, sagte er leise und mit freundlicher Stimme. *»Signorina Fleischhacker?«*

»Ja«, antwortete Valentina. Sie wollte nicht Italienisch sprechen. Es bedeutete für sie ein Zugeständnis, an wen auch immer. Nur mit ihrer Mutter sprach sie noch Italienisch, aber das waren bloße Floskeln und abgedroschene Ritualphrasen.

»Mi chiamo Claudio Ciacci. Sono di Roma. Lavoro per la Polizia di Stato. Vorrei che Lei lavorasse con noi.«

Er streckte ihr eine Visitenkarte entgegen. Valentina nahm sie, sah kurz drauf und steckte sie dann ein.

»Noi sappiamo che Lei non ha ucciso nessuno«, lächelte er aus dem Halbdunkel. *»Cerchiamo Il Cervello. E non vogliamo perdere una donna come Lei. Stia attenta. Non si fidi di nessuno. Neanche di me.«*

Die letzten Worte hatte er gehaucht, und Valentina hatte die Ohren spitzen müssen, um jedes Wort zu verstehen.

»*Sono sempre vicino*«, versicherte er und verschwand aus der Loge.

Valentina musste sich erst einmal sammeln. Ebenso gut wie dieser Geist, der behauptete, er sei ein italienischer Polizist, der Il Cervello auf der Spur war, hätte ein österreichischer Polizeibeamter mit Handschellen hier auf sie warten können. Oder der Kerl mit dem gestutzten Schnäuzer, der ihr immer wieder begegnete.

Sie war zu unvorsichtig. Sie hätte die dreiste Einladung des Strippenziehers nicht so blauäugig annehmen dürfen. Aber wie sollte sie sonst zum nächsten Cache gelangen? Wie der Wahrheit näher kommen? Und wer sagte, dass dieser italienische Polizist überhaupt echt war? Immerhin befand sie sich im Theater. Da konnte alles Inszenierung sein. War es das nicht auch? Waren nicht auch die drei abgetrennten Frauenköpfe inszeniert gewesen? Die Frauen hatten zwar tatsächlich sterben müssen, aber sie waren geschminkt gewesen, als kämen sie gerade frisch aus der Tanztruppe einer Varieté-Show. Und die Köpfe, die dort unten auf der Bühne rollten, konnten ebenso echt wie unecht sein.

Die Tür der Loge öffnete sich. Valentina fuhr herum. Adler hielt lächelnd eine Flasche Sekt mit zwei Gläsern in die Höhe.

»Du bist ja ganz blass. Das macht diese unsägliche Aufführung. Aber ich habe dich gewarnt. Der zweite Teil wird bestimmt nicht besser. Noch haben wir die Chance zu fliehen.«

»Schenk ein und halt den Mund. Ich muss das Stück zu Ende sehen.«

»Hast du denn begriffen, worum es darin geht?«, fragte Adler, nachdem er einen kräftigen Schluck Sekt genommen hatte.

Valentina zuckte mit den Schultern. Sie hatte noch einzelne Bilder und Textpassagen im Kopf, die eindrücklich schimmerten, aber eine Zusammenfassung konnte sie nicht geben. Doch sie ahnte bereits, dass sie durch die Bilder und Fragmente, die sich ihr Hirn aus dem Theaterabend griff, auf die Koordinaten des nächsten Caches schließen würde. Wie, das wusste sie selbst noch nicht. Aber sie wusste, dass sie dafür den zweiten Teil anschauen musste.

»Laster oder Tugend, das wird in dem Stück verhandelt«, sagte Adler. »Also wieder einmal das Über-Ich. Schon lange vor Freud.«

»Und ich dachte, es ginge um die Frage, ob eine Revolution gelingen und inwieweit sie überhaupt demokratisch sein kann.«

»Unsinn. Das ist nur vordergründiges Geplänkel. Ob Robespierre die Volonté générale überhaupt hören kann oder ob er sich das nur einbildet, um die Rechtfertigung zu seinen Taten zu haben, das ist einerlei. Das Entscheidende ist, dass er es für die Tugend tut. Ohne Tugend beginnt sein Gedankenbauwerk einzustürzen. Und um das zu verhindern, lässt er köpfen. Danton ist die Pestbeule, der Inbegriff des Lasters und der Sünde. Er ist ein fauler Apfel, der alle anderen anstecken kann. Und das ist das Entscheidende: *kann*. Ob er es tut oder nicht, das ist egal. Aber ›die Sünde liegt im Gedanken‹. Das sagt Robespierre. Und der Idiot von Dramaturg hat es gestrichen.«

Adler schenkte nach. »Weißt du, was das bedeutet? Du bist doch Inspektorin, sag es mir.«

»Das bedeutet, man kann jemanden bereits verurteilen, wenn er an eine kriminelle Handlung denkt.«

»Und wer weiß, wann jemand kriminell denkt? Wer kann in das Hirn anderer schauen?«

»Der die Volonté générale hört.«

»Falsch. Psychologen. Cheers!« Adler stieß sein Sektglas gegen das von Valentina, lachte und trank.

Der Zuschauerraum verdunkelte sich, auf der Bühne ertönte die Marseillaise.

***

Perücke und Kostüm standen ihm gut. Jetzt aber hatte er Mühe, aus den Katakomben des Theaters wieder in den oberen Rang zu finden. Kein Wunder, dass so viele Schauspieler ihren Auftritt verpassten. Wie sollte man sich in diesem Labyrinth auskennen?

Zwei Kokotten begegneten ihm und lächelten ihm zu. Bestimmt Statistinnen. So wie die das Dekolleté geschnürt hatten und ihn anlächelten, als sei er einer der Protagonisten. Er lächelte dünn zurück wie ein Schauspieler, der sich auf seinen Auftritt konzentriert, aber nicht unhöflich wirken will. Zum Glück war es ein großes Stück mit vielen Darstellern und Komparsen. Nicht einmal die Hauptbesetzung würde merken, dass er nicht zum Ensemble gehörte. Abgesehen davon, dass sich die Hauptbesetzung ohnehin nur um sich und ihre eigene Wirkung kümmerte, vernichteten auch Perücke und Kostüm jegliche Individualität.

In Alberto stieg das Gefühl der Austauschbarkeit auf. So stark hatte er es noch nie empfunden. Obwohl dieser Gedanke doch stets vor seinem Mündungsrohr gaukelte. War nicht er es, der den Menschen die Nichtigkeit ihres Lebens nahebrachte? Ein Schuss, ein Stich, die Überdrehung des Genicks. Alberto schob das Gefühl beiseite und drückte eine Feuerschutztür auf, hinter der er sich Orientierung erhoffte. Tatsächlich, sie führte ins Foyer des ersten Rangs. Dort hatte er sich mit Claudio verabredet.

Sein Handy brummte. Er ließ die Tür wieder ins Schloss fallen und kümmerte sich um den Anruf. Es war eine Nachricht von Il Cervello: »Claudio Ciacci ist im Theater. Eliminieren.«

Alberto erschrak. Wie konnte Il Cervello wissen, dass Claudio hier war? War das Hirn etwa auch im Theater? Oder hatte Claudio dem Boss gesteckt, dass Alberto ihn angeheuert hatte, weil er selbst verbrannt war?

Alberto begann unter der Perücke zu schwitzen. Es war nicht die Zeit zu fragen, sondern zu handeln. Er stieß die Tür wieder auf und lugte vorsichtig auf den Gang des Foyers. An eine Säule gelehnt, entdeckte er Claudio; neben ihm stand ein Klarinettenkoffer auf dem Boden.

Alberto winkte ihn zu sich und ging wieder durch die Tür, die in die Katakomben führte. Claudio folgte ihm.

Alberto ließ ihn an sich vorbeigehen und schloss die Tür hinter sich. Der kurze Moment genügte ihm, um Claudios Kopf von hinten zu packen und ihm das Genick zu brechen. Claudio sackte leblos zu Boden. Alberto nahm den Klarinettenkoffer und verschwand ins Foyer.

Der Schweiß troff ihm unter dem weißen Kunsthaar über Stirn

und Nase. Er wischte ihn mit dem Ärmel weg, stieg die Treppen in den oberen Rang empor und drückte sich an seinen schlechten Stehplatz. Da hätte er auch zu spät kommen können. Den hätte ihm keiner genommen. Überhaupt waren Stehplätze nicht angesagt. Wer wollte schon stehen? Das machte man nur bei Rockkonzerten.

Er öffnete den Klarinettenkoffer und holte die Einzelteile des Instrumentes aus der dunkelblauen Samtfütterung. Er schraubte sie zusammen, setzte das Zielfernrohr auf und positionierte das kleine Stativ so an der Brüstung, dass er aus der Ruhe heraus beobachten und operieren konnte. Er sah sich nach den anderen Zuschauern um, die in etwa fünf Metern Entfernung ihre Sitzplätze eingenommen hatten und nur noch Augen für die Bühne hatten. Sie hatten ihn wahrgenommen, ihn in seinem Kostüm als Teil der Inszenierung registriert und kurz gewartet, was er wohl vorhabe. Als er sich nicht weiter rührte, hatten sie ihre Aufmerksamkeit wieder den Protagonisten unten zugewandt.

Alberto sah durch das Fernrohr auf die Bühne und musste grinsen. Einer der Protagonisten sah ihm tatsächlich ähnlich. »Guten Morgen! Gute Nacht sollte ich sagen. Ich kann nicht fragen, wie hast du geschlafen. Wie wirst du schlafen?« Im Publikum lachte man.

Jetzt wäre ein guter Zeitpunkt gewesen, das Fernrohr herumzuziehen und Adler auszuknipsen. Aber er musste warten. Noch war die vorgegebene Textstelle nicht gekommen. Es war eben nichts beliebig. Nicht in einer Inszenierung, in der Il Cervello Regie führte.

Alberto blieb mit dem Fernrohr auf der Bühne und verfolgte den Fortgang des Stücks. Durch das Fernglas machte es ihm mehr Freude. Es war ungleich spannender.

***

Valentina blickte wie gebannt auf die Bühne, sie ging in dem Stück ganz und gar auf. Sie bibberte mit Danton und verfluchte den selbstgerechten Robespierre und den bleichwangigen Saint-Just. Plötzlich spürte sie eine Hand auf ihrer. Sie war warm und voller Gefühl. Ihre eigene kam ihr dagegen wie eingefroren vor.

Valentina sah hinüber zu Adler. Er lächelte sie an, den Blick seiner Augen tief in ihren versenkt.

Ihr Herz begann schneller zu klopfen. Sie fühlte sich mit einem Mal derart zu ihm hingezogen, dass sie sich am liebsten auf ihn gestürzt hätte, um ihn zu küssen. Stattdessen drehte sie nur ihre Hand um, sodass sie seine greifen konnte, und drückte sie. Sie musste ihren Blick abwenden und starrte auf die Bühne. Das war mehr Vereinigung, als sie je zuvor mit einem Mann in unzähligen Nächten erlebt hatte. Ihr Mund war trocken, ihr Herz pochte so laut, dass sie die Texte der Schauspieler nicht mehr hörte. Fast wurde ihr schwindelig.

»Geht es dir gut?«, fragte Adler.

Valentina wandte sich zu ihm, Tränen standen ihr in den Augen. Wie war sie doch anfällig, wenn jemand ehrlich besorgt um sie war. Es war nicht viel. Ein Händedruck, ein warmer Blick, ein besorgtes Wort. Aber in der Situation, in der sie sich befand, war das wie die dritte Kavallerie, die das Fort vor den wilden Indianern rettete. Dankbarer war sie für eine Zuwendung wohl nie gewesen.

Adler zog sie zu sich und küsste sie auf den Mund. Sie genoss es für einen Moment, rückte dann aber sanft von ihm ab und deutete mit dem Kopf zur Bühne. Sie konnte nicht reden, aber sie wusste, dass sie das Stück zu Ende sehen musste. Noch hatte sie keine Vorstellung, wie das Spektakel sie zum nächsten Cache bringen sollte.

***

Parizek war es egal, ob sie seinen Wagen abschleppten. Er musste ins Burgtheater. Er wollte Valentina Fleischhacker endlich in Handschellen. Die Kaspereien von Alberto und den Mafiaschergen gingen ihm mächtig auf den Senkel. Bauer hatte ihm unmissverständlich Druck mit der Dienstaufsicht gemacht. Er musste sich jetzt entscheiden. Und da Alberto ihn offensichtlich nicht mehr brauchte und ihn auch nicht mehr mit nötigen Informationen versorgte, lag es nahe, sich nun für Recht und Ordnung zu entscheiden. Fleischhacker stand offiziell auf der Fahndungsliste, sie zu schnappen besaß jetzt Priorität.

Über Funk hatte er Verstärkung angefordert. Er selbst war wieder einmal der Erste vor Ort. Ob es daran lag, dass er die Geschwindigkeitsbegrenzung auch ohne Blaulicht ignorierte, oder daran, dass die Kollegen ebenfalls Gehälter von der anderen Seite bezogen, interessierte ihn augenblicklich nicht.

Er stürmte ins Burgtheater und wurde sofort von zwei Männern in Uniform aufgehalten. Parizek verdrehte die Augen. Niemand besaß mehr Macht als die Platzanweiser des Burgtheaters.

»Sie können hier nicht einfach rein. Es ist Vorstellung. Gleich kommt die große Rede von Danton vor dem Revolutionstribunal. Ich bitte um Respekt vor der Kunst«, ereiferte sich der ältere der beiden Chargen und hob dabei so bedeutungsvoll seine Augenbrauen, dass sie ihn fast vom Boden lupften. Parizek befürchtete, dass der Wichtigtuer gleich selbst aus dem Stück zu rezitieren begann, und hielt ihm einfach nur den Dienstausweis unter die Nase.

Sofort bekam die Körperhaltung des Kunstdieners einen Kratzbuckel, und ein imaginärer roter Teppich wurde vor Parizek ausgerollt.

»Entschuldigen Sie vielmals, Herr Inspektor. Bitte sehr, Herr Präsidialrat, Herr Minister …«

Parizek ließ die beiden mit großen Schritten hinter sich und war längst im ersten Rang angelangt, ehe der Platzanweiser ihn zum Kaiser ernannt hatte.

***

Danton zum Henker: »Willst du grausamer sein als der Tod? Kannst du verhindern, dass unsere Köpfe sich auf dem Boden des Korbes küssen?«

Albertos Handy brummte. »Jetzt« stand auf dem Display. Il Cervello hatte die Textstelle geändert. Bei ihm musste man auf alles gefasst sein. Wer nicht im Moment reagieren konnte, war verloren.

Er drehte das Fernrohr herum, visierte das Herz Adlers an

und drückte ab. Dann schraubte er sein Instrument rasch zusammen, verstaute es in dem Klarinettenkoffer und schob ihn unter einen freien Sitz. Mit wenigen Schritten verließ er den oberen Rang.

***

Valentina spürte, wie Adlers Hand sich so fest um ihre krallte, dass es zu schmerzen begann. Sie drehte sich zu ihm, sah seinen offenen Mund, das blutverschmierte weiße Hemd und spürte, wie die verkrampfte Hand plötzlich und für immer losließ. Adler rutschte vom Stuhl und blieb leblos liegen.

Die Tür der Loge öffnete sich, Parizek stürmte herein.

Von der Bühne drang die Stimme Luciles: »Es ist doch was wie Ernst darin. Ich will einmal nachdenken. Ich fange an, so was zu begreifen. Sterben – Sterben –«

Valentina versuchte, Parizek zur Seite zu schieben und durch die Tür zu entkommen. Aber er stand da wie ein Fels. Sie drehte sich um, sah über die Brüstung hinab auf Bühne und Zuschauerraum. Es war zu hoch, um zu springen. Die einzige Möglichkeit war, sich an den nächsten Balkon zu werfen und über die Zuschauerreihen des ersten Ranges zu entkommen.

Sie setzte zum Sprung an. Parizek schnappte nach ihr, erwischte sie an der Schulter. Sie entglitt ihm, verlor aber das Gleichgewicht.

Ihr Sprung verunglückte, doch es gelang ihr noch, mit einer Hand die Balustrade des ersten Ranges zu erwischen. Unter den Zuschauern dort entstand Unruhe. Sie wussten nicht, ob sie sich dem Finale auf der Bühne oder der turnenden Frau widmen sollten.

Valentina schaffte es, sich an der Balustrade emporzuziehen und in den ersten Rang zu klettern. Einige Zuschauer kicherten, ein Mann empörte sich: »Hauptsache modern. Was hat das jetzt mit Büchner zu tun?«

Valentina achtete nicht auf ihn, sondern drehte sich zur Führerloge um, aus der Parizek ihr nachsah. Er machte auf dem Absatz kehrt und verschwand. Valentina ahnte, dass er gleich bei ihr auftauchen würde, und beeilte sich, ins Foyer zu gelangen. Von der Bühne hörte sie Lucile singen: »Es ist ein Schnitter, der heißt Tod, hat Gewalt vom höchsten Gott.«

Sie hastete zur Tür und landete auf dem Gang. Keine fünf Meter hinter ihr tauchte Parizek auf.

»Valentina, bleib stehen! Du hast keine Chance!«

Aber Valentina dachte nicht daran, sich zu ergeben. Selbst wenn man wusste, dass man in fünf Zügen matt war, schmiss man den König nicht hin. Man spielte die fünf Züge zu Ende, weil es immer Hoffnung gab, dass der Gegner noch Fehler machte. Gerade weil er sich seines Sieges so sicher war. Valentina stieß den Platzanweiser, der vor ihr auftauchte, zur Seite und rannte, was sie konnte.

Am anderen Ende tauchten zwei Uniformierte auf. Valentina entschied sich für die Treppe, die ins Parkett führte. Auch von dort kamen ihr zwei Uniformierte entgegen. Aber sie hatte die Wucht der von oben Kommenden. Also beschleunigte sie ihr Tempo und schoss auf die Beamten zu, die sie viel zu spät erkannten. Valentina flitzte zwischen den beiden Verdutzten durch und stieß sie mit den Armen zur Seite. Die Männer strauchelten kurz, fingen sich aber sofort und nahmen die Verfolgung auf.

Jetzt war sie im unteren Foyer. Sie konnte sich denken, dass die Ausgänge bereits bewacht wurden, also steuerte sie auf die Feuerschutztür zu, die zur Hinterbühne führte, und riss sie auf. Nach wenigen Metern stolperte sie und stürzte. Sie rappelte sich wieder hoch und erkannte den Grund ihres Stolperns.

Es war ein regloser Mensch, über den sie gestürzt war. Sie erkannte sein Gesicht: Vor ihr lag der Mann, der sich als Claudio Ciacci vorgestellt und behauptet hatte, er sei von der italienischen Polizei. Sie untersuchte ihn hastig nach einer Pistole und Geld. Er hatte eine Beretta 92 FS und vierhundert Euro bei sich.

Valentina schnappte sich beides und steckte es ein, dann lief sie auf dem Gang der Hinterbühne zur anderen Seite des Theaters. Von der Bühne drang Applaus zu ihr. Die Vorstellung war zu Ende. Es gab viele Bravos, aber auch einige Buhrufe und Pfiffe. Valentina dachte kurz drüber nach, auf wessen Seite sie stand, und entschied sich für die Bravos. Auch wenn Adler bestimmt gebuht hätte.

Adler! Es versetzte ihr einen Schlag. Adler war tot. Sie musste kurz innehalten und nach Luft schnappen. Sie hatte es noch gar nicht registriert. Es war alles so schnell gegangen. Nicht einmal einen Schuss hatte sie gehört. Nur sein letzter Händedruck, das leblose Gesicht und das blutverschmierte Hemd waren ihr in Erinnerung. Und dann Parizek, der plötzlich in der Loge stand.

»Es ist ein Schnitter, der heißt Tod, hat Gewalt vom höchsten Gott«, kam ihr die Zeile von Luciles letztem Lied in den Sinn. Sie wurde zum quälenden Ohrwurm, und Valentina wusste im Moment nicht, ob er sie anspornen oder zerbrechen würde. Sie wiederholte die Zeile nur immer wieder, während sie den Gang entlanglief.

Unzählige Schauspieler kamen ihr entgegen, die auf dem Weg in die Garderoben waren. Keiner achtete auf sie, alle waren mit sich selbst und dem Verlauf der Vorstellung beschäftigt. Valentina hängte sich an einige Komparsen und folgte ihnen. Vielleicht gab es eine Möglichkeit, mit ihnen im Pulk aus dem Bühnenausgang zu gelangen.

Doch kaum waren sie im Treppenaufgang, der zu den Statistengarderoben im dritten Stock führte, tauchten zwei Polizisten auf. Valentina würde ihnen sofort auffallen; sie war die Einzige, die nicht in der Kluft des 18. Jahrhunderts kostümiert war. Also drehte sie ab und verschwand wieder in den Bühnenbereich.

Die Bühnenarbeiter begannen bereits, die Szenerie abzubauen. Einige fuhren mit Staplern umher, andere standen auf Leitern und zerlegten die riesige Guillotine. Morgen stand ein anderes Stück auf dem Spielplan. Nichts hatte Bestand, alles war nur Illusion. Der Blick hinter die Kulissen war immer ernüchternd. Valentina fragte sich, warum sie sich ausgerechnet den Beruf des Polizisten gewählt hatte, in dem es galt, täglich die Masken der Gaukelei zu durchbrechen und auf den nackten Knochen zu zeigen.

Valentina kam nicht weiter in ihrem Gedankenspiel, denn ein

schwerer Gegenstand traf sie am Hinterkopf. Die Bühne verschwamm zu einem schwarzen Loch, in das sie tief stürzte.

***

Parizek kaute an einer nicht angezündeten Zigarette. Die Feuermelder würden ihm gerade noch fehlen. Das Theater glich jetzt schon einem Ameisenhaufen. Er hatte noch mehr Leute angefordert, die es durchkämmten, aber Valentina hatten sie noch immer nicht gefunden. Dafür war die Rettung sehr schnell da gewesen, um Adler abzuholen.

Parizek hätte ihn gerne verhört, aber er wusste noch nicht einmal, in welches Krankenhaus man ihn geschafft hatte. Im AKH lag er jedenfalls nicht, das hatte ein kurzer Anruf bestätigt. Sollten die Kollegen sich darum kümmern. Er hoffte, dass er den Psychologen noch vors Mikrofon bekam, ehe der auch verblich. Ihm genügte der tote Kollege aus Rom. Was hatte dieser Claudio Ciacci hier zu suchen gehabt? Die Datenbank hatte ihn als Sonderermittler im Kampf gegen das organisierte Verbrechen ausgewiesen, aber die Behörden in Rom schwiegen sich noch aus.

Hatte Valentina den Römer getötet? Und Adler? Warum? Und warum war Adler mit ihr im Theater gewesen? Er musste doch wissen, dass sie von der Polizei gesucht wurde.

Parizek warf die angebissene Zigarette in einen Putzeimer und ging in die Mitte der abgeräumten Theaterbühne. Schon imposant, hier zu stehen, dachte er und kramte in seinem Gedächtnis nach irgendeinem Text, den er jetzt in die leeren Ränge brüllen konnte. Aber es fiel ihm keiner ein. So schwieg er, und auch das wirkte.

Er dachte daran, wie leicht man ihn hier abknallen konnte, so ungeschützt und nackt, wie er im Scheinwerferlicht stand. Der Gedanke, dass auch er auf der Abschussliste stehen könnte, behagte ihm gar nicht. Zu viele um Valentina Fleischhacker waren bereits tot. In ihm schwelte das unbehagliche Gefühl, dass er der Nächste sein könnte. Er hielt es für besser, sich aus dem Rampenlicht zurückzuziehen.

Von der Seitenbühne aus sah er noch einmal in den leeren Zuschauerraum und hinauf in den unendlich entfernten Olymp und glaubte, dort einen Schatten gesehen zu haben, der sich eilig duckte. Parizek tat so, als hätte er den Schatten nicht gesehen, zog sich hinter das Pult des Inspizienten zurück und gab einen Funkspruch an die Kollegen durch. Zu spät merkte er, dass er sich mit einer Hand auf dem Knopf der Lautsprecheranlage abstützte, die der Inspizient während der Aufführung benutzte, um Technik und Darstellern die nächsten Schritte des Ablaufs über Lautsprecher durchzugeben.

***

»An alle Kollegen: verdächtige Gestalt im obersten Rang. Alles abriegeln«, krächzte es aus dem Lautsprecher der Unterbühne.

Alberto staunte nicht schlecht, als er unvermittelt Parizeks Stimme über sich hörte. Er musste von hier oben verschwinden. Immerhin war er erleichtert, dass Parizek ihm im Olymp nachjagte und nicht unten nach Valentina suchte, wo sie bereits in einer Requisitenkiste verstaut lag. Er hatte sie behutsam auf rote Samtkissen gebettet und darauf geachtet, dass sie durch Schlitze im Deckel ausreichend Luft zum Atmen bekam. Er wollte sie nur rausbringen. In Sicherheit. Sie sollte zwar gehetzt, durfte aber nicht geschnappt werden. So lautete der Plan.

Alberto zog den Schneewittchensarg auf einem Bühnenwagen hinter sich her zur Laderampe, wo man die Bühnenteile in einen großen Lkw verfrachtete, um sie dann in die Lagerhalle zu bringen. Er hatte sich einen Overall mit dem Aufdruck »Burgtheater – Technik« übergezogen, das genügte, um nicht angesprochen zu werden. Die technische Mannschaft des gigantischen Kulturtempels war groß, Aushilfen konnten da schon mal untergehen. Jedenfalls gelang es ihm, die Kiste mit Valentina in den Lkw zu hieven, ohne dass jemand Anstoß daran nahm.

Jetzt musste er nur noch warten, bis der Transport abfuhr, und ihm dann folgen. Die Kiste hatte er so verschlossen, dass

Valentina sie mit Leichtigkeit von innen aufstemmen konnte, sobald sie das Bewusstsein wiedererlangt hatte. Er hätte ihr den harten Schlag gern erspart, aber er hatte keine andere Wahl gehabt. Valentina würde es verkraften. Sie hatte Nehmerqualitäten.

NEUN

Es war dunkel und totenstill um sie herum, als sie die Augen aufschlug. Valentina blinzelte, davon wurde es aber nicht heller. Sie spürte hartes Holz um sich, tastete es ab. Auch knapp über ihrem Kopf war Holz. Sie schien in einer Kiste zu liegen. Platzangst machte sich breit.

Sie versuchte, sie zu unterdrücken, und atmete tief in den Bauch. Als sie sich beruhigt hatte, hob sie den Kopf an und legte ihn sofort wieder ab, da sie den stechenden Schmerz spürte, der von hinten bis zur Schläfe pochte. Sie versuchte sich zu erinnern: Burgtheater, Dantons Tod, Adlers Tod, Parizek, Flucht, alles schwarz.

Valentina wusste nicht, ob sie ihre Lage verändern wollte. Es gefiel ihr in ihrem finsteren Sarg. Die Kissen waren bequem; einfach ruhig zu liegen, abgeschottet von allem, das hatte etwas. Wenn der Tod so wäre, sie könnte sich mit ihm arrangieren. Eine gepolsterte, dunkle Einzelzelle, in der man nicht von anderen Toten gestört wurde; das hätte wohl auch Don Bernardo gefallen. Er hatte immer gesagt, der furchtbarste Gedanke am christlichen Glauben sei, dass man nach dem Tod all den Idioten wiederbegegnen würde, denen man schon im Leben nicht ausweichen konnte. Und in seine Wangen hatten sich die frechen Grübchen geschnitzt, die sein Lachen so unwiderstehlich machten. Er war das gewesen, was man gemeinhin einen Schelm nannte. Sein Humor war fein und doch bissig, erbarmungslos, aber von entwaffnendem Charme gewesen. Er fehlte ihr. Ihm wäre sie jetzt gerne begegnet. Aber sie wusste, dass sie nicht tot war, also würde sie ihm nicht begegnen können.

Lange würde sie die Ruhe in ihrer Einzelzelle allerdings nicht ertragen können, deswegen überprüfte sie den Deckel ihres Sarges. Sie stemmte sich dagegen, und er leistete kaum Widerstand, schien nur mit wenigen Holznägeln an den vier Ecken provisorisch geschlossen worden zu sein. Jemand wollte also, dass sie mit Leichtigkeit herauskam. Kurz fürchtete sie, dass sie bereits in der Grube lag und gleich Schaufeln voller Erde auf den Sargdeckel geschüttet werden würden. Sie verstärkte den Druck. Der Deckel löste sich mit einem Knarren. Sie balancierte ihn auf den Händen, damit er nicht zur Seite fiel, und legte ihn dann schräg auf der Kiste ab, sodass sie den Kopf hinausschieben konnte, um zu sehen, wo sie sich befand.

Sofort spürte sie wieder einen Stich in der Schläfe. Sie schloss die Augen, wartete, bis der Schmerz verflogen war, und blinzelte dann in den Raum, in dem es kaum heller war als zuvor in der Kiste. Allmählich erkannte sie die Umrisse weiterer Kisten, hohe Stellwände, dann ein Gebilde, das sie erschrecken ließ. Es waren Teile der Guillotine, die sie zuvor noch auf der Bühne des Burgtheaters gesehen hatte.

Wo war sie? Im Lager des Theaters? War das Lager im Theater selbst? Oder außerhalb? Sie hatte keine Ahnung, wie der Logistikbetrieb eines Theaters funktionierte. Das Burgtheater war riesig; da konnte es schon sein, dass auch Platz für die Bühnenbilder vorhanden war.

Adler wüsste jetzt bestimmt Bescheid. Aber Adler war tot. Ein Schauder überkam Valentina, und dann begann sie zu weinen. Ihr Körper wurde geschüttelt von den sich entladenden Emotionen. Sie hörte sich schluchzen, und es war ihr egal, ob es auch jemand anders hören konnte. Dann sollten sie sie nun eben fassen und mit ihr machen, was sie wollten. Sie konnte und wollte nicht mehr. Es war ihr nicht egal, wer um sie herum alles starb. Und jede Leiche, das wusste sie, stellte man ihr in Rechnung. Nein. Nur jetzt nicht aufgeben. Sie würde weiterkämpfen, bis man sie zur Guillotine schleppte. Wenn sie jetzt aufgabe, würden die Toten auch nicht wieder lebendig. Und sie wäre eine lebende Tote: ein Roboter, der ausführte, was andere von ihr verlangten. Noch war sie ein Individuum, noch hatte sie einen Willen, auch wenn ihr bewusst war, dass er bereits manipuliert wurde. Inwieweit ihre geglaubte Individualität tatsächlich schon ferngesteuert war, wusste sie nicht zu sagen.

Ein irres Kichern entglitt ihr. Sie war bereits paranoid. Wer wollte es ihr verdenken? Sie stand unter Schock. So abgebrüht war sie nun auch wieder nicht. Ein gewisses Fell legte man sich zwar zu, wenn man für die Bundespolizei Gewaltverbrechen aufzuklären hatte. Wie hatte Robespierre gesagt: »Die Sünde ist im Gedanken. Ob der Gedanke Tat wird, ob ihn der Körper nachspielt, das ist Zufall.«

Valentina aber wollte sich nicht dem Zufall ausliefern. Der Mensch hatte für seine Gedanken und Taten Verantwortung zu übernehmen, die Guillotinen-Willkür hatte kein Recht auf Tyrannei.

Sie atmete tief durch und legte den Deckel leise auf den Boden. Dann entstieg sie langsam der Kiste und tastete sich durch die Stellwände. Vielleicht würde sie irgendwo Licht finden, das sich durch den Schlitz einer Tür fraß.

Aber es blieb dunkel.

***

Alberto war zufrieden. Zwar würde ihn Valentina beim nächsten Treffen von Angesicht zu Angesicht erkennen, aber das war ihm mittlerweile egal. Er wollte sogar, dass sie wusste, wer ihr Schutzengel war. Es war keine Eitelkeit, die ihn zu dieser Nachlässigkeit trieb, es war ehrliche Zuneigung. Er hatte die Befehle, Adler und Claudio zu töten, ausgeführt, aber er würde sich widersetzen, wenn Il Cervello von ihm forderte, Valentina auszuschalten. Den Auftrag, sie zu beschützen, konnte niemand mehr rückgängig machen.

Aber er musste auch auf sich selbst aufpassen. Der Einsatz von Claudio war unklug gewesen. Wenn Il Cervello wusste, dass Alberto ihn angeheuert hatte, würde er selbst bald jemanden im Genick sitzen haben. Alberto hatte gewusst, dass Claudio auch für die italienische Polizei arbeitete. Genauso wie die italienischen Behörden wussten, dass er gelegentlich Aufträge für die Mafia übernahm. Claudio war eines jener Janusgesichter gewesen, die keiner Partei wehtaten, sondern beiden in bestimmten Fällen dienlich sein konnten. Es war wichtig, dass man Doppelspitzel hatte. Sie waren eine Art diplomatischer Schnittstelle. Und Claudio hatte seine Position benutzt, um in jedem Augenblick die Seiten wechseln zu können und dabei für sich den größtmöglichen Profit herauszuschlagen. Deswegen hatten auch beide Seiten gerne mit ihm zusammengearbeitet. Er war berechenbar gewesen. Das mochte man.

Warum Il Cervello ihn plötzlich auf der Liste gehabt hatte, war Alberto ein Rätsel. Es sei denn, das Hirn hatte spitzgekriegt, dass er ihn auf eigene Rechnung eingestellt hatte. Und dann war es Alberto, der als Nächster in den Sack springen musste. Aber noch würde Il Cervello ihn brauchen. Noch war Valentina nicht mürbe genug, noch brauchte sie Schutz. Und den gab ihr niemand besser als Alberto.

***

Endlich hatte Parizek das Krankenhaus ausfindig gemacht, in das man Adler gebracht hatte. Es lag im dreizehnten Bezirk, ein Privatstift direkt bei Bauer um die Ecke. Parizek hatte keine Lust, wieder ins Villenviertel zu fahren. Aber er musste mit Adler reden, falls er überhaupt noch lebte. Die Krankenschwester hatte am Telefon gesagt, er würde noch atmen, das Herz hinge aber bereits am Apparat. Was das bedeuten sollte, war Parizek nicht klar. Am Tatort hatte man ihm gesagt, Adler sei ins Herz getroffen worden. Aber vielleicht war die Kugel auch knapp danebengegangen? Ärzte machten es manchmal dramatischer als nötig. Wer wollte es ihnen verdenken? Vor allem wenn sie ins Burgtheater gerufen wurden.

Zwei Krankenhäuser an einem Tag, Parizek hatte auch schon goldenere Zeiten erlebt. Es musste ihm irgendein Coup gelingen, um aus der ganzen Scheiße rauszukommen. Der ewige Traum von Brasilien keimte in ihm auf. Da war er nicht anders als all die Bankräuber, die sich Palmen und barbusige Sambatänzerinnen vorstellten, ehe sie maskiert und hirnlos einen Schalter stürmten.

Das Krankenhaus lag in der Stoesslgasse, direkt neben dem Hügelpark. Parizek kannte die Gasse. Hier war auch der Tierarzt ansässig, bei dem er öfter mit Derrick, der Dogge seiner Frau, gewesen war, um ihn vielleicht doch noch vor dem Nierentod zu retten.

Ein älterer Herr, der sich an einem Gehwägelchen festhielt und um jeden Schritt vorwärts kämpfte, kam Parizek entgegen. Er wich aus und stieg auf den kurz geschorenen Rasen, in dem die Feuchtigkeit der Nacht saß. Parizek spürte, wie seine italienischen Lederschuhe, die er seit Wochen nicht mehr gefettet hatte, die Nässe aufsogen.

Was hatte der Knacker auch nachts auf der Straße zu suchen? Am liebsten hätte er dem Alten den Gehwagen geklaut und in die Büsche geworfen. Seine Laune besserte sich bei dem Gedanken, einem Schwächeren eins draufzugeben. Das Leben war nun mal so gestrickt. Gegen Stärkere konnte man vielleicht zwischenzeitlich mal punkten, aber auf Dauer gewinnen, das war unmöglich.

Er ging zügig über die Steinplatten zur Pforte des Krankenhauses und hoffte, dass seine klammen Socken in der warmen Heizungsluft schnell trockneten.

Die unverschämt hübsche Brünette an der Information sah ihn verträumt an, als er sich vorstellte, und löste in ihm sofort niedrige Begierde aus. Ihre Stimme aber vernichtete Parizeks aufgekeimte Wollust im Nu. Er würde sie auf die Notfallstation rufen, falls Adler bereits tot wäre; diese Stimme würde ihn garantiert wiedererwecken.

Während er auf den Fahrstuhl wartete, sah er sich in der Vorhalle um. Fein war es hier. Ledersessel, tropische Pflanzen, Kunstgegenstände, geschmackvolle Designobjekte. Man hätte hier auch in einem mit Sternen dekorierten Hotel sein können. Hier ließ es sich sterben.

Der Aufzug kündigte sich mit einem sanften Klingeln an, das einer buddhistischen Schelle glich. Die Türen teilten sich, und eine Krankenschwester, die der Schönheit der Empfangsdame in nichts nachstand, verließ lächelnd, aber doch geschäftig die Kabine. Sie roch gut. Parizek dachte kurz daran, sie etwas zu fragen, und sei es auch nur, um seine Lippen in ihre Richtung gestülpt zu haben. Aber er unterließ es. Nicht nur weil die Schöne zielstrebig durch die Vorhalle davoneilte, sondern auch weil er fürchtete, hier würde man kontrapunktisch in Aussehen und Stimme besetzt.

Parizek stieg in den Aufzug, fuhr in den ersten Stock und ging den Flur entlang auf das Zimmer zu, in dem Adler liegen sollte. Er klopfte dezent an die Tür. Es war nicht die Zurückhaltung gegenüber einem todkranken Menschen, die ihn dazu bewog, sondern der Reichtum, den das Krankenhaus aus jeder Pore atmete.

Es antwortete niemand. Er drückte die Klinke und trat in das Zimmer. Indirekte Beleuchtung erhellte die Suite. Anders konnte er den Raum nicht nennen. Mit einem herkömmlichen Krankenzimmer hatte das hier jedenfalls nichts zu tun.

Adler lag friedlich im Krankenbett. Dass es nicht aus Gold war, war alles. Parizek ging darauf zu und versank mit seinen feuchten Schuhen bis zu den Knöcheln in einem Teppich mit orientalischem Muster. Aus versteckten Boxen klang klassische Musik. Beethoven oder Brahms. Vielleicht auch Bach, Parizek kannte sich da nicht so gut aus. Er hörte klassische Musik nur, wenn sie in der Werbung für irgendeinen Jingle herhalten musste.

Man hatte Adler die Hände gefaltet und über die Decke gelegt. Als wäre er ein toter Pharao. Fehlte nur noch die Mumifizierung. Parizek mochte die Atmosphäre, die hier herrschte. So wollte er auch sterben. Das hatte etwas von Frieden. Er würde die gut riechende Schwester nach der Musik fragen. Er würde sie sich auf seinen iPod laden, um sie jederzeit parat zu haben. Er stellte sich vor, wie er einen Bauchschuss bekam, sich noch die Kopfhörer aufsetzte, den iPod anschaltete und mit der Musik ins schwarze Nichts glitt.

Parizek setzte sich in einen der Ledersessel, wie er sie unten in der Vorhalle schon bewundert hatte, und lauschte den Violinen. Wäre das Piepsen der Herzmaschine nicht gewesen, er hätte Adler vergessen. Die Eile war von ihm gewichen. Erstens konnte er Adler nichts fragen, da er nicht bei Bewusstsein war, zweitens hatte die angenehm spukhafte Stimmung dieses Vorhofes zum Tod ihm alle Anspannung genommen. So musste es sein, wenn man Zazen übte. Parizek hatte davon gehört. Seine Frau meditierte ebenfalls, aber entspannt war sie deswegen noch lange nicht. Den einzigen Moment der Entspannung hatte sie, wenn sie mit fünf Einkaufstaschen vom Shopping nach Hause kam und die Fummel vor dem Wohnzimmerspiegel anprobierte, ehe sie sie in den hundert Meter langen Schrank stopfte, wo sie dann auf alle Ewigkeit vor sich hin schimmelten. Verstand einer die Weiber! Die einen sahen klasse aus und krächzten wie heisere Krähen, andere rochen gut, waren aber in Eile, und die schlimmsten kauften Fummel, die ein Vermögen kosteten und ihn dorthin getrieben hatten, wo er sich jetzt befand. Kurz vor dem Aus.

Es war ungerecht, den Frauen die Schuld am eigenen Elend zuzuschreiben. Aber das Leben war ungerecht, also durfte er es auch sein. Nur der große Coup, der ihn aus allen Zwängen mit einem Schlag ins brasilianische Paradies versetzte, wäre gerecht. Aber er wäre ein Narr, wenn er an solche Zaubereien glaubte. Er sollte den Moment genießen. Den Sessel, die Musik, die Ruhe. Wenn da nicht dieses nervige Piepsen des Herzapparates wäre. Am liebsten wäre er aufgesprungen, um den Stecker zu ziehen. Es gab immer jemanden, der nervte und dem man am besten den Stecker zog, dachte er, stand auf und ging zu Adler ans Bett.

Er würde den Stecker natürlich nicht ziehen, aber er würde hier auch nicht ewig auf Adlers Erwachen oder Siechen warten. Er brauchte Klarheit über seine eigene Situation. Und jede Information, die er über Valentina bekommen konnte, würde ihm dabei helfen, seine Lage einzuschätzen. Wenn die Mafia erfuhr, dass er sich von ihnen lossagte, stand er auf deren Abschussliste. Parizek selbst kannte zwar nur wenige Namen, die er im Ernstfall mit sich hochgehen lassen konnte, aber er war in einigen krummen Dingern unterstützende Kraft gewesen, die indirekten Schatten auf weiße Westen werfen konnten.

So oder so, er war bald dran. Das fühlte er, und er hatte keine Lust, so zu enden wie Adler. Auch wenn der ganz selig mit seinem Einschuss dreinschaute.

Parizek ging das Geigengedudel jetzt allmählich auf den Geist. Er hörte keinen Anfang und kein Ende in den stets wiederkehrenden Loops. Fugen nannte man das wohl. Er gähnte ausgiebig und streckte die Arme hinter dem Rücken. Er hatte es satt, auf halb tote Zeugen zu warten. Entweder er würde sich wieder in den Sessel setzen und ebenfalls ein Nickerchen machen, oder er würde in die Mariahilfer Straße fahren, um sich eine Hure vom Straßenstrich ins Auto zu laden. Mit seinem Dienstausweis hatte er mehr als Kredit bei den Lacklederstiefeln. Er dachte kurz darüber nach und erinnerte sich, dass es nicht Juni war, sondern Ende Oktober. Da machte es keinen Spaß, im Auto zu vögeln.

Er tastete in der Manteltasche nach seinem Handy und überprüfte das Display. Er hatte keine Nachricht verpasst. Die Kollegen würden sich melden, wenn sie etwas von Valentina wüssten.

***

Das große Tor war zugesperrt. Valentina konnte die Klinke noch so lange hinunterdrücken, es bewegte sich nichts.

Sie war sich mittlerweile sicher, dass außer ihr niemand in der Halle war. Es war ihr allerdings noch immer nicht klar, ob sie sich im Burgtheater oder an einem anderen Ort befand. Und warum der heimtückische Schläger, der ihr den Brummschädel verpasst hatte, sie hierherverfrachtet hatte, das wusste sie auch nicht. Sie war darauf gefasst, dass er wiederkehren würde, und hatte sich mit einer Eisenstange bewaffnet, die sie in der Halle gefunden hatte. Die Beretta, die sie dem toten italienischen Polizisten abgenommen hatte, war auch ihr wieder stibitzt worden.

Immer wieder kam ihr Adler in den Sinn. Der innige Händedruck, der zärtliche Blick, der Kuss. Dann das verzerrte Gesicht und das blutverschmierte Hemd. Lebte er noch? Hoffnung war immer. Aber ihre bisherige Erfahrung ließ auf anderes schließen. Alle um sie herum starben, wieso sollte ausgerechnet Adler überleben? Nur weil sie es sich wünschte?

Valentina schüttelte den Gedanken ab und sah sich noch einmal um. Sie konnte hier nicht viel tun. Am besten wäre es, sich ein Plätzchen zum Schlafen zu suchen.

Die Kiste war nicht unbequem, aber etwas eng. Valentina klaubte die Polster heraus und tastete sich durch die Stellwände und Kulissen. Hinter einer Heldenstatue aus Pappmaschee bettete sie die Polster, legte sich darauf und schloss die Augen.

Doch schlafen konnte sie nicht. Bilder von »Dantons Tod« flimmerten vor ihren Augenlidern, und Satzbrocken hallten in ihrem Ohr.

Ihr war klar, dass das Stück, vielleicht sogar die Inszenierung selbst, mit ihrem Fall zu tun hatte. Die Theaterkarten waren von vornherein für sie bestimmt gewesen. Der Drahtzieher hatte damit gerechnet, dass Nicola sie fragen würde, ob sie mit ihr ins Theater ging. Und selbst wenn Nicola nur erwähnt hätte, dass sie in ihrer Jacke zwei Theaterkarten für das Stück gefunden habe, wäre Valentina stutzig geworden. Jemand hatte gewollt, dass sie sich »Dantons Tod« an dem Abend ansah. Und der Zusammenhang zwischen den abgetrennten Frauenköpfen und der Guillotine konnte nicht der einzige Grund sein, warum sie es sich hatte anschauen sollen. Ihr unsichtbarer Gegner wollte ihr noch mehr mitteilen.

»Saint-Just ist der Souffleur«, hatte der Alte gesagt, der sich auf dem Stephansplatz als Herr Deutsch vorgestellt hatte. Wessen Souffleur? Dantons keinesfalls. Der sprach eigene Texte und landete dafür unterm Schafott. Aber auch Robespierre war stark genug, um sich seines eigenen Hirns zu bedienen. Oder etwa nicht? Hing der mächtige Jakobiner etwa an den Fäden des windigen Saint-Just? War auch er unfrei zu handeln? War er gezwungen, Danton und Camille zu köpfen, weil ihm Saint-Just keine andere Wahl ließ? Und was würde es ihr bringen, wenn sie darüber Gewissheit hätte? Wie sollte sie mit dieser Information auf die nächsten Koordinaten gelangen?

Ihr Kopf glühte, am liebsten hätte sie ihre Hitze herausgeschrien, bei Don Bernardo um die Lösung gefleht. So wie sie es früher hin und wieder getan hatte, als er mit ihr mathematische Textaufgaben gepaukt hatte. Aber sie hätte noch so laut schreien können. Niemand würde ihr antworten. Am allerwenigsten Don Bernardo. Sie musste selbst darauf kommen.

Wo waren die Koordinaten versteckt, die den Standort des nächsten Caches lieferten? Aus Datum und Uhrzeit der Eintrittskarten hatte sie nichts Brauchbares dechiffrieren können. Sie hatte die Zahlen sogar mit zwei multipliziert, weil es sich um zwei Billets handelte. Jetzt zog sie von den ermittelten Zahlen die Zahl Eins ab, weil Adler erschossen worden und sie am Ende mit zwei Karten allein zurückgeblieben war. Aber auch das brachte überhaupt nichts. Sie riet blind umher, und das führte lediglich dazu, dass sie wieder an Adler denken musste.

Wie gerne hätte sie ihn jetzt neben sich liegen gehabt. Einfach nur so, wissend, dass er lebte, wieder auf die Beine käme. Die Hand würde sie ihm halten wollen, mehr nicht. Sie merkte, wie ihr Herz bei dem Gedanken schneller zu klopfen begann. Im Bauch breitete sich ein seltenes Gefühl von Verliebtheit, gepaart mit Verlustangst, aus. Ihr Brustbein begann zu schmerzen. Alles zog sich über dem Herzen zusammen, dann brach es sich in einem Schluchzen Bahn.

Sie versuchte, sich zu beruhigen, schnäuzte sich in ein Bühnentuch, das über einem abgestellten Requisit hing, und zwang sich zur Vernunft.

Es musste der Text sein, der ihr weiterhalf. Und der Text, der ihr helfen sollte, war von Büchner geschrieben. Sie kramte in ihrer Jackentasche. Die Suhrkamp-Ausgabe, die Adler ihr gegeben hatte, steckte noch darin. Sie zog das kleine Büchlein hervor und hätte gerne darin gelesen, aber es war zu dunkel. Sie erinnerte sich, dass durch den Schlitz unter dem verschlossenen Tor von außen etwas Licht in die Halle schimmerte.

Sie erhob sich von ihrem Lager, nahm eines der Kissen mit und tastete sich wieder zwischen den unbekannten Formen hindurch ans Tor. Das Licht fiel noch immer ein und schenkte dem Raum einen erhellten Balken am Boden.

Valentina drückte sich dicht an die Tür und stützte die Ellbogen auf das Polster. Davor schob sie das Textbüchlein. Es passte exakt in den Lichtbalken. Valentina begann das Stück noch einmal zu lesen. Erst beim wiederholten Lesen stieß man auf die wesentlichen Dinge. Büchner war keine Einwegliteratur, er war nicht umsonst ein Klassiker. Gespickt mit Überraschungen und neuen Erkenntnissen, je nach Verfassung, in der man sich gerade befand. Und wonach man gerade suchte. Aber wonach suchte sie?

***

Parizek schrak hoch. Er hatte nichts geträumt; ein schwarzes Loch, mehr hatte ihm sein kurzes Nickerchen nicht eingebracht. Jetzt aber glaubte er sich in einem Science-Fiction-Comic zu befinden, in dem vollbusige Krankenschwestern das Kommando über einen Planeten übernommen hatten, auf dem Männer als Sklaven gehalten und nur zum erotischen Nachtverzehr benutzt wurden.

Das Parfüm roch gut, also musste es die Schwester aus dem Fahrstuhl sein, die den Lärm verursachte. Aber die singende Säge, die aufgeregt an sein Ohr drang, verriet ihm, dass auch die Kollegin von der Rezeption mit im Raum war. Eine dritte Frau, nicht minder attraktiv und mit großen, gut sitzenden Brüsten ausgestattet, flog in den Raum und wurde mit »Frau Doktor« angeschrien. Frau Doktor, in kurzem weißen Rock und hautfarbenen Strumpfhosen, stob auf Adlers Bett zu und gab den beiden Drohnen Befehle, die diese umgehend ausführten. Ehe Parizek auch nur ein Wort sagen konnte, segelte das Krankenbett samt Besatzung an ihm vorbei und verschwand aus dem Zimmer.

Er setzte sich in dem Sessel auf, rieb sich mit den Knöcheln den Schlaf aus den Augen und versuchte sich so zu recken, dass ihm sein Rücken den Gefallen einer leichten Entspannung einredete. Dann stand er auf und verließ ebenfalls den Raum. Er sah gerade noch, wie die langen Beine der Frau Doktor am Ende des Ganges eilig um die Ecke bogen, und folgte ihnen.

Vor der Tür mit dem Schild »Intensivstation« war es mit der Verfolgung vorbei. Hier kam er nicht rein. Da brauchte die Schöne von der Rezeption noch nicht einmal den Mund zu öffnen, Parizek verstand es auch so, nickte und setzte sich auf einen bequemen Stuhl, der neben zwei anderen im Gang stand. Auch der Gang war hier viel schöner als im schnöden AKH. Faksimiles großer Meister zierten die Wände. Parizek wusste wohl, dass es sich um Kunst handelte, er konnte aber kein einziges Bild seinem Schöpfer zuordnen. Wären Sonnenblumen darunter gewesen, er hätte sich einen Punkt holen können. Das war das Gute an van Gogh. Den konnte man rasch erkennen. Aber schon ob Picasso oder Cézanne, das war für Parizek ein Ding der Unmöglichkeit. Und Moderne, Postmoderne, gar Zeitgenössisches, da war es völlig dunkel.

Er musste nicht weiter über seine Unwissenheit nachdenken, weil die Krankenschwester mit dem wohlriechenden Parfüm auf ihn zukam und ihren rot geschminkten Kussmund öffnete. Natürlich hätte er sich die Ohren zuhalten können. Aber er war zu langsam. Außerdem war es nicht nötig. Diese Krankenschwester sprach, wie sie aussah und roch. Sirenengleich säuselte ihre Stimme an Parizeks Ohren. Und hätte sie nicht den Tod Adlers verkündet, Parizek wäre egal gewesen, was sie zu ihm sagte.

Er stand auf, nickte stumm, weil er den Nachhall ihrer Stimme nicht zerstören wollte, und ging.

Eine Linie Koks wäre jetzt nicht schlecht. Viel besaß er nicht mehr, zehn Gramm, damit musste er haushalten. Er drückte sich in den Schatten eines Baums, kramte das Tütchen aus seinem silbernen Zigarettenetui und schnupfte das weiße Pulver wie Tabak.

Es kribbelte. Er hatte einen leichten Schnupfen und hoffte, dass er jetzt nicht niesen musste. Zu ärgerlich, wenn das Pulver sich im Nebel zerstäubte, ehe es durch die Schleimhäute seinen Weg antreten konnte. Aber es gelang ihm, das Niesen zu unterdrücken, und langsam schwanden einige der schwarzgrauen Wolken aus seinem Sichtfeld. Die Welt wurde klarer, er wieder unschlagbar.

Federnden Schrittes ging er in die Richtung, in der er sein Auto geparkt hatte. Ein kecker Lacher entschlüpfte ihm, und er stellte sich vor, wie er der Kleinen an der Rezeption den Mund zuhielt, während er sich gegen sie drückte. Dann stieg er in seinen Wagen und fuhr los. Er wusste, wohin.

***

Valentina hatte das Stück durchgelesen und war darüber eingeschlafen. Es war kein Laternenlicht mehr, das durch den Türspalt in die Halle drang, sondern die klare Morgensonne eines Herbsttages.

Das Stahltor wackelte und lärmte. Valentina schrak aus ihrem kalten Traum auf. Jemand war draußen vor dem Tor und gedachte es zu öffnen. Sie sprang auf die Füße, raffte Büchlein und Kissen an sich und stahl sich tastend in die Tiefe der Halle. Hinter der Guillotine fand sie Schutz. Es war makaber, dass sie ihren Kopf durch das Henkerloch steckte, um zu erspähen, was sich am Eingang tat.

Das Tor schob sich beiseite und ließ die Strahlen der Morgensonne einfallen. Zwei Männer in Overalls tauchten auf, die sich gegenseitig bestätigten, dass es mit der österreichischen Fußballnationalmannschaft bergauf ging. Mit vielen »Wenn« könnte man sich heuer qualifizieren. Dann könnten die Deutschen ihr zweites Córdoba erleben, lachte der eine, während der andere abwinkte. Er lästerte über den Direktor des Burgtheaters, der ebenfalls Deutscher war, worauf der Erste wieder lachte und seinerseits einen Schmäh tournierte, der wiederum den anderen zum Abwinken zwang. So spielte man sich die gute Laune hin und her, ehe man sich an einigen Stellwänden zu schaffen machte, die wohl für das Stück am Abend gebraucht wurden.

Valentina wartete, bis die beiden mit der ersten Fuhre die Halle verlassen hatten, und huschte dann an der Hallenwand entlang zum Tor. Die Bühnenarbeiter waren gerade im Laderaum eines langen Lkws verschwunden. Valentina nutzte die Gelegenheit und floh aus der Halle.

Sie wusste jetzt, wo sie war. Unweit erkannte sie die Türme des Arsenals. Hier oben befanden sich die Probebühnen und wohl auch einige Lagerhallen des Burgtheaters. Hierhin hatte man sie also verfrachtet. Im Theater hätte sie wohl die Polizei gefunden. Irgendjemand war offenbar darauf bedacht, dass dies nicht geschah. Warum? Vor allem: Wer? Und war er jetzt auch in der Nähe?

Valentina entfernte sich einige hundert Meter vom Arsenalgelände und suchte sich eine sonnige Parkbank im Schweizer Garten. Sie setzte sich und sah sich um. Vielleicht entdeckte sie ihren Beschützer? Sie hatte ja sonst niemanden mehr, es sei denn, Adler wäre noch am Leben. Das war das Erste, was sie herausfinden musste. Der Schutzengel, wenn es ihn denn tatsächlich gab, würde ihr nicht davonfliegen. Ihn konnte sie noch immer suchen, wenn sie gar niemanden mehr hatte.

Ihr Blick fiel auf einen Sandler, der auf der anderen Seite des kleinen Weihers auf einer Parkbank saß und sich an seinem Bein zu schaffen machte. Für einen Moment dachte Valentina, er würde an seinem Stiefel zerren, um gleich eine Waffe herauszuziehen und sie damit zu erschießen. Vielleicht hatte die Kugel im Theater ja gar nicht Adler, sondern ihr gegolten?

Sie war bereit, sich ins nasse Gras zu hechten, aber der Sandler zog keine Waffe, sondern schnallte lediglich die Prothese seines Unterschenkels ab. Es war ein unwirkliches Bild. Er putzte Prothese und Stiefel mit einem Lappen und stellte den unechten Körperteil dann einen halben Meter von sich weg. So wie man ein Fahrrad parkte oder einen Kinderwagen. Dann krempelte er die Hose des gekappten Beines hoch und kratzte sich an dem Stumpen, den er in die Sonne streckte.

»Nur Abgesägte«, murmelte Valentina und stand auf, um einen Zeitungssack zu suchen, aus der sie ein heutiges Revolverblatt ziehen konnte, in dem vielleicht etwas über Adler zu lesen stand. Immerhin wurde nicht alle Tage in der Führerloge jemand niedergeschossen.

Die Zeitungen wussten nichts. Es war noch zu früh. Aber man widmete ihr erneut ein Fahndungsfoto. Sie war überrascht, dass es nicht das gestrige Foto aus ihrem Dienstausweis war, sondern eines, das sie so zeigte, wie sie in der Thalia-Buchhandlung aufgetreten war. Parizek war ihr also auf den Fersen. Er war besser, als sie gedacht hatte.

Sie legte die Zeitung neben sich auf die Parkbank und sah zu dem Sandler hinüber, der sich gerade daranmachte, seine Prothese wieder ans Bein zu schnallen. Es ging schnell. Die Handgriffe waren geübt. Schon stand er auf den Füßen, packte seinen in drei Tüten gestopften Besitz und hinkte von dannen.

Auch sie kam sich vor, als hinke sie allem hinterher. Eingespannt zwischen Flucht und Jagd empfand sie nur noch Lähmung. Sie wusste weder vor noch zurück. Die Welt hatte sie zur mordenden Bestie gemacht, und nur sie allein wusste um ihre Unschuld. Adler hatte ihr geglaubt, und Ciacci hatte gewusst, dass es sich um ein Strategiespiel der Mafia handelte. Sollte sie sich der Polizei ergeben? Der Strippenzieher wusste aber, dass sie sich niemals stellen würde. Eher würde sie von der Floridsdorfer Brücke in die Donau springen und im schlammigen Grün des Flusses ersaufen. Und selbst dort würde sie mit jedem heimtückischen Strudel noch um den nächsten Atemzug ringen.

Vor Wut begann sie die Zeitung zu zerpflücken. Würden sich die Menschen in der Stadt für andere interessieren, würde jetzt wohl jemand zu ihr kommen, um sie zu fragen, was mit ihr los sei. Aber es war ihr Glück, dass jeder genug mit sich selbst zu tun hatte, sodass sie diesen Tobsuchtsanfall ohne fremde Einmischung überstand.

Blind vor Tränen tastete sie nach den Zeitungsfetzen und zerknüllte sie zu kleinen Papierbällen, die sie neben sich auf die Bank legte. Unwillkürlich zählte sie die Bällchen; es waren dreiundzwanzig. Sie zählte oft. Manchmal waren es Bäume, an denen sie vorüberradelte, dann wieder Treppenstufen irgendwelcher Gebäude. In den seltensten Fällen zog sie daraus eine Bedeutung. Wenn sie auf eine Primzahl kam, war es schon etwas Besonderes. Daher war die Dreiundzwanzig vielleicht nicht irgendeine Zahl. Aber außer dass sie eine Primzahl war und Verschwörungsfanatiker dahinter einen Mythos entdeckt hatten, fiel Valentina dazu nichts ein.

Sie nahm Bällchen dreiundzwanzig, entfaltete es und schnäuzte sich hinein. Als sie es wieder zerknüllen wollte, hielt sie inne und las, was auf dem Fetzen stand: »Italienischer Markt in der Kalvarienberggasse 20–24. Ab elf Uhr«.

Valentina schrak hoch. Hastig kramte sie in ihrer Jackentasche nach dem Büchner-Text. Sie blätterte wild, versuchte, sich an die Stelle zu erinnern, und fand sie endlich. Robespierre liest den Brief von Camille, der ihm von Saint-Just übergeben worden ist, nachdem Danton sich mit Robespierre entzweit hat.

Zeile 20: *Er zeigt ihm die Stelle.*

Zeilen 21–24: *Robespierre liest:* »Dieser Blutmessias Robespierre auf seinem Kalvarienberge zwischen den beiden Schächern Couthon und Collot, auf dem er opfert und nicht geopfert wird.«

Valentina spürte ihren Herzschlag bis in die Ohren pochen.

Sie versuchte zu schlucken, aber ihre Kehle pappte dabei nur trocken zusammen.

Die Kalvarienberggasse war im siebzehnten Bezirk. Sie hatte dort als Kind ab und an eine Tante besucht, die ebenfalls aus Sizilien stammte: Zia Giulia. Sie war Gründerin eines *circolo* gewesen, eines italienischen Clubs, in dem man sich am Wochenende traf, um die gemeinsame Sprache und Kultur zu pflegen. Ob es diese Tante und den *circolo* in der Kalvarienberggasse noch gab, bezweifelte Valentina. Aber die Zeitung sagte, dass dort heute ein italienischer Markt stattfand. Und die Hausnummern stimmten mit den Zeilennummern des Büchner-Textes überein. Vielleicht waren es diesmal gar keine Koordinaten, die sie zu ermitteln hatte, sondern der Text sollte sie zum nächsten Cache bringen. Handelte es sich nicht um einen Bücher-Cache? Waren nicht auch die Fundorte der abgesägten Frauenköpfe Hinweise auf Bücher gewesen? »Die drei Musketiere« – »Bounty« – »Romane«, blitzte es als Assoziationskette auf. Und »Dantons Tod« war ebenfalls ein Buch, ein gesprochenes Buch, ein souffliertes Buch. Und Saint-Just gab Robespierre den Brief. Saint-Just war der Souffleur, das hatte Deutsch gesagt. Jede Wette, dass der Alte vom Strippenzieher geschickt worden war. Vielleicht war er es sogar selbst gewesen?

Valentina versuchte sich an sein Gesicht zu erinnern. Es hatte durchschnittlich ausgesehen, nur die Augen waren auffällig wach gewesen. Es war jetzt auch egal, ob der alte Deutsch Il Cervello war oder nicht. Sie hatte eine Spur, und der würde sie nachgehen; auch wenn sie noch so zufällig und an den Haaren herbeigezogen war. Sie spürte, dass sie richtiglag, sie musste zum italienischen Markt in die Kalvarienberggasse.

***

Sie hatte kein Glück. Alle Fahrräder waren abgeschlossen. Nur eine platte Krücke lehnte verlassen an einem Verkehrsschild. Damit käme sie niemals in den siebzehnten Bezirk, da konnte sie gleich zu Fuß gehen. Es blieb ihr nichts anderes übrig, als mit der Straßenbahn zu fahren. Hier wurde weniger kontrolliert als in der U-Bahn.

Sie stieg in die nächste Bim und setzte sich direkt neben die Tür auf eine Holzbank, jederzeit fluchtbereit. Ihr Blick fiel auf die Flaggen der Diplomatengebäude, die die Prinz-Eugen-Straße säumten. Das erinnerte sie daran, dass Parizek und Bauer an irgendeinem politischen Handel drehten. Jedenfalls vermutete sie so etwas. Parizek hatte politisch sicherlich keine Ambitionen. Bauer hingegen schon. Wenn Bauer auf Parizek Druck ausübte, musste er einen existenziellen Grund dafür haben. Und der konnte bei Bauer nur karrierepolitisch sein. Wer aber übte auf Bauer Druck aus? Wer konnte Interesse daran haben, dass drei Frauenmorde nicht regelgerecht aufgeklärt wurden? Warum suchte man die schnelle Lösung? Und warum war ausgerechnet sie das Bauernopfer? Vielleicht ging es nur um sie? Vielleicht waren die Leute, die auf Bauer Druck ausübten, dieselben, die mit ihr die Schnitzeljagd trieben? Es würde Sinn ergeben. Druck von allen Seiten, nur so konnte man eine Füchsin erlegen.

Die Tür war schneller wieder zu, als Valentina denken konnte. Am Schwarzenbergplatz hatte sie sich in ihren Kombinationen verloren und nicht darauf geachtet, wer den Wagen bestieg. Jetzt blickte sie in die Augen eines Mannes, der ihr mit seinem wuchtigen Körper jeglichen Fluchtweg versperrte.

»Fahrausweise bitte«, sagte er unaufgeregt.

Valentina jagten die üblichen Strategien durch den Kopf. Sie griff routiniert in ihre Jackentasche und spielte die Erstaunte. Dann suchte sie hektischer in den anderen Taschen und lächelte schließlich hilflos. Der Kontrolleur gähnte. Er schien alle Varianten bereits hundertfach erlebt zu haben, und Valentinas Nummer war bestimmt nicht die kreativste.

»Haben Sie siebzig Euro mit sich?«, fragte er, während er bereits seinen Belegblock hervorkramte.

Valentina zuckte verneinend mit den Schultern.

»Name, Adresse, am besten Personalausweis.«

Valentina sah sich um. Nach hinten ging gar nichts, und den Brocken vor sich würde sie allenfalls mit Anlauf zur Seite schubsen können; aber den Anlauf hatte sie nicht. Sie musste ihn schon k. o. schlagen, wenn sie an ihm vorbeikommen wollte. Aber was blieb ihr übrig? Die nächste Haltestation wäre am Opernring.

Wenn sie ihn bis dort hinhalten könnte, würde sie ihm zuerst zwei gezielte Schläge verpassen und dann über ihn zur Tür klettern.

Sie kramte umständlich auf der Suche nach dem Ausweis. Der Kontrolleur verdrehte bereits gelangweilt die Augen.

»Valentina, was machst du da?«, ertönte plötzlich eine Stimme hinter dem Fleischberg.

Valentina kannte die Stimme nicht. Wer war das?

»Hier ist ihre Fahrkarte. Ich habe sie für uns beide gelöst. Sie müssen entschuldigen, sie macht immer solche Spielchen. Ein Kindskopf, verzeihen Sie. Ich hoffe, Sie verstehen Spaß.«

Der Kontrolleur drehte sich um und verdeckte noch immer den unbekannten Sprecher.

»Lustig finde ich andere Sachen«, sagte er, aus der Ruhe brachte es ihn allerdings nicht. Er besah sich die Fahrkarten und sagte: »Passt.«

Die Bim hielt am Opernring. Die Tür öffnete sich. Der Kontrolleur drehte sich zu Valentina und reichte ihr wortlos die Karte. Dann stieg er aus. Hinter ihm stand niemand mehr. Valentina blickte suchend aus dem Fenster und entdeckte einen schlanken Mann in einem kamelfarbenen Trenchcoat, der sich rasch unter die Touristen eines Sightseeing-Busses mischte. Sie ahnte, wer der Mann war, deswegen folgte sie ihm nicht. Sie wusste, dass sie sich schon bald wieder begegnen würden.

ZEHN

Die Bim näherte sich dem Elterleinplatz. Hier musste sie aussteigen und den Rest zur Kalvarienberggasse zu Fuß zu gehen. Es war ihr, als würde sie jetzt gleich nach Hause kommen. Und sie fürchtete sich davor. Sie hoffte, dass es den *circolo* von Zia Giulia nicht mehr gab, dass es auch die Haltestelle nicht mehr gab, dass die Straßenbahn einfach weiterfuhr, ewig im Kreis. Ohne Ziel, ohne Wunsch. Und irgendwann würden auch die vorbeiziehenden Häuser und Straßenzüge verschwinden. Erst im Nebel, dann im Nichts. Auflösung. Erlösung. Aber das Nichts würde es nicht geben, solange es noch das Rätsel gab, das sie zu lösen hatte. Rätsel lösten sich nicht in nichts auf, sie wollten geknackt werden, unerbittlich.

Sie stieg aus der Bim und merkte, wie sie mit jedem Schritt, den sie die Kalvarienberggasse nach oben stieg, langsamer wurde. Sie hatte Angst.

Schon von Weitem konnte sie den Markt sehen. Leckereien aus Italien: Oliven, Ziegenkäse, Lorbeer, Gebäck, eingelegte Tomaten, Büffelmozzarella aus Apulien. Die Stände bildeten eine Gasse und führten auf ein Tor zu, hinter dem sich ein großer Hof öffnete. Hier wurde der Markt gemischt, Kunstgewerbler wechselten mit privaten Händlern, die ihre Haushalte entrümpelten. Der Gebäudekomplex, der den Hof umschloss, war eine alte Druckerei, die man schon vor Jahren in Wohnungen und Geschäftsräume umgewandelt hatte. Wenn man durch den Torbogen ging, musste man sich rechts halten, um zu Zia Giulias *circolo* zu gelangen. Valentina tat es, vorbei an Ständen mit altem Geschirr, selbst gezogenen Kerzen, Topflappen und abgetragenen Kleidern. Der *circolo* war nicht mehr. Er war einer kleinen Buchhandlung gewichen. Sie hatte keinen Namen. Nur über der Fensterfront stand etwas geschrieben, in schlichten rostbraunen Lettern: »Romane«.

Valentina konnte die Adrenalinausschüttung förmlich spüren. Der Schriftzug war identisch mit jenem des letzten Kopffundorts.

Langsam ging sie auf den Buchladen zu. Davor waren ebenfalls zwei Stände aufgestellt. In Kartons wucherten gebrauchte Bücher. Einige besondere Exemplare hatte man exponiert, um Käufer anzulocken. Vor allem zwei Bücher schienen besonders wertvoll zu sein. Sie wurden von Buchlehnen gestützt und prahlten mit bunten Covern. Das eine hieß »Die drei Musketiere«, das andere »Meuterei auf der Bounty«.

Wie hypnotisiert ging Valentina auf die beiden Bücher zu, bis sie an den Stand stieß. Die Bücher wackelten, aber fielen nicht um.

Drei Musketiere, drei tote Frauen, Dreifaltigkeit, drei Evangelisten, die vom Kalvarienberge erzählten. Meuterei, Ungehorsam, der mit dem Tod gesühnt wird. Und Valentina wusste, dass bald ein weiterer ungehorsamer Frauenschädel irgendwo ausgestellt werden würde, wenn sie nicht alldem ein Ende setzte. Entweder sie würde sich ergeben, oder sie würde dem kruden Hirn, das hinter dieser Perversion stand, das Handwerk legen. Momentan war ihr danach, aufzugeben. Sie fühlte sich, als hätte man ihr den Stecker gezogen. Köpft mich! Schlagt mir endlich den Schädel vom Hals, damit ich Ruhe habe!, schrie sie lautlos in sich hinein.

»Ich empfehle Ihnen den Dumas«, hörte sie eine Stimme, die sie bereits kannte. Sie drehte sich nach dem Schnarren um. Es war Deutsch. Er lächelte sie aus seinem faltigen Gesicht an. »Es gibt zwar nur drei Musketiere, aber d'Artagnan, der vierte, das ist der wahre Protagonist. Es geht niemals um die Drei: Die Drei ist immer nur der Köder. Die Vier ist die Quadratur, ist von Dauer und Bestand. Was die drei Evangelisten erzählen, ist schön und gut, aber es ist Johannes, der vierte, der die wahren Rätsel aufwirft.«

»Il Cervello?«, fragte Valentina direkt.

Der Alte kicherte. »Nein, nein, ich bleib bei meinen Leisten. Ich bin Souffleur, das sagte ich Ihnen doch bereits. Wie Saint-Just. Es ist gut, dass Sie mir geglaubt haben. Sie haben erst gezweifelt, gedacht, der Alte spinnt. Und auch ich muss gestehen, ich habe nicht geglaubt, dass Sie so rasch hierherfinden werden. Aber Il Cervello ist einfach unschlagbar. Sie sind eine Figur, ich bin der Souffleur, aber er ist der Dichter. Nur der Dichter weiß die Wege seiner Figuren so exakt vorzuzeichnen. Sie mögen eigene Wege einschlagen, kurz ausbüxen, sich die Freiheit eines individuellen Momentes erkämpfen oder erschleichen, aber das Ende, das kennt nur der Dichter. Er hält die Fäden in der Hand, und er lässt sie sich um keinen Preis aus den Fingern nehmen. Eher verbrennt er sein Manuskript. Er hat gewusst, dass Sie kommen werden.«

»Wo ist er?«

Deutsch kicherte wieder. »Wo denken Sie hin. Glauben Sie etwa, man kann ihn so einfach treffen? Einen Termin abmachen wie mit einem Psychiater? Außerdem stehen Sie ja ohnehin in ständigem Austausch. Nein, nein, er wird Sie schon aufsuchen, wenn Sie so weit sind. Sie stellen noch zu viele Fragen, die aus dem Katalog der Polizei entstammen. ›Wo ist er?‹ Wenn ich das schon höre. Und was werden Sie ihn dann erst fragen, wenn Sie ihm gegenüberstehen? ›Wo waren Sie gestern Abend zwischen Dipf und Dupf?‹«

Er schüttelte seinen Jakobinerschopf und wischte sich mit Daumen und Zeigefinger die Lachtränen aus den Augen. »Entschuldigen Sie bitte vielmals. Aber es ist zu komisch.«

»Ich finde es auch sehr lustig«, sagte Valentina trocken. »Wo ist er?«

Deutschs Heiterkeit endete jäh. »Er ist überall. Fast wie Gott, nur dass es ihn gibt. Sie entschuldigen mich. Ich muss arbeiten. Der Markt heute ist für mich ein besonderes Geschäft.«

»Was kosten ›Die drei Musketiere‹?«, fragte ein Mann mittleren Alters, den man auf den ersten Blick eher für einen Kafka-Leser halten würde. Hohlwangig, Nickelbrille, pechschwarzes Haar und eine Nase, mit der er Brotkrumen aus dem Kies picken könnte.

»Schon verkauft.« Deutsch nahm den Band und reichte ihn Valentina. Sie griff ihn und starrte Deutsch grimmig an.

»Sie wollen doch nicht etwa gleich am ersten Tag drei Duelle mit den berühmtesten Fechtern von ganz Paris? Zügeln Sie Ihre Hitze, dann haben Sie vielleicht eine Chance, einen Treffer zu setzen. Guten Tag.« Er kehrte Valentina den Rücken zu und verschwand im Laden.

»Er hat Sie sicher nicht übers Ohr gehauen, egal was er von Ihnen dafür verlangt hat. Diese Ausgabe ist ein kleines Vermögen wert«, flüsterte der Mann mit der Rabennase.

Valentina sah zu ihm auf. Sie war nicht klein, aber der Mann neben ihr war ein dünner Riese, und sein Zinken wuchs sich aus der Untersicht zu einem Eispickel aus. Sie trat ein Stück zur Seite, weil ihr die scharfe Spitze zu nahe gekommen war. Der Mann schien die Größe seiner Nase nicht im ganzen Ausmaß realisiert zu haben, jedenfalls hielt er keinen Sicherheitsabstand ein. Im Gegenteil: Er rückte nach.

»Was haben Sie ihm gezahlt? Ich gebe Ihnen das Doppelte dafür.«

Valentina trat einen weiteren Schritt zurück, er schob sich wieder an sie ran. »Das Dreifache«, bot er. »Ich habe noch nie das Dreifache geboten. Das Dreifache bietet man nur in ganz besonderen Fällen. Mein Vater hat sogar gesagt: ›Das Dreifache bietet man nur einmal im Leben. So wie man auch nur einmal im Leben wirklich liebt.‹«

»Eine veraltete Vorstellung, finden Sie nicht?«

»Konservativ, ja. Bücher sind nun mal konservativ, auch wenn sie zuweilen zeitlose Texte zwischen den Deckeln haben. Also?«

»Nein. Ich verkaufe nicht. Leider. Ich brauche es noch.«

»Sie können sich mit dem Geld hundert neue Exemplare kaufen. Da steht dann die gleiche Geschichte drin. Je nach Übersetzer freilich mehr oder weniger gelungen.«

»Dann kaufen Sie sich doch von dem Geld ein neues.«

»Es geht mir nicht um die Geschichte, sondern um das Buch.«

»Was ist an dem Buch so wertvoll?«

»Dass viele Sammler hinter ihm her sind. Es ist wie mit allem: Sobald eine große Nachfrage herrscht, steigt der Wert. Schauen Sie mich an. Würde der Zeitgeist auf einen dünnen Riesen mit einem Geierschnabel stehen, dann könnte ich als Model Millionen verdienen.«

»Aber es steht niemand auf einen dünnen Riesen mit Geierschnabel.«

»Richtig. Noch nicht einmal meine Frau. Und sie hat mich trotzdem geheiratet. Und wissen Sie auch, warum? Weil ihr

Marktwert noch unter dem meinen liegt. Fragen Sie nicht, wie sie ausschaut.«

Valentina drückte das Buch an sich. Sie befürchtete, dass er es ihr gleich entreißen würde, um damit fortzufliegen. Er hatte sicher Flügel unter seinem Mantel.

»Sie gehören dazu«, sagte sie unvermittelt.

»Was meinen Sie damit?«

»Zu allem. Zur Inszenierung. So wie Deutsch. Ihr habt alle euren Teil zu spielen, um mich dorthin zu bringen, wo ihr mich haben wollt.«

»Ich weiß nicht, wovon Sie reden. Ich will lediglich das Buch, sonst nichts. Für das Dreifache.« Er streckte seine Hand aus und lächelte angestrengt.

»Richten Sie ihm aus, dass ich bereit bin. Wofür auch immer. Aber ich will ihn persönlich treffen.«

»Das geht nicht. Sie können keine Forderungen stellen. Er macht die Regeln und Gesetze. Er manipuliert sogar den Markt. Das Buch ist nur wertvoll, weil er es wertvoll macht. Wenn er dem Buch den Rücken kehrt, ist es nur noch ein Haufen Altpapier. Alles ist virtuell. Wie an der Börse. Sie sind nichts wert, wenn er es will. Aber eine Königin, wenn ihm danach ist. Also vergessen Sie es, Forderungen zu stellen. Gehorchen Sie einfach, und es wird Ihnen an nichts mangeln.«

Valentina schlug ihm das Buch vor den nicht vorhandenen Bauch. »Hier, nehmen Sie es und wischen Sie sich den Arsch damit. Es ist ja dick genug, dass es für alle ehrenwerten Mitglieder reichen wird.«

Das Buch traf den Solarplexus des Geierschnabels. Er stöhnte und sackte für einen Moment in sich zusammen. Da er das Buch nicht nahm, fiel es zu Boden. Die Bindung riss, die Seiten fledderten aus den Deckeln. Ein vergilbter Stich mit den drei Musketieren, die ihre Klingen zum Schwur gen Himmel kreuzten, kam obenauf zu liegen. Beide sahen auf das Bild, dann wieder ins Gesicht des anderen.

Er versuchte sich noch einmal an einem Lächeln und verschwand dann im Buchladen.

Valentina hatte den Impuls, ihm nachzugehen. Aber weder

Deutsch noch er würden ein Wort mehr als notwendig sagen. Sie bückte sich und schob die Seiten zusammen. Dabei merkte sie, dass nur der Buchdeckel deutsch war. Der Inhalt war Italienisch.

Sie hatte lange kein Italienisch mehr gelesen. Zuletzt mit Don Bernardo. Er hatte mit ihr die »Göttliche Komödie« im Original studiert. Sie wünschte, er wäre bei ihr und würde auch »Die drei Musketiere« mit ihr gemeinsam lesen. Sie wollte wieder klein sein. Ein Mädchen, das einfach nur lernen und spielen durfte. Geschützt, geborgen, den Mantel einer Art Familie um sich.

***

Parizek war stolz auf seine Spitzel. Er hatte ein beachtliches Heer an kleinen Ganoven, die ihm gegen Protektion den einen oder anderen Dienst erwiesen. Nur selten ließ er einen von ihnen hochgehen. Aber manchmal musste er es eben tun, damit die anderen nicht übermütig wurden. Zuckerbrot und Peitsche. Was anderes verstanden sie nicht. Überhaupt verstanden alle nur dieses Prinzip. Dass von Psychologen und Pädagogen alles verwässert wurde, empfand Parizek als absoluten Blödsinn. Es gab nur Schwarz oder Weiß, Ja oder Nein, Leben oder Tod. Alles andere war Geschwätz, mit dem man am zivilisationsdebilen Menschen verdienen konnte.

In der Straßenbahn hatte Werner sie gesehen. Er hatte sie sofort erkannt. Trotz ihrer Verkleidung. Ihm machte man nichts vor. Er sah das Wesen der Menschen. Sie war in der Prinz-Eugen-Straße zugestiegen, und er hatte Parizek angerufen und ihn gefragt, ob er an ihr dranbleiben sollte.

Werner, »die Spitzmaus«, wie ihn alle nannten. Wer ihn sah, fragte nicht lange, wieso er so hieß. Die Haare seines spärlichen Schnäuzers waren lang und standen weit ab, die großen Ohren schienen angelegt, die spitze Nase blies den Rauch einer Zigarette in den Duft von Pizza und Focaccia.

Als er Parizek auf sich zukommen sah, verließ er seinen Standort und ging langsam an eine Würstelbude, um sich eine

Frankfurter und ein Bier zu bestellen. Parizek rückte nach. Er nahm ebenfalls eine Frankfurter, verzichtete aber auf das Bier: Es würde ihn müde machen. Er entschied sich für einen Spritzer. Alkoholfrei ging nicht. Nicht bei Werner. Parizek wusste, dass er mit ihm nach der Wurst auch noch zwei Schnäpse kippen musste. Und das, obwohl er keine Zeit hatte. Nervös orderte er noch zwei Extrascheiben Brot. Irgendetwas musste den Alkohol aufsaugen, er brauchte einen klaren Kopf. Einige Linien Koks hatte er noch dabei, falls alle Stricke reißen sollten.

»Tut mir leid, das mit Amre«, sagte Parizek und tauchte seine Frankfurter in den Senf. Werner nickte und nahm einen Schluck aus der Flasche. Parizek warf ihm einen kalten Blick zu, der saß. Werner zuckte zusammen und leerte die Flasche mit dem dritten Schluck.

»Ich wollte es nur gesagt haben.« Parizek bestellte für Werner per Handzeichen noch ein zweites Bier. Es war wichtig, den Status sicherzustellen. Der Tod von Amre konnte unter den Spitzeln Unruhe auslösen. Wenn sie sich nicht sicher fühlten, machten sie womöglich Dummheiten. Und sicher fühlten sie sich immer vor der Seite, die sie am meisten einschüchterte. Paradox, aber so war es.

Parizek hatte die Frankfurter viel zu hastig gegessen. Er hatte nur abgebissen und geschluckt, kaum gekaut.

»Wo ist sie hin?«, fragte er.

»Da rein.« Werner zeigte in Richtung Buchhandlung. »Ich bin nicht hinterher. Ich wusste nicht, ob es dort drin zu eng ist. Sie hat mich bestimmt schon in der Bim gesehen. Da wollte ich nichts riskieren.« Er trank aus der zweiten Flasche. Diesmal dezenter. »Schnappt ihr sie mit großem Aufgebot?«, fragte er dann.

»So leise wie möglich. Am liebsten wäre es mir, wenn wir sie hätten und die Presse erst mal nichts davon wüsste«, sagte Parizek mehr für sich. »Ich meine es ernst. Niemand darf erfahren, dass wir sie schnappen«, setzte er nach. »Auch meine Kollegen nicht. Hast du kapiert?«

Werners Augen begannen zu tanzen; er suchte offenbar nach einem Gedanken, an dem er sich festhalten konnte.

»Ich bin Informant, weiter nichts«, sagte er dann und lächelte devot.

Parizek nahm einen Schluck Spritzer und ließ sich Zeit, ehe er schluckte. Sein Plan war gut, aber gefährlich. Er würde zwei Seiten an den Hacken haben. Aber er würde auch von beiden Seiten kassieren können. Saß er jetzt nicht auch längst zwischen zwei Mühlsteinen, die nur darauf warteten, ihn zwischen sich zu zermalmen? Und dabei war er ihnen noch nicht einmal etwas wert. Er wurde einfach nur so aufgemischt. Zerrieben wie eines unter Milliarden Weizenkörnern.

»Noch zwei Schnäpse«, orderte er.

***

Sie war in dem Buchladen verschwunden. Ob es einen Hinterausgang gab, wusste Alberto nicht.

Er mochte keine Bücher. Alte schon gar nicht. Am liebsten waren sie ihm, wenn sie frisch verschweißt in Folie steckten und ihren Unsinn für sich behielten.

»Ein Buch atmet. Versuchen Sie im selben Rhythmus zu atmen wie das Buch, und sie haben eine Geliebte, der kein Weib das Wasser reichen kann.«

Alberto drehte sich nach der Stimme um. Ein faltiger Alter mit wirrem grauen Schopf lächelte ihn an.

»Ein Buch, das atmet, stiehlt mir die Luft und lässt mich ersticken. Und bei den Weibern ist es ähnlich«, gab Alberto zurück. »Haben Sie in Ihrem Laden auch was Neues, was Verschweißtes?«

»Tut mir leid, wir führen nur Bücher, in denen bereits gelesen wurde.«

»Kann ich mich trotzdem mal umsehen?«

»Wenn Sie daran nicht ersticken? Gerne.«

Der Alte ließ Alberto vorbei und folgte ihm. Alberto hörte das Schlurfen hinter sich. Alte Bücher und schlurfende Sohlen, ein Gräuel. Da war der Tod nicht weit.

»Deutsch, wo kommen die hin?«, rief ein dürrer Langer mit der Nase eines Geiers hinter einem Regal hervor. Es war der

Kerl, der mit Valentina vor dem Buchladen gesprochen hatte. Alberto konnte nicht genau erkennen, ob er das oberste Buch des Stapels mit dem Kinn oder mit dem Haken seiner Nase klemmte.

»Sind das die Kochbücher?«

»Ja.«

»Verbrenn sie!«, lachte Deutsch. Der Geier stieß einen Schrei aus, der ebenfalls in die Richtung eines Lachens tendierte. Alberto fand es nicht lustig. Musste ein Insiderwitz sein.

»Die einzigen Bücher, die Hitler nicht hat verbrennen lassen, waren Kochbücher. Dabei sind es doch gerade die Essgewohnheiten, die die Menschen ausmachen.«

Alberto sog den Duft eines Sugos ein, der mit Oregano, Knoblauch und Thymian gewürzt über einer Gasflamme brodelte. Er hatte es immer gemocht, wenn die Tomatensoße Bläschen warf. Erst dann hatte seine Mutter den Thunfisch hinzugegeben. Er hatte genascht, und sie hatte ihn am Ohr gezogen und gelacht, weil er es nicht abwarten konnte, bis die Spaghetti gekocht waren.

»Wer kocht hier?«, fragte er. »Das riecht wie zu Hause.«

Der Alte lächelte. »Das ist unser Mittagessen. Herr K. kocht leidenschaftlich gerne. Er liebt Kochbücher. Und er testet sie. Jeden Tag ein anderes Rezept aus einem anderen Land. Heute ist Italien dran. Wir überprüfen die Gerichte auf Einfachheit. Ohne Schnörkel. Ein gutes Gericht ist wie ein guter Text: schlicht. Das ist nicht leicht, aber Herr K. hat schon einige Rezepte gefunden, die es mit Literatur aufnehmen können. Unser Plan ist es, ein globales Kochbuch zu schreiben, das sich in der Rezeptur mit einem literarischen Stoff der jeweiligen Gegend ergänzt. Es darf aber nicht irgendein Text sein, sondern muss im Rhythmus mit dem Gericht korrespondieren, verstehen Sie?«

Alberto verstand nur, dass der Alte mächtig einen an der Waffel hatte. Trotzdem bekam er Appetit, als eine weitere Schwade der Tomatensoße aus der Kammer herüberzog, die wohl als Küche herhalten musste. Es war die einzige Tür, die außer dem Eingang aus dem Ladenlokal führte. Valentina konnte nur dorthin verschwunden sein. Bestimmt führte von dem Raum eine Tür in den Keller.

Alberto musste hineingelangen, um seine Vermutung zu überprüfen. Vielleicht lag Valentina bereits gefesselt in einer Ecke und wartete darauf, von Geiernase und dem alten Wirrkopf eingekocht zu werden?

»Vielleicht fehlt etwas Thymian«, sagte er und übte sich in einem Lächeln.

Herr K. löste seinen Schnabel vom Stapel und setzte die Bücher auf dem Boden ab. »Oh, ein Experte. Das ist ja wunderbar. Sie sind doch Italiener, nicht wahr?«

»Hört man das? Ich bin in Duisburg aufgewachsen.«

»Das ist egal, wo einer aufwächst. Es ist auch egal, wie einer heißt. Das tut nichts zur Sache. Schauen Sie, ich heiße Deutsch und bin ursprünglich aus Galizien; Herr K. kommt aus Prag und kocht die italienischste Tomatensoße der Welt. Wo Essen und Sprache sich treffen, daher stammt man, verstehen Sie?«

Alberto nickte. Er mochte Pommes rot-weiß, seine Sprache war derb, das passte. Aber es zog ihn auch zum Sugotopf. Wie verlockend. Nur die meisterhafte Sprache der Verlockung, die hatte er nie gelernt.

»Boccaccio passt. Finden Sie nicht?«, fragte Deutsch.

»Kommen Sie, ich habe für uns gedeckt«, rief Herr K. aus dem Nebenraum.

Deutsch lächelte und lud mit einer Geste ein. Alberto versuchte, tief durchzuatmen, und merkte, wie schwer es ihm fiel. Er war zu angespannt. Dann folgte er dem süßlichen Duft des Südens und ging in den Nebenraum.

Auf dem Tisch standen zwei Teller, sie waren aber zu dritt. Ehe Alberto fragen konnte, wer denn nicht mitäße, stülpte ihm Herr K. von hinten einen durchsichtigen Plastiksack über den Kopf und drückte ihn zu.

Alberto japste mit aufgerissenem Maul nach Luft und sog die Folie dadurch ans Gesicht. Er begann, um sich zu schlagen. Aber Herr K. war flink. Alberto setzte nicht einen einzigen Treffer, dafür schlug ihn Deutsch mit einem schweren Buch auf den Schädel. Einmal, zweimal, dreimal, Alberto hörte irgendwann auf zu zählen. Durch die Folie sah er noch, wie der Geierschnabel sich zu einer Gummischlange verwandelte, dann wurde ihm schwarz vor Augen.

***

Sie hatten ihr den Weg gewiesen und waren dabei freundlich geblieben. Valentina war einfach hinuntergestiegen, als sie ihr die Luke geöffnet hatten. Sogar eine Taschenlampe hatte ihr Deutsch in die Hand gedrückt. Ohne Batterie, mit Handdynamo.

Sie drückte den Hebel der Taschenlampe in regelmäßigem Rhythmus. Der Dynamo schnurrte. Es war das einzige Geräusch, das sie hören konnte.

Sie hielt inne. Das Surren wurde leiser, das Licht der Lampe nahm im Verhältnis zur Drehung des Dynamos schleichend ab. Gleich würde es still sein, aber auch dunkel. Von ferne glaubte Valentina Musik zu vernehmen, die durch die Finsternis zu ihr drang. Vielleicht vom Flohmarkt. So weit war sie noch nicht gelaufen, sie musste sich noch unterhalb des alten Druckereigeländes befinden.

Sie trat in ein Nichts und erschrak. Dann fand ihr Fuß wieder Halt. Aber sie war aus der Balance geraten, und auch der nächste Schritt fiel erst ins Nichts, ehe er wieder Boden ertastete. Sie drückte mehrere Male in rascher Folge den Handdynamo und leuchtete auf den Boden. Sie stand auf einer Treppe, die nach unten führte. Es mochten an die vierzig Stufen sein, an deren Ende wieder das Dunkel wartete.

Angst stieg in ihr auf. Die Angst vor der Erkenntnis. Gleich würde sie am Ziel sein. Und dann? Stünde sie dann wirklich vor Il Cervello? Was würde er sagen? Wie würde sie handeln?

Schauder durchliefen ihren Körper, aber sie ging voran, setzte Fuß vor Fuß und stellte sich ihrem Finale. Sie würde jeden Zug ausspielen. Das Leben lief immer auf den Tod hinaus, das wusste jeder. Man war schachmatt von Geburt an. Und dennoch war man verdammt zu spielen, solange man atmete.

Sie war am Ende der Stufen angelangt. Ein kurzer Gang führte zu einer langen Feuerleiter. Dort musste sie wieder nach oben klettern. Sie würde beide Hände dazu benötigen, also nahm sie den Griff der Taschenlampe zwischen die Zähne und stieg hoch.

Die Stufen der Eisenleiter waren nass. Von irgendwoher zerfraß Wasser den Stahl. Sie spürte beim Fassen der Sprossen den abblätternden Rost an den Handflächen und ahnte bereits das Unheil. Was dem Griff der Hände noch standhielt, krümmte sich nun unter ihren Füßen und knickte ein. Sie baumelte in vier Metern Höhe. Man würde nicht gleich sterben, wenn man aus dieser Höhe fiele, aber je nach Untergrund war mindestens ein gebrochener Knöchel sicher.

Valentina hangelte sich von der Sprosse zu den Seitenstangen der Leiter. Ihnen vertraute sie mehr. Aber es kostete zu viel Kraft, sich so zu halten. Gleich würden ihre Füße die nächste Stange ertastet haben, dann stünde sie wieder sicher. Aber auch sie knickte ein. Valentina konnte einen kurzen Schrei nicht unterdrücken; dabei öffnete sie den Mund zu weit, sodass ihr die Taschenlampe entglitt und in die Tiefe stürzte.

Sie hatte keine Zeit, ihr nachzutrauern, sondern zog sich mit letzter Kraft ein weiteres Stück an den Außenstangen nach oben. Auch die Füße setzte sie nun nicht mehr auf die Sprossen, sondern klemmte sie von außen an die Stangen der Leiter. Wie eine Raupe schob sie sich Stück für Stück nach oben.

Endlich hatte sie das Plateau erreicht. Eine rostige Stahlplatte, die an einer Eisentür endete. Valentina tastete die Tür nach einem Griff ab und fand einen Knauf. Man konnte ihn drehen. Sie tat es und zog die Tür zu sich. Schwaches Licht schimmerte heraus.

Valentina zögerte. Sie musste erst zu Atem kommen. Wenn ihr der Sauerstoff fehlte, dachte sie nicht rational, sondern handelte nur instinktiv.

Sie öffnete die Tür erneut und spähte durch den Spalt. Das spärliche Licht drang von weit hinten flackernd zu ihr; es musste von einem Feuer oder von Kerzen stammen.

Sie zog die Tür so weit auf, dass sie sich durch den Spalt drücken konnte, dann schloss sie sie, so leise sie es vermochte. Das ferne Licht schien zu leiser Musik zu tanzen. Kadenzen und Melodie waren nicht auszumachen. Dafür war die Musik zu weit weg, ebenso fern wie das Licht.

Selbst wenn Umkehr eine Alternative gewesen wäre, jetzt hätte sie es nie und nimmer getan. Der Sog von Licht und Musik übte einen magnetischen Zwang auf sie aus. Mit jedem Schritt, den sie machte, wuchs der Drang, ihnen zu begegnen, sie zu entschlüsseln, sich mit ihnen bekannt zu machen. Hinter ihr lagen Finsternis und Schweigen, vor ihr Helligkeit und Klang. Wer hätte da gezögert?

Jetzt erkannte sie die Melodie, erschrak und war dennoch entzückt. Es war die Tonfolge, zu der sie einen neuen Liedtext gefunden hatte; als sie mit dem Fahrrad zum letzten Fundort über die Floridsdorfer Brücke gefahren war.

»Von der Floridsdorfer Brücke,
da klafft mir eine Lücke,
habe ich ihn nun erstochen,
oder habe ich nur erbrochen,
all den Fusel, den ich soff,
der mir aus dem Maule troff,
war es nur aus Rache,
längst abgemachte Sache?«, sang sie. Erst leise, dann immer lauter und selbstbewusster. Je näher sie der Quelle kam, umso mehr wandelte sich ihre Furcht wieder in Kampfeslust. Ihr Lied wurde ihr zur Hymne, sie war bereit, alles auf eine Karte zu setzen.

Es mochten an die fünfhundert Kerzen sein, die das Gewölbe erhellten und zu der Musik die Flammenköpfe wiegten. Inmitten der Kerzen, auf einem Barhocker, saß eine Gestalt, eine Gitarre auf dem Schoß. Es war Valentinas neue Strat. Und es war eine Neutralmaske, die die unbekannte Gestalt vor dem Gesicht trug.

Es war ein Mann unter der Maske, das konnte Valentina an der Statur erkennen. Er legte die Gitarre zur Seite, blieb aber auf seinem Barhocker sitzen und sah sie an. Valentina erwiderte den Blick.

Die Maske begann sich unmerklich zu bewegen, sie wurde langsam beseelt und fing an zu leben. Der Spieler darunter verstand sein Handwerk. Es war nicht leicht, die Larve zu bespielen. Die meisten zogen Grimassen dahinter und glaubten, den Mummenschanz auf das neutrale Leder übertragen zu können. Aber das war ein Irrtum. Man musste sie von innen heraus zum Leben erwecken, mit dem Bauch, mit der Seele. Das mochte für den Laien wie der Ritus eines exotischen Volksstammes klingen, aber anders konnte Valentina es nicht beschreiben. Man musste mit der Maske arbeiten, sie erleben, um ihre Funktion verstehen zu können.

Und der unbekannte Spieler vor ihr hatte mit ihr gearbeitet und hatte sie durchdrungen bis in die letzte Pore. Was Valentina zu sehen bekam, grenzte an ein Wunder der Spielkunst. Äußerlich betrachtet tat der Spieler überhaupt nichts. Aber er wagte das Größte, dessen ein Spieler überhaupt fähig sein konnte: Er ließ zu. Sonst nichts. Das Leder wurde weich, die Neutralität wich, und Charaktere formten sich heraus: Zirner, Amre, Adler, die drei Frauen. Valentina sah sie alle auf der ledernen Larve. Sie lächelten ihr zu, erzählten ihr, dass sie gerne für sie gestorben seien, um ihr dadurch den rechten Weg zu weisen, und lockten sie mit einladendem Finger zu sich, um mit ihnen den Reigen zu tanzen.

Wer steckte dahinter? Wer kannte sie so gut? Der Mann mit dem dünnen Schnurrbart, der sie verfolgte und sie eben noch vor dem Kontrolleur in der Straßenbahn gerettet hatte? War er Il Cervello?

Valentina setzte vorsichtig den ersten Schritt, dann folgte der zweite. Der Unbekannte breitete die Arme aus und verwandelte sich in ihre Mutter. Sie selbst war wieder neun Jahre alt und trug ein hellblaues Kleidchen, das ihr die Mutter genäht hatte; an den nackten Füßen weiße Sandalen. Es war Sommer, es war heiß, und die Mutter hatte Tränen in den Augen, weil sie darunter litt, in Wien leben zu müssen, wo doch in Sizilien das weite Meer auf sie wartete.

Valentina blieb stehen. Sie hatte plötzlich Angst: vor der Lüge, vor der Erkenntnis, vor allem. Sie steckte fest, konnte weder Arm noch Bein bewegen. Selbst die Gedanken in Worte zu formen fiel ihr schwer.

»Wer bist du?«

Die Maske antwortete nicht. Zumindest nicht verbal. Dazu war sie nicht fähig. Sie war keine Halbmaske, bei der der Mund zum Sprechen frei lag. Sie sprach nur im Spiel mit den Projektionen, auf die sich der Zuschauer einließ. Ein Orakel, ein Spiegel des Unbewussten.

Die Maske formte sich vor Valentinas Augen immer mehr zum Gesicht. Es war das Gesicht Don Bernardos, so wie sie es in ihrem Herzen trug. Ein mildes, warmes Gesicht voller Güte und Weisheit.

***

Parizek verabscheute den Gestank vergammelter Bücher. Er hatte als Schüler für ein Antiquariat gearbeitet, das sich die alten Schinken billig aus Haushaltsauflösungen geholt hatte. Schwer waren sie gewesen und selten gut verpackt. Und dann immer wieder die gleichen Bücher, der Bildungskanon des Bürgertums: Lessing, Goethe, Schiller, Kleist, damals wohl Rebellen, heute Eigentum verknöcherter Studienräte.

Auch in dieser Buchhandlung wimmelte es von den üblichen Verdächtigen.

Er sah sich um, aber außer den Neuerern der deutschen Sprache befand sich niemand im Raum. Parizek fühlte sich wie tags zuvor auf der abgespielten Bühne des Burgtheaters. Der Laden glich einer Kulisse, die nur einem bestimmen Zweck gedient hatte und nun hinfällig geworden war.

Er hatte zu viel getrunken, die Blase drückte. Er ließ seinen Blick erneut schweifen und entdeckte die Tür, die in einen Nebenraum führte. Parizek ging darauf zu und vergaß den Harndrang, als er einen Mann mit einem milchigen Plastiksack über dem Kopf am Boden liegen sah. Er riss ihm den Sack vom Kopf und erkannte Alberto.

Parizek tastete nach dem Puls an Albertos Hals. Die Ader schlug noch, aber schwach. Vielleicht würde er durchkommen, vielleicht auch nicht. Parizek war es einerlei.

Aus dem Nebenraum ging es in einen weiteren Raum, von

dort aus auf ein Klo. Parizek erleichterte sich kurz, verließ das Klo wieder und sah sich in dem Zwischenraum um. Als sein Blick auf den Boden fiel, entdeckte er eine Luke, die nicht richtig geschlossen war. Er bückte sich und öffnete den Verschlag. Eine Leiter führte nach unten ins Dunkel. Parizek zögerte. Er war kein Freund der Dunkelheit. Aber er tat es für die Sonne in Brasilien. Er stieg hinab.

***

Sie saß auf dem Hocker, auf der die Maske zuvor gesessen war, ihre Strat im Arm, und wusste nicht, was sie darauf spielen sollte.

Der Verhüllte hatte kein Wort gesagt. Bei einem guten Spieler und einem geschulten Zuschauer funktionierte die Kommunikation stumm. Valentina hatte gespürt, was sie zu tun hatte. Jetzt streckte er ihr ein Ebenbild von sich entgegen, eine weitere Neutralmaske. Valentina nahm sie und zog sie sich übers Gesicht.

Sofort entspannte sich ihre Mimik darunter, ihr Körper wurde durchlässiger, ihre Finger begannen über die Saiten zu fahren. Es war das erste Mal seit Jahren, dass sie »Stairway to Heaven« von Led Zeppelin anspielte. Der Hit war unter Guitar-Heroes verpönt, nur Anfänger dudelten ihn rauf und runter. In einem Gitarren-Shop in Chicago sollte sogar ein Schild mit der Aufschrift »No stairways to heaven!« über der Eingangstür hängen.

Valentina zitierte es auch mehr, als dass sie es spielte; lediglich zwei Takte, sodass man es erkennen konnte. Dann ging sie zu Joe Satrianis »Always with Me, always with You« über. Ihre Finger staksten ungelenk über Saiten und Bünde. Sie musste erst warm werden. Deswegen wechselte sie zu »Frankenstein« der Edgar Winter Group, ehe sie bei »Far beyond the Sun« von Yngwie Malmsteen landete.

Das irre Tempo Malmsteens gelang ihr natürlich nicht, aber ihre Finger begannen allmählich zu fliegen. Die einzelnen Töne wurden zu einem Ganzen, bis sie sich endlich von all ihren Vorbildern löste und nur noch das improvisierte, was aus ihrem Inneren drang. Es war heftig. Gespannt zwischen Wut und Ohnmacht, Ekel und Sehnsucht, Einsamkeit und Verlustangst.

Valentina hatte die Augen hinter dem Leder geschlossen. Ihr liefen die Tränen übers Gesicht. Die Maske würde außen trocken bleiben, aber sie würde dem Zuschauer unsichtbare Blutstränen zeigen.

Die Strat kreischte. Der Verstärker hämmerte Schallwellen gegen das Gewölbe; die Kerzen erzitterten, als kündigte die Musik einen Sturm an, dem die Sintflut folgen sollte.

Ihre Fingerkuppen brannten vor Schmerz. Valentina hatte nicht darauf geachtet, wie scharf die Saiten waren. Erst sprang das Fleisch des Zeigefingers, dann riss die Kuppe des Mittelfingers. Valentina zog ein Bending über drei Töne und stöhnte auf. Die Gitarre kreischte ein letztes Mal, dann verstummte sie.

Valentina gab sich geschlagen. Wimmernd und dankbar. Sie fühlte Erlösung. Mochte man ihr auftragen, was man wollte, sie würde es tun. Valentina hatte immer gespielt, um zu gewinnen. Don Bernardo hatte es ihr so beigebracht. Jetzt hatte sie verloren. Und es blieb ihr nur, dem Gegner zum Sieg zu gratulieren.

Sie ließ die Strat zu Boden gleiten, erhob sich vom Hocker, bereit zu allem, was der Sieger von ihr wünschte.

Der Maskenspieler breitete die Arme aus. Wie Gottvater, der seine heimgekehrten Lämmer empfängt, um ihnen zu vergeben.

Valentina ging auf ihn zu. Langsam, aber zielgerichtet. Vielleicht würde in seinem Arm das ewige Dunkel locken. Eine tödliche Umarmung, der das Messer in den Rücken folgte. Valentina wünschte es sich: Dann wäre alles vorbei.

Gleich stand sie vor ihm. Er hatte nicht applaudiert zu ihrem Gitarrenspiel, aber sie sah der Maske an, dass es ihm gefallen hatte. Er umarmte sie und drückte sie an sich. Sein Körper strahlte Wärme und Zartheit aus. Sie spürte, dass auch er ein Herz besaß, das schlug. Valentina glaubte, diesen Körper schon einmal berührt zu haben. Und sie glaubte auch zu wissen, wann. Aber es konnte nicht sein. Es war nur Projektion. Der letzte Funke Hoffnung auf ein Happy End.

Ein Schuss krachte, die Umarmung erschlaffte ebenso, wie sie es schon einmal getan hatte. Der Körper des Maskenspielers glitt zu Boden und blieb reglos liegen.

Valentina sah im Kerzenschein, keine fünf Meter entfernt, einen Mann mit einer Pistole in der Hand. Es war Parizek. Er richtete die Waffe nun auf sie.

Valentina stand wie gelähmt, unfähig, einen Fuß aus dem blutigen Staub zu bewegen. Endlich riss sie sich die Maske vom Gesicht und gab sich Parizek zu erkennen.

»Inspektor Fleischhacker, es ist mir ein Vergnügen, Ihnen das Leben gerettet zu haben«, sagte Parizek und lächelte selbstgefällig. Er musste sich wieder eine Linie Koks gezogen haben, so unbesiegbar kam er daher.

»Leider ist deine Rettung nur von kurzer Dauer. Es sei denn, die beiden Parteien können sich nicht auf das Kopfgeld einigen. Du weißt ja, wie es manchmal auf dem freien Markt zugeht.«

Er näherte sich vorsichtig und warf ihr Handschellen vor die Füße. »Zieh dir den Schmuck an. Und mach keine Faxen. Das wäre für uns alle nur unnötige Anstrengung. Und die Hatz war lang genug. Hab ich recht?«

Valentina legte sich die Handschellen um die Gelenke und drückte sie zu. »Was hast du vor?«, fragte sie.

»Dich meistbietend auf dem Sklavenmarkt zu verschachern. Du hast doch gute Zähne?«

»Wer zahlt für mich?«

»Das weißt du doch. Die einen oder die anderen.«

»Bauer?«

»Ja. Bauer. Du bist sozusagen Bauers Bauernopfer.« Parizek lachte. »Mir wäre es aber lieber, wenn die Freunde der Mafia mehr bieten würden. Irgendwie sympathisiere ich mit der ehrwürdigen Familie. Ich weiß, als Geschäftsmann sollte man das nicht tun. Wer wäre dir lieber?«

»Keiner wird dir etwas für mich zahlen. Du bist erledigt. So oder so.«

»Vielleicht hast du recht. Vielleicht bist du plötzlich keinen Pfifferling mehr wert. Wer weiß, was draußen passiert, während wir hier über mögliche Geschäfte reden. Vielleicht hat sich Bauer schon erhängt, oder man hat ihn abgesägt. Vielleicht hat die

Mafia längst eine geeignetere Schlüsselfigur bei der Wiener Polizei gefunden. Dann können wir uns beide erschießen. Dann haben wir es hinter uns, wie der da.«

Er deutete mit der Mündung seiner Pistole auf den toten Maskenspieler. »Vielleicht kommt aber auch noch ein dritter Interessent hinzu, der wissen will, wer hinter der Maske steckt. Vielleicht sind eine tote Maske und eine tote Inspektorin noch viel mehr wert auf dem freien Markt. Auf der einen Seite Interessenten, die vertuschen wollen, auf der anderen die Medien, die nach Quote gieren. Du bist ein Geschäft, in jedem Fall. Nimm ihm das alberne Ding ab. Ich will wissen, wie Il Cervello aussieht.«

»Glaubst du wirklich, er ist es selbst? Mach dich nicht lächerlich. Der Strippenzieher würde niemals selbst in eine Figur steigen. Er würde sich allenfalls Doppelgänger basteln, die er nach Belieben einsetzen kann.«

»Deine Klugscheißerei hat mich schon immer angekotzt. Vom Ehrgeiz zerfressen, die gute Fleischhacker, aber trocken zwischen den Beinen. Los, nimm ihm die Maske ab!«

Valentina beugte sich zu dem Toten hinunter und zögerte. Das Leder der Maske schien noch zu atmen. Ihre Finger berührten die Sehschlitze der Maske, glitten über das ebenmäßige Relief und packten schließlich den Rand der Schale.

Die Flammen der Kerzen wurden plötzlich allesamt in die Waagrechte dirigiert. Ein starker Luftzug hatte ihre Choreografie gestört. Auch Parizek entging es nicht. Er drehte sich in die Richtung um, aus der er den Luftzug vermutete; dorthin, von wo auch Valentina und er gekommen waren. Beiden war klar, dass sich die Tür geöffnet haben musste. Die Flammen stellten sich wieder auf, schüttelten sich noch einmal und versuchten sich dann wieder in chorischer Harmonie.

Parizek merkte, dass er ungeschützt zum Abschuss bereitstand. Er sah sich um, fand aber keine Möglichkeit der Deckung und warf sich auf den Boden.

Mitten im Fall durchlöcherten ihn drei Kugeln. Sein Gesicht verzog sich zu einem Lächeln, so als freute er sich, dass man drei Patronen an ihn verschwendete und er doch etwas wert zu sein schien. Dann lag er tot neben dem Maskenspieler.

Valentina war stehen geblieben. Jetzt würde der Dritte kommen, der ihr einen Handel vorschlug.

Zwei Gestalten lösten sich aus dem Dunkel und traten näher. Valentina erkannte sie: Deutsch und die Geiernase. In der Hand hielt Deutsch die Beretta, mit der er Parizek erledigt hatte. Sie kamen zwischen den beiden Toten und Valentina zu stehen. Deutsch hielt die Beretta auf Valentina gerichtet.

»Sie wollen eine Erklärung, nicht wahr?«, fragte Deutsch. »Nun, die haben Sie sich verdient.« Er atmete tief ein. »Sie glauben an Gut und Böse, nicht? An eine rein sizilianische Mafia. Ja? So etwas gibt es natürlich, aber die Grenzen sind viel verschwommener geworden. Kriminelles Lokalkolorit ist längst überholt. Man denkt globaler. Und aufgrund dieser Schnittstellen sind wir auf der Suche nach Leuten, die diese Positionen einnehmen können.«

»Wir hatten drei Frauen im Visier«, fuhr die Geiernase fort, »die bereits hervorragend für uns gearbeitet hatten. Allerdings auf Lokalebene. Um sie zu testen, hatte Il Cervello für jede einen persönlichen Parcours errichtet. Doch keine dieser drei Frauen hat das Ziel erreicht. Eine jede hatte sich in sich selbst verloren, anstatt sich zu finden.«

»Und deshalb hat man ihnen den Kopf abgehackt?«, fragte Valentina mechanisch, ohne richtig begriffen zu haben, was die beiden ihr da gerade erzählten. Hatte man die drei Frauen auf eine ähnliche Schnitzeljagd wie sie selbst geschickt, um zu prüfen, ob sie die Richtigen für eine Schlüsselposition in der Mafia waren? Und was meinte Deutsch mit »kriminellem Lokalkolorit«? Ging es am Ende gar nicht um die Mafia? Hing die Cosa Nostra selbst auch nur noch an Strippen?

»Sehr theatralisch, ich weiß. Das hatten wir gar nicht im Sinn. Es war klar, dass sie sterben mussten, wenn sie patzten. So sind die Regeln. Aber die Idee mit dem Köpfen ist uns erst gekommen, als wir auf Sie gestoßen sind. Glauben Sie mir, es fällt uns nicht schwer, eine Leiche verschwinden zu lassen. Aber wir wollten Sie damit unter Druck setzen und ködern. Was uns gelungen ist. Wir haben sozusagen ein Geocaching nur für Sie persönlich entworfen.«

»Wieso ich?«

»Weil wir schon nach den ersten beiden Flops befürchteten, dass wir uns auch bei Gloria keine Hoffnungen zu machen brauchten.«

»Und wir brauchen dringend jemanden. Der Markt ist fast leer gefegt«, sagte Geiernase.

»Keine leichte Zeit für Headhunter.« Deutsch lachte über seinen makabren Scherz.

»Und wie kamen Sie auf mich?«, fragte Valentina, diesmal energischer. Sie wollte immer noch nicht glauben, dass sie Teil einer so perfiden Eignungsprüfung geworden war.

»Zirner hat uns auf Sie gebracht. Ihre Vita gibt alles her, was wir brauchen. Und Sie sind in einer Position, die wir hervorragend für unsere Zwecke nutzen können.«

»Zirner?«

»Ja. Er arbeitete für uns.«

»Ich dachte, Parizek.«

»Parizek?« Deutsch verzog das Gesicht. »Der arbeitete für die Mafia, nicht direkt für uns.«

»Als Subunternehmer, wenn Sie verstehen«, fügte Geiernase hinzu.

»Und Zirner arbeitete für Sie?«

»Exakt.«

»Und warum haben Sie ihn umgebracht? Sein Tod ging doch auf Ihre Rechnung, oder?«

»Man könnte auch sagen, sein Tod ging auf seine Rechnung. Er wollte doppelt spielen. Auf der einen Seite hat er Sie auf uns aufmerksam gemacht, auf der anderen Seite wusste er aber auch, dass Sie das Zeug hätten, uns hochgehen zu lassen«, sagte die Geiernase.

»Hatte wohl einen Anflug von romantischem Gerechtigkeitssinn.« Deutsch seufzte. »Dadurch wurde er zum Auslaufmodell. Indem er Sie ins Spiel brachte, wurde er obendrein überflüssig. Ballast. Wir denken sehr effizient.«

»Wasserköpfe können wir uns nicht leisten. Das macht uns zu schwerfällig.«

»Das ist auch der Grund, warum die sizilianische Mafia nichts mehr taugt. Sie ist zu satt und zu fett. Zu viele leben von ihr. Eine Bürokratie, die lähmt. Zur Folklore gerade noch zu gebrauchen. Aber die wirklichen Geschäfte finden eine Etage höher statt.« Deutsch drehte sich zu dem toten Maskenspieler. »Das Gesamtkonzept der Eignungsprüfung stammte nicht von uns. Leider. Die Idee stammte von ihm.«

»Il Cervello?«, fragte Valentina und sah auf die Maske.

»Il Cervello, ja. Leider wurde er getötet. Jetzt haben wir eine doppelte Lücke. Einmal auf dem Posten, den wir bereits vergebens mit den drei Frauen besetzen wollten, und zum anderen ist die Stelle des Hirns vakant geworden. Wir könnten jetzt zwei Posten mit einer Person besetzen.« Deutsch blickte zu Valentina. Auch die Geiernase nahm sie noch konzentrierter ins Visier als zuvor.

Valentina stand fassungslos da. Sie mochte die Räuberpistole, die ihr die beiden Schmierenkomödianten da auftischten, einfach nicht glauben. Und dennoch beeindruckte sie das Szenario. Sie kam sich vor wie vor dem Traualtar. Mit einem Jawort würde sie eine Ehe auf Gedeih und Verderb eingehen.

»Wer steckt hinter der Maske?«, fragte sie.

»So genau weiß man das nie. Das ist wie mit den Paten. Die wechseln manchmal sehr rasch. Aber die Funktionen bleiben, habe ich recht, K.?«, antwortete Deutsch.

»Es wird schwer, einen guten Ersatz zu finden. Wir haben viel in ihn investiert«, sagte K.

»Ein wirklich gutes Hirn zu finden ist fast noch schwerer als ein intaktes Herz. Ich könnte mir vorstellen, dass Sie das Zeug zu beidem hätten. Nicht, K.?«

»Wir haben keine große Auswahl. Und Ihre ist ebenfalls beschränkt. Sagen Sie Ja, und Sie haben ein Zuhause. Sie sind zu schade, um in der Bürokratie des Beamtenapparats zu verkümmern. Bei uns dürfen Sie kreativ und unkonventionell arbeiten. Alle Mittel werden durch den Zweck geheiligt. Bei uns sind Sie frei und können alle Ihre Potenziale entfalten«, sagte K.

Valentina erinnerten die letzten Worte wieder an Don Bernardo.

»Don Bernardo? Gehört er auch dazu?«, fragte sie zitternd davor, jetzt die Wahrheit zu erfahren.

»Es gibt Fragen, die man nicht stellen darf.« Er spannte den Hahn der Beretta und zielte auf Valentinas Kopf.

»Das verstehe ich nicht. Wieso gibt es Fragen, die man nicht stellen darf?«, fragte Valentina. Sie musste Zeit gewinnen.

»Gibt es nicht auch einen Baum, dessen Äpfel man nicht naschen soll?«, fragte Herr K., und er genoss es sichtlich, zu dozieren. »Der Apfel ist nichts anderes als die Frage, die man nicht stellen sollte. Wer Gott hinterfragt, verliert das Paradies.«

»Das sagte Don Bernardo immer.«

»Richtig. Auch ich war ein Schüler von ihm«, sagte K. »Er hatte viele Schüler. Aber bei keiner Schülerin hat er so viel Zeit verbracht wie bei Ihnen. Er hatte große Hoffnungen in sie gesetzt.«

»Gehörte er denn auch zur Mafia?« Valentina verstand überhaupt nichts mehr. Warum hatte sie nicht nach Don Bernardo fragen sollen? Und was wollte K. damit sagen, dass Don Bernardo viele Schüler hatte?

Deutsch lachte. »Diese einfältigen Vorstellungen. Ich hatte Ihnen doch schon zu erklären versucht, dass es eine lokale Mafia in dem Sinne nicht mehr gibt. Hat Ihnen denn die Karte des Marionettenspielers überhaupt nichts gesagt? Die Organisationen, von denen Sie glauben, sie hätten Macht, hängen ihrerseits wiederum an Fäden. Und daran ziehen wir.«

»Und Don Bernardo ist der Strippenzieher?«

»Don Bernardo ist tot. Umgekommen bei einem Verkehrsunfall. Das wissen Sie doch«, sagte K.

»Und wer zieht an Ihren Fäden?«, fragte Valentina.

»Gott allein«, sagte Deutsch.

»Oder der Teufel«, sagte K. »Aber ist das nicht dasselbe?«

»Es reicht«, sagte Deutsch. »Die Zeit ist abgelaufen. Und wenn wir nicht bald fündig werden, sind auch wir nur noch Figuren der Geschichte.« Deutsch richtete die Beretta auf Valentina und zielte auf ihre Stirn.

»Hier dürfen wir ein Loch riskieren. Wir stellen ihn ja nicht aus.«

Valentina schloss die Augen.

»Sie können sich noch immer entscheiden. Wenn Sie jetzt Ja

sagen, gehören Sie zu uns und können eine neue Epoche einläuten«, sagte Deutsch.

»Aber Sie dürfen nie mehr nach Don Bernardo fragen.«

Hinter Valentinas geschlossenen Lidern begann ein wildes Lichtspiel zu flackern: Don Bernardo, wie er sie alles lehrte, wovon sie heute noch zehrte. Nonno Elio, den sie kaltblütig getötet hatten. Die drei Frauen, die es nicht geschafft hatten, so weit zu kommen wie sie, und die ein krudes Hirn dafür benutzt hatte, sie selbst auf einen Höllenritt zu schicken. Zirner, dem sie vertraut hatte, Amre, Stefan und Nicola, die Opfer des Spiels wurden. Und Adler, der einzige Mensch, zu dem sie sich in letzter Zeit ein Gefühl von Liebe eingestanden hatte.

»Nein!«, schrie sie laut und lang.

Ein Schuss krachte.

Sie spürte nichts.

Ein weiterer Schuss.

Sie blieb noch immer stehen.

Langsam öffnete sie die Augen und sah Deutsch und K. vor sich liegen. Hinter ihnen stand der Mann mit dem eleganten Schnäuzer. Ihr Schutzengel. Er sah mitgenommen aus, hielt sich unsicher auf den Beinen, als er über den toten Parizek stieg, aber er fiel nicht. Er setzte sich auf die Erde zwischen die Kerzen und blickte zu Valentina auf. Dann warf er ihr die Waffe zu. Sie fing den Revolver auf.

»Mach mir ein Ende«, sagte er. »Es ist sowieso aus. Ich habe alles gehört. Alles nur Schein. Alles hohl. Die Mafia, die Familie, nur ein Haufen Disneyland. Ausgedacht, um frierenden Seelen ein Zuhause vorzugaukeln. Nur Kulisse.«

Valentina blieb reglos stehen. Der Schutzengel verzog das Gesicht zu einem müden Lächeln.

»Es gab nie einen Sinn in meinem Leben. Nur wer ohne Sinn lebt, ist anfällig für die leeren Versprechungen der Mafia. Sie gaukeln dir vor, dass du zu jemandem gehörst. Dabei bist du nur Leibeigener. Schieß endlich, mehr habe ich dir nicht zu sagen.«

»Warum erfüllst du nicht deinen Auftrag?«, fragte Valentina.

»Ich habe ihn erfüllt. Ich habe dich beschützt.«

»Stehe ich denn nicht auf deiner Liste?«

»Die Liste ist nur Papier. Beliebig. Und da meine Auftraggeber tot sind, habe ich die Freiheit, mich selbst ganz nach oben auf die Liste zu setzen. Aber ich kann es nicht selbst. Ich bin kein Samurai, sondern ein schmieriger Killer. Die Ehre, die ich mir angedichtet habe, ist leeres Geschwätz. Es gibt keine Ehre für Menschen meiner Sorte, aber ich will sie mir trotzdem erschleichen. Es wäre mir eine Ehre, wenn du mich erledigst.«

»Du weißt, dass ich es nicht tun werde, deswegen ist es leicht, es von mir zu fordern. Du kennst mich, hast mich beobachtet und beschützt. Bist du der Puppenspieler? Geht das Spiel noch weiter? Ist es die Puppe in der Puppe in der Puppe?«

Der Schutzengel lachte. »Ich der Puppenspieler? Schau mich an! Siehst du nicht, dass auch ich an einem Faden hänge? Es sind aber keine Fäden, die mir die Gelenke in Bewegung setzen, sondern es ist der Strick um den Hals, mit dem ich bereits geboren wurde.«

Er zeigte mit dem Finger auf die Maske. »Da liegt er. Da liegt Il Cervello. Aber selbst wenn du ihm die Maske abnimmst, wirst du nicht wissen, wer er war. Sein Körper ist nur Hülle. Sein Hirn und seine Strategien werden in anderen Köpfen weiterwabern und alles fressen, was sich ihnen in den Weg stellt.«

Valentina beugte sich wieder zu dem Maskierten hinunter. Jetzt wollte sie sein Gesicht sehen. Sie wollte dem anonymen Hirn ein Antlitz geben. Nur so war für sie die Odyssee fassbar.

Sie hob mit der linken Hand das Leder an. Die Larve löste sich vom Gesicht. Doch kaum hatte sie sich einen halben Zentimeter bewegt, da packte Valentina eine Hand am Knöchel, während eine andere ihr die Waffe entwendete.

Der Maskierte sprang auf, wirbelte herum und streckte den Schutzengel mit zwei Schüssen nieder, Valentina noch immer am Handgelenk haltend.

Valentina schrie, wie sie es seit dem Tod ihres Großvaters nicht mehr getan hatte, und trat dem Maskenspieler in die Hoden. Der knickte zusammen und ließ ihr Handgelenk los. Mit einem weiteren Tritt gegen den Unterarm entwaffnete sie ihn, und mit einem dritten Schlag wollte sie ihm den Unterkiefer zertrümmern. Aber ihr Gegner hatte sich gefangen, tauchte unter dem Fuß ab und packte ihren Unterschenkel.

Valentina kam aus dem Gleichgewicht und stürzte. Der Maskierte sprang auf sie und begann sie zu würgen.

Valentina zappelte und trat unter dem Gewicht ihres Gegners. Aber seine Hände schraubten sich immer mehr um ihren Hals. Sie starrte in die dunklen Sehschlitze. Kälte kroch daraus hervor. Sie wand ihren Kopf, blickte flehend zu den Kerzen. Aber sie flackerten nicht. Kein weiterer Schutzengel würde kommen. Sie war am Ende. Die Finger des Maskenspielers würden gleich zu Messern werden und ihr den Kopf vom Rumpf trennen.

Eine Wut mit der Kraft eines Vulkanausbruchs eruptierte in Valentina. Sie hätte diese Wut in einen letzten Schrei umwandeln können, aber sie schrie nicht, es wäre Verschwendung gewesen. Stattdessen schlug sie mit beiden Handflächen gegen die Ohren ihres Widersachers. Er jaulte vor Schmerz auf und löste den Griff an ihrem Hals. Valentina bekam für einen Moment Luft, aber ihr Gegner hatte sie wieder gepackt und drückte von Neuem zu. Ihr Blick trübte sich, aber sie hielt dagegen. Es gelang ihr, mit der Kette der Handschellen unter die Maske zu fahren und sie ihrem Gegner vom Gesicht zu reißen.

Für einen Moment schien die Welt den Atem anzuhalten.

Es war Adler.

Auch er hielt inne und starrte Valentina an. Ohne Maske schien er seine Kraft verloren zu haben. Valentina reagierte schneller. Sie nutzte den Augenblick seiner Irritation, packte seinen Kopf und drehte ihn mit letzter Kraft so weit, bis sie das Genick knacken hörte. Leblos sackte Adler auf ihr zusammen.

Valentina war zu schwach, ihn von sich zu stoßen. Sie musste warten, bis der Sauerstoff wieder in ihren Körper fand. Sie spürte an ihrem Bauch die schusssichere Weste des Toten. Parizeks Kugel hatte ihn nicht verletzen können. Er war gewappnet gewesen, natürlich. Für alle Fälle. Ein Superhirn eben und ein hybrides Arschloch, das glaubte, ob seiner Intelligenz mit Menschen spielen zu dürfen.

Valentina wälzte den Leichnam von sich, richtete sich auf und erbrach sich.

Sie wischte sich den Mund mit dem Ärmel ab und dachte an eine Sentenz von Balthasar Gracián, die Don Bernardo sie einst hatte auswendig lernen lassen: »Ins Innere schauen. Man findet meistenteils die Dinge weit verschieden von dem, was sie scheinen; und die Unwissenheit, welche nicht tiefer als in die Rinde eingedrungen war, sieht, wenn man zum Innern gelangt, ihre Täuschung schwinden. In allem geht stets die Lüge voran, die Dummköpfe hinter sich ziehend am Seil ihrer unheilbaren Gemeinheit; die Wahrheit aber kommt immer zuletzt, langsam heranhinkend am Arm der Zeit.«

Was waren seine Sprüche wert? War er das gewesen, was er schien? Oder hatte auch er nur eine Neutralmaske getragen, auf die ein kleines Mädchen sehnsüchtig ihre Projektionen geworfen hatte? Hatte nicht K. gesagt, Don Bernardo hätte viele Schüler gehabt? War er nur ein Rattenfänger gewesen, der unschuldige Seelen formte, damit sie irgendwann einer unbekannten Elite zu Machterhalt und Machtgewinn dienten? War sie eine Schläferin, die geweckt werden sollte? Und war auch Adler ein Schüler Don Bernardos gewesen? Der Prinz, der sie wachküssen sollte? Sie drehte seinen Kopf zur Seite und klappte sein rechtes Ohr nach vorne. Dort waren drei dunkelblaue Punkte tätowiert.

Ihr Schrei brach durch das Gewölbe. Valentina mochte es nicht glauben. Sie riss am Gesicht Adlers, als würde sie an einer weiteren Maske zerren. Sie wollte nicht wahrhaben, dass dieses Gesicht keine Larve war, schlug schließlich verzweifelt darauf ein. Irgendwann rollte sie sich neben ihn und blieb keuchend und erschöpft auf dem Boden liegen.

Ihren Blick zur Decke gerichtet, suchte sie im Schein der Kerzen nach Bildern, die ihr alles erklären konnten. Nach Schatten, die Schlüsse auf das Urbild zuließen.

Er hatte alles eingefädelt, von Anfang an. Er hatte so gut um sie gewusst, dass er scheinbar der Passive gewesen war, während sie doch alles tun musste, wie er es geplant hatte. Ein Mann, in den sie sich verliebt hatte. Einer, der mehr gewesen wäre als nur ein One-Night-Stand. Einer, um den sie getrauert hatte, weil sie glaubte, er habe ihretwegen sterben müssen. Einer, der jetzt tot neben ihr lag, weil sie ihn getötet hatte.

Er war ihr vors Fahrrad gelaufen, er hatte sie in der Thalia-Buchhandlung erwartet, und er hatte sie erst auf das Geocaching gebracht. Das Outdoorspiel für die ganze Familie, das für sie zum Psychotrip, zur Reise ins eigene Ich geworden war.

Sie lag noch immer neben ihm und verlor sich im Flackern des Kerzenlichts. Sie würde warten, bis alle Kerzen heruntergebrannt waren. Sie sehnte sich nach Dunkelheit. Wozu brauchte es Licht, wenn es doch immer nur Schatten waren, die man sah? Die Urbilder, gab es sie denn überhaupt? Waren denn Schatten tatsächlich nur Anhängsel eines festen Körpers? Konnten sie nicht auch losgelöst davon existieren?

Die Dunkelheit würde kommen, und mit ihr würden die Schatten im Nichts verschwinden. Das ewige Licht gab es nicht.

Eine Hand berührte sie an der Schulter. Die Hand war blutig. Valentina schrak auf. Es war ihr Schutzengel. Er lebte.

»Sieht schlimm aus. Du musst ins Krankenhaus«, sagte sie leise.

»Besser wäre ein Arzt, der keine Fragen stellt.«

Valentina verstand. Was wusste sie von ihm? Auch er würde eine Geschichte haben. Sie wollte nicht wissen, welche. Aber er war ihr Schutzengel. Sie waren sich begegnet und hatten einander geholfen in einem Spiel, dessen Regeln sie beide lange nicht begriffen hatten. Sie hatten beide gewusst, dass es ein dreckiges Spiel war, aber dass es so tief in den Sumpf der eigenen Abgründe führen sollte, davon hatten sie nichts geahnt.

ELF

Valentina hatte es hinter sich. Sie hatte die Pressekonferenz durchgestanden. Jetzt musste sie nur noch den kleinen Empfang überstehen, den man anberaumt hatte, damit sich die Sieger den Fotografen zeigen konnten. Karrieristen, Politiker und Lobbyisten grinsten um die Wette. Wo Erfolge gefeiert wurden, waren sie stets zugegen. Valentina würde so schnell wie möglich von hier verschwinden. Sie wollte Nicola im Krankenhaus besuchen. Und anschließend Burak seine Computer zurückbringen. Vielleicht auch etwas mehr. Wenn keine Blondine bei ihm wäre.

Erst hatte sie sich dafür geschämt, dass sie nicht die Wahrheit in die Mikrofone gesagt hatte. Aber wer würde ihr die schon glauben? Sie würde nur einmal mehr ihren Kopf auf den Hackklotz legen. Sie fuhr besser damit, mehr zu wissen, als preiszugeben. Irgendwo hatte sie auch diesen Rat in einer der Sentenzen Balthasar Graciáns gelesen. Hatte sie Don Bernardo am Ende doch schon so weit programmiert, dass sie eines Tage aufwachen und für die dunkle Sache marschieren würde?

Bauer klopfte ihr anerkennend auf die Schulter, zwei Gläser Sekt in der Hand.

»Das haben Sie hervorragend gemacht, Valentina. Ich darf Sie doch Valentina nennen?« Er reichte ihr ein Glas und stieß mit seinem gegen ihres. »Schade um Parizek. Er war ein guter Polizist. Aber zum Glück sind Sie uns erhalten geblieben. Sie haben eine große Zukunft vor sich. Kompliment.«

Valentina lächelte gekonnt. Sie war noch in der Rolle, die sie den ganzen Tag zu spielen gehabt hatte: die hübsche und smarte Inspektorin der Bundespolizei, die als Undercoveragentin und scheinbar verdächtige Mörderin den Serienmord eines Psychopathen aufgeklärt hatte. Martin Adler hatte tagsüber als Professor für Psychologie an der Uni Wien gelehrt und sein Geocaching-Projekt dazu benutzt, Frauen, die in das Profil seiner Begierde passten, so zu ködern, dass der Schatz, den sie am Ende fanden, ihren Tod bedeutete. Parizek wurde als Held geehrt, der auf der

Jagd nach dem Mörder von diesem erschossen worden war. Von der sizilianischen Mafia oder gar einer dunklen Organisation, die weit über der Camorra agierte, hatte sie kein Wort verloren. Sie hatte ohnehin keinerlei Beweise. Deutsch und Herr K. waren tot. Ihre richtigen Namen lauteten Moser und Bernhard. Jedenfalls hatten das die Kollegen ermittelt. Über Burak würde sie vielleicht anderes erfahren. Aber sie wollte es dabei belassen. Auch über ihren Schutzengel hatte sie kein Wort verloren. Der war verschwunden, wie er gekommen war. Vielleicht war er aber auch in ihrer Nähe. Sie würde ihn sicherlich auch weiterhin brauchen können.

»Die Medien reißen sich um Sie. Wir müssen sehen, wie wir daraus Kapital schlagen können. Sie wissen, das Image der Polizei ist nicht immer das beste«, sagte ein Mann, der sich zu Bauer und Valentina gesellt hatte. Er war groß, sportlich, hatte strahlend blaue Augen und ein gewinnendes Lächeln. Valentina kannte ihn. Er hatte von allen Wahlplakaten der Stadt um Stimmen geworben. Er war der Mann, der mehr Sicherheit forderte, im Islam den großen Feind sah und sich gelegentlich auch mit »Blut und Boden«-Parolen bei der rechtsextremen Wählerschaft anbiederte. Und er war durch seine zwanzig Prozent seit der letzten Wahl als Koalitionspartner gesetzt. So devot, wie Bauer lächelte, war Valentina klar, dass er bereits einen Fuß im Innenministerium hatte.

»Herr Stadtrat Strachmann, ich grüße Sie. Darf ich Ihnen Frau Fleischhacker vorstellen?«

»Ich glaube, sie kennt jeder. Aber wer sind Sie?«

Bauer wurde blass um die Nase, stotterte, begriff dann erst, dass Strachmann einen Scherz gemacht hatte, und lachte über seine eigene Nichtigkeit. Ja, so war Politik. Bauer würde sich wohl nie daran gewöhnen, auch wenn er nur zu gerne dabei sein wollte.

»Wir müssen uns mal unter vier Augen unterhalten, Frau Fleischhacker.« Strachmanns stahlblaue Augen bohrten sich in Valentinas. Er war nicht uncharmant. Man wählte eben nicht aus politischer Argumentation, sondern aus Emotion.

Sein Plakatlächeln blitzte, er hatte es verinnerlicht. Auch sie lächelte zurück, auch sie hatte ihre Rolle gepaukt. Den Stadtrat schien ihre Professionalität zu beeindrucken.

»Wir scheinen denselben Lehrer gehabt zu haben«, sagte er.

Valentina hob fragend die Brauen.

»Beste Grüße von Don Bernardo«, sagte Strachmann.

Valentina entglitten die Züge. Nur für einen Moment, aber Strachmann war es sicher nicht entgangen. Er wusste, dass er sie am Haken hatte.

Er wandte sich Bauer zu, dem das Gesicht zu einem Dauergrinsen eingefroren war, und empfahl sich. Dann drehte er sich wieder zu Valentina und streckte ihr eine Visitenkarte entgegen.

»Hier finden Sie mich«, sagte er und lächelte, während ein Fotograf der Kronenzeitung das illustre Trio ablichtete. Strachmann verschwand im Pulk der übrigen Empfangsgäste, der Fotograf mit ihm.

»Gar nicht so übel, wie man immer denkt«, sagte Bauer. Valentina blickte ihn scharf an. »Ich meine den Sekt.« Bauer lächelte unsicher, Valentina ließ ihn stehen und ging.

Nach einigen Metern hielt sie inne und blickte auf Strachmanns Visitenkarte. Es stand weder Name noch Adresse darauf. Lediglich die Koordinaten eines Cache-Punktes.

Michael Moritz
ROTER REGEN
Broschur, 224 Seiten
ISBN 978-3-89705-758-6

»Plot und Figuren merkt man an, dass der Freiburger Autor im Kaiserstuhl aufgewachsen ist. Das soll ein Kompliment sein, denn Michael Moritz spielt gekonnt mit Klischees und Dialekten in einer spannenden Geschichte voller gut gezeichneter Figuren.« Chilli – das Freiburger Stadtmagazin

»Ein facettenreicher, spannend und flott erzählter Kriminalfall.« Badische Zeitung

www.emons-verlag.de

Michael Moritz
WEINSELIG
Broschur, 256 Seiten
ISBN 978-3-89705-817-0

»Wieder ermitteln Belledin und Killian gemeinsam. Und sie bewegen sich an vielen vertrauten Orten so sympathisch menschlich – besser gesagt badisch-typisch, dass es dem Leser unweigerlich warm werden muss ums Herz. Trotz Mord und Totschlag!« Badische Zeitung

»Atmosphärisch dicht, ungemein bildhaft und von badischem Humor durchdrungen.« REGIO Magazin